문순태 중단편선집

5

된장

된장 문순태 중단편선집 5

초판인쇄 2021년 2월 20일 초판발행 2021년 3월 10일
지은이 문순태 엮은이 조은숙 펴낸이 박성모 펴낸곳 소명출판
출판등록 제13-522호 주소 서울시 서초구 서초중앙로6길 15, 2층
전화 02-585-7840 팩스 02-585-7848 전자우편 somyungbooks@daum.net 홈페이지 www.somyong.co.kr

값 20,000원
ISBN 979-11-5905-592-8 04810
ISBN 979-11-5905-587-4 (세트)

ⓒ 문순태, 2021

❶ 1959년 광주고 문예부 시절. 중앙이 수필가 송규호(문예부지도교사), 좌측 이성부, 우측 문순태

❷ 1974년 봄. 왼쪽부터 시인 조태일, 소설가 한승원, 이문구, 문순태

❸ 2001년 가을 장흥에서. 우측부터 문순태, 최일남, 김현주, 임철우, 은미희, 황충상, 윤흥길, 박범신 등 호남 출신 소설가들과 함께

❹ 2010년 광주고 동기생인 절친 이성부 시인과 함께

❺ 2013년 용아문학제에서. 우측부터 김준태 시인, 문병란 시인과 함께

❻ 2013년 생오지에서. 좌측부터 송수권 시인, 신경림 시인과 함께

문순태 중단편선집

5

된장

소설은 내 스승이었고,

종교였으며 생명이었다.

소설을 쓸 때만이

내 자신에 대한 실존을 확인할 수 있었다.

—산문집『꿈』

　문순태 작가에게 소설은 삶 자체였다. 평생 그와 동고동락을 해온 소설이 있었기에, 삶의 고비마다 찾아온 아픔을 치유할 수 있었다. 그가 소설에게 위로받았듯이, 그의 소설은 많은 이들의 가슴을 따뜻하게 적셔주었다. 그는 밖으로 꺼낼 수 없는 이야기를 안고 살아가는 사람들의 삶을, 자신만의 언어로, 구수한 된장처럼 감칠맛 나게 풀어냈다. 된장은 오래 묵을수록 맛이 좋다. 또 어떤 재료와 섞어도 그 풍미를 잃지 않고 다른 음식과도 잘 어울린다. 문순태 작가의 소설도 그러하다. 그래서 독자는 그의 소설을 읽으며 자신의 이야기처럼 쉽게 공감한다.

　좋아하는 작가의 전체 작품과 그와 관련된 텍스트를 아울러 읽을 수 있었다는 것은 한 독자로서 큰 기쁨이었다. 동시에 작가가 살아오는 동안 축적된 삶의 지혜와 이야기들을 직접 들을 수 있었다는 것은 한 연구자로서 축복이었다. 이렇게 독자로서 그리고 연구자로서 나는 문순태 작가 부부와 맛있는 밥을 먹고 핸드드립 커피를 마시며 지난 8년간 호사를 누렸다. 이러한 만남을 통해 나는 그간 작가의 삶과 작품을 나란히 펼쳐놓고 그 둘 사이의 공백을 촘촘히 메우는 작업을 해왔었다. 그 결과『생오지 작가, 문순태에게로 가는 길』(역락, 2016)이라는 작가론을 낼 수 있었으며, 이번 중·단편선집 작업도 편안하게 진행할 수 있었다.

작가론을 쓰는 일과 작품선집을 엮는 일은 큰 차이가 있다. 작가론이 작가와 내가 대화를 하듯 당시 작가의 삶과 그때 쓰인 작품을 읽으며 그 둘 사이의 퍼즐을 하나씩 맞춰가는 지극히 개인적인 작업이었다면, 작품선집을 엮는 일은 한 작가가 피땀으로 남긴 작품을 독자에게 어떻게 온전히 전달할 것인가에 초점을 맞춘 막중한 책임과 부담이 수반되는 작업이기 때문이다. 특히 문순태는 1974년 「백제의 미소」로 『한국문학』의 신인상을 수상하면서부터 장편 23편(38권)과 중·단편 약 147편, 중·단편집과 연작소설집 17권, 기행문 3권, 시집 2권, 산문집 6권, 동화집 2권, 어린이 위인전 2권, 평전 1권, 소설창작이론서 4권, 희곡 2편 등 방대한 양의 작품을 남겼다. 이처럼 방대한 작품으로 인해 작품선집을 엮으면서 가장 큰 고민은 작품을 어떤 기준으로 설정할 것인가였다.

애초에는 문순태 중·단편전집을 엮을 계획이었다. 그래서 이미 출간된 단편소설집 『고향으로 가는 바람』(창작과비평사, 1977), 『흑산도 갈매기』(백제, 1979), 『피울음』(일월서각, 1983), 『인간의 벽』(나남, 1984), 『살아있는 소문』(문학사상사, 1986), 『문신의 땅』(동아, 1988), 『꿈꾸는 시계』(동광출판사, 1988), 『어둠의 강』(삼천리, 1990), 『시간의 샘물』(실천문학사, 1997), 『된장』(이룸, 2002), 『울타리』(이룸, 2006), 『생오지 뜸부기』(책만드는집, 2009), 『생오지 눈사람』(오래, 2016), 연작소설집인 『징소리』(수문서관, 1980), 『물레방아 속으로』(심설당, 1981), 『철쭉제』(고려원, 1987), 『제3의 국경』(예술문화사, 1993) 등에 실려 있는 중·단편 147편을 발표한 순서대로 정리했다. 그러나 작품 수가 너무 많아서 작가와 상의한 끝에 7권의 중·단편선집을 내기로 생각을 바꾸었다. 이때부터 시기별로 중요하다고 여겨지는 작품 100편을 선별하기 시작했다. 그러나 선별된 작품 가운데 중편소설이 다수 포함되어 다시 75편으로 줄이는 과정을 거쳤다. 그럼에도 7권으로 엮기에는 분량이 너무 많았다. 작가에게는 작품 한 편 한 편이 모두 자식처럼 소중한 존재이기에, 고민의 시간이 길어졌다. 얼마 후 작가와 다시 만나 작품 선정에 대해 이야기를 나누었다. 그 자리에서 작가는 "많이 싣는 것도 좋겠지만, 독자들이 읽으면 좋을 작품으로 선정하는 것이 더 의미가 있지 않을까요?"라고 부담을 덜어주었다. 이러한 과정을 거쳐 문순태 작가의 중·단편 중에서 오래도록 독자들과 호흡을 같이 할 65편의 소설이 선정되었다. 한 작가의 문학적 여정을 살펴보기 위해서는 중·단편뿐만 아니라 장편까지 함께 엮는 것이 맞겠지만, 여건상 이는 차후 과제로 남기기로 했다.

선집의 편집체제는 작가가 이전에 발표했던 중·단편집과 연작소설집 17권에 실린 순서를 따르지 않고, 가능한 작가가 발표한 연대를 기준으로 하되, 각 권의 분량을 고려하여 주제별로 재구성했음을 밝힌다. 작품이 발표된 시기에 따라 초기 소설에서는 한자가 많이 섞여 있었다. 그래서 독자의 가독성을 위해 한자를 한글로 바꾸거나 한자를 생략 또는 병기하기도 했다. 그리고 된소리는 내용을 강조할 경우와 대화 글에서는 그대로 살렸으며, 서술 부분에서는 표준어 규정에 맞게 수정했다. 또한 용어 사용에서는 '국민학교'를 '초등학교'로, '뻰치'를 '펜치'로 바꿨으며, 혼용해서 사용하고 있는 '5월과 오월', '6·25전쟁과 유월전쟁' 등은 서술 부분에서는 5월과 6·25전쟁으로, 대화에서는 '오월과 육이오전쟁'으로 일치시켰다. 의미가 불분명한 문장이나 문단은 작가와 상의하여 삭제했으며, 단어와 문장도 많은 부분 수정했다. 초판 발표 당시의 작품명과 다르게 작품명을 바꾼 경우는 각각 작품의 말미에 표기했다. 참고로 작품명을 바꾼 경우는 「금니빨」을 「금이빨」로, 「흰 거위산을 찾아서」를 「흰거위산을 찾아서」로, 「늙은 어머니의 향기」를 「늙으신 어머니의 향기」로, 「은행나무처럼」을 「은행잎 지다」로, 「아버지와 홍매화」를 「아버지의 홍매」로, 「안개섬을 찾아」를 「안개섬을 찾아서」로, 「생오지 눈사람」을 「생오지 눈무덤」으로, 모두 일곱 작품이다. 「생오지 눈무덤」은 초판 발표 당시에는 「생오지 눈무덤」으로 발표되었으나, 단편집으로 엮으면서 「생오지 눈사람」으로 작품명을 바꾼 경우이다.

특히 이번 7권의 선집에는 문순태의 창작집 『고향으로 가는 바람』(1977)부터 『생오지 눈사람』(2016)까지 각각 창작집 초판에 실린 '작가의 말'과 평론가의 '해설'을 각 권에 나누어 실었다. 이는 두 가지의 의미를 지닌다. 하나는 작품을 독자들에게 내놓았을 당시, 작가의 소회와 고백을 생생하게 느낄 수 있다는 점이다. 예를 들면, 『고향으로 가는 바람』에서 문순태는 "이 산 저 산 쫓기며 전쟁의 총알받이가 되었던 유년 시절, 지게 목발 두드리다가 부모 몰래 광주로 튀어나왔던 소년 시절, 퀴퀴한 하수구 위의 판잣집 단칸방에 네 식구가 뒤죽박죽으로 벌레처럼 엉켜 살았던 청년 시절, 그러다가 어른이 되어선 제법 으스대고 사치와 허영에 길들어지면서, 고향은 두 번 다시 생각하기도 싫었던 삼십 대 느지막에, 나는 비로소 번데기가 되어 다시 태어난 셈"이라고 고백한다. 그리고 문순태가 어느 정도 중견 작가의 반열에 오른 뒤에 쓴 『시간의 샘물』에서 "어렴풋이나마 소설이 무엇인가를 깨닫게 되고 차츰 나이가 들어가면서부터 소설쓰기가 마치 끝없는 절망과 싸운 것처럼 힘들어진다. 이제는 전통적 소설쓰기로는 살아남기조차 어려울 것 같은 위기감마저 느낀다"라고 하면서, 90년대 소설문학의 지각변동에 대한 작가로서의 소회를 밝힌 것과, 일흔여덟에 출간한 『생오지 눈사람』에서 "아마도 내 생의 마지막 창작집이 될 것 같다. 이제야 어렴풋이 소설이 보이는 것 같은데 내 영혼이 메마르게 되었구나 싶어 아쉽다. 이럴 줄 알았더라면 더 치열하게 붙안고 매달릴걸…… 어영부영 흉내만 내다보니 어느덧 길의 끝자락이 보인다"라고 하면서 회한을 드러낸 점 등이 그러하다. 이처럼 선집의 각 권마다 실려 있는 초판 '작가의 말'은 작품을 쓸 당시, 작가의 마음을 엿볼 수 있게 구성되어 독자들에게 새로운 재미를 줄 것으로 기대된다.

다른 하나는 작가 의식의 변모 양상과 함께 소설의 주제가 확장되는 지점을 포착할 수 있다는 점이다. 가령, 초기에 쓴 『고향으로 가는 바람』에서 문순태는 자신이 소설을 쓰는 이유를 "지적인 칼로 잘못된 사회와 역사를 담대하게 베어내고 새 싹이 돋게 하기 위해서"라고 말한다. 그러다가 1980년대 5·18 민주화운동을 체험한 이후에 쓴 『철쭉제』에서는 "작가가 된 지금 누구인가 나에게 왜 소설을 쓰느냐고 묻는다면, 먼저 나 자신을 구원받기 위해서"라고 말한다. 즉, 젊은 시절에는 소설이 역사의 칼로서 역할을 해야 한다고 생각했던 그가 중년에 이르러서는 소설이 '구도의 길 찾기'로서 역할도 해야 한다고 주장한 것이다. 그리고 최근에 쓴 『생오지 눈사람』에서는 소설이 "날카로운 침으로 잠든 영혼을 깨울 수 있다면 족하다"라고 하면서, 소설에 대해 '성찰의 거울'로서의 역할을 강조한다. 이렇듯 문순태는 초기에는 소설이 인간의 삶과 사회를 변화시키는 데 도움을 줄 것이라는 확신에서 '일상성 안에서 의미 찾기'와 '이질적인 것들의 어울림'을 추구했다면, 중년에 들어서 쓴 작품에서는 6·25전쟁, 5·18 민주화운동의 체험을 객관화하여 '구원'의 문제로까지 심화시켰으며, 노년에 쓴 작품에서는 성찰의 깊이가 더해져 노년의 삶과 소통 문제, 그리고 후손에게 물려줘야 할 자연의 생태문제로까지 주제를 확장시켰음을 '작가의 말'과 '해설'을 통해 확인할 수 있을 것이다.

이번 편집을 하면서 '작가의 말'과 '해설' 부분에서도 독자의 가독성을 위해 한자를 한글로 바꾸었다. 다만, 의미 파악을 위해 반드시 필요하다고 생각될 경우에는 한자를 병기했다. 또한 '해설'의 경우 각 권마다 해설자가 다르고, 초판 출간 당시 편집체제가 일치하지 않아 홑화살괄호(〈 〉)와 홑낫표(「 」)의 경우, 강조 시에는 작은따옴표('')로, 대화 글이나 인용 시에는 큰따옴표(" ")로 바꿨다. 그리고 '르뽀'를 '르포'로 바꾼 것처럼 외래어나 한글 맞춤법 표기법 개정 이전의 단어와 용어는 개정된 한글 맞춤법 표기법 규정에 따랐다.

마지막으로 문순태 소설의 많은 독자와 연구자를 위해 이번 선집에 수록한 작품의 발표지면과 작가 연보를 실었다. 만약 이를 참고하여 작가의 삶과 시대를 연관 지어 소설을 읽는다면 독자들은 훨씬 더 깊고 다양한 재미와 울림을 느낄 수 있을 것이다. 유년시절을 소환하거나 잃어버린 고향을 찾고 싶은 이에게는 1권 『고향으로 가는 바람』과 2권 『징소리』를, 아버지에 대한 그리움이 간절한 이에게는 3권 『철쭉제』와 6권 『울타리』를, 어머니에 대한 사랑이 그리운 이에게는 4권 『문신의 땅』과 5권 『된장』을, 인생을 되돌아보고 싶거나 삶을 아름답게 갈무리 짓고 싶은 이에게는 7권 『생오지 뜸부기』를 추천한다. 그리고 소설 쓰기를 준비하는 예비 작가는 이 중·단편선집을 통해 지난 51년간의 작가 인생이 농축된 창작에 대한 열정을 배울 수 있을 것이다. 또한 문순태 소설에 대한 본격적인 연구를 준비하는 연구자는 작가에 대한 기초 자료와 중·단편선집이 확보된 만큼 다양하고도 활발한 연구가 가능할 것으로 보인다. 이처럼 이번 중·단편선집은 문순태 작가의 주요한 작품을 한데 묶음으로써, 독자들이 그의 작품 세계에 보다 쉽게 접근할 수 있도록 했다는 데 그 의의가 있을 것이다.

1965년 작가가 김현승 시인의 추천을 받아 『현대문학』에 처음 이름을 올린 지 56년이 되는 해에, 그의 중·단편선집을 발간하게 되어서 엮은이로서도 매우 기쁘다. 이 선집 작업은 많은 이들의 사랑과 관심이 있었기에 가능했다고 본다. 먼저 선집 작업을 시작할 때부터 "한국문학사에 남을 의미 있는 작업을 하고 있다"라고 격려해 주신 이미란 교수께 감사드린다. 그리고 바쁜 와중에도 기꺼이 기초 작업에 도움을 준 전남대학교 국어국문학과 석·박사 과정 연구자들과 감수 과정에서 독자의 눈으로, 때로는 교감자의 시선으로 꼼꼼하게 읽고, 교정에 참여해 준 이영삼 박사에게 감사를 드린다. 또한 편집과 세세한 부분에 신경을 써 준 편집부와 이 선집 작업을 누구보다 기뻐하며, 어려운 여건에서도 기꺼이 맡아주신 박성모 대표께도 감사드린다. 마지막으로 만날 때마다 얼굴 가득 웃음 머금고, 두 손으로 내 손 꼬옥 잡아주시며 힘을 주셨던 문순태 작가 부부께 감사드린다. 더불어 문순태 작가의 소설 작품들이 오랫동안 우리 곁에서 눈향나무와 같은 향기를 품고 살아 숨쉬기를 소망한다.

2021년 2월
엮은이 조은숙

차례

책머리에 ── 3

인간의 벽 ── 11

최루증催淚症 ── 89

시간의 샘물 ── 111

느티나무 타기 ── 169

흰거위산을 찾아서 ── 209

느티나무 아저씨 ── 239

느티나무 아래서 ── 265

그리운 조팝꽃 ── 289

된장 ── 313

작품 해설 ── 357

작가의 말 ── 367

수록 작품 발표 지면 ── 370

작가 연보 ── 371

인간의 벽

1

대한항공 여객기가 김포공항을 이륙하여 하늘 높이 솟아오르는 순간, 조만복 할아버지는 무너질 듯한 현기증을 느꼈다. 두 시간 전, 난생처음으로 호텔 식당에서, 비행기의 옆자리에 앉은 요시다와 함께 먹은 비싼 음식물들이 한꺼번에 쏟아져 나올 것만 같았다. 그는 심한 토역증을 느꼈다. 이상하게도 비행기가 하늘 높이 솟아오를수록 자신이 땅속 깊숙이 처박히는 듯한 기분이었다. 그리고 비행기가 한여름의 태양이 화염처럼 눈 부시는 창공을 가로지르는 순간 잠시 눈을 감았을 때, 그는 문득 자신이 깜깜한 지하갱도의 막장에 갇혀 있는 듯 답답함을 느꼈다. 40년 전의 악몽이 되살아난 듯싶었다. 하복부를 바짝 쥔 자석벨트가 40년 전 그를 속박했던 노무자의 밧줄처럼 생각되기까지 했다. 그는 옆에 앉은 요시다에 의해서 다시 일본으로 끌려가고 있는 듯한 속박감에서 벗어날 수가 없었다.

조만복 할아버지는 일본에 다시 가고 싶지가 않았다. 요시다가 그를 만나고 싶다고 했을 때도 피하려고 했다. 그런데도 그는 40년 전처럼 자의대로 행동할 수가 없었다. 그는 비로소 아직도 그 자신이 완전한 자유인이 아니란 것을 절감했다.

일주일 전 조만복 할아버지는 광주시의 충장로 한복판에서 광주학생독립운동의 날을 부활시키자는 서명운동을 하고 있었다. 그는 우체국 앞에 책상을 갖다 놓고 앉아서 지나가는 시민들을 상대로 한 달째 서명을 받고 있었다. 그렇게 하는 것만이 자신의 과거를 역사 앞에 속죄하는 일이라고 믿었다. 교통질서를 방해한다는 이유로 여러 차례 파출소에 끌려다니면서도 한 달 동안 서명받는 일을 계속해 왔다. 일본에 대한 적개심을 키울수록 자신의 죄책감도 함께 되살아났다. 아무도 그를 말리지 못했다.

서명운동을 시작한 지 35일째 되는 날 방송국 사람들이 그를 찾아왔다. 일본에서 요시다라는 사람이 서울에 와서 그를 만나고 싶어 한다는 말을 들었을 때, 그는 요시다라는 사람을 알지 못한다고 했다. 그런데도 방송국 사람들이 무슨 8·15 특집을 만들어야 한다면서 함께 서울까지 동행하자고 졸라댔다. 그러나 그는 요시다라는 사람을 알지 못했으므로 그들과 동행할 것을 거절했다.

"사십 년 전에 할아버지를 노무자로 끌어갔던 사람입니다."

방속국 사람이 말했다. 그러면서 그가 요시다라는 사람을 만나는 일이 광주학생독립운동의 날을 부활시키는 데 도움이 될 것이라고 하였다. 결국 조만복 할아버지는 그 말에 동요되어 방속국 사람들의 차에 올랐다.

서울에 올라와서 으리으리한 호텔에 들어섰을 때, 그 나이 또래의 늙고 깡마른 일본인이 와락 그를 끌어안으면서 용서해달라는 말을 몇 번이고 되풀이했다. 조만복 할아버지는 요시다라는 사람한테 참나무토막처럼 빳빳하게 굳은 몸으로 끌어안김을 당한 순간 분노보다는 얼떨떨한 부끄러움을 느꼈다. 그는 한동안 꼼짝 않고 서서 도수 높은 안경알에 가려진 늙은 일본인의 두 눈을 찬찬히 들여다보았다. 요시다라는 늙은이의 작은 눈에는 엷게 핏발이 돋아 있었다. 물론 기억에 없는 사람이었다. 그의 기억 속에 남아 있는 일본사람들이라면, 무릎도리에 각반을 치거나 머리에 꼭 낀 작은 모자를 쓰고 긴 칼을 찬 사람들이나, "다꼬 감바레!"를 외치며 가죽 채찍을 휘둘러 대는 두억시니와 같은 사람들이었다. 조만복 할아버지는 꿈속에서도 그들을 떠올리고 싶지가 않았다. 요시다는 오랫동안 조만복 할아버지의 손을 붙들고 선 채 훌쩍거리기까지 했다. 그러나 조만복 할아버지는 요시다의 울음에 조금도 마음이 동요되지 않았다. 그는 오히려 가벼운 저항감을 느꼈다.

"조 선생, 나는 당신들한테 용서받기 위해서 한국에 왔습니다. 죄 많은 이 사람을 용서해 주십시오."

늙은 요시다는 안경을 벗고 손수건으로 눈물을 훔치며 깔깔한 목소리로 말했다. 조막복 할아버지는 무감각한 표정으로 요시다를 뚫어지게 바라보고만 있었다. 그는 아무 말도 하고 싶지가 않았다. 그의 생각에 요시다는 마치 한바탕 일방적으로 두들겨 패고 나서 화해를 하자고 손을 내미는 사람처럼 뻔뻔스럽기까지 한 것이었다.

"할아버지, 잠시 후 녹화를 할 때, 요시다 씨가 할아버지 앞에 무릎을 꿇고 용서를 빌 것입니다. 그때 할아버지께서 요시다 씨를 부축하여 편히 앉으라는 말을 해주십시오. 그리고 요시다 씨가 용서를 해주시겠습니까 하고 물으면 용서해 주겠다고만 대답하십시오."

방속국 사람이 말했다. 조만복 할아버지는 방송국 사람에게, 젊은이는 일본사람이오, 한국사람이오 하고 묻고 싶었지만 참았다. 그는 눈물을 흘리면서 용서를 비는 요시다보다 더 위축감을 느끼고 있었다. 요시다 앞에 당당하게 처신하지 못하는 자신이 부끄러웠다. 방송국의 카메라 앞에 요시다와 나란히 앉게 되었을 때 그의 위축감은 패자의 자곡지심自曲之心으로 변했다. 당당한 태도로 하고 싶은 말을 분명하게 말한 쪽은 오히려 요시다였다.

아나운서로부터 자신을 소개받은 요시다는 의자에서 벌떡 일어서 허리를 90도로 꺾어 시청자들에게 정중히 인사를 한 다음 꼿꼿하게 등뼈를 곧추세우고 쩌렁쩌렁한 목소리로 말하기 시작했다.

"나는 지금으로부터 사십여 년 전 일본 아오모리갱 노무보국회 동원부장 자리에 있으면서, 천황폐하의 명령을 받아 한국에서 노무자와 정신대를 연행해갔던 전쟁범죄자올시다. 나는 전쟁이 끝난 지 사십 년이 지난 오늘, 일본이 저질렀던 비인도적 잔학성을 역사 앞에 밝힘으로써 다시는 그와 같은 죄과를 범하지 않게 하고, 내 자신이 저질렀던 죄를 여러분 앞에 속죄하며, 여러분들의 용서를 받기 위해 대한민국에 찾아와서 이 자리에 엎드리게 된 것입니다. 내가 여러분 앞에 용서를 비는 것은 전쟁을 비난하되, 나 개인을 증오하지는 말아 달라는 부탁을 하고 싶어서입니다. 마음이 아픈 것은, 사십여 년 전 내가 끌어갔던 노무자들 가운데 대부분은 전쟁이 끝나기도 전에 질병과 영양실조와 고통을 이겨내지 못하고 이미 세상을 떠나 버려 고국에 돌아오지 못하고 먼 이국의 고혼이 되었다는 것입니다. 나는 죽은 영혼들에게도 용서를 빌고 싶습니다."

72살의 요시다는 카랑카랑한 목소리로 단 한 번도 막힘없이 연설하듯 좔좔 뇌까렸다. 그는 아나운서가 40여 년 전 이 땅에서 노무자들과 정신대를 끌어갈 당시의 상황에 관해서 묻는 말에도 망설이거나 숨김없이 훈련받은 군인처럼 큰 소리로 절도 있게 대답했다. 그러나 때때로 그는 무대 위의 연극배우처럼 참담하게 고개를 숙이기도 하고, 말하는 도중에 안경을 벗고 손수건으로 눈을 훔치기도 했다. 그러다가 그는 방송국 사람과 약속했던 대로 맨바닥에 조만복 할아버지를 향해 무릎을 꿇고는 고개를 무겁게 떨구어 조아리며 "이 죄인을 용서해 주시겠습니까?" 하고 물었다. 순간 조만복 할아버지는 너무 당황하여 어찌할 바를 모르고 몇 차례 의자에서 일어섰다 앉았다 하면서 옆에 앉은 아나운서의 표정만을 살폈다. 그리고 얼마 전에 호텔에서 방송국 사람이 부탁했던 대로 꿇어앉은 요시다를 부축하여 의자에 앉게 하고 "용서합니다. 귀신도 빌면 용서해 준다고 하지 않습니까" 하고 말하고 말았다. 조만복 할아버지는 그 앞에 무릎을 꿇고 용서를 비는 요시다보다는 자신이 더 약하고 비굴하게 느껴졌다. 아나운서가 그에게 일본에 끌려갔던 당시의 상황과, 지하노역장에서 인간 이하의 고통을 겪었던 때의 일을 물었을 때도, 조만복 할아버지는 마치 심문을 당하는 사람처럼 주눅이 들어 제대로 말을 잇지 못했다. 그는 차라리 의자 밑이나 요시다의 등 뒤로 숨어 버리고 싶은 생각이 간절했다.

방송국 녹화가 끝난 다음 날부터 일주일 동안 요시다를 안내하면서 그와 함께 국내 여행을 하면서도 그런 생각을 떨쳐버릴 수가 없었다. 그리고 요시다가 모든 경비를 부담하기로 하고 그와 함께 일본방문을 위해 비행기에 오르면서도, 조만복 할아버지는 자신이 40여 년 전처럼 어떤 보이지 않는 질긴 밧줄에 묶여 끌려가고 있는 것만 같았다.

조만복 할아버지는 비행기가 고도를 유지한 뒤에도 좌석벨트를 풀지 않고 있었다. 자신이 요시다로부터 끌려가고 있다는 생각 때문이었는지 몰라도, 차라리 벨트에 묶여 있는 상태가 마음 편할 것 같아서였다.

"조 선생, 앞으로 한 시간 반 후면 우리가 일본 땅에 내리게 됩니다. 조 선생의 이번 일본 방문은 사십여 년 전 노무자로 끌려왔던 때와는 다릅니다. 그때는 끌려왔지만, 지금은 초대되어 손님으로 온 것입니다. 그러니 조금도 불안해하시지 말고 마음을 편히 하십시오. 지난날을 다 잊어버리고, 나와 함께 일본 관광이나 하고 돌아가십시오. 조 선생이나 나나 피차에 이제는 다 살았지 않습니까. 죽음이 가까운 지금 지난날의 원한일랑다 풀어 버리십시오."

옆에 앉은 요시다가 친절하게 말했다. 조만복 할아버지는 억지웃음을 머금고 고개를 끄덕일 뿐이었다. 그는 여전히 자신이 깜깜한 지하갱도의 막장 속에 꿍겨 박혀 있는 기분이었다. 태양이 이글거리는 하늘을 날고 있다는 생각은 꿈처럼 현실감이 없었다. 40여 년 전, 지하 작업장에서 숨져갔던 동료들의 얼굴이 하나둘 선명하게 떠올랐다.

"전쟁 탓이지요. 얼마 전에 내가 우리 아들들한테 내 과거를 이야기했을 때, 그 아이들도 그렇게 말하더군요. 전쟁 탓이지 아버지의 잘못이 아니라고 말입니다. 우리 아이들은 내가 속죄하기 위해 한국에 가겠다고 했을 때도 반대했답니다. 지금이라도 다시 전쟁이 일어나서 자신들이 천황 폐하의 명령을 받게 되면 아버지처럼 할 수밖에 없을 것이라고 말하더군요. 그렇지만 그 아이들은 전쟁을 원치 않아요."

요시다는 그렇게 말하고 나서 의기양양한 목소리로 한복을 입은 여자 승무원을 불러 술 두 잔을 가져다 달라고 했다. 여자 승무원이 식사가 끝난 다음에 술을 가져다주겠다고 상냥하게 말하자, 요시다는 지금 당장 가져오라는데 무슨 잔소리가 많으냐며 호통을 쳤다. 오히려 조만복 할아버지가 여자 승무원한테 미안하다고 사과의 말을 했다. 텔레비전 카메라 앞에서 눈물을 흘리고 조만복 할아버지한테 무릎을 꿇고 용서를 빌기까지 한 요시다는 조금도 마음이 위축되지 않고, 뻔뻔스러울 만큼 당당하게 처신했다. 일주일 동안 국내 관광을 하면서도 그는 조만복 할아버지의 제의를 묵살하고 그가 가고 싶은 곳을 마음대로 골라 다녔다. 조만복 할아버지는 되도록 시설이 잘되어 있는 경주나 설악산 같은 곳을 구경시켜주고 싶어 했다. 한국도 이제 이만큼 발전했다는 것을 보여주고 싶었기 때문이었다. 그러나 요시다는 한사코 그가 40여 년 전 노무자와 정신대를 끌어갔을 때 가보았던 전라도 궁벽 진 곳을 택했다. 그리고 그는 어쩌다가 옛날 모습 그대로 남아 있는 곳을 발견하면 "아, 여기는 정말 옛날 그대로군요." 하면서 반가워하며 탄성까지 지르는 것이었다. 그는 결코 한국의 발전된 모습에 대해서는 한마디도 하지 않았다.

"일본도 많이 달라졌겠지요?"

비행기가 한반도의 서남쪽 끝의 상공을 벗어나고 있을 때, 처음으로 조만복 할아버지가 먼저 입을 열었다.

"전쟁이 끝난 후에 많이 발전했지요."

요시다가 자랑스럽게 대답했다.

"일본이 패전하지 않았더라면 어떻게 되었을까요?"

조만복 할아버지가 다시 물었다.

"전쟁에 이겼더라면 더 많이 발전했겠지요. 대동아의 꿈이 이루어졌을 테니까요."

"그렇게 됐더라면 요시다 선생이 내게 용서를 빌지도 않았을 거구요."

조만복 할아버지는 약간 비아냥거리는 말투였다. 요시다는 한동안 말없이 앉아 있다가,

"글쎄요. 하지만 어디까지나 나는 일본을 대표해서 용서를 빌었던 것은 아닙니다" 하고 애매하게 말했다.

순간 조만복 할아버지는 40여 년 전 한국인 노무자들에게 가죽 채찍을

휘둘렀던 요시다의 모습을 상상했다. 그리고 호텔에서 처음 만나 그가 내민 손을 잡았을 때 그의 앙상한 손이 마치 가죽 채찍처럼 섬뜩하게 느꼈던 것을 상기했다.

"일본에는 아직도 나처럼 한국에서 노무자와 정신대를 끌어갔던 노무보국회 출신들이 오만 명쯤 살아남아 있습니다만, 그 오만 명 가운데서 오직 나 혼자만이 유일하게 한국인들에게 용서를 빈 것이지요."

요시다는 5만 명 가운데서 오직 혼자만이라는 대목에 힘을 주어 자랑스럽게 말했다. 그렇게 말하는 요시다의 얼굴에는 용서를 비는 사람답지 않게 어떤 승리감에 도취한 것같이 엷은 미소가 흘렀다.

조만복 할아버지는 너무 초라한 자신이 부끄러웠다. 애써 잊으려 해도 40년 전의 악몽이 되살아났다.

2

여섯 달째 햇빛을 보지 못했다. 태양이 고향처럼 그리웠다. 고향의 가족들 얼굴이 희미하게 머릿속에서 윤곽이 흐려져 가는 것과도 같이, 태양의 모습까지도 잊혀 버린 듯싶었다. 어쩌면 다시는 햇빛 한번 보지 못한 채, 어둠 속으로 영원히 묻혀 버릴지도 모를 일이었다. 태양이 눈물겹도록 그리웠다.

머리 위에는 언제나 자유를 구속한 절망적인 어둠뿐이었다. 새벽에 지하노역장으로 끌려올 때나, 밤 11시가 되어서야, 그리움마저 귀찮아져 버린, 흙더미보다 더욱 무겁게 지쳐 흐느적거리는 육신을 끌고 노무자 합숙소로 돌아갈 때, 힘겹게 쳐다본 하늘을 언제나 지하노역장의 천장처럼 음산하고 답답하게만 느껴졌다. 겨우 바라볼 수 있는 것은 꺼져가는 생명처럼 안타깝게 반짝이는 별과, 지친 육신을 더욱 참담하게 비춰주는 희미한 달빛뿐이었다. 별과 달을 쳐다볼 수 있을 때는, 죽고 싶을 정도로 마음이 약해졌다. 별과 달빛은 왜 사람의 마음을 그렇게 약하게 만드는 것인지 몰랐다. 문득문득 죽고 싶은 마음이 들게 하는 별과 달을 보지 않게 되었으면 하고 바랐다.

안전등이 희끄무레하게 비추는 곳은 언제나 그들이 뚫어야 할 암벽과 흙더미뿐이었다. 그들은 안전등의 불빛이 비추는 곳에 곡괭이 끝을 내리꽂아야만 했다. 그들이 뚫고 있는 것은 터널이 아니라, 끝없는 어둠일지도 몰랐다. 그들은 태양을 다시 볼 수 있을 때까지 곡괭이로 단단한 암벽을 깨고 흙더미를 긁어내고 있는 것이었다.

어둠을 찍는 곡괭이질 소리가 지하노역장을 흔들어 댔다. 그러나 찍어도 찍어도 어둠은 끝이 없었다. 끝없는 그 절망적인 어둠이 죽음으로까지 계속 이어질 것만 같았다. 그들이 모두 희망을 버렸듯이 어둠 또한 끝이 있을 것이라고 믿는 사람은 아무도 없었다.

"다꼬 감바레!"

긴 죽도와 가죽 채찍을 든 감독들이 1분에 두 차례씩 구령하고, 구령이 떨어지기가 바쁘게 노무자들은 "오쯔" 하고 대답했다. 그 소리가 곡괭이질 소리보다 더 크게 울렸다.

감독들이 자주 구령을 외치고, 노무자들이 큰 소리로 대답을 하게 한 것은 잠시도 머리에 잡념을 넣지 않게 하려는 것이었다. 노무자들은 "오쯔" 소리와 함께, 감독들의 채찍이 몸에 감기지 않은 것만으로 한숨을 돌렸다.

그들이 지하노역장에서 감독의 구령에 맞춰 곡괭이질을 하는 순간만은 죽음마저도 생각할 여유가 없었다. 그저 감독들의 죽도나 가죽 채찍에 맞지 않기 위해 아무 생각도 없이 기계적으로 곡괭이로 흙벽을 찍어 내릴 뿐이었다. 그들은 이미 감정을 소중하게 여기는 사람이 아니었다. 자신이 만나고 싶은 사람을 그리워하고, 미운 사람한테 욕을 해 대는, 기쁨과 슬픔과 분노와 즐거움의 감정을 가졌다고 생각하는 사람은 하나도 없었다. 그들은 이제 슬픔이나 고통마저도 느낄 수가 없게 되었다.

그리움을 잊지 않고 있는 사람은 15살의 김천보뿐이었다. 다른 노무자들이 감독의 구령에 따라 "오쯔" 하고 답할 때, 김천보만은 "오까상" 하고 "오"는 큰소리로, 그리고 "까상"은 마음속으로만 외쳤다. 만일 "어머니"라고 했다가는 한 끼의 밥을 굶게 되기 때문이었다. 감독은 노무자들이 조선말을 하는 것을 발견하면, 한마디에 한 끼씩 굶겼다.

김천보는 하루에도 어머니를 일본말로 수천 번씩 부르면서 곡괭이질을 했다. 어쩌면 그가 지금껏 죽지 않고 살아남아 있는 것은 어머니를 부를 수 있기 때문이었을지도 모를 일이었다. 적어도 김천보만은 아직도 그의 뼛속에 그리움이라는 찌꺼기가 남아 있었다.

그러나 나이가 든 노무자들은 김천보가 어머니를 부르는 것을 싫어했다. "오쯔" 대신에 "오까상"을 부르는 것을 그만두지 않으면 감독한테 일러바치겠다고까지 협박을 했다. 그러나 아직 아무도 김천보를 감독한테 일러바치지 않았으며, 김천보도 아직 한 번도 "오쯔"라고 답하지 않았다.

김천보는 왜 나이든 노무자들이 그가 어머니를 부르는 것을 싫어하는지 잘 알고 있었다. 그들은 어머니조차도 생각하기 싫었다. 그들이 생각하는 것은 먹는 것과 잠자는 것과 감독들의 채찍을 피하는 것뿐이었다. 그들은 차라리 모든 것을 잊어버리고 싶었다. 고향도, 부모도, 친구들도 지나간 일들까지도 잊어버리고 싶은 것이었다.

김천보가 곡괭이질을 하면서 어머니를 불러대는 것을 싫어하지 않는 사람은 언제나 김천보를 그의 옆에 있게 하고 싶어 하는 조만복뿐이었다. 조만복은 김천보보다 나이가 배나 더 많았다. 31살의 조만복은 오히려 김천보가 어머니를 부리지 못하게 될까봐 걱정을 하였다. 김천보가 어머니를 부르는 대신에 다른 나이든 노무자들처럼 "오쯔" 하고 답하게 되면 그는 살아갈 힘을 잃어버리게 될 것이기 때문이었다. 그 때문에 조만복은 그런 김천보를 격려해 주기 위해 가끔은 그 자신도 김천보와 같이 "오"는 크게, 그리고 "까상"은 마음속으로만 외치기도 했다. 그렇다고 해서 조만복이도 김천보처럼 고향에 대한 그리움 따위를 간직하고 있는 것은 아니었다. 조만복이도 이미 다른 노무자들처럼 고국에 다시 들어갈 수 있다는 희망을 버린 지가 오래였다. 그는 자신이 고국에 돌아갈 수 없다는 것을 잘 알고 있었다. 다만 그의 희망이라면 어둠의 끝을 보는 것이었다. 어둠을 뚫고 한 번이라도 눈부신 태양을 보는 것뿐이었다.

지하노역장은 거대한 무덤처럼 음산했다. 곡괭이질 소리와 감독들의 구령과 채찍 소리, 그리고 노무자들이 구령에 답하는 소리만 없다면 영락없는 거대한 무덤이었다. 실제로 죽음이 여기저기에 도사리고 있었으며, 눅눅한 주검의 냄새까지도 맡을 수가 있었다.

그들이 판 지하노역장은 공기소통이 잘 안 되어 축축한 습기와 흙가루 때문에 숨을 제대로 쉴 수가 없었고, 땅 밑과 사방의 벽에서 흐르는 물은 배수가 안 되어 통로는 하수구처럼 철벅거렸다. 더구나 작업 중에 밖에 나가 대소변을 볼 수 없었기 때문에, 지린내와 인분 냄새가 가득했고, 쥐새끼들이 우글거려, 대부분 노무자는 호흡기병, 소화기병, 폐병, 티푸스에 걸려 있어, 일을 하다가 가도 피를 토하며 쓰러지곤 했다.

병에 걸리는 것이 아니라도 때때로 천장과 흙벽이 무너져 그대로 파묻혀 죽거나, 갑자기 벽에서 큰물이 쏟아져 휩쓸리고, 오랫동안 차 있던 가스가 일시에 폭발하여 목숨을 잃을 때가 많았다.

그러나 그들은 이미 그리움과 희망을 포기한 지 오래였기 때문에 죽는 것을 두려워하지 않았다. 오히려 죽음만이 편안한 휴식으로 생각했다. 그 때문에 극도로 지친 노무자들은 차라리 병에 걸리기를 원했다. 병에 걸리면 최소한 무덤 속 같은 지하노역장에서 감독들의 채찍을 맞아가며, 온몸이 낙엽 부스러기가 되듯 일을 하지 않아도 된다고 생각했기 때문이다. 그러나 여지껏 그곳 지하노역장에서 병에 걸려 들것에 실려 나간 환자가 살아서 다시 돌아온 경우는 한 사람도 없었다.

그들은 지하노역장에서 일하다가 병에 걸려 작업능력이 없어지면 들것에 실어다가 산 채로 구덩이 속에 던져 생매장을 당하고 만다는 사실을 알고 있었다. 그런데도 병에 걸리기를 원하는 것은 이미 삶을 포기해 버렸기 때문이었다.

병에 걸린다 해도 단 한 번이라도 곡괭이를 들 수 있는 힘이 남아 있을 때까지는 결코 노역에서 풀어주지도 않았다. 그 때문에 기력이 쇠진할 때까지 일하다가 그 자리에서 쓰러진 채 숨을 거두는 노무자들이 많았다.

김천보가 곡괭이질을 하면서 "오쯔" 대신에 어머니를 부를 때, 조만복은 머리 위에 이글거리는 한여름의 눈부신 태양을 떠올렸다. 김천보가 어머니를 그리워할 때마다 조만복은 언제나 눈부신 태양을 생각하곤 했다. 그가 그의 유일한 희망인 태양을 생각할 때마다 감독의 가죽 채찍이 어김없이 그의 등짝을 휘감았다. 감독의 가죽 채찍은 귀신처럼 그의 생각을 정확하게 알아내곤 한 것이었다. 그 때문에 조만복의 태양은 언제나 감독의 채찍을 불렀다. 조만복은 감독의 채찍이 하루에 몇 번이나 그의 등짝의 살을 찢으며 휘감기는지 매일 빼지 않고 세어보곤 했다. 어느 날은 40번 많을 때는 75번까지도 채찍을 맞았다. 적어도 하루에 50번 정도는 눈부신 태양이 그의 머릿속에 희망으로 번쩍거리며 떠오른 것이었다. 그래도 가죽 채찍으로 등짝을 맞는 것은 대나무를 깎은 죽도로 머리를 맞는 것보다는 견딜 만했다. 죽도로 머리를 쉰 번쯤 맞게 되면, 태양을 생각할 수조차 없을 정도로 바보가 되어 버린 듯 머릿속이 횡뎅그렁해졌다. 재수가 없는 날은 죽도를 든 감독을 만나게 되고, 그런 날은 머리를 50번쯤 두들겨 맞고 나면 신경이 어떻게 되어버린 것인지, 저녁에 음식을 먹을 때 맛을 알 수가 없었으며, 잠을 자고 나서도 머릿속이 윙윙거렸다.

일본인들은 한국인 노무자들을 "다꼬베야"라고 불렀다. 다꼬베야라는 말은 일본어로 문어방文漁房이라는 뜻이었다.

갓데 구루조또 이사미시꾸
(이겨서 돌아오겠다고 용감히)
지깟데 구니오 데데까라와……
(맹세하며 고향을 떠나고서……)

그들은 군가를 부르며 그들이 파놓은 무덤 같은 긴 지하 동굴을 나오고 있었다. 새벽 5시 지하노역장으로 갈 때나, 밤 11시에 하루의 작업을 끝내고 진흙처럼 가라앉은 몸을 이끌고 노무자합숙소로 돌아갈 때는 언제나 똑같은 군가를 비명처럼 외쳐 부르곤 했다. 군가를 큰소리로 외쳐 부르지 않으면 감독의 채찍이 등의 살을 찢었기 때문에, 비명을 지르듯 죽어라고 목청을 돋우었다. 바다의 저쪽 고향에서 끌려올 때부터 줄곧 불러온 군가였다.

지하 동굴의 막장에서부터 입구에 나오기까지는 똑같은 군가를 10번쯤 되풀이해서 불러야만 했다. 입구 쪽에서는 일본인 노무자들이 카바이드불을 대낮처럼 밝힌 채 철근을 세우고 벽과 천장과 바닥에 시멘트를 바르고 있었다. 막장에서 한국인 노무자들이 파놓은 흙을 공차空車를 이용해 동굴 밖으로 운반하는 일이며, 천장과 벽에 시멘트를 바르는 일은 모두 일본인들이 맡아서 했다. 한국인 노무자들의 탈출을 막기 위해서였다.

와아 오오기미니 메사레따루

(우리 천황에게 부름 받아)

이노찌 하에아루 아사보라께……

(이 목숨을 영광스럽게……)

조만복이 김천보를 앞세우고 노무자들과 함께 군가를 부르며 지하 동굴 밖으로 나왔을 때는, 달빛이 흰 눈처럼 화사하게 합숙소의 양철지붕 위에 내리고 있었다. 달빛은 합숙소를 둘러막은 철조망을 환하게 비춰주었다. 철조망에는 고압선을 흐르게 하여 이따금 탈주자들을 새까맣게 타죽게 하기도 했다. 탈주자들은 자신의 몸이 철조망에 닿기만 하면 까맣게 타죽는다는 것을 알면서도 미친 듯 그곳으로 달려가곤 했었다.

조만복은 달빛이 부드럽게 꽂혀 내리고 있는 밤하늘을 쳐다보며 군가를 불렀다. 달빛을 몸에 받자 또 슬픈 생각이 뻗질러 오르도록 마음이 약해졌다. 마음이 약해지면 죽음이 오히려 깊은 잠처럼 편안하게 느껴졌기 때문에, 고압선이 흐르는 철조망으로 달려가고 싶은 충동을 이겨내기가 힘들었다. 달빛과 별들의 반짝거림은 언제나 그를 안락한 죽음으로 유혹하곤 하였다. 조만복은 마음이 약해지는 것을 이겨내기 위해 차라리 눈을 감아 버렸다. 그런데도 이상하게 새벽에 작업장으로 끌려갈 때나, 밤이 깊어서 지하 동굴을 나올 때는 달빛과 반짝이는 별들을 보고 싶어 했다.

그들은 철조망을 따라 1km나 되는 밋밋한 황토밭을 걸어 합숙소로 돌아왔다. 그들이 노무자 합숙소인 함바에 돌아오자, 함바를 지키고 있던 무서운 셰퍼드들이 어둠을 물어뜯기라도 하듯 컹컹 짖어 댔다. 개들은 노무자들만 보면 사납게 으르렁거리며 짖어 대곤 했다. 함바 안에 있을 때는 훈련된 개들이 언제나 그들을 지켰다.

장작개비만큼이나 굵은 자목으로 만든 격자가 함바의 창문을 가로막고 있었다. 달빛은 함바의 창문을 통해 비스듬히 흘러들어 왔다. 함바의 중앙은 흙바닥의 통로로 되어 있고, 통로 양쪽에는 다다미가 깔려 있었다. 판자로 지은 함바 한 동에 90명 정도 수용되어 있는데, 그곳에는 똑같은 함바가 25개나 되었다.

함바에 돌아온 노무자들은 황백색의 송장 같은 얼굴로 썰렁한 다다미 위에 누워 죽음처럼 편안한 잠에 빠져들었다. 그들은 잠을 자면서도 앓는 소리를 냈다. 모두가 서서히 죽어가고 있는 것이었다. 몇몇 사람들만이 나무껍질로 만든 옷을 벗어 이를 잡고 있었다. 손톱으로는 그 많은 이들을 다 죽일 수가 없었으므로, 차례대로 순서를 기다렸다가 스토브에 가서, 옷을 벗어 불에 쬐어 구물구물 기어 나온 이들을 털어냈다. 스토브에서는 이가 타죽는 소리가 깨가 튀듯 하였다. 그들이 옷을 벗어 스토브에

쬐는 것은 이를 잡기 위한 것 외에도 실상은 옷을 따뜻하게 하려는 것 때문이었다. 스토브에 쬔 옷을 입고 자리에 누우면 썰렁한 다다미바닥이 이내 따뜻해졌다. 스토브의 차례를 기다리기가 귀찮은 사람들은 이빨로 옷의 이음매 부분을 질겅질겅 씹어 이를 죽였다.

합숙소의 출입문 오른쪽 벽에는 갖가지 고문 도구들이 놓여 있었다. 길이가 넉 자 정도 되는 가늘고 긴 밧줄며, 양손을 뒤로 결박하여 손을 빼려고 하면 팔이 부스러지게 죄는 도구, 연날리기라고 하여 사람을 묶어 보꾹에 매어다는 기구, 발톱이나 손톱을 찔러 구멍을 내는 송곳 등이 그것이었다.

그들이 이곳 함바에 도착했을 때, 일본인 감독이 맨 처음 보여 준 것이 바로 고문 도구들이었다. 그리고 감독들은 실제로 탈주자들을 잡아다가 그 도구를 사용하여, 그들이 보는 앞에서 심한 고문을 해보기도 하였다.

조만복이와 같은 조였던 최또바우가 탈출을 하다 붙잡혔을 때는 소처럼 코에 철사를 꿰어 모든 함바를 끌고 다녔었다. 그들은 최또바우를 그날 밤 함바의 훈련장 귀퉁이 죽은 느티나무에 묶고, 노무자들이 보는 앞에서 불태워 죽였다. 최또바우는 톱을 훔쳐 함바의 각목격자를 자르고 도망쳤으나 무서운 개들의 추격을 받아 강에 당도하기도 전에 붙잡히고 말았다.

그는 합숙소에서 북쪽으로 1km쯤 떨어진 곳에 강이 흐르고 있다는 것을 알아냈다. 그리고 강쪽에는 고압선 철조망이 없어서 강까지만 도망치면 헤엄을 쳐서 도망칠 수 있으리라고 믿었다.

그들은 최또바우가 도망칠 무렵까지만 해도 함바의 북쪽에 강이 흐르고 있다는 것을 아무도 알지 못했다. 그런데 조장이었던 최또바우가 눈이 녹기 시작하는 어느 이른 봄날, 강에 시체를 치우러 가게 되었다. 겨울 동안 함바를 탈출한 노무자들이 강으로 도망쳐서 얼어붙은 강의 깊이를 잘못 알고 건너가다가 빠져 죽었는데, 봄이 되어 얼음이 풀리면 그 시체들이 강 언덕의 버드나무에 걸려 있는 것이 발견되곤 했다. 최또바우는 시체들을 거두어 강 언덕에 구덩이를 파서 묻고 돌아와서는 그와 가까운 몇 사람들에게 강이 있다는 것을 처음으로 알려주었다. 그리고 자기는 강이 다시 얼어붙기 전에 도망치겠다고 말했다.

함바의 격자창문이 바람이 덜컹거렸다. 밖에서 잠근 함바의 출입문이 삐걱거렸다. 그들이 함바에 들어와 잠을 자는 동안에도 출입문은 언제나 밖으로 잠겨 있었다.

"어머니이……."

잠이 든 줄 알았던 김천보가 나무껍질로 만든 새까만 모포를 머리끝까지 뒤집어 쓴 채, 조만복 쪽으로 돌아누우며 한숨을 토해내듯이 어머니를 불렀다.

"그만 자거라. 한숨 자둬야 내일 채찍을 덜 맞을 게 아니냐."

조만복이도 김천보 쪽으로 돌아누우며 타이르듯 낮은 목소리로 말했다.

"바우 아저씨는 왜 도망을 쳤을까요. 도망치면 죽게 된다는 것을 알고 있으면서도 바보같이……."

김천보가 속삭이듯 말했다.

"살고 싶은 욕심이 너무 컸던 탓이여!"

조만복은 최또바우가 불에 타죽던 날 밤에, 살려달라고 울부짖던 마지막 비명을 잊을 수가 없었다. 지금도 그 소리가 강바람 소리처럼 귓가를 맴도는 것만 같았다.

"다 죽어도, 바우 아저씨 혼자만은 끝까지 살아남을 줄 알았어요."

"최또바우 자신도 그렇게 늘 말했었제,"

"바우 아저씨만은 꼭 살아남아서, 죽은 우리들 소식을 고향에 전해줄 것으로 믿었었는듸……."

"왜 오늘밤에 갑자기 최또바우 이야기는 꺼내느냐?"

"바우 아저씨가 죽고 나니 힘이 없어졌어요."

"이제 그만 자거라. 죽은 사람 생각헐 겨를이 없다."

"잠이 오지 않는구만요. 몸뚱이는 물에 젖은 걸레 조각같이 다다미 바닥에 착 가라앉아 있는듸도, 왜 이리 정신이 말똥말똥 살아날까요?"

"천보 너는 생각이 너무 많아서 탈이다. 생각이 많아봤자 괜시리 몸만 축난다. 내가 사람이다 하는 생각을 버리고, 나는 말이나 소다 하는겨."

"오늘은 어머니를 천 번도 더 불렀구만요. 어머니를 많이 부른 날은 죽은 바우 아저씨 생각이 자꾸만 되살아난다니께요."

"그만 자라니께 그러는구나."

"아저씨 먼저 주무셔요."

"네가 잠이 들어야 나도 잠을 잔다는 것을 알면서도 그러느냐."

"오늘 밤에는 죽은 사람들이 모두 생각나는구만요. 주옥이 아저씨랑, 서 선생님이랑……."

죽은 최또바우와 김주옥, 서정일과, 살아 있는 조만복, 김천보, 장길도 등은 처음 이곳 지하노역장에 끌려와서부터 한 조가 되었다. 최또바우와 김주옥은 경상도가 고향이었고, 서정일은 충청도, 장길도는 경기도, 조만복과 김천보는 같은 전라도 출신이었다. 장길도만 **빼고** 다섯 사람은 부산에서부터 같은 배와 같은 기차를 타고 함께 이곳에 오게 되었다.

최또바우는 6척 장신에 몸이 깍짓동만 하고 힘이 장사였다. 그는 다른 노무자들처럼 강제로 끌려온 것이 아니고 "혹까이도 모집"이라는 광고를 보고 돈을 벌겠다고 자원해서 일본에 왔다. 모집 광고에는 "하루 7원을 준다. 식비는 하루에 40전이고, 일은 공장이나 토목장에서 하게 된다"라고 씌어 있었다. 그는, 식비와 담뱃값을 제하고도 5원 벌이는 할 수 있을 것으로 생각했다. 육신이 참나무토막처럼 튼튼하니 하루도 쉬지 않고 일을 할 수가 있을 것이므로 못해도 한 달에 100원에서 150원 벌이는 간단할 것 같았다. 부두에서 한 달 내 등골이 휘어지도록 짐을 날라 봤자 20원 벌이도 어려운 판에, 100씩만 벌 수 있다고 해도, 2년 동안만 고생하게 되면 한 살림 밑천은 수월하게 모을 수 있을 것으로 믿었다. 그는 부산에서 배를 타지 않으려고 한사코 버티며 발버둥 치는 다른 사람들을 볼 때마다 "쳇, 고향 떠나 먼 곳에 가서 고생하지 않고 어뜨케 돈을 벌겠다는 게야!" 하면서 일본에서 나온 노무보국회 사람들의 눈을 피해, 기회만 있으면 도망치려고 하는 그들을 비아냥거리기까지 했다. 관부關釜 연락선의 화물칸 맨 밑창에 갇힌 채 대소변마저 마음대로 볼 수 없을 정도로 자유를 박탈당했을 때도 돈을 벌어 돌아오겠다는 그의 꿈은 조금도 퇴색되지 않았었다.

막상 일본에 도착해 보니 사정이 달라졌다. 일터는 공장도 토목장도 탄광도 아닌, 어디인지도 모르는 깜깜한 땅속이었다. 새벽 5시부터 밤 11시까지 일을 해도 임금인 2원 35전에, 함바값을 1원 50전을 떼었고, 게다가 닷새를 멀다 하고 작업화가 떨어졌기 때문에, 한 달이면 3원 50전씩 하는 신을 5켤레 이상을 사야 했으므로 오히려 적자였다. 더욱이 탈주를 막기 위해 현금은 한 푼도 주지 않았다. 그는 비로소 잘못 왔다는 것을 알아차렸다. 그러나 약해지지는 않았다. 지하노역장에 붙들려 있다가는 살아서 돌아갈 수 없다는 것도 알았다. 그것은 엄청난 손해였다. 그럴수록 그는 어떻게 해서라도 살아야겠다는 집념이 어금니처럼 단단해졌다. 다른 노무자들이 굶주림과 추위와 혹사에 시달려 모든 희망을 포기했을 때도 최또바우만은 절망하지 않고 무서운 힘으로 버텼다. 그가 믿는 것은 그의 힘뿐이었다.

여자처럼 몸도 마음도 약한 김주옥은 최또바우의 힘에 매달려 살았다. 최또바우한테 매달려 있으면 약한 그 자신이 강해지기라도 할 것처럼 철저하게 의지했다. 김주옥한테 최또바우는 적어도 힘의 우상이었다. 몸과 마음이 약한 그는 눈치 하나는 빨라서 최또바우의 비위를 맞추기 위한 것이라면 무슨 일이든지 했다. 최또바우의 옷에 이를 잡아주는 일이며, 소변항아리를 가져다주기까지 했다. 어떤 때는 그의 음식까지도 한 숟갈씩 최또바우의 그릇에 슬쩍 덜어주곤 했다. 김주옥은 마치 최또바우의 하인처럼 행동했다. 최또바우도 김주옥의 그 같은 헌신적인 행위를 마다하지 않고 오히려 으스대는 기분으로 받아주었다. 김주옥은 자신의 힘으로 해결하지 못할 어려운 일에 부딪혔을 때는 최또바우가 그를 도와줄 것으로 믿고 있는 듯싶었다. 그리고 최또바우가 탈출을 할 때는 그 자신도 함께 데려가 줄 것으로 믿었다. 아뭏든 김주옥은 최또바우가 살아 있는 동안만은 마음 약한 사람답지 않게, 최또바우처럼 삶의 의지가 팽팽해 있었다. 그 때문에 고통스러운 일도 그런대로 다른 사람들보다는 잘 견뎌냈다. 그는 마치 뿌리가 없이 거대한 수목에 붙어사는 기생식물 덩굴풀처럼 최또바우의 힘에 의지하며 살았다. 최또바우만 살아 있으면 그 자신도 끄떡없이 생명을 지탱하며 살 수 있을 것처럼 보였다. 그 때문에 김주옥은 잠시도 최또바우 곁을 떠나지 못했다. 어쩌다가 최또바우가 다른 일에 차출이 되는 날에는 김주옥은 죽어가는 사람처럼 힘이 빠져 버렸다.

최또빠우가 김주옥을 남겨둔 채 혼자 도망쳤을 때, 그는 스스로 죽기를 원한 듯 음식을 먹지 않았다. 그리고 최또바우가 붙잡혀 죽임을 당한 후에 김주옥은 병이 들고 말았다. 김주옥은 마치 그가 기생하던 거대한 수목이 잘려 버린 후의 덩굴풀처럼 이내 시들어가기 시작했다. 그리고 병이 들어 들것에 실려 간 후 다시 돌아오지 못했다.

여섯 사람 중에서 전문학교를 중퇴하여 비교적 학식이 풍부한 학자풍의 서정일은, 비록 힘은 최또바우처럼 강하지는 못했으나 의지가 굳은 남자였다. 그는 마치 신앙심이 두터운 사람처럼 신념이 강했다. 그는 자신을 하느님으로 여기고 믿고 있는 것 같았다. 아무에게도 의지하려고 하지 않았으며, 누구를 도우려는 마음도 없어 보였다. 그는 가느다란 참나무 작대기처럼 단단하게 자신을 일으켜 세우며 살았다. 그의 얼굴에는 고통스러움도 희망도 나타나지 않았으며, 무표정하게 굳어 있었다. 조만복의 생각에 서정일은 최또바우나 최또바우한테 매달려 사는 김주옥 다음으로 자신의 생명을 오래도록 지켜나갈 것 같았다.

최또바우가 함바 안에서는 아무도 그를 못 당해낼 만큼의 강한 힘을 가졌다면, 서정일은 세상 돌아가는 것을 손바닥 들여다보듯 하는 해박한 학식을 가지고 있었다. 어찌 보면 서정일은 왜소한 자신의 체구에 비해 주제스러울 만큼, 거인의 탈을 쓴 채, 모든 고통과 슬픔과 분노와 절망의 표정들을 가면으로 가리고 초인처럼 의연하게 현실을 이겨내려고 한 것인지도 몰랐다. 그러나 결국 그는 아무것도 이겨내지 못했다. 육신의 고통이 너무나도 쉽게 그를 무너뜨리고 말았다. 의지력이 강한 거인의 탈을 벗고 병들어 비척거리는 그의 모습은 뱀의 허물처럼 추하기까지 하였다.

서정일은 여섯 명의 같은 조원 중에서, 최또바우와 김주옥 다음으로 오래도록 생명을 지킬 것으로 믿었었는데, 그와는 반대로 세 번째로 빨리 죽고 말았다.

여섯 명 가운데서 지하노역장에 끌려온 뒤 여섯 달이 넘은 지금까지 살아남아 있는 사람은, 어머니를 그리워하며 훌쩍거리는 나이 어린 김천보와, 처음부터 살아갈 희망을 잃고 절망의 깊은 늪에서 자포자기해 버린 채 지렁이와도 같은 환형동물처럼 삶과 죽음의 고리마디들이 이어져 가까스로 지탱하고 있는 장길도와, 과거에 대한 기억도 미래의 꿈도 없이 오직 태양만을 그리워하는 조만복 세 사람이었다.

죽은 최또바우, 김주옥, 서정일의 자리를 새로운 조원들이 메웠으나, 살아남은 세 사람은 새로 온 조원들에 관해 관심조차 없었다. 그들은 지난 반년 동안 너무 지쳐버렸기 때문에 새로 자리를 메운 그들이 누구이며 어디에 있다가 어떻게 하여 지하무덤인 그곳까지 오게 되었는가에 대해서 아무도 알려고 하지 않았다.

같은 조원끼리 대화가 끊어진 지 이미 오래였다. 더구나 새로 온 세 사람은 한결같이 김천보가 "오쯔"대신 어머니를 부르는 것을 싫어했기 때문에, 김천보와 조만복은 아예 그들과 말을 걸려고도 하지 않았다. 반년 동안 함께 살아온 장길도마저도 김천보나 조만복과 대화를 끊은 지 오래되었다. 장길도는 하루 종일 말 한마디 없이 지내는 날이 많았다. 그가 입 밖으로 내놓는 것은 언제나 고통스러운 신음뿐이었다. "오쯔" 하는 소리까지도 신음으로 토해냈다.

"바우 아저씨, 주옥이 아저씨, 서 선생 모두가 생각나요. 오늘 밤 갑자기 왜 그들이 생각날까요?"

잠이 든 것으로 알았던 김천보가 낮은 목소리로 혼잣말처럼 중얼거렸다.

"천보 너 오늘밤에 왜 그러느냐. 네 머릿속에 들어 있는 생각들을 달걀 껍질 속 모양 몽땅 비워 버리라고 하지 않더냐. 너는 네 어머니 생각 하나만으로도 벅차다."

조만복이가 다시 김천보 쪽으로 돌아누우며 타이르듯 말했다. 기실 조만복이도 이상하게 그날 밤에는 쉽게 잠을 이루지 못했다. 몸은 지칠 대로 지쳐서 진흙처럼 무겁게 가라앉아 있었지만 머릿속이 달빛보다 맑아졌다. 잠을 못 이루는 것은 달빛 때문이었다. 달빛이 자꾸만 지나간 날의 생각들을 연기처럼 피어오르게 했다.

"아저씨 내 고향 아시지요?"

김천보가 속삭이듯 물었다.

"정읍 입암산 밑이라고 했지 않느냐. 헌디, 그건 왜 자꾸 물어 쌓냐."

"아저씨가 잊어버릴까 걱정이 되어서요. 아저씨가 우리 고향을 잊지 않고 있다는 것이, 저한테는 큰 힘이 되거든요."

"네나 내 고향을 잊지 말거라."

"나주에서 가까운 영산강변이라고 하셨잖어요."

"우리 마을에서 나주까지는 이십 리도 못 된다."

"아저씨가 살아남으면 꼭 우리 고향에 가주셔야 합니다잉. 혼자 사시는 우리 어머니 꼭 만나주셔야 합니다잉."

"그 대답도 백 번은 더 했지 않느냐."

조만복은 어린 김천보에게 자신이 살아남지 못하게 될 것이라는 말은 하지 않았다. 어쩌면 죽은 김주옥이가 최또바우의 힘에 기생하듯 매달렸던 것처럼 김천보도 조만복 자신에게 의지하고 있는 것인지도 모른다는 생각 때문이었다.

"아저씨한테서 그 말을 들을 때마다 힘이 살아나거든요. 내 이야기를 우리 어머니한테 전해줄 사람이 있다는 것은 참말로 마음 든든한 일이어라우."

"너도 내 부탁 잊지 말거라."

"내가 내 이름을 잊기 전에는 아저씨 부탁 안 잊을게요."

"됐다. 그만 자자."

"오늘밤에는 제발 어머니 꿈을 좀 꾸었으면 싶어라우. 요즘에는 통 어머니가 꿈에 나타나시지 않거든요."

"너무 지친 탓이여."

"아저씨도 그만 주무셔요."

김천보는 그렇게 말하고 나서 얼굴을 다다미 바닥에 무겁게 묻으며 몸을 엎드렸다. 그는 엎드리고 잠을 자게 되면 꿈을 꿀 수가 있다면서 언제나 잠을 청할 때는 배를 깔고 누웠다.

조만복은 김천보가 이내 코를 골며 잠에 빠진 후에도 잠을 이루지 못하고, 각목의 격자창살 사이로 비스듬히 뻗질러 스며드는 싸늘하게 밝은 달빛을 바라보며 신음과도 같은 한숨을 길게 토했다.

강물을 훑고 온 눅눅한 밤바람이 달빛과 함께 창틈으로 스며들었다. 신선한 수초 냄새가 향기롭게 코끝을 간지럽혔다. 강변의 버드나무잎 냄새며, 누렇게 익은 곡식 냄새까지도 바람에 실려 왔다. 그것은 영산강의 끈끈한 물 냄새와 같았다.

달빛과 함께 버무러져 촉촉하게 스미는 강물과 들녘의 곡식 익는 냄새는 이상하게도 허파 속으로 들어가지 않고 큰골을 자극하여, 오랫동안 잊고 있었던 그리운 사람들의 얼굴을 떠오르게 했다. 달빛과 향기로운 냄새 때문에 자극을 받아 머릿속에 들쭉날쭉 어지럽게 떠오르는 그리운 사람들의 얼굴은 한결같이 눈부신 태양의 모습이었다.

3

영산강은 거대한 한줄기 생명의 핏줄이 되어 그곳에 모여 사는 가난하고 천한 사람들의 몸과 마음속에 흘렀다. 그들에게 그 강물은 소망의 하늘이고 삶의 땅이었다.

조만복은 영산강의 끈끈한 강물 냄새를 맡으며 생각이 여물었고, 계절 따라 방향이 바뀌는 강바람을 맞으며 뼈가 굵었다. 영산강의 강물에서는 가난한 어머니의 속살에서 풍기는 오이 껍질 같은 냄새를 맡을 수가 있었으며, 봄과 여름에 하류 쪽에서 불어오는 부드럽고 시원한 바람과, 늦가을에서부터 얼음이 녹기 전까지 상류에서 불어오는 매서운 고추바람은 아버지의 손처럼 거칠기도 하고 때로는 매섭기도 했다.

조만복은 고향을 떠나 아무리 먼 곳에 가 있어도 영산강의 강물 냄새를 맡고 강바람을 느낄 수가 있었다. 때로는 그의 몸속으로부터 물 냄새가 풍겨 나오고, 강바람이 숨소리와 함께 밖으로 스며 나오는 것 같기도 하였다. 그것은 그의 몸속에 영산강이 흐르고 있기 때문인지도 몰랐다. 그는 자신의 몸에서 영산강의 강물 냄새를 맡을 수 있었고, 영산강의 강바람 소리를 들을 수가 있었다. 그리고 그 순간만은 살아 있음의 기쁨과 행복감에 젖곤 했다.

조만복의 아버지와 어머니는 영산강의 고리버들로 고리짝이나 키를 만들어 파는 고리백정이었다. 그의 할아버지의 할아버지 때부터 영산강을 오르내리며 무자리로 떠돌음 하면서 살아왔는지도 몰랐다. 무자리들의 고향은 언제나 강이었다.

　조만복은 어렸을 때부터 아버지를 도와서 영산강변에 나가 고리버들나무의 가지들을 베어다 껍질을 벗기는 일을 했다. 그리고 어머니를 따라 나룻배를 타고 영산강을 건너 근동의 장을 찾아다니며 아버지가 만든 고리짝이며 도시락, 키 등을 팔기도 하였다.

　아버지는 조만복의 나이 10살이 되던 해에 그를 나주 소학교에 입학시켜 주었다.

　"만복이 네눔은 고리백정이 되어서는 안 된다. 그래서 학교에 보내는 겨."

　그러면서 아버지는 그 후부터 만복이가 고리버들나무를 베어오는 일까지도 못 하게 말렸다. 그러나 만복이는 학교에 다니는 것이 즐겁지가 않았다. 함께 학교에 다니는 아이들이 조만복이를 고리백정이라고 놀려댔기 때문이었다. 그 때문에 그에게는 친구도 없었다. 언제나 혼자서 영산강변에 뻗은 철길을 따라 외톨이로 학교엘 다녔다. 기차가 검은 연기를 내뿜으며 영산강을 따라 오르내리는 모습을 보는 것으로 외톨박이의 외로움을 참아 냈다. 그도 언젠가 어른이 되어 기차를 타고 영산강으로부터 멀리 떠나가고 싶었다. 기차는 그의 꿈이 되어 주었다.

　소학교를 졸업하고 날마다 기차를 타고 광주고등보통학교에 다닐 때까지도 그는 언제나 혼자였다. 아이들은 여전히 그를 고리백정이라고 놀려 댔다. 조만복은 기차 안에서 놀림을 당할 때마다 마음속으로 칼을 갈았다. 그러나 그 칼날은 언제나 조만복 자신을 향해 시퍼렇게 번뜩였다. 결코 그 칼날을 다른 사람한테 보여주지 않았다.

　"두고 봐라, 언젠가는 내가 네놈들을 놀려먹게 될 때가 올 것이다."

마음속에서 번뜩이는 칼날이 그렇게 자신을 다독거려 주었다.

조만복이가 광주고등보통학교 5학년 때인 1929년 10월 30일, 통학 열차 안에서, 일본인 남학생들이 한국인 여학생의 댕기 머리를 잡아당기며 희롱하자, 일본인 학생과 한국인 학생들 사이에 싸움이 벌어졌을 때도 그는 끝까지 모른 척 구경만 했다. 기차 안의 한국인 학생들은 언제나 조만복을 고리백정이라고 놀려 대는 패거리들이었기 때문에 그들의 편을 들어주고 싶지가 않았었다.

다음날, 한국인 학생들과 일본인 학생들 사이에 다시 싸움이 벌어졌지만 조만복은 끼어들지 않았다. 강 건너 불구경하듯 모른 척하고 있는 그에게 "고리백정 조만복, 너는 조선사람이 아니야?" 하면서 무섭게 마음을 찔렀지만 조만복은 끝내 못 들은 척했다.

11월 3일, '전남산잠 6백만 석 돌파 축하회'의 기념식이 끝난 후, 명치절의 신사참배를 거부한 학생들이, 전날의 열차 안에서 있었던 통학생 충돌 사건을 일본학생들 편을 들어 편파적으로 보도한 광주일보를 습격하여 윤전기에 모래를 뿌렸을 때도, 조만복은 우편국 근처에서 멀거니 구경만 했다. 그리고 광주고보 학생들이 몽둥이며 야구 방망이를 들고, 일본인 학교인 광주중학생들과 싸움을 하기 위해 성저리까지 몰려갔을 때도, 조만복은 교실 안에 있었고, 11월 12일 전교생들이 '조선 민중아 궐기하자! 검거자를 즉시 석방하라!'는 구호를 외치면서 시위를 벌였을 때도 일찍 집으로 돌아와 버리고 말았다. 수많은 학생이 붙들려 경찰의 유도도장인 무덕전에 수용되었지만, 그는 조금도 마음이 흔들리지 않았다. 광주학생 민족운동 시위가 일어난 동안 조만복은 시위에 가담하기는커녕 구호 한 번 외치지 않았고 격문 한 장 뿌리지 않았다.

그때까지만 해도 조만복은 자신의 적은 일본인이 아니라고 생각했다. 그는 오히려 일본인들보다는 자기를 고리백정이라고 놀려 대고 아버지한테 함부로 하대를 하는 부잣집 아들들인, 같은 열차 통학생들을 더 증오했다.

조만복은 세상 돌아가는 일에는 관심을 두지 않았으며, 다만 아무 탈 없이 학교를 졸업하여 좋은 일자리를 구하는 것만이 목표였다. 그것만이 고리백정인 아버지 어머니를 위하는 길이라고 생각했다. 만일 일본인들과 싸우는 일에 끼어들었다가 경찰에 붙들려 제적을 당하거나 일본인 선생들한테 미움을 받게 되면 졸업도 못 하고 결국 일자리를 구하지도 못해, 아버지처럼 고리백정이 될 수밖에 없을 것이 뻔했기 때문이었다. 대대로 이어온 고리백정의 굴레를 벗겨줄 사람은 조선인도, 일본인도 아닌 오직 자신뿐이라는 것을 너무나도 확실하고 알고 있었기 때문이었다.

광주 학생 민족 운동 이후 그는 더욱 외롭게 되었다. 이제는 열차의 통학생들뿐 아니라 급우들까지도 그를 따돌렸다. 고리백정 외에 '반민족자'라는 낙인 더 붙게 되었다. 열차 통학생들은 조만복을 일본인 학생들보다 더 미워했다. 그때마다 그는 집에서 고리짝을 만들고 있는 아버지 어머니를 생각하며 모든 수모를 참았다. 그는 민족을 배반하는 한이 있어도 아버지 어머니를 배신할 수 없다고 생각했다.

기실 조만복은 나라나 민족에 대해서 특별한 애정을 느끼지 못했다. 오히려 영산강을 더 사랑했다. 주위의 사람들보다 그들 식구를 굶어 죽지 않게 한 영산강변의 고리버들을 더 귀하여 여겼다. 그에게 고리백정이라는 천한 굴레를 씌워준 것이 바로 나라나 민족이라고 생각했다. 학생 운동을 외면한 것에 대해 담배씨만큼도 양심의 아픔 따위를 느끼지 못했다.

그의 부모도 아들이 학생 운동에 휩쓸리지 않은 것을 천만다행으로 생각했다. "아무도 우리같이 천한 고리백정들 편을 들어주지 안했으니께, 우리는 그저 굿이나 보고 주는 떡이나 얻어 묵으면 되는겨! 우리헌티 무신 누구 편들어줄 만헌 힘이 있는겨?"

아버지는 그러면서,

"후담에 만복이 네가 졸업해갖고 출세를 하게 되면, 자연히 편들어 줄 사람이 생길 거여!"

하고 말했다. 조만복의 생각도 아버지와 같았다.

영산강변에는 만복이네와 같은 처지의 천민들이 무리를 지어 마을 이루고 살았다. 구진포 아래 고리백정들 마을인 양수촌을 비롯하여 황토산 너머 옹기를 구워 살아가는 점한이(옹기장수)들의 점촌, 소금장수들인 염한이들의 염촌은 천한 사람들만 모여 살고 있었다. 이들 세 마을을 통틀어 통학 열차를 타고 광주까지 학교에 다니는 학생은 조만복 한 사람뿐이었다. 조만복은 그들의 꿈이기도 하였다. 그들은 조만복을 만나면 어깨를 두드려주며 마치 자신들의 꿈이 커가고 있는 모습을 보기라도 한 듯, 오달진 미소를 넉넉하게 보내고 격려의 말을 해주었다.

점한이들이 모여 사는 점촌에 학생이 하나 있었으나, 그는 가까운 나주농업보습학교에 다녔다. 유재성은 조만복이와 함께 나주에서 소학교를 졸업한 후 나주농업보습학교에 진학한 것이었다.

유재성과 조만복은 함께 나주소학교에 다닐 때부터 가까운 사이였다. 그러나 유재성은 점한이라고 놀림을 당하지 않았다. 그는 조만복이보다 힘도 세고 똑똑했기 때문에 아무도 그를 놀리지 못했다.

어쩌면 유재성이가 놀림을 당하지 않은 것은 힘이 세고 똑똑한 이유만은 아닌 것이었는지도 몰랐다. 조만복의 마음 씀씀이가 너무 소심하여 매사에 뒤에 서는 대신 유재성은 담대하여 앞장서기를 좋아했다. 그는 싸움질도 잘했으며 남을 위해 자신을 아끼지 않고 희생할 줄도 알았다. 그는 비가 많이 와서 냇물이 무섭게 불어나면 어린 하급생들을 업어 내를 건네주었다. 유재성은 나주농업보습학교에 들어가서 학생전위동맹의 회원이 되었다. 학생전위동맹은 비밀결사였기 때문에 일본인 교사나 경찰로부터 감시의 대상이었다.

조만복은 상급학교에 진학한 후로는 유재성을 만나는 일이 드물었다. 조만복은 유재성의 과격한 성격이 달갑지 않았기 때문에 되도록 그를 피했다. 마을 사람들도 유재성이 장차 크게 출세를 할 인물이라고 생각하지 않았다. 오히려 큰일을 저지를 아이라고 경계를 했다.

광주 학생 민족 운동 시위가 일어났던 며칠 후 새벽에 유재성이 느닷없이 조만복을 찾아왔다. 유재성은 프린트 잉크 냄새가 미나리 향기처럼 짙게 풍기는 책 보퉁이를 들고 와서는 조만복과 같은 반인 '독서회' 간사한테 전해달라는 부탁을 했다. "이 보퉁이를 풀어봐서는 안 되네. 만복이 자네라면 아무도 의심을 하지 않을 거여."

유재성은 영상포역까지 보퉁이를 들고 따라와서 말했다. 조만복은 보퉁이 안에 무엇이 들어 있는가를 대충 짐작할 수 있었으나 그의 처음 부탁을 뿌리칠 수가 없었다. 유재성이가 하는 일이 결코 마음에 드는 것은 아니었지만, 그의 부탁을 거절한다면 자신과 같은 처지에 있는 천민 출신의 유일한 친구마저 잃어버리게 될 것만 같았기 때문이었다. 유재성도 만복이가 그의 부탁을 거절하지 않을 것으로 알고 부탁을 한 것임이 분명했다. 그러나 그 작은 일로 하여 그의 인생이 가닥을 추스를 수 없을 만큼 비비꼬이게 될 줄은 몰랐다. 조만복의 꿈은 하루아침에 잿더미가 되어 바람에 흩날려 버렸으며, 그 후 그의 삶은 단 한 번도 성취감을 맛보지 못한 채, 절망과 좌절과 자포자기 속에서 허우적거리게 되었다. 결국 그는 절망감으로 인하여 자신을 고리백정이라고 스스로 학대하고 그 모멸감 때문에 다시는 희망을 품지 못하게 되었다.

조만복이가 유재성으로부터 부탁을 받은 보퉁이를 들고 광주역에 내려 개찰구를 빠져나오는 순간, 미리 약속이나 해놓은 것처럼 사복 경찰이 기다리고 있다가, 조만복과 보퉁이를 함께 나꿔채어 경찰서로 끌고 갔다.

보퉁이 속에는 격문이 들어 있었다. "이천만 민중이여 궐기하자"는 제하의 격문은 광주 학생 사건을 민족 독립운동으로 전개하자는 내용의 격렬한 호소문이었다.

조만복은 그를 붙들어온 경찰에게 자신은 다만 심부름을 한 것뿐이라고 주장했다. 그러나 그의 주장은 비굴한 변명으로 받아들여졌다. 유재성과 독서회 간사까지도 붙들리게 되었다. 유재성은 마치 조만복이가 스스로 격문 보퉁이를 들고 경찰서로 찾아가기라도 한 것처럼 가시 돋친 눈으로 무섭게 찔러 보았다. 조만복은 유재성으로부터 배신자가 된 기분이었다. 유재성과 조만복, 그리고 독서회의 간사까지 학교에서 제적이 되고 말았다. 그리고 조만복은 유재성과 함께 엉뚱하게도 사회주의 운동 청년이라는 낙인이 찍히게 되었다. 학생 운동을 하는 쪽으로부터는 배신자가 되었으며, 경찰 당국으로부터는 사회주의 운동을 하는 불순 청년이 된 것이었다.

조만복이가 졸업도 못하고 제적을 당하자 그의 아버지는 화병으로 눕고 말았다. 아버지는 3년 후에 세상을 떴다. "네 놈도 어쩔 수 없이 고리백정을 면치 못하게 되었구나. 팔자 도둑질을 못 헌다고 허드만 네 눔을 두고 허는 말인갑다."

아버지는 눈을 감으면서 아들에게 큰 포부를 버리고 고리백정으로 살아갈 것을 유언으로 남겼다. 그러나 그는 고리백정으로 주저앉기에는 그의 머릿속이 너무 영글어 있었다. 지난 수년 동안 고리백정이라는 놀림을 받아 오면서도 일념으로 키워온 꿈이 그것을 용납하지 않았다. 조만복은 꼬리에 불이 붙은 여우처럼 허둥대며 일자리를 찾아 나섰지만, 불순 청년에 배신자라는 낙인이 찍혀 있는 그를 받아주는 곳이 없었다. 처음에 그는 저항감을 느꼈다. 학생 운동을 하는 사람들과 그를 받아주지 않는 사회에 대한 저항감이었다. 그리고 그 저항감을 이겨내지 못하게 되자 스스로 깊은 절망에 빠졌다. 그의 인생은 첫 단추가 잘못 끼워진 것처럼 비비 꼬이기만 했다. 결혼까지 실패하고 말았다.

통학 열차를 타고 도회지 학교에 다닌 덕분으로 영산강 건너 영산선창의 돈 많은 여관집 딸과 혼인을 하게 되었으나, 그것도 복에 겨워, 결혼한 지 1년도 못 되어 상처를 했다. 장인의 도움으로 미곡전의 경리를 보면서 얼핏 5년을 홀아비로 지내다가, 다시 미곡전 주인의 6촌뻘 되는 초년 과부를 재취로 맞아 남매를 낳았다.

그가 하는 일은 미곡전의 쌀을 배에 싣고 목포에 나가 일본 미곡상들한테 팔아넘기고, 소금이며 석유, 비단 등을 사 오는 것이었다. 미곡전 주인은 조카사위뻘 되는 조만복을 믿는 터였기 때문에 쌀을 실어다 파는 일이며 어떤 물건을 사 올 것인가 하는 것을 그의 뜻대로 하도록 맡겼다. 그런대로 장사는 잘되었다. 조만복은 영산포 선창거리에 작으나마 집도 마련하여 어머니를 모시고 처자식을 거느리며, 장사꾼으로서 삶의 안정을 찾는가 싶었다. 그러나 끝내 그에게 시련의 거센 회오리바람이 몰아쳤다. 그것은 시련의 거센 바람이라기보다는 그의 능력으로는 극복할 수 없는 또 한 차례의 좌절이었다. 조만복은 미곡전 주인의 돈 외에도 그가 5년 동안 여축해 온 그의 전 재산을 털어 목포에서 비단과 석유를 사서 배에 싣고 오다가, 갑작스러운 폭풍우를 만나 배와 함께 통째로 수장하고 가까스로 생명만 구하게 되었던 것이다.

조만복은 영산포로 돌아가지 않았다. 한동안 목포 부두에서 빈둥거리다가 영산포 미곡전 주인이 목포까지 와서 그를 찾고 있다는 소문을 듣고, 멀리 부산으로 피했다. 그는 이미 다시 살아갈 기력마저 없었다. 살아갈 용기도 꿈도 잃어버린 그에게 고향이나 가족 따위는 생각을 떠올리기조차도 힘에 겨웠다. 실패라는 운명의 작대기로 도리깨질 당하듯 철저하게 두들겨 맞아서 다시 일어설 기력을 잃어버린 것이었다. 어쩌면 고리백정이 되지 않기 위해, 부자집 아이들과 함께 통학 열차를 탄 것부터가 운명에 대한 거역이었는지도 몰랐다. 그리고 운명을 거역한 대가를 단단히 치르고 있는 것인지도 모를 일이었다.

부산 부두에서 하릴없이 방황하던 조만복은 목돈 천 원을 받고 돈 많은 잡화상 주인 아들 이름으로 노무자 대리징용에 나가기로 했다. 천 원이면 큰돈이었다. 부두하역 인부로 꼬박 1년을 벌어도 모을까말까 하는 거액이었다. 그가 고향에 남아 있는 가족들을 위해서 할 수 있는 것은 그 일뿐이라고 생각했다. 그는 목돈 천 원을 고스란히 집에 송금했다. 더구나 징용에 나가게 되면 못해도 하루에 5원을 벌 수 있다고 했으니, 넉넉잡고 2년쯤 고생하면 한밑천 마련하게 될 터이고, 그 돈으로 다시 장사하여, 영산포 미곡전 주인한테 진 빚을 갚을 계산이었다. 조만복은 다시 한번 꿈을 꾸었다. 이상하게도 힘이 솟았다.

징용에 끌려가는 노무자들은 부산 부둣가의 하역장 창고에서 하룻밤을 새웠다. 그때부터 서서히 자유를 박탈당하게 되었다. 화장실에만 가도 몽둥이를 든 감시원이 따라다녔다. 조만복은 도망칠 생각은 추호도 없었다. 도망을 치게 되면 목돈으로 받은 천 원을 다시 게워내야 했기 때문이다.

창고에서 하룻밤을 새운 이튿날 아침 7시경에 깨워서 아침을 먹인 뒤에, 성냥개비가 들어갈 만큼의 성긴 마대에 카키색 염색을 한 옷과 천으로 된 얄궂은 신발을 내주었다. 가키색 마대옷을 입은 사람이 모두 2백 명쯤 되었다. 그들은 관부연락선을 타기 위해 선창으로 고기두름처럼 줄을 지어 떠났다. 정오가 되어 배에 올랐다. 더러운 화물칸 밑바닥에 짐짝처럼 실렸다. 배에 오른 후에도 감시가 심하여 갑판으로 올라갈 수가 없었다. 그들은 배 밑바닥의 화물칸에 감금되다시피 했으며, 화장실에도 갈 수가 없어 화물칸 구석에서 대소변을 보았다. 악취 때문에 창자가 뒤틀렸다. 많은 사람이 뱃멀미 때문에 음식물을 토해냈다. 입으로 토해낸 토사물과 아래로 쏟아낸 배설물의 악취로 2백 명이 감금당해 있는 화물칸 밑바닥은 돼지우리 속보다 더러웠다. 그 가운데서도 많은 사람들이 도망칠 기회만을 엿보았다.

해가 질 무렵에 배가 시모노세키에 닿았다. 그들은 지옥으로 끌려가는 사람들처럼 절망적인 표정이었다. 다시는 고향에 돌아갈 수 없을 것이라고 탄식하며 소리 내어 우는 사람들도 있었다. 조만복은 살아서 고향에 다시 돌아갈 수 없다고 해도 후회되지는 않았다. 가족을 위해 천 원을 부쳐준 것이 그렇게 마음 든든할 수가 없었다.

배에서 내릴 때 두 사람이 도망치기 위해 어두운 밤바다로 뛰어들었으나 죽고 말았다. 무모한 탈출이었다. 노무자들은 배에서 내려 시모노세키의 부둣가에 대기하고 있는 트럭 가까이 가면서, 희끄무레한 가로등 밑 시멘트 바닥 위에 도망치기 위해 바다로 뛰어들었다가 죽은 두 사람의 시체가 반듯하게 뉘어 있는 것을 보았다. 감독들은 일부러 노무자들이 지나가면서 볼 수 있도록 길바닥에 시체를 방치해 두고 있었다.

그들은 트럭에 실려 시모노세키역으로 갔다. 열차를 타기 위해 개찰구 밖에 나가 있는 동안에도 몽둥이를 든 감시원들이 그들을 노려보며 지키고 있었다. 기차가 도착하자 다시 줄을 지어 화물칸에 오르기 전에 감시원들은 노무자들의 호주머니를 뒤져 돈이 될 만한 물건과 현금을 모두 **빼**앗았다. 조만복은 가까스로 20원을 장갑 속에 숨겼다. 기차가 떠날 때 비가 내렸다.

"어디로 가는 겁니까?"

노무자들이 감시원들한테 물었으나, 감시원들은 몽둥이를 들고 무섭게 흘겨볼 뿐 대답을 해주지 않았다. 그들은 어디로 가는지 알 수가 없었다.

기차는 어둠 속을 달렸다. 어둠 속은 조용했다. 달리는 기차의 바퀴소리와, 대지를 두들기는 빗소리, 기차가 조그만 간이역을 지날 때마다 비명처럼 울리는 기적소리 외에는 아무 소리도 들리지 않았다.

조만복은 희끄무레한 화물칸의 불빛 아래 쪼그리고 앉아 있는 황백색의 송장 같은 노무자들의 얼굴을 둘러보았다. 대부분 3, 40대의 중년들이었으나, 15세 안팎 학생 모습의 젊은이들과, 50대의 중늙은이들도 상당수가 되었다. 15세 안팎의 젊은이들은 대부분 길을 가다가 붙들려왔다고 했고, 나이 많은 노무자들은 아들 대신 온 사람들도 많았다.

조만복의 옆에 앉은 얼굴이 창백한 학자풍의 서정일은 작은 보따리를 꼭 품고 있었다. 부산 부두에서 그의 아내가 건네준 보따리 안에는 욕의浴 衣와 셔츠, 양말, 캐러멜 등이 들어 있었다. 그는 캐러멜을 꺼내어 먹다가 힐끗 조만복을 보더니 먹으라고 한 개를 주었다. 조만복은 고맙다는 말을 하고 캐러멜을 받아, 그 옆에 앉아 질금질금 울고 있는 애띤 얼굴의 김천 보에게 반쯤 나누어 주었다. 김천보는 홀쩍거리며 캐러멜을 썹었다. 그 는 장성에 있는 외가에 갔다 오다가 붙들려왔다면서, 아들의 소식을 몰라 애태우고 있을 어머니 걱정을 했다.

기차는 한밤중의 음침한 삼림 속을 지나 목적지도 모르는 노무자들을 실은 채 끝없이 달렸다. 화물칸 안의 노무자들은 잠이 들었는지 기침 소 리조차 없었다. 조만복은 캐러멜을 썹었다.

"행선지를 알고 있소?"

자는 줄로만 알았던 옆자리의 창백한 사내 서정일이 뚜벅 물어왔다.

"모르겠는데요. 선생은 알고 계시우?"

조만복이가 반문했다.

"구리를 캐는 광산이 아니면 탄갱이겠지요."

"어느 광산인데요?"

"글쎄요. 구메 광산이나 센다이, 혹은 나이에, 삿뽀로나 하라다, 아니면 사끼도 섬일지도 모르죠. 일본에는 광산이나 탄광이 많으니까……."

조만복과 서정일이 말을 주고받는 사이에, 화물칸 입구에 단총을 들고 앉아 있던 감독이 가까이 와서는 총구를 겨누며 조용히 하라고 내질렀다.

"행선지는 알아서 뭣하겠소, 자 그만 눈 좀 붙입시다."

감독이 입구 쪽으로 돌아가자 창백한 얼굴의 서정일이 속삭이듯 말하 며 눈을 감았다.

조만복은 애써 잠을 청했다. 서정일의 말마따나 목적지를 알아서 무엇 하랴 싶은 생각도 들었다. 어차피 날이 밝아 기차가 목적지에 닿게 되면 그곳이 어디라는 것쯤 알아내기가 어려울 것 같지도 않으리라는 생각이 들었다.

조만복은 목적지에 다 왔음을 알리느라 거듭 울려 대는 기적소리에 얼핏 잠에서 깨어났다. 까치발을 하고서야 밖을 내다볼 수 있는 손바닥만한 크기의 화물칸 차장 밖에는 아직도 어둠이 두껍게 깔려 있었다. 기차가 속력을 늦추기 시작하자 불빛들이 춤을 추며 나타나기 시작했다. 불빛이 밤하늘의 별들만큼이나 많이 반짝거리는 것으로 보아 꽤 큰 도시인 듯싶었다.

"아직 목적지에 다 온 것이 아닌 것 같소."

옆에 앉은 서정일이가 잠에서 깨어 보따리를 껴안으며 혼잣말처럼 중얼거리며 말했다.

"그것을 어떻게 아십니까?"

"여긴 꽤 큰 도회지 같은데, 우리가 도회지에서 할 일이 뭐 있겠소."

조만복이가 묻고 서정일이가 대답했다.

기차가 멎자 출입문 쪽을 지키고 있던 감시원이 단총을 들이대며 빨리 내리라고 다그쳤다.

"여기가 어딥니까?"

조만복은 화물칸에서 내리면서 감시원에게 물었다.

"입을 다물라고 했지 않아!"

감시원이 쥐어박듯 소리치며 조만복의 엉덩이를 힘껏 걷어찼다.

그들은 언제나처럼 줄을 서서 철길을 따라 감시를 받으며 걸었다. 희끄무례한 철길의 불빛 아래서 주위를 살펴보았지만 비교적 큰 도시의 역이라는 것뿐 그들이 어디에 와 있는가는 도무지 알 수가 없었다. 철길의 양편에는 높은 철조망이 쳐 있고, 그 건너편에는 어둠 속에 낡은 목조건물들이 밀집해 있었으나, 밤이 워낙 깊은 탓으로 사람들의 모습은 보이지 않았다. 불조차 켜지지 않았기 때문에 밀집해 있는 건물들은 음산해 보였다. 비는 멎어 있었다.

그들을 싣고 온 기차는 화물칸을 떨구어 놓은 채, 기적을 울리며 다시 어둠 속으로 달려가 버렸다.

"서 선생, 도대체 여기가 어딥니까?"

조만복은 서정일의 꽁무니를 바짝 물고 따라가며 감시원이 들을 수 없게 낮은 목소리로 물었다.

"나도 모르겠소. 헌데 조 선생은 여기가 어딘 줄 알아서 뭘 하려 그러시우?"

서정일의 대답이 조금 신경질적이었다.

"적어도 우리가 어디에 와 있다는 것쯤은 알아야 하지 않소?"

"그런 건 아무 상관이 없어요. 여기가 조선 땅이 아니라는 것만 알면 그만이오."

조만복은 더 이상 묻지 않았다. 조만복의 뒤를 바짝 따라오고 있는 김천보는 계속 훌쩍거렸다. 조만복은 몇 번인가 나이 어린 김천보를 돌아보며 울지 말고 마음을 독하게 먹으라고 타일렀다. 그러나 그렇게 말하는 조만복 자신도 그가 와 있는 곳이 어디인 것조차 몰라 자꾸만 마음이 약해지고 있었다.

그들은 줄을 지어 철로를 따라 걸어서 화물 야적장에 멈추었다. 그곳에 트럭이 대기하고 있었다. 시모노세키 항구에서 역까지 갈 때처럼 트럭을 타고 다시 어둠 속을 달렸다. 역 구내의 불빛이 시야에서 완전히 사라질 때까지 달려서야 어둠에 묻힌 합숙소에 도착했다.

그곳의 감독들은 모두 죽도와 가죽 채찍을 휘둘러댔다. 합숙소에 도착하여 숨을 돌릴 여유도 없이 조를 편성했다. 조만복은 제 24조 5번이 되었다. 그때부터 그는 이름 대신 번호로 불렸다.

"지금 시간이 새벽 1시니까 다섯 시까지 취침하고, 5시 10분에 기상이다."

감독이 장검처럼 긴 죽도로 허공을 가르며 말하고는 합숙소의 불을 꺼버렸다. 감독이 나가자 조만복은 그와 같은 조가 된 사람들에게, 이곳이 어디냐고 물어보았으나 아는 사람이 아무도 없었다. 합숙소 안의 노무자 중에서도 그것을 아는 사람은 하나도 없었다. 그들도 창백한 학자풍의 서정일처럼 그런 것은 알 필요조차 없다는 투였다. 그러나 조만복은 다른 것은 다 몰라도 적어도 그가 와 있는 곳이 어디라는 것만은 꼭 알고 싶었다. 싸늘한 다다미 위에 몸을 뉘었으나, 자신의 몸뚱이가 마치 현해탄 바다 위의 구름처럼 허공에 떠 있는 것만 같아 잠이 오지 않았다. 그때까지 나이 어린 김천보는 무릎을 세우고 앉아 훌쩍거리고 있었다.

"밖에 나갈까? 찬바람을 쐬고 들어오면 잠이 잘 올 테니까."

조만복은 김천보에게 말하고, 흙바닥의 통로를 더듬어 출입구 쪽으로 다가갔다. 그리고 합숙소의 두꺼운 판자문을 밀었으나 문은 굳게 잠겨져 있었다. 그가 다시 판자문을 발로 차며 힘껏 밀자, 밖에서 사나운 셰퍼드가 으르렁거렸다.

"문이 잠겨 있어!"

조만복은 다다미 위에 힘없이 앉으며 탄식하듯 중얼거렸다.

"여기는 감옥이나 다를 바 없군. 우리를 죄수처럼 갇혀 있는 거야. 저들은 왜 우리는 죄수처럼 가두어둘까?"

조만복의 말에 김천보의 흐느낌이 한결 거칠어졌다. 그는 울면서 어머니를 불렀다. 조만복은 자신이 어디인지조차 모르는 곳에 와서 갇혀 있다는 사실이 불안했다. 그제서야 그는 자신의 인생에 올가미가 씌워져 있다는 사실을 절감했다.

그날 밤 조만복은 비로소 탈출을 생각했다. 그리고 그의 생각을 울고 있는 김천보에게 속삭이듯 말해 주었다.

"울지 말어. 언젠가는 이곳을 도망쳐서 어머니 품으로 돌아갈 수 있을 텐께."

그러나 김천보는 이미 희망을 포기한 듯 무릎 사이에 고개를 꿍겨 박은 채 계속 울고만 있었다. 그의 울음소리가 밖에까지 새어나가, 감독이 들어와서는 불을 켜고, 죽도로 김천보의 머리를 마구 내리쳤다.

김천보는 한바탕 두들겨 맞고 난 후, 신음을 깨물어 삼키다가 잠이 들었다.

그들은 새벽 5시에 일어나서, 6시에 곡괭이를 들고 감독을 따라 군가를 부르며 지하노역장으로 끌려갔다. 합숙소의 건물들과 높은 철조망 외에는 아무것도 보이지 않았다.

그로부터 여섯 달 동안 조만복은 한 번도 태양을 볼 수가 없었다. 그리고 여지껏 그가 와 있는 곳이 어디인지조차 모른 채 끝없이 땅속을 파고 있었다. 그가 파고 있는 터널이 어디쯤에서 끝이 날 것인가도 모르고 있다. 그러나 한 가지 그가 굳게 믿는 것은 언젠가 터널이 끝나는 곳에서 태양을 다시 볼 수 있으리라는 것이었다.

4

장길도가 죽었다. 기상을 알리는 사이렌 소리가 눅눅하게 가라앉은 한여름의 새벽을 요란스레 뒤흔드는 소리에, 지하노역장으로 나가기 위해 합숙소의 외등을 켜고 일어나 보니, 장길도가 더러운 담요를 머리끝까지 뒤집어쓴 채 꼼짝도 하지 않았다. 밤새도록 신음을 비명처럼 삼키며 꺼져가는 생명을 가까스로 지탱해오던 장길도는, 언제나 기상을 알리는 사이렌소리에 맞춰 어김없이 자리에서 일어나곤 했었는데, 그날따라 노무자들이 서둘러 합숙소를 빠져나갈 때까지 꼼짝도 하지 않았다. 조만복이 담요를 젖히며 빨리 일어나라고 소리쳤을 때는, 장길도는 이미 뻣뻣하게 굳어 있었다. 그는 눈을 번히 뜬 채 죽었다. 갈색으로 말라비틀어진 나뭇잎 하나가 칼바람에 흔들리다가 어느 날 아침 힘없이 땅에 떨어져 버린 것처럼, 장길도는 그렇게 조용히 숨을 거두었다. 그는 곡괭이를 들 수 있는 마지막 힘이 남아 있을 때까지 작업장에 나가서 자신의 존재를 확인시켜 주다가, 모든 노무자가 깊이 잠든 사이에 말 한마디 없이 죽었다.

조만복은 장길도의 죽음에 대해 충격도 슬픔도 느끼지 못했다. 그는 이미 오래전부터 장길도의 죽음을 예감하고 있었다. 조만복은 그의 곁에서 언제나 죽음의 끈끈한 냄새를 맡아왔었다. 지금껏 살아온 것만도 기적이라고 생각했다.

"장 씨가 죽었다."

조만복은 김천보의 어깨에 손을 얹으며 힘이 빠진 목소리로 말했다. 김천보 역시 장길도가 죽으리라는 것을 이미 알고 있었기 때문에 별로 놀라는 빛이 아니었다. 조만복은 김천보가 충격을 받지 않은 것을 다행하게 생각했다. 어쩌면 합숙소 안에서 아직은 누구보다 감정이 굳어지지 않았다고 할 수 있는 김천보 역시 이미 죽음에 대해서 두려움도 슬픔도 마비되어 버렸는지도 몰랐다. 김천보에게 살아남은 감정은 두려움과 슬픔이 아닌, 오직 어머니에 대한 그리움뿐이었다.

"죽기 전에 아무말도 없었나요?"

김천보가 그답지 않게 냉엄하게 물었다.

"죽을 때까지도 말 한마디 남기지 않은 매정한 사람이여."

조만복은 손바닥으로 장길도의 눈을 감겨주면서 말했다.

"그 전에 무슨 부탁하는 말이라도 없었나요?"

김천보가 다시 물었다.

"한 마디도 없었어."

"부탁을 해봤자 헛짓거리라는 것을 알고 있었기 때문에 그런 거 아니겠어요?"

"천보 너도 내가 살아서 고향에 돌아갈 것으로 믿고, 나헌테 네 모친을 찾아봐 달라고 부탁한 것은 아니지 않느냐, 이런 처지에 있는 사람들끼리의 부탁은 정인 게야. 에이, 무정헌 사람!"

조만복은 죽은 장길도의 얼굴을 내려다보며 혀를 찼다. 그것뿐이었다. 장길도와의 이별은 그것으로 끝났다. 장례식도 없었다. 그들이 지하노역장에서 땅을 파고 밤늦게 돌아왔을 때는 장길도의 시체가 치워져 있었다. 같은 합숙소 안의 노무자들은 아무도 장길도의 죽음에 관해 관심을 갖지 않았다. 그들 중에는 장길도가 죽은 사실조차도 모르는 사람들이 많았다.

다음날 조만복의 왼쪽 옆 장길도의 다다미에는 신참 노무자가 자리를 메웠다. 체구가 참나무 밑둥처럼 우람하고 턱수염이 많은 그는 신참 같지가 않았다. 조만복과 김천보는 처음 그를 보는 순간 마치 최또바우의 유령이 나타나기라도 한 것처럼 놀랐다. 그는 최또바우와 너무도 닮아보였다. 체구도 비슷했고 거뭇한 턱수염이며, 부리부리한 눈, 근육질의 얼굴에 끝이 휘움한 매부리코, 우럭우럭 울림이 좋은 목소리까지도 최또바우와 비슷했다. 최또바우와 다른 것이라면 왼쪽 다리를 심하게 절뚝거리는 것과, 아무하고나 쉽게 말을 걸어 사귀는 서글서글한 성격이라는 것뿐이었다. 그가 왼발을 절뚝거리는 것은 무릎이 상했기 때문이었다.

"나 천덕보라고 하웨다. 나이에 탄광에 있었수다. 다리를 절뚝거리는 것은 타고난 병신이기 때문이 아니라, 도망치다 붙잡혀서 고문을 당해가지구스리 무릎이 깨진 것이라요."

신참 천덕보는 합숙소의 흙바닥 통로 한가운데 나가서 마치 연설을 하듯 말했다. 그러나 그의 사람됨이나 하는 이야기에 대해서 아무도 관심을 보이지 않았다.

"나이에 탄광에 있었다는 걸 숨기려다가 무릎까지 깨지고 말았는데, 여기로 끌려올 줄 알았더라면 차라리 나이에에 있었다고 말해 뻗질 것을 그랬다구요. 난 말이웨다, 나이에 탄광이 이 세상에 둘도 없는 생지옥이라고만 생각해 왔드랬는데, 여기야말로 진짜 지옥으로 가는 대합실이라는 것을 몰랐었다구요."

천덕보는 누가 자기의 이야기를 관심 있게 듣건 말건 상관하지 않고 울림이 좋은 목소리로, 그러나 그 소리가 합숙소 밖까지 새어나가지 않도록 신경을 쓰면서 조심스럽게 말했다. 그의 행동과 이야기 한 마디 한 마디에 관해 관심을 보여준 것은 조만복과 김천보 두 사람뿐이었다. 그들은 우선 천덕보가 최또바우와 비슷하다는 점에서 긴장할 만큼 그를 유심히 지켜보았다.

"그래도 여기가 나에게 탄광보다 한 가지 좋은 점은, 이곳의 함바에는 모두 조선 동포끼리만 있다는 것이웨다. 나이에 탄광에는 일본사람이 더 많습네다. 내 조에 조선 동포는 나 혼자뿐이었다구요. 조선말을 한 마디도 모르는 일본사람들과 함께 있다는 것은 정말로 숨이 막힐 지경이었다니까요. 그래도 여기는 동포들끼리 같이 있으니, 당장 내일 죽어도 마음이 든든하지 않겠어요?"

천덕보는 이야기 중간 중간에 동포라는 말을 자주 했다. 그러나 조만복의 귀에는 그 말은 너무도 생소하게 들렸다.

"하루는 갱내에서 발파작업을 할 때 감독이 내게 마사카리를 가져오라고 소리쳤지요. 일본말을 잘 몰라 쿠사비를 갖다 주었더니 미친놈처럼 가죽 채찍으로 내 얼굴을 마구 후려치더군요. 내 목과 얼굴은 피투성이가 되었지요. 가슴팍과 배때기에까지 문신을 한 감독들은 조선 사람이라면 전생의 원수 대하듯 하니까요. 난 말이웨다, 그 감독놈을 목졸라 쥑이고 그곳을 도망쳤습네다."

천덕보는 감독을 죽였다는 말을 할 때는 말을 뱉지 않고 손으로 목을 치는 흉내를 냈다. 합숙소 밖에 어슬렁거리는 감시원을 조심해서였다. 잠시 후 그는 조만복의 옆자리에 누워서 자신의 탈출에 관한 이야기를 겨우 조만복이가 알아들을 수 있을 정도로 속삭이듯 말했다.

나이에 탄광에서 탈출하여 아오모리에 도착, 부두에서 배를 타려고 하는데 경찰이 어디에서 왔으며 어디까지 가느냐고 물었다. 천덕보는 고개를 저으며 벙어리시늉을 했다. 그러나 경찰은 다짜고짜로 그를 아오모리 경찰서로 끌고 갔다.

"어디서 도망쳐왔느냐?"

경찰서에 끌고 온 경찰이 채찍으로 후려치며 물었다. 끝까지 고개를 가로젓자 한국인 통역을 데리고 왔다.

"나는 고향으로 가고 싶다."

천덕보가 말했다. 그러자 경찰이 그를 밧줄로 결박하고 각목으로 마구 두들겨 팼다. 기절을 하자 양동이로 세 차례나 찬물을 끼얹었다. 그가 정신을 차리자, 이번에는 난로에 부젓가락을 달구어 등을 지졌다. 등에서 살이 타는 냄새가 났다. 기절한 후에는 아픈 것조차도 느낄 수 없었다. 사흘 동안 고문을 당했다. 등에서는 누런 진물이 흘러내려 바짓가랑이까지 질퍽하게 적셨다. 그러나 끝까지 나이에서 도망쳐왔다는 말을 하지 않았다. 만일 그가 나이에 탄광에서 도망쳤다는 것을 자백하는 날에는 어김없이 그곳으로 다시 보내질 것이고, 그렇게 되면 그가 감독을 죽이고 탈출했다는 것이 밝혀질 것이 뻔했기 때문이다.

경찰은 천덕보를 밧줄로 결박하고 수갑까지 채운 채 기차에 태웠다. 그는 다시 탄광으로 끌려가고 있다고 생각했다. 나이에로 돌아가지 않게 된 것만을 천만다행으로 여겼다. 그는 기차 안에서 몇 번이고 탈출할 기회를 살폈다. 그러나 화장실에만 가려고 해도 신발을 벗고 가라고 했다. 그는 맨발로 기차의 화장실로 들어갔다.

문을 잠그고, 창문을 열려고 했으나 화장실의 창문은 단단히 얼어붙어 있었다. 뜨뜻한 소변을 손바닥에 받아 얼어붙은 창틈에 뿌리고 나서 힘껏 밀어붙이고 나서야 창문을 열 수 있었다. 그는 화장실의 창문을 열고 달리는 기차에서 뛰어내렸다. 눈이 펑펑 내리고 있었다. 그는 푹신하게 깔린 눈 위로 굴러떨어졌다. 황량한 들판에 눈보라가 쌩쌩 몰아쳤다. 되도록이면 철길로부터 멀리 도망쳤다. 처음에는 신을 신지 않은 발바닥이 너무 시려서 곧 주저앉고 싶었으나 이를 북북 갈며 뛰었다. 발바닥에 감각이 없어졌다. 온몸의 피가 얼어붙어 버린 느낌이었다.

야트막한 구릉을 넘자 눈 덮인 강변에 농가가 한 채 보였다. 손에 닿을 듯 가까운 거리였으나, 구릉 지대로부터 강변까지는 마치 꽁꽁 얼어붙은 암벽을 오르는 것만큼이나 힘들었다. 발바닥뿐만 아니라 두 다리가 장작개비처럼 굳어져 버린 듯싶었다. 그는 눈밭에 배를 깔고 팔꿈치로 기었다. 그러나 두 팔마저 감각을 잃고 말았다. 그는 눈앞에 보이는 농가까지 가는 것을 포기하려고 했다. 그때 농가 앞에 사람의 그림자가 희미하게 나타났다. 천덕보는 마지막 힘을 다해 소리를 질렀다. 잠시 후 그는 농가의 중년 부부의 부축을 받으며 방으로 안내되었다. 농가 주인은 쌀 포대를 깔고, 그 위에 거름을 무더기로 가져다 쏟아놓은 뒤, 발을 거름 속에 넣으라고 했다. 언 발을 거름 속에 넣은 채 잠이 들었다. 잠에서 깨어나자 거름 속에 넣은 발이 스멀스멀 가렵기 시작했다. 얼어붙은 피가 다시 풀리고 있는 것이었다. 농가 주인은 친절했다. 자기가 입던 헌 옷이며, 잠자리와 먹을 것을 주었다.

눈이 멎자 천덕보는 그 농가에서 도랑을 파는 일을 했다. 반년쯤 지난 어느 날 논에 모심는 일을 끝내고 목욕을 하려고 하는데 경찰이 찾아왔다. 그는 다시 이시까리가와 경찰서에 붙들려갔다. 아오모리에서와 같이 어디에서 도망쳤느냐는 심문을 받았으나 입을 열지 않았다. 사흘 동안 20차례 이상 기절을 할 정도로 심한 고문을 당했다. 그래도 입을 열지 않자 석탄을 옮기는 쓰레받기 같은 것 위에 꿇어 앉히고 각목으로 무릎과 허벅지를 마구 찍었다. 그때 왼쪽 무릎을 다쳤다.

닷새 동안 유치장에 갇힌 채 매일 고문을 당했다. 그래도 끝까지 도망쳐온 곳을 불지 않자, 엿새째 되는 날, 유치장 밖으로 끌어내더니, 좋은 일자리를 마련해줄 터이니 그곳에 가서 일하라고 했다. 천덕보는 그렇게 하여 조만복이가 있는 곳까지 오게 되었다고 했다.

"나는 또 도망칠 것이웨다. 여기 있으면 죽게 됩니다. 여기 있다가 죽느니보다는 다시 도망치는 게 훨씬 낫지요. 도망치는 순간만은 살고 싶은 생각뿐이지요. 살고 싶은 생각, 이것이 중요하니까요."

천덕보는 긴 이야기를 끝내고 나서, 조만복에게 마치 탈출의 동행자가 되어 주기를 바라기라도 하듯 진지하게 말했다.

천덕보는 다음날부터 지하노역장에서 곡괭이질을 시작했다. 그는 감독들 앞에서는 고분고분 말을 잘 들었으며 요령을 부리지 않고 열심히 일했다. 그 때문에 일주일도 못 되어 새로운 조장이 되었다. 그러면서도 감독들 눈에 띄지 않는 곳에서는 자기는 기어코 다시 도망치겠다는 말을 입버릇처럼 하곤 했다.

합숙소의 모든 노무자는 천덕보가 나이에 탄광에서 감독을 목 졸라 죽이고 도망쳤다는 사실을 알고 있었다. 조만복은 천덕보가 그곳에 온 첫날 밤에, 자기한테만 속삭이듯 말해 주며, 다른 사람한테는 절대 말해서는 안 된다는 당부까지 했었는데 그 사실을 모든 노무자가 다 알고 있다는 것이 이상하게 생각되었다. 조만복은 마치 자신이 모든 사람에게 천덕보의 그 일을 말해 버리기라도 한 듯, 자책감까지 들었다.

더욱 이상한 것은 천덕보가 그곳에 온 후부터 같은 합숙소의 노무자들이 차츰 천덕보의 말이나 행동에 관심을 보이기 시작한 것이었다. 그것은 참으로 놀라운 변화였다. 이제 천덕보가 무슨 말을 할라치면, 합숙소 안의 노무자들은 모두 귀를 쫑긋거리고 시선을 그에게 집중시켰다. 그것은 마치 그들이 처음 그곳에 왔을 때 최또바우한테 쏠렸던 관심의 눈길과 비슷했다.

천덕보는 차츰 그들의 우상이 되어 갔다. 그리고 우상을 다시 찾은 그들의 눈빛도 차츰 팽배하게 되살아난 듯싶었다. 적어도 다른 사람한테 관심을 나타내게 된 것만으로도 그들은 자포자기의 깊은 수렁에서 빠져나올 수 있게 된 것이었다. 그것은 그들이 자신의 존재를 새삼스럽게 다시 확인할 수 있게 해주었다.

"우리는 여기 남아 있다가는 한 사람도 고향에 돌아가지 못합니다. 어떻게 해서든지 도망쳐야지요. 나, 자신이 있수다. 우리는 꼭 살아서 돌아가야 합니다."

합숙소 안의 노무자들은 천덕보의 그 말을 비웃지 않았다. 얼마 전까지만 해도 그들 중에는 그런 말을 하는 사람도 없었으려니와, 설령 누구인가 그런 말을 한다손 치더라도 실눈 한번 떠보지 않았을 것이었는데, 지금 천덕보의 말에는 모두들 긴장된 표정으로 듣고 있었다. 고통뿐인 삶을 포기한 지 오래인 노무자들이 천덕보의 이야기를 들은 후부터는 한 줄기 희미한 희망의 끄나풀을 가까스로 붙잡으려 하고 있는 것이었다. 천덕보는 지쳐버린 그들에게 믿을 만한 구원의 미소를 보내고 있었다. 천덕보는 결코 절망적인 말은 하지 않았다. 그의 이야기를 듣고 있으면 삶의 문이 조금씩 열릴 것만 같이 느껴졌다. 스스로 삶을 포기하고 차라리 고통으로부터 영원히 해방되기 위해 두려움 없이 죽음만을 기다리고 있던 그들에게는 분명 구원의 빛이 되어 준 것이었다. 천덕보의 한 마디 한 마디는 피돌기를 멎어 버린 듯한 그들의 혈관 속에 새로운 삶을 충동질하는 생명의 소리처럼 들렸다.

"천 선생, 당신은 무슨 자신이 있기에 여기서 빠져나갈 수 있다고 말하시오?"

어느날 밤, 합숙소에 돌아와 자리에 누운 조만복이가 조용히 물었다.

"붙잡혀 죽는다 해도 여기를 도망쳐야 합니다."

천덕보는 똑같은 말을 되풀이했다. 기실 천덕보에게도 그럴싸한 계책은 없었다.

"천 선생은 여기가 어딘줄 아시오?"

조만복은 절망적으로 물었다.

"알지요. 알고 있기 때문에 여기서 도망쳐야 한다고 말하고 있는 거웨다."

"도대체 어디란 말이오?"

"조 선생은 몰라서 묻는 게요?"

"나뿐만 아니라, 여기 와 있는 노무자들은 모두 우리가 어디에 와 있는지조차 모릅니다."

"그럴 수가……."

"감독들은 우리가 묻는 말에 대답을 해주지 않았으니까요."

"정말 모른단 말이웨까?"

천덕보는 한심하다는 목소리로 다그치듯 다시 물었다.

"모른다니까요. 도대체……."

"여긴 마쓰모도에서 가까운 곳입니다. 후지산이 가깝지요."

"마쓰모도?"

순간 조만복은 그가 6개월 전 기차에서 내려, 희마한 불빛 속에 유령의 도시처럼 거무칙칙한 건물들이 밀집하여 늘어서 있는 큰 도시의 역 근처를 두렷거리며 살펴보았던 기억을 더듬었다. 그 도시가 마쓰모도시였단 말인가.

"그렇다면, 그렇다면 말입니다."

조만복은 벌떡 일어나 앉았다. 달빛조차 스며들지 않는 어둡고 깊은 밤이었다. 그는 호흡을 가다듬었다. 멀리서부터 기적소리가 죽어가는 사람의 마지막 숨소리처럼 희미하게 들려오는 것 같았다. 그의 귓바퀴는 더욱 크게 열렸다. 그리고 기적소리가 점점 분명하게 들려왔다.

"마쓰모도라…… 그렇다면 우리는 여기서 무엇을 하고 있는 겁니까?"

조만복이가 다급하게 물었다. 그는 시모노세키로부터 트럭과 기차를 이용하여 그곳까지 실려 왔던 캄캄했던 어둠의 행로를 천천히 모든 기억을 열심히 되살려, 한 부분 한 부분을 이어가며 떠올려보았다. 그러나 확실하게 말할 수 있는 장소는 단 한 곳도 떠오르지 않았다. 시모노세키항에 내렸을 때, 희미한 가로등 불빛 아래 빈둣하게 뉘어 있던 노무자의 시체와, 그들을 싣고 가기 위해 대기하고 있던 트럭과, 어둠에 묻힌 삼림과, 빗소리와, 철조망이 쳐 있는 역사 주변의 을씨년스럽고 황량한 밤 풍경들만이 악몽의 한 부분처럼 떠올랐다.

"우리는 지금 지하궁을 파고 있는 것이웨다."

천덕보가 말했다.

그의 이야기로는 일본은 미국과 끝까지 싸워 이기기 위하여, 천황의 집무실을 지하에 만든다는 것이었다. 왕궁뿐만이 아니라 모든 관서가 들어갈 수 있는 지하도시를 만들어 장기전에 대처한다고 하였다.

"지하궁을 다 만든 다음에는 그 비밀을 유지하기 위해 이 공사에 동원된 조선노무자들을 모두 죽이고 말 것이라는 이야기웨다."

천덕보의 말에, 조만복은 너무 놀라 한동안 할 말을 잃은 채, 어둠이 끈끈하게 엉겨 붙은 합숙소의 창을 바라보고만 있었다.

"여섯 달 동이나 여기 있으면서 그것도 몰랐다는 말이웨까?"

천덕보가 조만복한테 핀잔을 주듯 말했다. 그는 이야기 끝에 참으로 한심하다는 말 대신 이빨 사이로 바람을 빼듯 이상한 한숨소리를 냈다.

"천 선생은 그것을 어떻게 알았소?"

조만복은 아무래도 천덕보의 말을 그대로 믿을 수가 없었다.

"나는 어디에 가더라도, 내가 어디에 와 있으며 무슨 일을 하고 있는 건가 하는 정도는 꼭 알아둡니다요. 그래야 탈출을 할 수가 있으니깐요."

"감독들이 말을 해줘야 알지요?"

"그들한테 묻는 사람이 바보지요."

"그렇다면 어떻게 그것을 알아낸다는 말이오?"

"이곳으로 끌려오기 전에 나는 마쓰모도 노무보국회 사무실에 간혀 있다시피했지요. 그곳에서 심부름하는 조선 청년한테서 알아냈지요."

그러나 조만복은 천덕보의 말을 믿고 싶지 않았다. 그는 아무것도 모른 채 여지껏 6개월이 동안이나 그곳에서, 태양 한번 바라보지도 못한 채 지하노역장에서 곡괭이질만 해온 것이 부끄럽기까지 했다. 그는 단순히 길고 긴 터널을 파고 있는 것으로만 알았다. 그 터널은 기찻길이나 자동차길로 쓰일 것이라고 생각해 왔었다. 그리고 언젠가는 터널의 끝이 나타나게 될 것이라고 믿고 있었다. 조만복은 두 팔에 감각이 없어지도록 채찍을 휘둘러 대는 감독의 구령에 맞춰 곡괭이질을 하면서도, 언제나 터널의 끝만을 떠올렸다. 어쩌면 그가 파고 있는 터널의 끝에는 바다가 펼쳐져 있고, 그 바다 위로 태양이 생명처럼 눈부시게 떠오르게 될지도 모른다고 생각했다. 김천보가 어머니를 그리워하는 힘으로 하루 이틀 버텨나가고 있다면, 조만복 자신은 터널의 끝에서 찬란하게 떠오를 태양을 기다리며 살아왔다. 아무리 곡괭이질을 해도 터널의 끝이 나타나지 않는다고 하는 것은 자기 죽음을 보는 것보다 더 끔찍한 일이었다. 조만복은 천덕보의 이야기가 거짓말이기를 빌고 싶었다. 그런데도 천덕보의 그 이야기는 며칠 안 가서 모든 노무자의 귀에 들어가고 말았다. 그들은 천덕보의 그 말을 믿었다. 참으로 이상한 것은, 천덕보가 조만복에게만 비밀처럼 말해 준 이야기들은 언제나 사흘이 못 가서 합숙소 안에 쫙 퍼지고 마는 일이었다. 천덕보의 말에는 어떤 신비로운 힘을 갖고 있는 것처럼 느껴졌다.

지하왕궁의 공사가 끝나게 되면 조신인 노무자들을 모두 죽이고 말 것이라는 천덕보의 이야기를 그대로 믿는 노무자들은 신기하게도 절망감에 사로잡히는 대신, 오히려 삶의 새로운 결의를 나타내 보인 듯했다.

"그렇다면 이대로 죽는 날을 기다릴 수만은 없지요. 채찍이 무서워 곡괭이질을 할 수 있는 힘이 남아 있다면, 차라리 그 힘을 모아서 싸우다 죽어야지요. 이리 죽으나 저리 죽으나 마찬가지가 아닙니까. 지렁이도 밟으면 꿈틀거린다는데, 우리는 사람이 아닙니까."

누구인가 말했다. 그것은 그들 자신에 대한 도전의 외침이었다. 그들 중에는 천덕보를 추종하는 사람들이 여러 명 생겼다.

"나는 혼자만 도망쳐 살고 싶지는 않쉐다. 우리 조선 동포 모두 함께 살고 함께 죽자 이그지요."

천덕보의 말은 노무자들의 지치고 나약해진 마음속을 횃불처럼 밝혔다. 그리고 그들은 저마다 자신들의 힘이 얼마나 남아 있는가를 가늠해 보기라도 하려는 듯 주먹을 불끈 쥐어 보이기까지 하였다. 천덕보는 말할 때 마다 '우리', '조선', '동포'라는 말을 빼지 않았다. 그는 분명히 얼마 전에 죽은 최또바우에 비해 훨씬 강력한 그들의 우상이었다.

이제 노무자들 중에는 스스로 목숨을 포기하기 위해 단식을 한다거나, 병들어 들것에 실려가기를 원하는 사람은 하나도 없었다. 곡괭이질을 하다가 쓰러지지도 않았다. 천덕보는 확실히 지쳐 있었던 노무자들에게 어떤 신비로운 힘을 쏟아 넣고 있었다. 지하노역장의 수천 명이나 되는 조선인 노무자들은 천덕보의 얼굴과 이름을 모르는 사람이 하나도 없었다. 그들은 먼 발치로나마 천덕보를 바라보게 되면 신망과 기대와 흠모에 젖이 간절하게 매달리는 듯한 시선을 보내곤 하였다. 아무도 천덕보를 비난하거나 의심하지 않았다. 천덕보의 이야기를 믿지 않으려고 했던 조만복도 차츰 마음이 기울어지고 있었다. 조만복은 천덕보로부터 그들이 비밀리에 지하왕궁을 파고 있다는 말을 들은 후부터 지하노역장의 현장을 눈여겨 살펴본 결과, 터널이 일직선으로 뻗지 않고, 여러 개의 십자로가 서로 얽혀 있다는 사실을 알아냈다. 각 합숙소의 노무자들은 조별로 나뉘어 일정하게 정해진 한 곳에서만 터널을 파고 있기 때문에, 그들은 다른 합숙소의 작업장에 대해서는 아무것도 알지 못했다. 천덕보의 말대로라면 십자로에서 갈려나간 터널의 어느 한 쪽에서 지하왕궁을 만들고 있을지도 모를 일이었다.

그런데도 조만복은 이상하게도 천덕보에 대해서 막연한 저항감을 가지고 있었으나 천덕보나 다른 사람들 앞에서는 자신의 그런 감정을 나타내지는 않았다. 그가 저항감을 갖는 것은 아직도 터널의 끝에 대한 기대를 버리지 않고 있다는 것이기도 하였다. 지금도 조만복은 때때로 터널의 끝에서 찬란하게 떠오를 태양을 꿈꾸고 있었다. 그 순간이 가장 즐거웠다. 그가 그 꿈마저 잃어버린다면 그날부터 곡괭이를 들 힘마저 없어지게 될 것이었다. 조만복에게는 천덕보의 어떤 말도 힘이 될 수가 없었다. 그에게 힘이 되어주는 것은 오직 터널이 끝나는 날, 바다 위에 눈부시게 떠오를 태양을 꿈꾸는 것뿐이었다. 그것만이 그의 인생에서 처음이자 마지막인 단 한 번의 성취감을 맛볼 수 있는 순간이라고 생각했다.

날이 갈수록 천덕보에 대한 노무자들의 신망은 더욱 두터워졌다. 그 신망은 절대적이어서 신앙에 가까울 정도였다.

어느 날 천덕보는 참으로 경악할 만한 일을 하였다. 합숙소의 출입문 밖에서 총구보다 더 무섭게 노무자들을 지키고 있는 셰퍼드를 짖지 못하게 만들어 버린 것이었다. 지하노역장에서 밤늦게 돌아온 천덕보는 갑자기 노무자 몇 사람한테 출입문의 문턱 밑을 파도록 했다. 그들이 천덕보가 시키는 대로 문턱 밑으로 셰퍼드의 대가리가 들어올 수 있을 만큼 구덩이를 파자, 천덕보는 점심때 먹다가 숨겨 온 콩깨묵 덩어리를 구덩이 안에 집어 넣었다. 그들의 식사는 언제나 속이 썩어 새까맣게 된 콩깻묵 찌꺼기였다. 콩깻묵 찌꺼기 안에 어쩌다가 안남미 밥알이 가뭄에 콩 나듯 섞여 있었다. 반찬은 소금에 절인 고구마덩굴이었는데, 그것도 거의 썩어서 하얗게 곰팡이가 피어 있게 마련이었다. 그것마저도 부족하여 그들은 언제나 굶주렸다.

콩깻묵 찌꺼기를 문턱 밑에 판 구덩이에 넣어두자 이내 셰퍼드가 그것을 먹으려고 낑낑거리며 머리를 처박기 시작했다. 천덕보는 며칠 전부터 밤늦게 합숙소로 돌아올 때마다 출입문 밖에 콩깻묵 찌꺼기들을 조금씩 흘려놓아 셰퍼드가 그것을 핥아먹도록 훈련을 시켜 놓았었다. 이윽고 셰퍼드가 대가리를 완전히 구덩이 안에 처박고 콩깻묵 찌꺼기를 삼키려고 했다. 그 순간 천덕보는 양손에 쇠꼬챙이를 들고 있다가 셰퍼드 귀를 뚫어 버리고 말았다. 셰퍼드는 질겁하여 낑낑거리며 대가리를 뺏다. 그들은 합숙소 주변을 순찰하는 감시원이 개소리를 듣고 달려오기 전에 구덩이를 메웠다. 그 광경을 보고 있던 합숙소의 노무자들은 그곳으로 끌려온후 처음으로 허파에서 바람빼는 소리로 웃어 댔다. 그것은 그들에게 채찍을 휘둘러 대는 감독을 골려준 것보다 훨씬 통쾌한 보복이었기에 오랫동안 밖으로 소리가 새어나가지 않도록 조심스럽게 웃어 댔다.

그들은 얼마 전에 최또바우가 했던 것처럼 창살을 자르지 않고 출입문의 문턱 밑을 파고 쉽게 합숙소를 빠져나갈 수 있다는 것도 알게 되었다. 다음날부터는 그들이 문짝을 걷어차도 고막이 뚫려버린 셰퍼드는 짖지않았다. 지하노역장으로 오가면서 출입문을 지키고 있는 셰퍼드를 노려보아도 이제 으르렁거리지 않았다. 도망치는 최또바우를 물어뜯었던 셰퍼드는 완전히 멍텅구리가 되어 버렸다.

그 일로 인하여 합숙소에는 잠시 활기가 넘쳤다. 그리고 며칠 후에는다른 합숙소에서도 똑같은 방법으로 그들을 지키고 있는 셰퍼드들의 귓구멍을 모두 뚫어 버렸다는 것을 알게 되었다. 이제 그들에게 남은 일은문을 부수고 밖으로 뛰쳐나가 그곳을 탈출하는 것뿐이라는 것을 저마다마음속에 헤아리고 있었다.

김천보는 이제 곡괭이를 내려찍을 때 어머니를 부르지 않고 다른 노무자들과 같이 "오쯔"를 외쳤다. 조만복이가 김천보에게 왜 이제 어머니를부르지 않는 것이냐고 물었더니,

"이제부텀 저도 마음을 강하게 먹기로 했구만요. 천 선생님을 믿기로했어요. 아무때나 천 선생님이 이곳을 도망치자고 하면 당장에 천 선생님을 따라가겠습니다요."

하고 말했다. 김천보는 조만복한테는 아저씨라고 하면서도 천덕보만은 선생님이라고 불렀다. 선생님은 그들에게 최고의 존칭이었다. 김천보뿐만 아니고 모든 노무자들은 천덕보를 선생님이라고 불렀다.

"어머니는 그동안 제 마음을 너무 약하게 만들었어요."

김천보의 그 말에 조만복은 김천보가 무엇인가 잘못 생각하고 있다는 것을 말해주고 싶었다. 그러나 그의 힘으로는 천덕보에 향한 김천보의 절대적인 믿음을 단 한 꺼풀도 벗겨낼 수 없다는 것을 알고 있었기 때문에 생각을 고쳐먹으라는 말을 하지 않았다.

"그동안 어머니께서는 천보한테 큰 힘이 되어 주셨다. 그런 어머니를 잊으면 안 되지."

조만복이가 할 수 있는 말은 그것뿐이었다.

"그렇다고 이곳에서 마음속으로 어머니나 부르면서 죽어가고 싶지는 않습니다."

"내 말은 어디에 있거나 네 어머니를 잊지 말라는 거여."

"잊겠다는 건 아니지요."

"그럼 됐어."

"아저씨는 천 선생님을 따라서 도망치지 않을 생각입니까?"

김천보의 물음에 조만복은 한동안 말없이 잠자코 있었다. 한때 그는 탈출을 생각했었다. 그런데 천덕보가 온 후부터 이상하게도 마음이 변하기 시작했다. 천덕보가 노무자들의 우상이 되어 가고 있는 것에 저항감을 느낀 이유 때문에 그런 것은 아니었다. 천덕보가 탈출에 자신감을 갖고 있는 것을 보고, 조만복도 터널의 끝에서 떠오르게 될 눈부신 태양에 대한 그리움이 더욱 강렬해진 때문인지도 몰랐다. 조만복은 확신을 갖고 싶었다. 그것이 환상의 무덤으로 끝난다 해도 포기할 수는 없다고 생각했다.

"나는 여기 남아 있을란다."

조만복은 한참이나 있다가 말했다.

"도망치지 않고 남아 있겠다고요? 왜요? 도망칠 용기가 없어서요?"

김천보는 약간 흥분한 목소리로 다그치듯 거듭 물었다. 김천보의 물음 중에서 '용기가 없어서요?' 라는 말이 조만복의 마음에 가시처럼 걸렸다. 김천보가 자신을 겁장이로 생각하고 있다는 것이 섭섭했으나, 사실은 용기가 없는 것인지도 몰랐다. 천덕보를 따라서 도망친다는 것이 결코 쉬운 문제가 아니라는 것쯤 알고 있었기 때문에 그것을 두려워하고 있는 것인지도 몰랐다. 그가 남아서 터널의 끝에 떠오를 태양을 기다린다는 것이 환상일 수 있듯이, 천덕보를 따라서 도망친다는 것 역시 무모한 도전이며 희생으로 끝나게 되리라는 것을 헤아리고 있었기 때문일지도 모를 일이었다.

"여기를 도망치는 것보다 터널이 끝날 때까지 살아남을 수 있다는 것이 더 어려운 일이겠지……."

조만복은 혼잣말처럼 맥빠진 목소리로 말끝을 흐렸다.

"그렇다면 더욱 여기 남아 있어야 할 이유가 없지 않아요?"

"여기를 빠져나간다 해도 그것으로 탈출이 끝나는 건 아녀. 끝없는 탈출의 연속이 있을 뿐이야. 어차피 우리는 일본이라는 큰 그물에 걸린 고기들이나 다를 바 없으니까."

조만복은 말 끝에 탄식과도 같은 긴 한숨을 삼켰다.

"끝까지 탈출을 계속해야지요."

김천보는 이제 자신감에 차 있었다. 신음을 토하듯 어머니를 마음속으로만 외쳐 부르며 눈물이나 질금질금 흘리는 나약한 소년이 아니었다. 조만복은 그런 김천보가 대견스럽게 생각되기도 하였다.

"아저씨는 여기 남아서 뭘 기다리겠다는 것이지요?"

김천보가 다시 물었다.

"터널이 뚫리는 것을 보고 싶어."

조만복의 말에 김천보는 한숨처럼 실소를 토했다. 조만복의 말뜻을 알 수 없다는 듯 애매한 표정으로 어둠이 죽음의 그림자처럼 두껍게 엉겨붙어 있는 조만복의 얼굴을 바라보다가,

"터널과 아저씨와 무슨 상관있어요?"

하고 따지듯 물었다.

"나는 말이여, 마지막으로 성취감을 맛보고 싶은 게여!"

조만복은 자신의 심정을 어떻게 설명해야 좋을지 몰라 표현의 궁핍을 느꼈다. 하기야 어떤 말로 설명을 한다 해도, 김천보는 조만복 자신의 심정을 헤아릴 수 없을 것이라고 생각했다.

"지금껏 살아오는 동안 나는 아직 내가 한 일들 중에서 단 한 가지도 마무리를 지어본 일이 없었어. 모두 도중에 실패하고 말았거든."

조만복은 어떤 일의 성취감에 관한 이야기를 좀 더 자세하게 말해 주고 싶었지만, 김천보가 이해하지 못할 것 같아 그만두었다. 물론 그는 탈출의 성취감에 대해서도 생각해 보았으나, 그것은 실패가 눈앞에 보이듯 불가능하리라 믿고 있었다. 적어도 그에게는 일본이라는 무자비하고 거대한 그물로부터 빠져나갈 수 있는 자신감이 없었다.

"아저씨는 뭔가 잘못 생각하고 있군요."

조만복은 김천보가 그렇게 말하리라는 것을 알고 있었다. 그러기에 더

이상의 말을 덧붙이고 싶지도 않았다. 김천보 뿐만이 아니라 어느 누가 생각해도 조만복 자신을 미친 사람이라고 비웃으리라는 것을 잘 알고 있었다.

"아저씨가 여기서 기다리는 것은 성취감이 아니라 죽음입니다."

"그럴지도 모르지."

"그것은 제가 여기서 아무리 어머니를 외쳐 불러도 어머니를 만날 수 없는 것과 같아요."

"그럴지도……."

"이 터널은 아저씨 것이 아니잖아요. 아저씨 혼자 파는 것이 아니잖습니까?"

김천보는 돌아누워 버렸다. 조만복은 김천보의 얼굴을 볼 수는 없었지만 그가 자신을 비웃고 있으리라는 것을 알았다. 순간 조만복은 황량한 외로움을 느꼈다. 자신이 비웃음을 당할 때의 외로움이란 어떤 고통보다 견딜 수 없는 슬픔이 되었다.

김천보는 의식적으로 조만복에게서 멀어져 갔다. 그는 잠을 잘 때도 조만복으로부터 등을 돌려 누웠고, 먼저 말을 걸어오는 일도 없었다. 조만복을 피하는 대신에 잠시도 천덕보의 곁에서 떨어지려고 하지 않았다. 작업장에서도 그는 천덕보 옆에 붙어 있었다. 조만복은 김천보가 그에게서 멀어져 간 후, 터널이 뚫리는 날 동쪽 바다 위에 떠오를 눈부신 태양을 더욱 열심히 마음속에 떠올리곤 했다. 그것만이 위안이 되어 주었다. 더 이상 마음이 약해지는 않았다. 김천보가 그에게서 등을 돌린 후부터 조만복은 터널 끝의 태양 하나만을 떠올릴 뿐 머릿속은 언제나 하얗게 비워, 모든 잡념을 없앴다. 그 때문에 취침 시간에 정확히 맞춰 잠이 들었으며,

기상 시간을 알리는 사이렌이 울리기 전에 눈을 떴다. 무시당하는 외로움 속에서, 차라리 그의 영혼은 자유로울 수 있었다.

김천보의 말마따나 조만복은 자신이 파놓은 지하노역장에서 죽게 될지도 몰랐다. 대도시의 뒷골목처럼 복잡하게 얽힌 지하노역장의 어느 후미진 구석 흙벽에 기대어 앉아 영원히 떠오르지 않을 태양을 기다리며 숨을 거두게 될지도 모를 일이었다. 조만복은 그가 파고 있는 지하노역장이 그의 무덤이 되지 않게 하려고 충분히 수면을 취할 수 있도록 머릿속의 잡념을 지워 버렸으며, 콩깻묵과 고구마 줄기의 형편없는 반찬이라도 주는 대로 남기지 않고 모두 먹었다. 그리고 죽도와 가죽 채찍을 피하기 위해 더욱 큰 소리로 "오쯔"를 외치며 부지런히 곡괭이질을 했다. 그는 마치 살아남기 경쟁이라도 하고 있는 것처럼 본능적으로 일하고 먹고 배설하고 잠을 잤다. 모든 감정과 이성은 배설물의 찌꺼기처럼 깡그리 비틀어 짜내버리고 본능만을 키웠다. 시간이 흐를수록 그의 본능은 하등동물을 닮아가고 있었다. 그러면서도 터널의 끝에서 찬란하게 떠오르는 태양을 기다리는 꿈만은 잊지 않았다. 그 순간을 위해 터널이 끝날 때까지 살아남고 싶었다.

5

새벽에 작업장으로 나갈 때 향기로운 보리누름 냄새가 바람에 실려 창자 속까지 휘저었다. 조만복은 바람에 실려 오는 냄새들로 하여 계절의 변화를 가늠할 수 있었다. 철조망 너머 미명의 어둠이 철판처럼 두껍게 깔린 들판이었지만, 곡식이 익어가는 냄새로 가을이 얼마나 깊었는지를 알 수 있었다.

노무자들은 장마철이 오기 전에 탈출해야 한다고들 했다. 그들은 벌써 반쯤 탈출에 성공하기라도 한 듯 생기에 차 있었다. 작업장으로 갈 때 부르는 군가 소리도 한결 우렁차게 미명의 어둠을 흔들었다.

어느 날 천덕보는 노무자들에게 그들이 먹고 있는 음식을 개선하기 위한 투쟁으로 식사를 거부하라는 지시를 내렸다. 어느덧 모든 합숙소의 노무자들은 천덕보의 지시를 하느님의 계시처럼 믿고 따르게 되었다. 그가 내린 지시는 곧 모든 노무자에게 전달되곤 했다. 그들의 요구는 콩깻묵에 쌀을 더 많이 섞어달라는 것이었다. 그들은 작업장에서 점심을 거부했다. 감독들이 휘둘러대는 채찍을 맞으면서도 콩깻묵 덩어리를 흙바닥에 던져 버렸다. 조만복은 그대로 점심을 거부하지 않았다. 동료들의 싸늘한 시선을 채찍처럼 무섭게 받으면서 태연하게 콩깻묵 덩어리를 씹어 먹었다. 그는 이 때문에, 동료들로부터 배신자라는 낙인을 받았다. 그러나 그는 그들을 일부러 의식하지 않았다.

한 끼의 단식투쟁으로 당장 저녁식사 때부터 콩깻묵 속에 안남미가 희끗하게 섞여 나왔다. 노무자들은 달라진 음식에 만세를 불렀다. 김천보는 안남미가 희끗하게 섞인 콩깻묵 덩어리를 내려다보며 눈물을 흘리기까지 했다. 천덕보는 더욱 요지부동한 우상의 존재가 되었다. 그는 이미 그들의 신이었다.

다시 천덕보의 지시가 내려졌다. 그들은 기상사이렌이 새벽을 찢어대는 소리에도 꼼짝 않고 누워 있었다. 감독들이 숙소 안으로 들어와 기상을 외쳐 대도 눈조차 뜨지 않았다. 감독들은 다다미의 윗부분에 고정시킨 긴 통나무 베개의 모서리를 해머로 힘껏 내리쳤다. 통나무를 내리칠 때마다 머리가 날아가 버리는 듯했으나 그들은 죽은 듯 일어나지 않았다. 감독들은 죽도로 노무자들의 머리를 도리깨질하듯 힘껏 두들겼다. 노무자들의 요구는 작업 시간의 단축이었다. 그들은 머리에서 피가 터지도록 두들겨 맞은 대가로 그들의 요구를 관철할 수 있었다. 작업 시간이 새벽 6시에서 밤 9시까지로 단축되었다. 그들은 다시 만세를 불렀다.

"아저씨, 정말 여기를 떠나지 않을 생각입니까?"

어느 날 밤 잠자리에 눕자마자 김천보가 조만복 쪽으로 돌아누우며 물어왔다.

"왜 또 묻는 게야."

조만복은 한참 동안이나 잠자코 있다가 조심스럽게 반문했다.

"우리는 보름달이 기울어 반달이 될 때 탈출하기로 했습니다."

김천보의 목소리는 천덕보가 오기 전처럼 부드러웠다.

"모두들 함께 떠나느냐?"

"우리는 함께 죽고 함께 살기로 했으니까요."

"모두 함께 탈출하기는 어려워."

"그건 천 선생님의 뜻입니다요."

"불가능한 일이야."

"마지막으로 물어보는 것입니다요. 떠나겠습니까, 남겠습니까?"

"천 선생과 너만 도망쳐라. 그건 가능할지도 모르지."

"아저씨가 우리와 함께 떠나지 않으신다면, 나는 말입니다, 아저씨 고향에 찾아가주지 않을 것입니다요."

"천보만 무사히 고향에 돌아갈 수만 있다면, 우리 집에 가주지 않아도 돼야."

"함께 떠나지 않겠다는 말이군요."

김천보는 다시 돌아누워 버렸다.

"내 걱정은 말리니께."

김천보는 대꾸하지 않았다.

"나는 죽어서도 너를 잊지 못할 거여."

김천보는 자는 척했다. 조만복은 그러는 김천보에 대해 섭섭한 생각을 갖지 않았다. 오히려 그는 김천보가 더 마음이 강해지기를 바랐다. 강해지지 않고서는 끝까지 탈출에 성공할 수 없기 때문이었다. 조만복은 나이 어린 김천보와 헤어진다는 것이 섭섭했지만 붙잡고 싶지는 않았다. 그의 장래를 강하고 용기 있는 천덕보에게 맡기는 것이 현명한 처사라고 생각했다. 어쩌면 천덕보를 따라 탈출하는 것이 조금이라도 삶을 연장할 수 있는 길인지도 모를 일이었다.

그날 밤 조만복은 잠을 이룰 수가 없었다. 합숙소의 창살 사이로 흘러들어온 달빛이 환장하도록 밝았다. 그는 달빛을 보지 않으려고 눈을 감았다. 달빛을 보면 본능마저 죽어 버릴 것처럼 마음이 약해질 것 같았기 때문이다. 본능마저 죽어 버린다면 터널의 끝에서 태양을 기다리는 꿈마저도 잃게 될 것만 같았다. 정신이 맑게 살아났다. 그는 생각들이 싫었다. 생각은 언제나 그를 약하게 만들었다.

그들의 탈출 계획은 전쟁을 방불케 할 정도로 엄청난 것이었다. 그들은 도망칠 계획이 아니라, 그들을 감시하는 합숙소의 모든 감독들을 죽이고, 자유로운 몸이 되어 그곳을 떠나려고 했다. 수많은 노무자가 함께 그곳을 떠나 강을 건넌 다음 가까운 산속에 잠적해 있다가 밤을 이용하여 동쪽으로 바다가 나올 때까지 걸어서 배를 탈취하여 고국으로 돌아갈 계획이었다. 조만복은 김천보한테서 그들의 탈출 계획을 듣고 천덕보의 담대함에 다시 한번 놀랐다. 천덕보는 미치광이가 아니면 영웅임에 틀림없다고 생각했다.

그들은 둥근 보름달이 반달로 기울어지기만을 기다렸다. 조만복은 보름달이 조금씩 이지러질 때마다, 김천보와 헤어져야 한다는 생각에 걷잡을 수 없을 정도로 마음이 흔들렸다. 차라리 그들과 함께 떠나 버릴까 하는 생각도 들었다. 그들과 함께 떠나게 되면 대지 위로 떠오르는 태양을 볼 수 있을 것이 아니겠는가. 비록 그 태양이 터널의 끝에서 떠오르는 것은 아닐지라도 분명 동쪽 하늘의 거대한 생명처럼 찬란하지 않겠느냐 하는 생각이었다. 그러나 그는 그들과 함께 떠나지 않을 것이라고 자신을 타일렀다.

지하노역장에서 아침을 먹으려는데, 단총을 든 감시원들이 천덕보를 데리고 나갔다. 아침을 먹고 다시 작업을 시작할 때까지도 천덕보는 돌아오지 않았다. 점심때가 지나고 저녁을 먹은 뒤에도 그는 나타나지 않았다. 노무자들이 감독들한테 천덕보가 왜 돌아오지 않는 거냐고 물었으나 감독들은 그때마다 대답 대신 채찍과 죽도를 휘둘렀다. 그들은 채찍에 감기고 죽도로 머리를 얻어맞으면서도 계속 따지듯 천덕보의 소식을 물었다. 조만복은 불길한 예감이 들었다. 천덕보는 다시 그들 앞에 나타나지 않을 것만 같았다. 이제 노무자들은 감독들이 1분에 두 번꼴로 "다꼬 간바레!" 하는 구령에 "오쯔!" 하고 대답하는 대신에 천덕보의 이름을 외쳐 대기 시작했다.

밤 9시, 작업을 끝내고 지하노역장의 출입구를 나오던 노무자들은 흙더미 위에 앉아 있는 천덕보를 발견했다. 그러나 천덕보는 이미 돌처럼 굳어 있었다. 노무자들이 천덕보의 얼굴을 바라볼 수 있도록 흙더미에 실팍한 각목을 꽂고, 그의 머리 위에 전깃불을 밝혀두었던 것이다. 천덕보의 몸은 시멘트 덩어리와 함께 굳어 있었다. 그를 발가벗겨 손발을 묶은후 철판에 앉히고 얼굴만 빼고 자갈과 석회로 온몸을 덮어 물을 부은 것이었다. 뜨거운 태양에 석회가 자갈과 함께 굳어지면서 그의 몸도 함께굳어버린 것이다. 노무자들이 작업을 끝내고 지하노역장에서 나왔을 때,천덕보는 노무자들을 향해 눈을 뜨고 있었으나, 전깃불에 비쳐 보이는 그의 얼굴은 이미 시멘트 빛깔처럼 짙은 회색빛으로 변해 있었다.

"빨리 함바로 돌아가라! 여기서 멈칫거리고 있는 놈들은 모두 돌덩어리로 만들어 버리겠다!"

감독들이 채찍을 휘둘러 대며 물어뜯을 듯이 소리쳤다.

노무자들은 그들의 우상이었던 천덕보가 돌덩어리처럼 굳어져 버린것을 보고 그들의 희망도 함께 굳어져, 아무도 천덕보의 죽음에 대해 항거하지 못했다. 우상을 잃어버린 그들은 다시 약해지고 말았다. 그들은채찍을 맞지 않으려고 서로 앞을 다투어 합숙소로 돌아갔다.

아무도 탈출에 대해서 말하지 않았다. 생기에 차 있던 얼굴은 다시 황백색의 송장 같은 색깔로 변했으며, 옆사람과 말조차 주고받지 않았다.그들은 천덕보가 그곳에 오기 전으로 되돌아가고 말았다. 다음날부터 바로 콩깻묵에 안남미가 줄어들고 작업 시간이 전처럼 다시 연장되었으나단식을 하거나 기상을 거부하지도 않았다.

김천보는 전처럼 "오쯔" 대신 어머니를 외쳐 부르지 않았고, 이제 앓는소리만을 가늘게 토해냈다. 그는 마치 최또바우가 죽임을 당한 뒤의 김주옥처럼 시간이 흐를수록 흐물흐물 기력을 잃어갔다. 조만복은 그런 김천보가 너무 안타까워 마음이 찢어지는 듯했으나 그를 위로해 줄 말이 생각나지 않았다. 다시 전처럼 "오쯔" 대신 어머니를 부르게 되기를 바랐으나, 한 번도 어머니를 입에 담지 않았다.

감독들은 천덕보의 시체를 치우지 않고 그대로 두고, 노무자들이 작업장을 드나들면서 바라보도록 했다. 며칠 안 가서 천덕보의 두 눈은 쾡하게 뚫렸고 코가 내려앉았으며, 머리가 빠져 바람에 날렸다. 천덕보의 얼굴이 썩어 문드러질 때까지 그대로 두었다. 노무자들은 되도록 천덕보를 보지 않으려고 고개를 숙인 채, 감독들의 채찍을 맞으면서 꺼져가는 목소리로 군가를 부르며 그 앞을 오갔다.

김천보만이 천덕보가 형체를 잃어 가는 얼굴을 하고 시멘트덩이가 되어 앉아 있는 모습을 바라보며 언제나 합장을 했다.

"천 선생님은 부처님이셨는지도 모르겠어요. 살아서 부처님이 아니었다면, 죽은 뒤에는 틀림없이 부처님이 되셨을 거로구만요."

어느 날 김천보가 흙더미 앞을 지나며 합장을 하고 나서 말했다. 천덕보가 죽은 후 처음 한 말이었다.

"네 말이 맞어. 여기 남아 있으면서 천 선생 같은 사람이 또 오게 될거여. 그러니 낙심 말고 또 기다리는겨."

조만복은 김천보의 말에 감격하여 자신도 모르게 합장을 했다.

"천 선생님은 다시 오시지 않습니다."

김천보가 앓는 목소리로 말했다.

"네 말대로 부처님이 되었다면, 이곳에 천 선생 같은 분을 다시 보내주실 거여."

조만복은 어떻게 해서라도 김천보가 다시 희망을 품게 하고 싶었다. 그러나 그는 하루가 다르게 약해지고 있었다. 조만복은 마치 꺼져가는 불빛을 보는 듯 안타깝기만 했다.

희망을 잃어버린 노무자들은 죽기만을 기다리는 사람들처럼 시들어갔다. 그들은 배가 고파도 음식을 잘 먹지 않았고 타는 듯이 목이 마른데도 물을 마시는 것조차 귀찮아했다. 영양실조가 되어 몸은 겨릅대처럼 마르고 임산부처럼 빵빵하게 불어났다. 게다가 나무껍질 같은 피부에는 종기가 터지고 진물이 흘렀다. 심해지면 눈이 철쭉꽃처럼 붉어졌다가 다시 파랗게 변했다. 눈이 파랗게 변해 곡괭이를 들 힘마저 없어지게 되면, 그들은 들것에 실려 갔는데, 그렇게 실려 나간 노무자들은 인제나 그랬듯이 다시는 돌아오지 않았다.

천덕보가 죽은 지 서너 달이 지난 후, 옛날의 노무자들은 거의 들것에 실려 나갔고, 다시 붙들려온 신참들이 그 자리를 메웠다. 조만복과 김천보는 그때까지도 살아남아 있었다. 조만복은 김천보가 영양실조에 걸리지 않게 하려고 식사 때마다 그의 옆에 달라붙어 억지로 콩깻묵을 입에 넣어주곤 했다.

"다 죽어도 너만은 살아남아야 되야. 그래야 후담에 천 선생 이야기를 할 수 있을 게 아님감."

천덕보는 그때까지도 김천보에게 한가닥 힘이 되어 주었다. 살아남은 노무자들은 모두 이미 천덕보를 잊었지만 김천보만은 잊지 않고 있었다. 천덕보는 아직 김천보의 마음속에 부처님처럼 살아남아 있었던 것이었다. 조만복은 자주 천덕보의 존재를 김천보한테 일깨워 주었다. 그들 두 사람이 주고받은 말은 천덕보에 관한 것뿐이었다. 조만복이 김천보에게 천덕보의 이야기를 할 때면 김천보는 언제나 추억에 잠긴 얼굴로 조용히 듣고 있었다. 김천보에게는 천덕보에 관한 한 토막의 추억이라도 힘이 되어 주었다.

지하노역장에서 합숙소에 돌아와 다다미 위에 지친 몸을 뉘면 으스스한 냉기가 뼛속까지 스며 저절로 새우처럼 웅크러들었다. 가을도 다 기울고 있었다. 추운 겨울이 오고 있음이 두려웠다. 합숙소의 창살을 흔드는 강바람도 날이 갈수록 드세어졌다. 조만복은 영산강의 강바람을 떠올리며 더욱 조그맣게 몸을 웅크렸다. 그는 영산강의 칼바람을 한 번도 춥다고 느끼지 못했었다. 오히려 그 바람은 고리백정이라는 놀림을 당한 것으로 하여, 대장간의 시우쇠처럼 시뻘겋게 달아오른 그의 뜨거운 심장을 시원하게 식혀주곤 했었다. 그는 친구들한테 놀림을 당한 날이면 영산강의 칼바람을 맞바래기로 얼굴에 받으며 강둑을 뛰었다. 차라리 그의 작은 심장이 영산강의 싸늘한 얼음장이 되고 싶었었다.

"천보 느그 고향에는 시방 단풍이 한창 불붙었겠다."

잠들기 전 조만복이가 말했다.

"고향 이야기는 해서 뭣합니까?"

김천복이 조만복 쪽으로 모로 누우며 팔다리를 가슴팍으로 바짝 당겨 오그리며 말했다. 그러고 보니 두 사람이 고향 이야기를 꺼낸 것은 한참 전이었던 것 같다. 천덕보가 그곳에 온 후, 그들은 단 한 번도 고향 이야기를 하지 않았었다.

다음 날 아침 일어나 보니 김천보가 보이지 않았다. 합숙소의 두꺼운 판자문이 활짝 열려 있는 것을 발견한 조만복은 오싹 불안한 느낌이 들었다. 김천보가 밖에서 굳게 잠긴 문을 어떻게 열고 나갔는지 헤아릴 수가 없었다. 노무자들은 문이 열려 있는 것을 보고도 한 사람도 밖으로 몸을 내밀지 않았다.

"누구 김천보가 나가는 것 못 봤소? 문은 언제부터 열려 있었소?"

조만복은 합숙소의 통로를 따라 불안하게 서성거리며 큰 소리로 물었다. 아무도 말해 주는 사람이 없었다.

잠시 후 비상 사이렌이 울렸고 감독들이 여남은 명이나 헐근거리며 뛰어들어 왔다.

"어느 놈이야! 어느 구미에 몇 번이야?"

합숙소의 담당감독이 실성한 듯 두 눈알을 까뒤집고 가죽 채찍을 휘둘러 대며 소리쳤다. 감독들은 김천보의 자리가 빈 것을 알고 나서야 옆자리의 조만복에게 문은 어떻게 열었으며 언제 도망쳤느냐고 쥐어 패는 듯한 목소리로 거듭 물었다. 조만복은 감독들이 허둥거리는 것을 보고, 김천보가 아직 붙잡히지 않았구나 하고 얼핏 마음을 놓았다.

감독들은 각자의 자리에 무릎을 꿇고 앉아 있는 노무자들을 향해 한바탕 욕을 퍼부어 대며 행티 사납게 으르렁거리고 나서, 줄을 세워 지하노역장으로 몰고 나갔다. 그날 새벽 노무자들이 지하노역장으로 끌려가면서 부르는 군가는 마치 신음처럼 나지막하게 가라앉았다. 천덕보가 동상처럼 앉아 있는 흙더미 위는 불이 꺼져 음산하고 싸늘한 바람이 맴돌았다. 저 차디찬 흙더미 위의 어둠 속에 김천보가 천덕보와 함께 나란히 어깨를 맞대고 앉아 있는 것 같이 느껴졌다.

그 후 김천보에 대한 소식은 다시 들을 수가 없었다. 그의 자리에는 김천보보다 한두 살쯤 아래로 보이는 깡마른 소년이 신참으로 들어왔다. 소년도 김천보처럼 첫날부터 울기만 했다. 조만복은 김천보를 다시 본 듯했으나 반가운 생각은 없었다. 그는 우는 소년을 위로해 주지 않았다. 소년에게 정을 붙이고 싶지 않았기 때문이었다. 합숙소의 고참 노무자들은 소년이 울 때마다 듣기 싫다며 고함을 치고 욕을 퍼부어 댔다. 아무도 소년의 마음을 다독거려 주지 않았다. 조만복은 울고 있는 소년으로부터 등을 돌리고 누웠다. 아직 그에게 흘릴 눈물이 남아 있음이 거추장스럽게만 생각되었다. 온몸을 쥐어짜 마지막 남은 한 방울의 눈물까지도 깡그리 흘려 버려라. 그런 다음에야 모진 목숨이 얼마나 주체스러운가를 알게 될 것이다. 그다음에라야 너는 비로소 고통을 이겨낼 수 있게 되리라. 그러고나면 너는 이제 지난날의 너의 삶의 궤적을 돌이키지 않을 것이다. 그것들은 결국 너 자신을 속박하는 함정이 될 뿐이다. 조만복은 등을 돌려 누운 채 소년을 향해 마음속으로 말했다.

조만복은 늦은 가을의 시들어 버린 풀잎처럼 심신이 쇠잔해져 갔다. 그는 자신의 죽음이 그림자처럼 아주 가깝게 다가와 있다는 것을 알았다. 노역을 하다가도 눈만 감으면 옛동료들의 얼굴이 유령처럼 그의 머릿속을 들락날락했다. 그들 중에서도 최또바우와 천덕보, 김천보의 얼굴이 자주 떠올랐다. 나이 마흔도 안 되었는데 200년쯤 산 것처럼 지난날들이 까마득해졌다. 감독의 구령에 따라 "오쯔"를 외칠 때마다 숨이 헐떡거렸다.

그날은 새벽에 지하노역장으로 들어가면서 진눈깨비를 맞았다. 지하노역장은 얼음 공장처럼 추웠다. 내복도 없이 나무껍질로 만든 잠방이 하나만을 입고 있었기 때문에 몸을 움직이지 않으면 심장까지 얼어붙어 버릴 것만 같았다. 그날 조만복은 "오쯔"를 힘차게 외치지 않는다는 이유로 감독으로부터 죽도로 머리를 얻어맞고는, 점심으로 먹은 콩깻묵을 모두 토해 버리고 말았다. 음식물을 토하고 나서 견딜 수 없는 조갈증에 시달렸고, 결국 흙바닥에 괸 더러운 물을 손바닥으로 움켜 입안을 적셨다. 그는 이제 더 이상 버틸 힘이 남아 있지 않았다는 것을 알았다. 그러나 이를 응등물고, 머릿속에 눈부신 태양을 떠올리며 곡괭이로 흙벽을 찍었다. 그의 앞에 절망보다 더 단단한 흙벽은 찍어도 찍어도 오만한 두께로 버티고 있었다. 그는 단단한 흙벽에 자신이 쪼그리고 앉을 수 있을 만큼의 구덩이를 만들었다. 그리고 하루의 작업이 끝나고 노무자들이 줄을 서서 밖으로 나가기 시작하자, 감독의 눈치를 살피다가, 흙벽의 구덩이 안으로 재빨리 몸을 숨겼다. 그는 노무자들이 모두 나가고 지하노역장에 불이 꺼질 때까지 작은 구덩이 안에 몸을 조그맣게 웅크리고 앉아 있었다. 불이 꺼지사 아무것도 보이지 않았다. 여기저기서 쩩쩩거리는 쥐새끼들의 소리와 흙벽의 틈새에서 새어나오는 물소리만 들려왔다. 아무도 없는 지하노역장의 흙벽 구덩이에 꿍겨 박힌 조막복은 비로소 해방감을 맛보았다. 마치 탈출이라도 한 기분이었다.

"나는 살아 있다아."

조만복은 구덩이 안에 웅크리고 앉은 채 힘껏 소리쳤다. 그의 생애에서 마음 놓고 가장 배짱 있게 질러본 큰 소리였다. 자신의 목소리가 어디에서 그렇게 크게 울려 나오는 것인지 몰랐다. 그의 목소리가 여러 갈래로 얽힌 지하노역장 구석구석을 흔들었다. 그는 구덩이 안에서 나와 두 다리에 힘을 주고 똑바로 서서 고개를 빳빳하게 세웠다. 그리고 다시 한번 소리쳤다.

"조만복이가 여기 살아 있다아."

그의 목소리가 메아리가 되어 울렸다. 그는 자신의 우렁찬 목소리에 놀랐다. 조만복은 기억할 수 있는 대로 지난날 동료들의 이름을 하나하나 외쳐 불러 보았다. 그들이 어둠의 구석 여기저기서 하나씩 얼굴을 내밀며 대답을 하는 것만 같았다. 창자가 똬리를 틀 듯 뒤틀리면서 자꾸만 헛구

역질이 나왔다. 두 다리가 심하게 후들거렸다. 조만복은 힘없이 주저앉고 말았다. 졸음이 쏟아졌다. 메마른 심신이 땅속 깊숙이 가라앉고 있는 듯싶었다. 눈을 감았다. 은빛으로 굽이치는 영산강의 물줄기가 보였다. 버들고리나무들이 휘너우러진 강물 위로, 꽃뱀의 허물과도 같은 자신의 모습이 아주 편안하게 떠내려가고 있는 것도 눈에 들어왔다. 버들고리를 짜고 있는 고리백정 아버지와, 고리짝을 이고 강 건너 영산포장으로 가고 있는 어머니의 모습도 보였다. 통학 열차를 타고 학교에 가는 자신의 모습은 잔뜩 주눅이 들어 있었다. 지나간 일들이 강물처럼 흘러갔다. 조만복은 가까스로 눈을 떴다. 눕고 싶었다. 흐르는 강물 위에 자신을 멀리멀리 띄워 보내고 싶었다.

"최또바우, 천덕보야, 내가 여기 살아 있다아. 가장 오랫동안 살아남은 조만복이가 여기 있다아."

그는 마지막으로 다시 한번 소리쳤다. 그리고는 두 눈을 커다랗게 뜨고 어둠 속을 쏘아보았다. 자신의 심신이 차가운 어둠의 점액질 속으로 천천히 용해되어 가는 것만 같았다. 순간 그는 어둠의 저쪽으로부터 차츰 가까워져 오고 있는 듯한 파도 소리를 들었다. 조만복은 어둠을 더듬어 두 손으로 곡괭이를 집어 들었다. 그리고 목청껏 "오쯔"를 외치며, 단단한 흙벽을 내리찍었다. 흙벽 너머로부터 파도 소리가 더욱 가깝게 들려왔다. 그는 그동안 그가 걸어온 모든 삶의 광장보다 더 넓은 바다 위로 생명처럼 찬란하게 떠 오르는 붉은 태양을 보았다. 떠오르는 태양의 눈부신 햇살 사이로, 그리고 사람들의 얼굴들도 함께 여울여울 피어오르고 있었다.

6

대한항공 여객기는 서울에서 출발한 지 정확하게 1시간 40분 만에 도쿄공항에 착륙했다. 요시다의 큰아들 내외가 연락을 받고 공항까지 마중 나와 있었다. 요시다의 아들 내외는 지나칠 정도로 정중하고 친절하게 그를 맞아 주었다. 요시다의 큰아들은 그의 아버지처럼 작달막하고 깐깐한 체구에 도수 높은 안경을 끼고 있었다. 조만복 할아버지는 요시다의 아들을 대하는 순간, 40여 년 전 채찍을 휘둘렀던 노무보국회 동원부장의 모습을 띠올렸다. 그러나 젊은 요시다는 아버지의 채찍 대신에 지나친 친절로 상대방의 마음을 휘어잡고 있었다.

"이 아이가 큰애랍니다. 일본에서 열 손가락 안에 드는 콤퓨터 기술자지요."

요시다가 아들 자랑을 했다. 조만복 할아버지는 늙은 요시다로부터 아들에 관한 이야기를 4, 5차례나 들었다. 늙은 요시다는 조만복 할아버지에게 처음부터 이것저것 자랑하기를 좋아했다. 발전된 일본 자랑에서부터 도쿄 근교의 호숫가에 새로 지었다는 집 자랑, 컴퓨터 기술자인 큰아들, 대학교수인 작은아들 자랑에 열을 올리곤 했다. 그러나 조만복 할아버지는 아무것도 자랑할 것이 없었다. 자신이 노무자로 끌려가기 전부터 아버지로부터 팽개침 당하다시피 하여 학교도 제대로 다니지 못하고 자라온 큰아들은 6·25 때 인민군으로 끌려가서 죽었고, 사위는 월남전에서 한쪽 다리를 잃었다. 그가 자랑할 수 있는 것은 마쓰모토의 지하노역장에서 죽지 않고 끝까지 살아남은 것뿐이었다.

조만복 할아버지가 요시다의 가족들과 함께 공항 대합실을 빠져나가고 있을 때 많은 기자들이 몰려와서 그들을 에워쌌다.

"한국의 조 선생과 나는 친구가 되어 함께 왔습니다. 이제 우리는 과거를 깨끗이 잊기로 했지요. 우리는 미워하는 사이가 아닙니다. 조 선생은 나를 용서하는 뜻에서 일본 초청을 받아들여 주었습니다."

늙은 요시다가 기자들 앞에서 조만복의 손을 잡고 만세를 부르듯 높이 들어 올리며 큰 소리로 말했다. 요시다의 태도는 승리자처럼 의기양양했다. 그가 조만복 할아버지의 손을 잡고 높이 치켜올리는 순간 여기저기서 카메라의 플래시가 터졌다.

"요시다 씨의 초청을 받고 사십 년 만에 다시 일본에 오신 소감이 어떻습니까?"

젊은 기자가 마이크를 조만복 할아버지의 입 가까이 바짝 들이대며 물었다.

"사십 년 전이나 지금이나 똑같은 기분입니다. 그때는 무서웠지만 지금은 참담할 뿐입니다."

조만복 할아버지는 한국말로 말했다. 한국말을 알 턱이 없는 젊은 기자는 일본말로 한마디 해달라고 부탁을 했으나 조만복 할아버지는 기자의 말을 못 알아듣는 척해 버렸다. 그러자 기자들은 다시 늙은 요시다를 에워쌌으며, 요시다는 열을 올리며 이야기를 계속했다.

조만복 할아버지는 요시다의 며느리가 운전하는 야청색 자동차에 오를 때까지 한 마디도 입을 열지 않았다. 그는 자동차가 도쿄의 중심지를 빠져나가는 동안, 늙은 요시다가 고층 건물이며 거리에 대해서 열심히 설명을 해주었으나, 그의 머릿속에는 40여 년 전 시모노세키로부터 마쓰모토까지 기차 화물칸에 실려 갈 때 보았던 을씨년스러운 밤 풍경만이 떠올랐다. 그리고 해방을 맞아 고국으로 돌아가기 위해 시모노세키로 가면서 보았던 폭격으로 폐허가 된 도시들의 황폐한 모습들이 머릿속에서 낡은 필름 조각처럼 펄럭였다.

　요시다의 집은 도쿄 근교, 숲에 둘러싸인 작은 호수가 내려다보이는 야트막한 언덕에 있었다. 경치 좋은 곳에 별장처럼 잘 꾸며진 집이었다. 그들이 집안으로 들어서자 요시다의 손자들이 할아버지를 외치며 매달렸다. 요시다의 만년은 부러울 만큼 행복해 보였다. 조만복 할아버지는 자꾸만 목구멍이 뜨거워졌다. 요시다의 집에서 뛰쳐나가고 싶었다.

　늙은 요시다의 방은 2층에 있었다.

　"삼 년 전에 할망구가 죽은 후 홀애비 신세랍니다."

　방에 들어서자 요시다가 호수 쪽으로 나 있는 창문을 열며 말했다. 그때 조만복 할아버지는 창문과 반대되는 쪽의 벽에 걸린 창호지 반절 크기의 요시다의 젊었던 시절 사진 앞에 서 있었다. 그곳에 40여 년 전 노무보국회 동원부장 시절의 요시다가 당당하고 오만한 모습으로 목을 빳빳하게 세우고 서 있었다. 사진 속의 요시다는 머리에 꼭 낀 작은 모자에, 각반친 바지를 입고 허리에는 긴 칼을 비뚜름히 차고 서서 조만복 할아버지를 무섭게 노려보았다.

　"지내놓고 보니 그 시절이 좋았던 것 같아요."

　요시다가 자신의 젊었던 시절의 사진을 마주 보고 있는 조만복 할아버지 옆으로 다가와서 언뜻 말을 뱉고 나서 이내 아차 하고 후회하는 눈빛으로 돌아섰다.

　"오늘은 우리 집에서 푹 쉬고, 내일은 삿뽀로로 떠납시다. 여름에는 삿뽀로가 좋아요."

　요시다가 조만복 할아버지의 눈치를 살피며 말했다. 그러나 조만복 할아버지의 귀에는 조금 전 요시다가 자신의 젊었던 시절 사진을 보며, 그 시절이 좋았었다고 무심히 내뱉은 말이 오래도록 맴돌고 있었다. 그러고 보니 늙은 요시다는 자신의 젊었던 때를 참회하는 것이 아니라, 오히려 노무보국회 동원부장 시절을 그리워하고 있는 듯싶었다. 그리고 속죄를 빌미 삼아 한국에 와서 눈물을 흘리고, 조만복 할아버지 앞에 무릎을 꿇고 용서를 빈 것도 어쩌면 지난날을 재확인하여 그리움을 일깨우기 위한 것이었는지도 모른다는 생각이 들었다. 조만복 할아버지는 다시 한번 목구멍이 뜨거워지면서 온몸을 갈퀴질하는 듯한 전율을 느꼈다. 자신이 요시다의 화려하고 오만했던 시절을 재확인시켜 주고 그 시절의 그리움을 일깨워 주는데 이용당하고 있는지도 모른다는 생각에 섬뜩한 배신감을 느꼈다.

요시다는 그날 저녁 식탁에서 가족들에게 한국에 다녀온 이야기를 푸짐하고 즐겁게 떠벌였다. 그러나 그는 눈물을 흘렸다는 것과, 조만복 할아버지 앞에 무릎을 꿇고 용서를 빌었다는 이야기는 끝내 입에 담지 않았다.

그날 밤 조만복 할아버지는 잠을 이룰 수가 없었다. 요시다의 푹신한 침대가 지하노역장의 다다미 바닥보다 더 딱딱하고 불편하게 느껴졌다. 그리고 눈을 감고 잠을 청하려고만 하면 지난날 합숙소에서 죽어갔던 동료들의 신음소리가 고막을 울렸기 때문이다. 요시다의 방안이 마치 40여 년 전의 지하노역장처럼 여겨졌다.

그는 잠시도 눈을 붙이지 못한 채 뒤척이다가, 주섬주섬 옷을 꿰입고 도둑처럼 슬그머니 요시다의 집에서 빠져나와 버렸다. 조만복 할아버지는 그 길로 역으로 가서 한 시간쯤 대합실에서 기다린 뒤 마쓰모토행 열차를 탔다. 그는 40여 년 전 지하노역장에서 탈출했을 때처럼 해방감을 느꼈다. 40여 년 전 합숙소로 돌아가지 않고 지하노역장에 숨어 있었던 그는 깜깜한 갱도의 저쪽에서 눈부시게 떠오르는 태양의 환상을 본 후, 용기를 내어 그곳을 빠져나갔었다. 지하노역장을 빠져나가 쉬지 않고 어둠 속을 기었다. 무릎과 손바닥에서는 피가 흘렀다. 한참을 기어가다 보니 모래밭이 나왔으며 모래언덕을 지나자 숲이 나타났다. 그는 숲에서부터 발에 피가 흐르도록 뛰었다. 숨 쉬는 송장처럼 지쳐버린 그의 몸 어디에서 그런 엄청난 힘과 용기가 솟아올랐는지 모를 일이었다. 그는 숲속을 지나서 몇 개의 산을 넘고 강을 건넜다. 그리고 다시 야트막한 구릉 지대의 숲속에 이르렀을 때 태양이 나뭇가지 사이로 찬란하게 떠오르고 있었다. 그것은 환상이 아니었다. 햇살은 그의 몸에 깃털처럼 와 닿았다. 참으로 오랜만에 본 햇살이었다. 그는 너무 눈이 부셨기 때문에 숲속에 누운 채 눈을 감고 있었다. 조심스럽게 다시 눈을 떴을 때 구릉 너머에서 종소리가 들려왔다. 종소리가 울려오는 곳을 향하여 절뚝거리며 걷다 보니 길이 나타났다. 그리고 길이 끝나는 곳에 작은 절간이 보였다. 그는 그 절간에 숨어 있다가 해방을 맞았다.

조만복 할아버지는 마쓰모토행 열차 안에서 얼핏 졸고 있었다. 빵빵거리는 자동차의 클랙슨 소리에 놀라 눈을 떴을 때 열차는 작은 마을 앞을 지나고 있었다. 어느덧 아침 햇살이 열차의 창유리를 핥고 있었다.

『문학사상』, 1984.8

최루증催淚症

늦봄 하루의 쇠잔한 햇살이 5층 건물의 유리창을 순식간에 비껴 내리자 금남로의 5·18광장에서 5월의 노랫소리가 들려오기 시작했다. 해가 떨어지기 전에 광주민주화운동 13주기 전야제 행사가 시작된 것이다. 확성기에서 울려 퍼지는 여자의 노랫소리는 마치 판소리의 애원성처럼 시민들의 한 맺힌 가슴팍을 끌질하듯 후벼 팠다. 끈끈한 점액질의 노래를 듣는 순간 시민들은 문득 13년 전 5월 27일 새벽 "계엄군이 몰려오고 있습니다. 시민 여러분, 광주를 사수해 주십시오. 도청에 있는 시민군들을 지켜주십시오"라고 피맺힌 절규로 호소했던 그 처절했던 목소리를 기억하고 다시 한번 죄책감과 슬픔과 분노에 온몸을 떨었다.

무등 사진관 주인 오동섭 씨는 가슴이 덜컹거리기 시작했다. 그는 해마다 5월만 되면 고질병이 도지듯 가슴이 벌렁거리면서 맥박이 빨라지곤 했다. 그는 마음을 진정시키기 위해 의자에 등을 기대고 앉았다. 5월의 노래가 온몸의 핏줄 속으로 빨려드는 것 같으면서 심장이 벌떡거렸다. 그대로 두었다가는 아무래도 혈압이 오르게 될 것만 같아 상비하고 다니는 좁쌀만한 크기의 구심 두 알을 혀끝으로 녹이고 나서 안약을 꺼내 두 눈에 한 방울씩 짜 넣었다. 13년 전 그날 이후 그는 이상하게도 눈물이 많아졌다. 눈물샘의 통제 신경이 마비되어 버린 것인지도 몰랐다. 여러 차례

안과에 가서 치료를 받았으나 별로 나아진 게 없었다. 어쩌면 안과의사인 친구 홍 박사 말마따나 5·18최루증일지도 모른다.

오동섭은 눈물이란 슬픔과 감동의 밑바닥에 앙금처럼 가라앉아 있다가 자극을 받게 되면 선세포의 작용 때문에 특수한 액체로 분비되는 것으로 생각했다. 즉 눈물은 눈물샘에서 나와서 눈의 표면에 흘러 눈꺼풀 모서리 아래와 위에 한 개씩 있는 작은 구멍을 경유, 코 뿌리 부근 팥알만 한 크기의 눈물주머니로 들어갔다가, 감동이나 슬픔 등의 자극을 받게 될 때 저절로 흐르는 것이라고 생각했다. 그런데 오동섭의 경우는 감정의 변화와는 아무 상관도 없이 눈을 뜬 채 어느 한 곳을 바라보고만 있어도 마치 이슬 머금은 한여름 새벽의 화초처럼 시울이 온통 촉촉하게 젖는 것이었다.

처음에 홍 박사는 오동섭의 증세를 유루증으로 진단했다. 유루증이란 쉴 새 없이 눈물이 흘러나와 손수건을 눈에 대고 있어야 할 정도인데, 이 병은 눈물이 코로 흘러나가는 누도가 막히거나 검은자위가 자극으로 인해 눈물의 양이 갑자기 늘어날 때 생기는 것이라고 했다. 그러나 치료 결과 유루증이 아닌 것으로 판명되자 홍 박사는 다시 누도협착증이 아닌가 싶다고 했다. 눈물의 통로가 좁아져서 생긴 누도협착증은 별로 아픈 것도 아닌데 눈물이 자주 나오는 증세이다. 그러나 치료를 해본 결과 오동섭의 경우는 선천적으로 누도가 좁거나, 만성결막염, 트라코마가 원인이 되어 누도의 안쪽이 염증으로 부어서 눈물이 수시로 흘러나오는 것도 아닌 것으로 판명되었다.

오동섭은 자신의 눈물병에 대한 원인을 잘 알고 있었다. 역시 홍박사가 말한 대로 5·18최루증으로밖에 달리 결론을 내릴 수 없었다. 그리고 그의 눈물은 5·18이 끝나기 전에는 결코 멈추지 않을 것이라는 것도 그는 잘 알고 있는 터였다. 그러기에 그의 눈물은 98퍼센트의 수분과 소량의 단백질, 식염, 인산염으로 된 약한 알칼리성 액체라기보다는 살아 있는 역사의 표증과도 같은 것이라고 생각하고 있었다.

"내가 하루에 흘리는 눈물의 양이 얼마쯤 될까?"

언젠가 그가 홍 박사한테 물었던 일이 있었다.

"글쎄, 보통 성인이 눈을 뜨고 있는 열여섯 시간 동안에 분비되는 눈물의 분량이 대략 0.6씨씨 정도니까…… 허나 자네는 노상 눈물을 흘리니까, 얼마쯤 될까……."

본디 오동섭은 눈물이 많은 사람이 아니었다. 어렸을 때도 좀처럼 눈물을 흘리지 않았었다. 그는 눈물은 사내답지 못한, 심약한 사람들이나 흘리는 것으로 생각했다. 13년 전까지만 해도 그동안 그는 여러 사람들 앞에서 눈물을 보인 적이 없었던 것으로 기억되었다. 아버지가 세상을 떴을 때도 그는 결코 눈물을 보이지 않았다. 어렸을 때 힘이 센 아이들한테 얻어맞거나 선생님이나 어른들한테 심한 지청구를 들을라치면 눈물 대신 부사리처럼 씩씩거리기 일쑤였다. 어려서부터 그는 눈물이란 눈에 연기를 쏘였거나 먼지가 들어갔을 때나 흘리는 것으로 생각했다. 눈물이 슬픔이나 고통의 표현이라고는 생각하지 않았다. 그는 슬픔과 고통을 혼자 있으면서, 혼자 힘으로 이겨내는 것이라고 생각했다. 사실 그가 살아오는 동안 터득한 것이 있다면 혼자 있는 것보다 더 슬프고 고통스러운 일은 없다는 것이었다. 6·25 때 아버지와 형을 잃고 홀어머니 밑에서 외롭게 자란 오동섭은 이 세상에서 이겨낼 수 없는 슬픔과 고통은 존재하지 않는다는 것을 알았다. 더욱이 남자라면 아무리 큰 슬픔이나 고통이라도 이겨낼 수 있어야 한다고 생각했다. 왜냐하면 아무리 큰 슬픔과 고통일지라도 죽음보다는 무섭지 않다고 생각했기 때문이다. 아버지와 형의 죽음을 통해서 그것을 알게 되었던 것이다.

그런 오동섭이 13년 전 5월 24일, 시민군들이 진을 치고 있던 도청 안에서 난생처음으로 눈이 팅팅 붓도록 울었다. 시민군들은 시내 외곽지역에서 계엄군의 총에 맞아 사체들을 수습하여 일단 도청으로 옮겨 온 후에 신원을 확인하고 입관한 다음 상무관으로 옮겼다. 그러나 신원 확인이 안되거나 형체를 알아볼 수 없는 시신들은 바로 입관을 하지 못하고 한동안 도청에 안치한 상태에서 유족들을 찾도록 했다. 이때 오동섭은 '보도' 완장을 차고 도청에 들어갔다가, 형체를 알아볼 수 없을 정도로 얼굴이 짓이겨지거나 뭉그러진 시신들이 여기저기 처참하게 눕혀져 있는 모습을 보았다. 처음에 그는 건물 모퉁이 오동나무 밑에 쪼그리고 앉아서 창자에서 신물이 나올 정도로 토했다. 다 토하고 나니 주체할 수가 없을 정도로 눈물이 펑펑 쏟아졌다. 눈물 때문에 카메라 앵글을 맞출 수 없었다. 그때 흘렸던 눈물은 슬픔 때문이 아니라 참을 수 없는 분노의 울부짖음 같은 것이었다. 그는 이를 응등 물고 온몸을 부르르 떨면서 눈물을 흘렸다.

5월의 노래가 합창으로 들려왔다. 금남로에 모인 군중들이 함께 부르고 있었다. 오동섭은 그 노랫소리가 이제는 울부짖음이 아니라 조금은 엄숙하면서도 구슬픈 상엿소리처럼 들렸다. 그는 카메라에 망원렌즈를 부착하고 창 쪽으로 다가갔다. 창문을 열고 렌즈를 금남로의 군중들 쪽으로 향했다. 이상하게도 그는 카메라의 렌즈를 통해 피사체를 바라보는 순간만은 눈물이 나오지 않았다. 그 순간만은 눈이 렌즈처럼 해맑아지면서 정신이 빳빳하게 곤두서곤 하는 것이었다.

그는 카메라를 들고 금남로로 뛰어나가고 싶어 손목시계를 들여다보았다. 스튜디오로 그를 만나러 오겠다는 낯선 사람과의 약속 시각이 아직 15분이나 남아 있었다. 그는 벌써 좀이 쑤셔 여러 차례 손목시계를 들여다보곤 했다. 그것은 6시 정각에 스튜디오에서 만나기로 약속한 낯선 남자를 기다리는 것이 아니고 5월의 노래가 울려 퍼지고 있는 금남로로 뛰쳐나가고 싶은 충동 때문이었다.

오동섭은 지난밤, 잠자리에 들기 직전 낯선 남자로부터 약간 흥분되고 경직된 목소리의 전화를 받았다. 어딘가 꺼림한 느낌이 드는 전화 목소리였다. 술에 취한 것 같기도 하고 울고 있는 것 같기도 했다. 전화의 요지는 오동섭을 만나려고 일부러 서울에서 내려왔다는 것이었다. 무슨 용건이냐고 물었으나 만나서 이야기하겠다고만 했다.

"선생님은 저를 모르십니다. 그렇지만 만나보시면 아시게 될 겁니다."

낯선 남자의 전화 목소리는 너무 애매하여 선뜻 만나고 싶은 생각이 나지 않았지만 6시에 스튜디오로 나오라는 말과 함께 스튜디오의 위치까지 자세하게 이야기해 주고 말았다. 오동섭은 약속 시각이 되자 창에서 물러나 소파에 앉았다.

약속한 남자는 6시 정각에 스튜디오에 나타났다. 그가 들어서는 것을 보는 순간 오동섭은 어딘가 섬뜩한 느낌이 들어 약간 경계하는 눈빛으로 마주 보면서 어깨에 힘을 주었다. 허름한 쥐색 점퍼 차림에 흙 범벅이 된 흰 운동화를 신고 있는 30대 후반의 건장한 낯선 남자는 낮술을 마신 듯 역삼각형의 얼굴이 불쾌해 보였다. 옷매무시며 머리 모양에서 신발에 이르기까지 단정한 차림이 아닌 그 남자는, 잔뜩 굳어진 표정으로 보아서는 무엇인가 따지러 온 사람 같기도 한데, 스튜디오에 들어서면서부터 비굴해 보일 정도로 연신 상반신을 굽적거려 어려운 부탁을 하러 온 것 같기도 했다.

"저는 오치선이라고 합니다. 선생님을 만나러 서울에서 왔습니다."

낯선 남자는 버릇처럼 다시 상반신을 굽적이면서 한껏 예의를 갖추려고 애쓰는 태도로 입을 열었다. 그는 자기를 소개하면서 탁자 위에 놓인 카메라에서 눈을 떼지 않았다. 오동섭은 낯선 남자가 카메라를 보는 눈빛이 뭔가 예사롭지 않음을 느낄 수가 있었다. 그 눈빛은 마치 총을 한 번도 쏴보지 않은 사람이 총을 대할 때처럼 두려움과 호기심이 엉켜 있는 듯했고 경계심마저 무겁게 서려 보였다.

"혹시, 문중 일로 오셨습니까?"

오동섭은 여전히 경계하는 눈빛으로 점퍼 차림의 낯선 사내를 보며 물었다.

"아닙니다. 사진 때문에……."

점퍼 차림은 말끝을 흐리면서 조심스럽게 오동섭의 맞은편에 앉더니 천천히 점퍼의 지퍼를 내린 후 속주머니에서 엽서만한 크기로 여러 겹을 접은 낡은 신문을 꺼내 탁자 위에 놓았다. 오동섭은 점퍼 속주머니에서 신문을 꺼내는 사내의 손이 수전증 환자처럼 떨리고 있는 것을 보고 그가 알코올 중독자라는 것을 눈치챘다.

"여기, 이 신문에 실린 사진 때문에……."

점퍼 차림은 더듬거리듯 말을 이으면서 여전히 떨리는 손으로 접어진 신문을 펼쳤다. 그가 탁자 위에 펼쳐놓은 신문에는 오동섭이 13년 전에 찍었던 사진이 실려 있었다. 그 사진은 오동섭이 13년 동안 은밀하게 감추고 있다가 5·18 기념 13주기를 맞아 공개한 것으로 중앙지와 지방신문은 물론 텔레비전에까지 방영되어 큰 반응을 일으켰다. 오동섭이 13년 동안 심장에 비수가 꽂히기라도 한 듯 마음 졸이며 은밀하게 간직하고 있던 그 사진을 공개할 수 있었던 것은 김영삼 대통령이 특별 담화를 통해 '1980년 5월, 광주의 유혈은 이 나라 민주주의의 밑거름이 되었습니다'라고 한 말을 듣고 용기를 얻었기 때문이었다. 그는 신문에 발표된 대통령의 담화를 세 번이나 소리 내어 읽었다. 특히 그는 다음과 같은 대목에 관심을 갖고 읽었다.

분명히 말하거니와 오늘의 정부는 광주민주화운동의 연장선 위에 서 있는 민주정부입니다. 광주민주화운동의 복권과 명예 회복, 그리고 그때의 상처와 아픔을 치유하기 위하여 광주 시민 여러분과 같은 입장에 서서 고뇌하는 정부입니다. 또한 문민정부의 출범과 그 개혁은 광주민주화운동의 역사적 의미를 실현해 나가는 과정입니다. 광주 문제는 더 이상 앙금으로 남아 있어서는 안 됩니다. 결코 정치적 목적으로 이용되거나, 정쟁의 대상이 되어서는 안 됩니다. 광주민주화운동은 정당하게 평가되고 올바르게 역사에 기록되어야 합니다.

오동섭은 대통령의 담화를 세 번이나 읽고 나서 그의 가슴에 꽂혀 있는 비수를 빼내는 심정으로, 13년 동안 비밀리에 간직해 온 사진을 공개하기로 했다. 그는 공수부대의 군인이 착검하고 젊은이의 가슴팍을 찌르려고 하는 문제의 그 사진을 한꺼번에 20장이나 인화하여 각 신문사와 방송국에 주었다. 물론 제공자의 주소와 이름을 밝히고 촬영 날짜와 시간, 장소까지도 분명하게 적었다.

오동섭은 그의 사진이 실린 신문을 들여다보았다. 팬티 바람의 스무 살도 미처 안 되어 보이는 앳된 청년이 길바닥에 무릎을 꿇은 채 겁먹은 얼굴로, 그의 가슴팍에 총검을 들이대고 있는 군인을 쳐다보고 있었으며 건장한 체구에 역삼각형 얼굴의 군인은 총부리에 꽂은 칼로 당장 청년을 찌를 듯 매서운 눈초리로 꼬나보고 있는 사진이었다. 군인을 올려다보는 청년의 공포에 사로잡힌 눈빛과 당장 가슴팍에 대검을 꽂을 것처럼 무섭게 내려다보는 군인의 살의에 찬 눈초리가 너무도 선명하게 살아 있었다. 오동섭은 한참 동안이나 신문에 난 사진을 들여다보았다. 그 사이에 눈시울이 핑 젖어 손수건을 꺼냈다. 그는 손수건으로 눈물을 닦고 나서 신문에 난 사진 속의 군인과 점퍼 차림의 사내를 번갈아 보았다. 오동섭은 점퍼 차림의 사내가 소파에 마주 보고 앉은 순간에 이미 그의 존재를 알아차릴 수 있었다. 그는 자신이 찍은 사진의 주인공을 수없이 투시해 왔기 때문에 그의 존재를 쉽게 알아차릴 수 있었다.

"이 사진 때문에 제 인생은 아주 망가지고 말았습니다."

"당신은 이 젊은이를 찔렀습니까?"

두 사람은 거의 동시에 입을 열었다. 오동섭은 다시 눈물을 닦았고 점퍼 차림은 얼핏 눈을 감았다. 그리고 두 사람은 잠시 침묵 속에 얼어붙었다.

"저는 이 사진 때문에 집에 들어갈 수가 없게 되었어요."

점퍼 차림의 말투가 약간 굳어졌다. 오동섭의 귀에 그의 말투가 거칠게 느껴진 것은 아니었으나 조금은 불만이 묻어 있는 듯했다.

"이틀 전에…… 내가 다니고 있는 슈퍼마켓 배달부에 출근해 보니 여러 신문에 이 사진이 모두 실려 있더군요. 모두들 나를 이상한 눈초리로 보는 것만 같았어요. 이상한 눈초리가 아니라 마치 살인자를 보는 것 같은 눈초리였습니다. 동료 중에는 전라도 출신들도 많거든요. 나는 오전 근무만을 겨우 끝내고 집에 돌아오고 말았는데, 집에도 내 사진이 실린 신문이 배달됐어요. 아마 우리 아파트 사람들은 모두 이 사진을 봤을 게고, 이 사진이 나라는 것도 알게 될 게 아닙니까? 그래서 집을 나오고 말았어요. 올해 초등학교에 들어간 내 아들놈이 이 사진을 보게 되면 나는 어찌해야 됩니까?"

오동섭은 점퍼 차림이 자신의 딱한 처지를 하소연하는 것이 아니라 그에게 강력하게 따지고 있다는 느낌을 받았다. 말하는 동안 점퍼 차림은 더 심하게 손을 떨었다. 오동섭은 되도록 그의 손 떨림을 보지 않으려고 고개를 창 쪽으로 돌리며 눈물을 다시 닦았다. 금남로 쪽에서는 노래가 끝나고 카랑카랑한 목소리로 연설이 시작되고 있었다.

"물론 이 사진이 신문에 나오기 전에도 내 마음이 편했던 것은 아닙니다. 십삼 년 전의 일이 나를 늘 괴롭혔어요. 악몽에 시달렸지요. 그때 죽은 사람들이 살아나서 나를 목매달아 죽이는 꿈을 수도 없이 꾸었답니다. 그래서 완전히 술에 의지하고 살았지요. 죽은 사람들보다는 오히려 내가 더 고통스러움을 당했지요. 정말 사는 게 사는 게 아니었어요. 아무도 내 고통을 모를 겁니다."

그러면서 점퍼 차림은 애써 괴로운 표정을 지어 보이려고 얼굴을 찡그리며 말했다.

"그런데 여기에 와보니까 그때 죽은 사람들은 거 뭣이냐…… 그래요. 완전히 부활했고 그 대신 나는 영원한 패배자가 되어 있구만요."

점퍼 차림은 떨리는 손으로 담배에 불을 붙여 입에 물고는 한숨을 토해내듯 연기를 푸우푸우 뿜어냈다.

"그때 당신은 이 젊은이를 찔렀소?"

오동섭은 눈물을 닦으며 다그치는 목소리로 다시 물었다.

"아, 아닙니다. 찌르지는 않았어요."

점퍼 차림은 애매하게 대답했다. 오동섭은 그가 완강히 부인하기를 바라고 있었는데 그것이 아니었다. 그때 오동섭은 다음 순간의 상황을 목격하지 못했었다. 그날 오동섭은 5층에서 카메라에 망원렌즈를 부착하여 창밖의 상황들을 조심스럽게 촬영하고 있었다. 그러나 5층에서는 가해자와 피해자의 표정이 선명하게 잡히지 않아 1층 건물 입구로 내려와, 지하실 문턱에 몸을 숨기고 겨우 망원렌즈를 통해 피사체를 확인할 수가 있었다. 그리고 지금 그 앞에 앉아 있는 점퍼 차림이 착검한 총부리를 반나체로 꿇어앉은 젊은이의 가슴팍에 들이대는 모습을 포착하자 찰칵하고 셔터를 눌렀고, 순간 그 자신은 셔터 소리에 놀라 도망치듯 지하실로 숨어 들어가 버렸던 것이다.

"찌르지는 않았다니……?"

"개머리판으로 머리를 깠지요."

점퍼 차림은 태연하게 말했다. 전혀 죄의식을 느끼지 않는 얼굴이었다.

"당신은 그래서, 이 사진 때문에 인생을 망쳤다고 하는데, 당신들 때문에 죽고 상처를 입은 사람들 인생은 생각해 보지 않았소?"

"우리는 군인이었어요. 그것도 사병이었어요. 군인이란 명령에 복종할 수밖에 없지 않습니까. 군인이 명령에 불복하면 어찌 되는지 모르십니까?"

"명령에 복종했다는 말 한마디로 당신들의 행동이 정당했다. 이거요?"

"잘했다는 건 아닙니다. 사실 우리한테 그런 명령을 내렸던 상관을 찾아서 보복하고 싶은 심정이라고요. 사실 개인적으로는 엄청 괴로움이 커요. 아마 시간이 더 흐를수록 우리가 당하는 고통은 더 커지리라는 것도 알아요. 그래서 괴로운 거지요. 더욱이 그때 상황은 전쟁이 아니었잖습니까. 우리가 개인적으로 고통을 당하고 있는 지난 세월에, 우리한테 그런 비인도적인 명령을 내렸던 상관들은 진급하고 훈장도 받고 돈도 벌고 권세 누리며 떵떵거리고 살았다는 것을 생각하면 정말로 분하고 억울해서 죽고만 싶답니다.”

창밖에 실루엣처럼 어둠이 엷게 드리우기 시작했다. 오동섭은 불을 켜야겠다고 생각하면서도 그대로 앉아 있었다. 그는 어둠을 기다리고 있는 것인지도 몰랐다. 어둠 속에서는 눈물이 흐르지 않기 때문이다. 사실 그는 점퍼 차림 앞에서 눈물을 닦는 모습을 보이고 싶지가 않았다. 가해자의 한 사람이 분명한 그에게 광주 시민의 슬픈 표정을 보이고 싶지가 않은 것이었다. 그는 이제 광주 사람들이 피해자들 앞에서 당당해져야 한다고 생각했다. 눈물을 닦으면서 큰 소리를 내는 것은 어울리지 않을 것 같았기 때문이다. 더욱이 사람을 죽인 그들은 짐승들처럼 약육강식의 생리에 젖어 있기 때문에, 그들 앞에서 약한 모습을 보이게 되면 언제든지 상대를 물어뜯으려고 한다는 것을 그는 잘 알고 있었다. 그래서 그는 점퍼 차림 앞에서 약한 모습을 보이고 싶지 않은 것이었다. 그리고 오동섭이 보기에 지금 그와 마주 앉아 있는 점퍼 차림은 처음 대했을 때와는 달리 조금도 두렵게 느껴지지 않았다. 그런데 13년 전 그는 왜 그렇게 두려운 존재였는지 몰랐다. 그때 그들은 사람이 아니라 거대한 무기로 보였었다. 군복에 완전무장을 하고 눈시울이 벌겋게 충혈된 그들 앞에서 이해와 사랑은 통하지 않았다. 그들은 마치 사냥터에서 목표물을 찾는 데 혈안이 되어 있는 사냥꾼과 조금도 다를 바가 없었다.

오동섭은 탁자 위의 카메라를 집어 들고 목을 곧추세우며 상반신을 뒤로 젖혔다. 점퍼 차림에 좀 더 위압적인 존재로 보이고 싶었기 때문이다. 점퍼 차림은 오동섭이 카메라를 집어 드는 것을 보자 섬뜩 놀라는 기색이었다. 마치 13년 전 오동섭이 그들이 들고 있는 무기를 보고 놀랐듯이.

"그래, 나한테 찾아온 이유는 뭐요?"

오동섭은 노골적으로 퉁명스러운 목소리를 퉁겨댔다.

"이 사진 필름을 가지고 계시지요?"

"필름은 왜요?"

오동섭은 점퍼 차림이 필름에 관해서 묻는 순간 거의 반사적으로 완강한 거부감을 나타내 보이며 반문했다. 그는 지난 13년 동안 5·18에 관계되는 필름을 비밀스럽게 보관해 오면서 견딜 수 없는 불안감에 사로잡혀 있었다. 계엄군이 입성하고 시민군이 자취를 감추어버린 직후 얼마 동안 경찰과 정보기관원들이 수시로 그의 스튜디오에 들락거리면서 5·18 관련 필름을 찾아내기 위해 수색을 했던 일들을 기억하고 있는 오동섭으로서는 점퍼 차림의 입에서 필름 이야기가 나오는 순간 자신도 모르게 심장이 오그라드는 긴장감을 느꼈다.

"이 젊은이 사진을 한 장 확대해서 인화했으면 싶어서요."

점퍼 차림이 오른손 검지로 신문에 보도된 팬티차림 젊은이를 가리키며 말했다.

"이 젊은이 사진을? 그건 뭐 할려고……?"

"생사를 확인해 보고 싶어서요."

"그건 당신이 더 잘 알 게 아니오?"

"실은 선생님을 찾아온 건 그 젊은이의 소식을 알고 싶어섭니다. 그 젊은이에 대한 죄책감 때문에 제 인생이 자꾸 꼬이기만 해요, 그래서 이번에 젊은이에 대한 일을 확실히 하고 나서 나도 이제는 새 출발을 해야 한다고 생각해서…… 이렇게 살고 싶지는 않습니다."

점퍼 차림은 두서없이 말했다. 오동섭은 그의 말뜻을 대충 알아들을 수는 있었으나 불쾌한 느낌을 감출 수가 없어 계속 얼굴을 찡그리고 있었다. 그가 말하고 있는 핵심은 진정으로 자신의 잘못에 대해 반성하고 용서를 비는 것이 아니라, 자신이 죄책감의 굴레에서 벗어나서 새로운 삶을 살아보겠다는 의미였다. 순전히 이기주의적인 생각이 분명했다.

"그때 당신은 이 사진 속의 젊은이를 어떻게 했는데 이제 와서 나한테 소식을 묻는단 말이오? 당신 말은 앞뒤가 맞지 않소."

오동섭은 카메라를 들고 일어서려고 했다. 서둘러 금남로에 나가봐야겠다고 생각했다. 그러자 점퍼 차림이 오동섭의 왼손을 잡았다. 순간 오동섭은 마치 찬피동물이 그의 손에 엉겨 붙기라도 한 것처럼 섬뜩한 느낌을 받으면서 자신도 모르게 온몸을 움츠렸다. 점퍼 차림의 손에서는 끈적한 체온이 느껴지기는 했어도 어쩐지 징그러운 이질감 때문에 뿌리치지 않을 수 없었다.

"그때 내가 카톨릭센터 앞에 서 있었는데 대학생 차림의 젊은이가 모퉁이를 돌아 나오고 있었어요. 그래서 내가 오라고 손짓을 했지요. 그러자 그 젊은이는 힐끔힐끔 뒤를 돌아보면서 골목으로 도망을 쳤지요. 나는 끝까지 추격해서 붙잡아 카톨릭센터 앞으로 끌고 와서 옷을 벗기고 꿇어 앉혀 두었습니다. 나는 트럭이 올 때까지 도망가지 못하게 그 젊은이를 지키고 있었지요."

점퍼 차림은 말을 멎고 나서 한참 동안 신문의 사진을 들여다보고 있었다.

"물론 옷을 벗기고 나서 개머리판으로 머리를 치고 군홧발로 몇 번 짓밟기는 했지요. 허나 찌르지는 않았습니다. 10분쯤 지나서 트럭이 와서 실고 갔지요. 그 후로 어떻게 되었는지는 모릅니다."

"트럭에 실고 가서 어떻게 했는데요? 당신들은 그때 젊은이들을 시민들이 보는 앞에서 옷을 벗기고 대검으로 찌르고 곤봉으로 치고 구둣발로 짓이겨서 초주검이 된 상태로 마치 밀가루 포대를 싣듯 차곡차곡 트럭에 쌓아서는 어디론가 사라졌지 않소. 그 젊은이들을 모두 죽여서 화장했다고도 하고 어딘가에 집단으로 매장을 했다고도 하는데 왜 당신이 이 젊은이의 행방을 나한테 묻는단 말이오."

"정말 모르는 일입니다. 그 후 어찌 되었는지…… 정말 몰라요."

점퍼 차림은 완강하게 부인했다.

"사진은 어디에 쓰려고 그러오?"

오동섭은 점퍼 차림의 말을 일단 믿기로 하고 그렇게 물었다.

"이름도 모르니까, 사진을 갖고 다니면서 사람들을 만나봐야겠지요. 먼저 망월동 묘지에도 가보고…… 티브이에서 보니까 묘지 앞에 사진들이 놓여 있더구만요. 그리고, 부상자회나 행방불명가족회 같은 데도 찾아가서 사진을 보이고 물어봐야겠지요."

그렇게 말하는 점퍼 차림의 표정이 조금은 진지해 보였다.

"그래서? 그 젊은이의 소식을 알게 된다면 어쩔 거요?"

오동섭은 여전히 퉁명스럽게 내쏘았다. 그는 눈물을 흘리지 않으려고 애를 쓰면서 여러 차례 손수건을 꺼내 땀을 훔치는 척하며 눈 가장자리를 슬며시 찍어 누르곤 했다.

"다행히 살아 있다면 그만이고, 죽었다면 가족들을 만나서라도 용서를 빌어야지요. 그렇게 하지 않으면 마치 내 정신을 저승사자한테 저당 잡히기라도 한 것 모양으로 제대로 살아갈 수가 없을 것 같아서요. 그러니 제발 사진 한 장만 빼주십시오. 돈은 드릴 테니……."

점퍼 차림의 말에 오동섭은 씁쓸하게 미소를 흘리면서 한참 동안 다시 어둠이 내리기 시작하는 창유리를 바라보았다.

"내가 당신한테 사진을 인화해 주지 않는다면……?"

오동섭은 냉엄한 얼굴을 하고 말했다. 이상하게도 그는 점퍼 차림의 다음 대답이 기다려졌다. 그것은 그가 과연 사진 속 젊은이의 소식을 진정으로 알고 싶어 하는지 아닌지를 가늠해 보고 싶었기 때문인지도 몰랐다.

"사진을 빼주지 않겠다면, 그냥 잊어버리고 가야겠지요. 그건 내 책임이 아니니까요. 허지만 선생님이 그렇게 하시리라고는 생각하지 않습니다. 그렇게 되면 선생님도 나처럼 죄책감에 시달리게 될 테니까요."

점퍼 차림은 느물거리며 말했다. 오동섭이 사진을 인화해 주지 않겠다고 한다면 더 이상 부탁 않고 훌훌 일어서버릴 것 같은 태도였다. 오동섭은 그 같은 그의 태도 또한 마음에 들지 않았다.

"좋아요. 내일 아침에 다시 오시오. 열 시에 오면 사진을 주겠소."

오동섭은 사무적으로 말하고 일어섰다. 점퍼 차림과 더 이상 마주 앉아 있고 싶지가 않았다.

"그럼 내일 아침 열 시에 다시 오겠습니다."

점퍼 차림도 사무적으로 말하고는 탁자 위의 신문을 집어 든 채 나갔다. 오동섭은 점퍼 차림이 스튜디오를 나간 후에야 불을 켜고 혼자 우두커니 앉아 있었다. 그는 기분이 좋지 않았다. 13년 전의 가해자를 다시 본 그의 기분을 착잡하기만 했다. 그러나 그것은 분노라기보다는 배신감과도 같은 기분이었다. 생각 같아서는 점퍼 차림을 당장에 금남로에 모여 있는 군중들 앞으로 끌고 가서 그가 바로 13년 전에 시민들을 향해 총부리를 겨누었던 가해자였다는 사실을 폭로하고 싶었다.

그날 밤 집에 돌아온 오동섭은 여전히 기분이 좋지 않았다. 우울하다 못해 괜히 울화가 치밀어 오르기까지 했다. 무어라고 형언할 수 없을 만큼 마음이 답답했다. 그럴 때면 눈물의 분비가 한껏 더 많아져 금세 시울이 젖곤 했다.

"아이고 그놈에 눈물, 안과에 가보라니께는……."

오동섭이 손수건을 거의 눈에 대고 있다시피 하는 것을 보고 그의 아내가 신경질적으로 말했다.

"이 사람아, 안과에 가봤자 소용없다고 허지 않았는가."

"쬐금 괜찮다 싶더니만 오월이 되니께 부쩍 더 심해지신 거 같구만이라우."

"나도 오월병을 앓고 있는 모양이여."

그날 밤 오동섭은 식구들이 모두 잠들자 호미를 찾아들고 화단으로 나가 이미 꽃이 져버린 목련나무 밑을 파기 시작했다. 이윽고 그는 화단에 묻어둔 작은 항아리에서 비닐봉지를 꺼냈다. 그는 지난 13년 동안 그가 찍은 5·18 필름들을 비닐봉지에 넣어 이 항아리 속에 묻어두었었다. 그는 가족들한테까지도 이 사실을 비밀로 했다.

오동섭은 골방에 만들어놓은 암실로 들어가 벌거벗다시피 한 젊은이가 대검을 들이대고 있는 무장군인을 향해 겁먹은 얼굴을 하고 쳐다보고 있는 예의 그 사진을 인화했다. 18절지 크기로 인물만을 클로즈업해서 인화해 놓고 보니 표정이 더욱 선명하게 살아나 그가 누구인지 쉽게 알아볼 수 있을 것 같았다. 나이는 스무 살도 미처 안 되어 갓 소년티를 벗어난 것처럼 아직 앳된 모습이었다. 근육질의 깡마른 얼굴에, 그렇지 않아도 커

보이는 눈이, 겁에 질려 위를 쳐다보는 시울이 금방 울음이라도 터뜨릴 것처럼 펑 뚫려 있었다. 콧날이 가냘퍼 보이기는 했으나 크지 않은 얼굴과 균형을 이루었으며 반쯤 열린 입에서는 살려달라는 울부짖음이 터져 나올 것만 같았다. 그러나 허리를 곧게 편 채 꿇어앉아 있는 모습은 절망과 경악 속에서도 자세를 흐트러뜨리지 않으려는 남자다움이 깃들어 있어 당당해 보이기까지 했다. 주위에서 흔히 볼 수 있는 그런 얼굴이었다. 사진을 들여다보고 있는 동안 오동섭의 눈에는 다시 눈물이 홍건하게 고였다.

그는 재수 끝에 어렵사리 전문대학에 들어가서 한 학기를 마치고 올 봄에 군에 입대한 외아들의 모습을 떠올렸다. 그리고 그는 점퍼 차림이 찾고 있는 젊은이의 사진 위에 아들의 얼굴을 오버랩시켜 보았다. 사진 속의 아들은 나약하고 슬퍼 보였다. 두려움과 절망감에 떨며 살려달라고 울부짖고 있는 모습이 연상되었다. 어쩌면 그의 아들은 고개조차 똑바로 쳐들지 못할지도 모른다고 생각했다. 그는 다시 군인이 된 아들을 상관의 명령에 따라 두려움에 떨고 있는 젊은이의 가슴팍에 대검을 들이댄 입장으로 바꿔 생각해 보았다. 입장이 바뀐 아들의 모습은 끔찍했다. 다시 떠올리고 싶지가 않았다. 오동섭은 자신도 모르게 탄식하듯 한숨을 길게 내쉬었다.

그는 아들이 피해자도 될 수 있고 가해자도 될 수 있다고 생각했다. 그러나 피해자 아버지와 가해자 아버지의 입장에는 엄청난 차이가 있다는 것을 알았다. 오동섭은 더 이상 생각하고 싶지가 않았다. 위험을 무릅쓰고 사진을 찍고 그것을 또 생명을 지키듯 비밀리에 숨겨왔던 일이 후회스럽기까지 했다.

13년 전 그는 다만 야외출사를 하면서 조그마한 사진관을 갖고 있는 사진사에 불과했다. 그런 그가 무엇 때문에 카메라를 점퍼 속에 숨기고 거리로 뛰쳐나오게 되었는지 모른다. 돈이 되지 않는 일이라면 한 발짝도 움직이기를 싫어했던 그가 무엇 때문에, 위험을 무릅쓰고 고통과 분노의 현장들을 찍게 되었는지 모른다. 그의 사진관이 금남로에 있었고 5월 18일부터 시민군이 자취를 감추게 될 때까지 그가 카메라를 들고 거리에 있었다는 이유로 곤욕을 치르기도 했다. 정보기관 사람들이 수시로 들락거리면서 필름을 찾겠다고 사진관을 뒤졌으며 두 차례나 불려가기도 했었다. 그러나 그는 끝내 필름들을 항아리에 넣어 땅속에 묻은 사실을 말하지 않았다. 대통령이 바뀌고 10주기 행사가 떠들썩하게 열리면서 관련 사진들이 조금씩 공개되기 시작했을 때도 그는 항아리 속의 필름을 꺼내지 않았다. 아직은 꺼낼 시간이 되지 않았다고 생각했다. 어쩌면 그는 시대의 변화를 기대하고 있었는지 몰랐다. 그리고 아들이 대학을 졸업하고 어른이 되어 한 가정을 꾸릴 수 있을 때까지 기다리고 있었는지도 모를 일이었다.

그가 항아리에 묻어둔 필름을 13년 만에 꺼내기로 한 것은 대통령의 담화가 발표되던 다음 날 아침 용기를 내어 혼자서 망월동 묘지를 참배하면서였다. 그는 그날 처음으로 망월동 묘지에 가보았다. 5·18 때 위험을 무릅쓰고 거리에 뛰어들어 사진을 찍은 그가 광주에 살고 있으면서도 망월동에 한 번도 가보지 못했던 것은 그만큼 그가 소심한 사람이라기보다는, 항아리에 묻어둔 필름을 더 오래 보관하고 싶었기 때문인지도 몰랐다. 그러나 그는 망월동 묘역을 돌아본 순간 자기 생각이 옳지 않음을 알아차리게 되었다. 그리고 그는 무덤 속의 사자들에게 약속하고 말았다. 그는 13

년 동안이나 필름을 항아리에 넣어 땅에 묻어둔 자신이 부끄러워 차마 무덤들을 바로 볼 수조차 없었다. 무엇이 두려워서 필름들을 아직껏 공개하지 못한 것인지 자신이 너무 비굴하게 느껴졌다. 그는 죽은 자들 앞에 서 있다는 것 자체가 부끄러웠다. 오동섭은 그 길로 서둘러 집에 돌아와 혼자 집을 지키고 있는 아내를 일부러 은행 심부름을 보내고 화단에 묻은 항아리 속에서 필름을 꺼내 중요한 몇 가지 사진들을 인화한 다음, 스튜디오로 나가서 신문사와 방송국에 전화를 걸었다. 그리고 자신이 찍은 사진이 모든 신문과 방송에 소개되던 날 그는 슬픔에 잠긴 표정을 하고 망월동 묘역을 배회하면서 비굴함과 부끄러움을 씻어내려고 하였다. 그는 자신의 사진이 공개된 사실에 대해 결코 자랑스럽게 생각하지 않았다. 그는 역사의 현장에 함께 있었으면서도 죽음의 대열에 동참하기는커녕, 그가 촬영했던 필름마저도 땅속에 묻어두었던 부끄러움에서 벗어날 수 있는 것만으로 만족했다. 그는 사진 촬영 당시의 상황과 그 사진을 공개하게 된 동기에 관해서 묻는 기자들에게 '더 좋은 사진을 촬영하지 못했던 것과 내가 찍은 사진들을 이제야 공개하게 돼서 부끄럽다'는 말만을 되풀이했을 뿐이다.

오동섭은 그가 찍은 사진이 실린 신문들을 보면서 크게 깨달은 것이 있었다. 그것은 어떤 경우에도 진실은 땅속에 묻어둘 수 없다고 하는 사실이다. 역사가 그것을 허용하지 않는다는 것도 알았다. 인간이 아무리 진실을 감추려고 해도 역사가 그것을 용납하지 않는 것 같았다. 그러기에 진실은 총이나 칼보다 더 강하고 이 세상 그 무엇보다 생명력이 강하다는 것을 깨닫게 되었다. 그것을 깨달은 순간 오동섭은 죽을 병에 걸리고 나서 살아났을 때 세상이 다르게 느껴지는 것처럼 하늘과 땅, 그리고 사람들이 전혀 새로운 모습으로 보였다. 눈물이 흥건하게 고인 눈을 통해서 보이지 않은 것까지도 볼 수 있게 되었다.

다음 날 아침 오동섭은 점퍼 차림의 부탁으로 인화한 젊은이의 사진을 대봉투에 넣고 집을 나섰다. 그는 카메라를 메고 골목을 빠져나오면서 자신도 모르게 콧노래를 흥얼거렸다. 어쩐 일인지 기분이 좋았다. 시내버스를 타고 스튜디오로 출근하고 있는 그는 점퍼 차림한테 사진을 건네주면서 전해 줄 말들을 생각해 보았다. 그는 이제 점퍼 차림에게 무엇인가 좋은 말을 해주고 싶었다. 처음 그가 찾아왔을 때처럼 사무적으로 대하지 말고 차라도 한 잔 마시면서 인간적으로 대해 주어야겠다고 생각했다. 이쪽에서 인간적으로 대해 준다면 점퍼 차림의 마음도 달라질 것이라고 믿었다. 그리고 가능하다면 그와 함께 사진 속의 인물을 찾아보고 싶기도 했다. 그는 점퍼 차림이 사진 속의 젊은이를 찾아내어 만나게 되는 장면을 상상해 보면서 밝은 미소를 날렸다. 점퍼 차림이 그에게 용서를 빌고 두 사람이 악수하는 장면이야말로 참으로 아름다운 사진이 될 것으로 생각했다. 설사 사진 속의 젊은이가 죽었다고 해도 점퍼 차림이 그의 무덤 앞에 엎드리고 용서를 비는 장면을 찍을 수 있다면 그것이 비록 슬프기는 해도 아름다우리라 생각했다. 그렇게만 된다면, 그 장면을 촬영할 수만 있다면 어쩌면 그의 눈물병이 낫게 될지도 모른다는 생각이 들었다.

시내버스에서 내려 스튜디오가 있는 건물을 향해 바쁜 걸음으로 걸어가는 오동섭의 기분은 눈부신 5월 18일 아침의 햇살처럼 해맑았다. 참으로 기분 좋은 아침이었다. 거리는 깨끗했고 눈부신 아침 햇살이 은행나무 가로수 잎을 흥건하게 적시고 있었다. 최루탄 가스 냄새도 풍기지 않았다. 오동섭은 연신 손목시계를 들여다보면서 거의 반달음으로 건물 안으로 빨려 들어갔다. 점퍼 차림이 오기로 한 시간이 30분쯤 남아 있었다.

스튜디오에 들어간 오동섭은 대강 실내를 치우고 나서 커피 물을 끓이기 시작했다. 10분쯤 후면 점퍼 차림이 어제처럼 술 냄새를 풍기며 딱딱하게 굳은 표정으로 상반신을 굽적거리면서 다시 나타날 것이다.

오동섭은 점퍼 차림의 사내를 기다리기 위해 편안한 자세로 소파에 앉아 조간신문을 펼쳐 들었다. 그 순간 그는 점퍼 차림에 해주고 싶은 말이 화살처럼 뇌리에 박혀왔다. 용서를 바라는 것은 용서를 해주는 것보다 간단한 일입니다. 용서를 비는 데는 용기가 필요하지만 용서를 해주기 위해서는 사랑이 필요하지요. 그리고 용기는 한순간의 결단으로 가능하지만 용서를 해주기 위한 사랑은 영원해야 하니까요. 점퍼 차림에 해줄 말을 생각해낸 오동섭은 한결 마음이 가벼워졌다.

오동섭은 주전자의 물이 끓으면서 내뿜는 소리를 들으며 버릇처럼 손목시계를 들여다보았다. 점퍼 차림이 오기로 한 약속 시각이 12분이나 지났으나 그의 모습은 나타나지 않았다. 그는 신문을 펼쳐 들고 앉아 있으면서도 구리철사처럼 뻣뻣해진 신경을 소파 맞은편의 도어 손잡이에 연결하고 문밖 층계에서 발소리가 들려오기를 기다렸다. 점퍼 차림을 기다리고 있는 그는 시간이 흐를수록 초조해지기 시작했다. 점퍼 차림은 한시간이 지나도록 그곳에 오지 않았다. 오동섭은 위의 염증 때문에 한동안 끊다시피 한 커피를 마시고 나서 괜히 스튜디오 안을 서성거리다가 다시 소파에 힘없이 앉아 봉투에서 점퍼 차림이 부탁한 사진을 꺼내 눈시울이 핑 젖도록 오랫동안 들여다보았다. 그때 사진 속의 젊은이가 그에게 말하고 있는 것 같았다. '아저씨, 그를 기다리지 마세요. 그는 오지 않을 겁니다. 아직 올 때가 안 되었어요.'

오동섭은 크렁하게 젖은 눈으로 사진이 말하는 소리를 들으며 눈물을
닦았다.

『현대문학』, 1993.7

시간의 샘물

1

43년 만에 고향으로 돌아온 박지수는 갑자기 심한 갈증으로 목이 탔다. 5월 한낮의 눈부신 햇살 때문일까. 아니면 늦봄의 살랑거리는 가벼운 바람에도 싸락눈 떨어지는 소리를 내며 몸살 나도록 온몸을 흔들어 대는 느티나무 이파리들의 싱그러움 때문인지도 몰랐다. 마을 앞 거북천을 힘껏 끌어안듯 우람한 모습으로 몇백 년을 한결같이 한자리를 지키며 싱그러운 신록으로 넉넉한 그늘을 늘어뜨린 느티나무 아래서 갈증을 느낀 지수는 어디에 가야 목을 축일 수 있을까 하고 주위를 두렷거렸다. 느티나무 잎에서 상큼한 향기가 코에 스며 온몸의 혈관 속으로 쩌릿거리며 퍼지는 기분을 느꼈다. 아, 향기로운 고향의 냄새. 그는 감미로운 전율 같은 것을 느끼면서도 목이 타는 조갈증 때문에 괴로웠다. 이상하게도 그는 느티나무의 신록이 아름답게 느껴지고 향기로운 고향의 냄새에 몰입될수록 목마름이 더 심해지는 것을 느꼈다.

지수가 이곳에서 자랄 때까지만 해도 목이 마르면 거북천에 입을 대고 소처럼 냇물을 둘러 마시거나 노둣돌 건너 느티나무 맞은편 거북천 둑 아래 있는 각시샘물을 배가 터지게 두 손으로 움켜 마시곤 했다. 그 시절 비록 궁핍하긴 했으나 그들은 각시샘이 있어 허기진 배를 넉넉하게 채울 수가 있었다. 그들은 아침에 학교 가는 길에도 어김없이 노둣돌 건너 각시샘물을 퍼마시곤 했다. 각시샘물을 마시고 나면 머리가 샘물처럼 맑아져서 공부를 잘할 수 있다고 믿었기 때문이다. 어른들도 큰일을 치르거나 먼 길을 떠날 때는 반드시 각시샘물을 마셨고, 간절한 소원을 빌 때는 첫새벽에 이 샘물을 떠서 정화수로 사용했다. 아낙들은 마을이 깊이 잠든 후에 각시샘에 촛불을 켜고 소원을 빌기도 했다. 그 시절 윗당산 느티나무는 마을의 모든 재앙을 막아주는 수호신이었고 거북천 둑 밑 각시샘은 마을 사람들의 간절한 소원을 풀어주는 꿈의 영천이었다. 어쩌면 그때 사람들은 할아버지로 상징되는 느티나무와 할머니로 받드는 각시샘을 믿고 의지하며 살았는지도 모를 일이었다. 그 때문에 마을 사람들은 느티나무 이파리 하나라도 소중하게 여겼으며 각시샘을 언제나 검부저기 하나 떠 있지 않을 정도로 청결하게 가꾸었다. 70호가 넘는 온 마을이 각시샘물을 식수로 사용했으나 아무리 가뭄이 심해도 샘이 마르는 일은 단 한 번도 없었다.

지수는 목이 말라 입맛을 쩝쩝 다셨다. 각시샘은 흔적조차 찾아볼 수가 없었다. 물빛이 거무죽죽하게 변해 버린 거북천에서는 퀴퀴한 물 썩는 냄새가 과거의 아픈 상처에서 흐르는 진물처럼 코를 찔렀다. 그는 목마름을 참으며 마을 뒷산을 올려다보았다. 진달래꽃이 활짝 피어 비단을 펼쳐놓은 듯 산허리를 휘감고 있었다. 어머니가 외할머니댁에 갈 때 입었던 연분홍 치마가 생각났다. 어머니의 연분홍 치마가 바람에 날리는 모습이 꽃처럼 아름다웠다. 갑자기 이미 세상을 떠난 지 오랜 어머니에 대한 그리움이 목마름과 함께 가슴을 흥건하게 적셔 왔다. 산허리에 진달래가 지고 나면 거북천 둑과 마을 어귀 대밭 모퉁이에 줄지어 늘어선 아카시아가 아리따운 여인의 소복처럼 순결하고 향기로운 꽃망울을 터뜨릴 것이고, 아카시아가 지고 나면 다시 마을 뒤 흙구덩이 윗머리 밤나무들이 멍울멍울 상여꽃 같은 꽃을 피워 그 향기가 안방까지 스며들어 머리를 지끈거리게 할 것이다.

지수는 다시 시선을 거두어 마을 쪽을 보았다. 전쟁의 상처가 아직도 역력했다. 여기저기 돌담 안의 빈 집터가 폐허의 을씨년스러움을 자아냈다. 그의 고향은 이미 옛 모습을 잃어버렸다. 오랫동안 사람이 살지 않은 채 버려둔 폐가에 들어선 것 같은 흉흉한 분위기였다. 퇴락한 모습의 고향은 오히려 생소하게 느껴지기까지 했다. 그는 고향이 이렇듯 본디의 모습을 잃어버리게 된 것은 남아 있는 사람들의 잘못이 아니라, 떠난 사람들의 책임이라고 생각했다.

바람 모퉁이 쪽에서 하얀 승용차 한 대가 검고 두꺼운 철판을 깔아놓은 듯 곧게 뻗은 아스팔트 위로 빠른 템포의 음악처럼 바람과 함께 흘러오는 것이 보였다. 산에는 싱그러운 신록 속에 연분홍빛 진달래가 흐드러지고, 들에는 초록빛 융단을 깔아 놓은 듯 보리밭이 적당한 바람에 물결쳐 일렁이고, 하늘에서는 화사한 봄볕이 넉넉하게 퍼져 내리는, 5월의 아름답기만 한 정경이었다. 자동차가 달려오는 것을 보고 충분히 감미로운 음악을 느낄 수 있는, 황홀하기까지 한 정경이었다.

하얀 승용차는 빠른 속력으로 비석거리 앞을 지나 거북교를 건너더니 마을로 휘어들어 천천히 미끄러지듯 느티나무 쪽으로 다가왔다. 그리고 잠시 후 자동차 색깔처럼 하얀 점퍼 차림의 중년 남자 두 사람이 거의 동시에 차에서 내려 마을을 두릿거리며 박지수가 앉아 있는 느티나무 가까이로 걸어왔다. 하나는 가는 몸피에 훌쩍하게 키가 컸고 다른 한 사람은 보통 키에 머리가 심하게 벗겨져 있었다.

"느티나무가 참 명물이군요."

키 큰 사내가 고개를 길게 빼 느티나무 우듬지를 쳐다보며 지수에게 말을 붙여왔다.

"모두들 그렇게 말한답니다."

지수는 그의 말을 가볍게 받았다. 신록이 우거진 이후 잎이 황금빛이나 짙은 갈색의 단풍으로 물들 때까지는 자동차를 마을 앞에 세우고 느티나무 구경을 오는 사람들이 더러 있었다.

"이 마을은 느티나무 하나뿐이구만."

보통 키의 대머리가 두 팔을 벌려 느티나무를 힘껏 안은 채 머리를 들어 싱그러운 잎을 쳐다보며 혼잣말처럼 퉁겨댔다. 그는 오랫동안 느티나무를 끌어안고 있었다. 지수는 그가 무슨 의미로 그 같은 말을 하고 있는지 헤아림 할 수 있었다.

"이 느티나무 한 오백 년쯤 됐겠는데? 이렇게 큰 느티나무가 있는 걸 보면 이 마을도 역사가 꽤 오래된 것 같구만그려. 이 마을 몇 호나 됩니까?"

키 큰 남자가 지수를 향해 호의를 나타내려는 듯 애매한 미소를 보내며 물었다.

"옛날에는 70호쯤 됐었는데 지금은 스무 집 정도죠."

"옛날이라면……."

"6 · 25 때 마을이 풍비박산되었답니다."

"6 · 25가 아니었다 해도 마찬가지였을지 모르지 않소? 6 · 25는 이 마을만 겪은 것이 아니니까요."

지수는 키 큰 남자의 그 말에 한마디 끼어들고 싶었지만 애써 참았다.

그 말이 결코 틀린 것으로 생각되지 않았기 때문이다. 마을 토박이들은 거북재가 이렇게 된 것은 순전히 6·25 때문이라고 하지만 따지고 보면 다른 연유도 있을 것이었다.

"빈집이 많은가 보죠?"

키 큰 남자가 당산돌 위에 올라서서 까치발을 하고 마을을 둘러보며 물었다.

"많지요. 아마 여남은 채 될 겁니다."

지수는 가볍게 대답했다.

"이봐, 홍 사장, 이 느티나무 옆에다 별장이나 하나 지으면 어떻겠나. 온천 부근은 너무 시끄럽고 이 정도가 적당할 것 같은데 말야. 나는 이 느티나무가 아주 마음에 드는데 그래. 앞에 냇물도 흐르고 말야. 여름에 이 느티나무 그늘 밑에 매미 소리를 벗 삼아 사지 쭉 펴고 누워 있으면 그야말로 신선이 따로 없겠구만."

대머리 사내가 오랜만에 느티나무를 끌어안았던 팔을 풀며 말했다.

"느티나무 바로 밑은 안 되고…… 저기 언덕바지가 더 좋겠구만. 역시 세상사란 올려다보는 것보다 내려다보는 재미가 더 좋거든."

지수는 두 남자가 주고받는 말을 듣고 혼자 쓴웃음을 날렸다. 느티나무를 구경 온 사람들한테서 수없이 들어온 말이었다. 그들은 별장을 지을 위치를 놓고 한참 동안 열을 올렸다. 지수는 그 말을 듣자 더욱 심한 갈증을 느꼈다. 이 세상의 모든 물을 다 들이켜도 갈증이 해소될 것 같지 않았다. 그는 갑자기 어린 시절 마을 친구들과 함께 거북천에서 멱을 감다가 배가 허출해지면 각시샘을 움켜 마시고 느티나무 밑 당산돌에 누워 낭자하게 울어대는 매미 소리를 들으며 풋잠을 잤던 때를 떠올렸다.

"참, 목이 마른데 물 좀 먹을 데 없습니까?"

대머리 남자가 검은빛으로 썩은 거북천을 내려다보며 물었다.

"나도 물을 좀 마시고 싶은데…… 이 마을에 약수터 없어요?"

키 큰 남자가 입맛까지 쩝쩝 다시면서 물었다.

"이 마을엔 샘이 없는데요."

"샘이 없다니오? 온통 오염된 이 험한 세상에서 샘이 없으면 어떻게 살지요?"

대머리 남자가 뜻밖이라는 듯 얼굴에 놀라움을 나타내며 마치 샘이 없는 것이 지수의 잘못이라도 되는 것처럼 찍는 목소리로 물었다.

"글쎄요. 이 마을 사람들은 샘 없이도 잘살아 왔답니다."

지수는 남의 동네 이야기하듯 건성으로 말했다. 그는 그들에게 실은 자신도 지금 목이 말라 물을 마시고 싶다는 것을 큰 소리로 말하고 싶었다.

"샘이 없이 어떻게 잘살 수 있을까. 이 마을 사람들은 그럼 이 썩은 냇물을 마신단 말인가?"

"이 마을이 이렇게 된 건 6·25 탓만이 아니라고 했잖은가."

"느티나무가 아깝구만."

"샘이 없다니 별장을 지을 만한 터가 못 되는 것 같네."

"앞으로 빈집이 더 늘어나게 생겼어."

그들은 지수의 존재를 망각한 듯 거침없이 지껄여대다가 이내 자동차에 올라 부르릉부르릉 엔진을 공회전시켜 신경질적으로 한 무더기의 매연가스를 뿜어내고는 온천 쪽을 향해 달려가 버렸다. 매캐한 매연가스가 그의 목을 후벼 파듯 조갈증을 더욱 자극했다. 그러나 그들이 지껄이고 간 대화 중에서, 이 험한 세상에 샘도 하나 없이 어떻게 사느냐는 비아냥거림이 오래도록 머리에 남아 그의 자존심을 긁적이듯 부스럭거렸다. 그 말이 지수에게는 무서운 경고처럼 들렸다.

더 이상 갈증을 참을 수 없었던 지수는 빨간 플라스틱 물통을 들고 텃밭을 가로질러 마을 고샅으로 접어들었다. 팔만이네 집에 가서 물을 긷기 위해서였다. 가까운 거북산장에서 물을 길어 올 수도 있으나 조금 멀기는 해도 마음이 편한 팔만이네 집을 택했다. 팔만이네 집에는 몇 달 전에 마을 앞에서 교통사고로 다리를 다쳐 거동이 불편한 팔만이 아버지 혼자 마루에 나와 집을 보고 있었다. 지수는 팔만이 아버지한테 간단히 인사만 하고 수도꼭지에 입을 대고 정신없이 물을 들이켰다. 갈증이 풀리자 비로소 정신이 맑아졌다. 거북재 사람들은 검적굴 골짜기의 물을 파이프에 연결하여 마을 뒤 집수장에서 간단한 정수처리를 한 다음에 식수로 사용하고 있다. 골짜기의 물이라 오염은 되지 않았으나 옛날의 각시샘물과는 비교가 되지 않았다. 물맛이 밍밍했다.

"그러니까 수도 빠이뿌 시설을 허라니께 그러네. 거북산장에서 가까우니께 빠이뿌를 쪼끔만 묻어도 될 것인듸……, 사람 사는 집에는 그저 물이 펑펑 잘 나와야 허네. 물이 바로 목숨인 겨."

팔만이 아버지가 딱한 얼굴로 지수를 보며 말했다. 팔만이 아버지는 지수가 물을 긷기 위해 그의 집에 갈 때마다 똑같은 말을 되풀이하고 있었다.

"파이프를 묻는 것보다야 각시샘을 다시 파야지요."

"각시샘을 다시 파서는 안 되네."

팔만이 아버지는 결연하게 잘라 말했다. 지수는 고향에 돌아온 후 각시샘을 다시 파서는 안 된다는 이야기를 여러 노인들한테서 귀에 옹이 박히도록 들어왔다. 6·25 때 각시샘에 붉은 물이 흘러넘쳤기 때문이라는 것이었다. 마을 사람들은 각시샘에서 붉은 물이 흘러나온 후, 거북재 사람들이 많이 죽었다고 했다. 그러나 그것은 붉은 물이 아니라 사람의 피였다. 지수는 그것을 분명히 보았다.

초여름이었다. 인민군이 서울을 점령했다느니, 국군이 삼팔선을 넘어온 인민군을 모두 퇴각시켰다느니 온갖 소문들이 종잡을 수 없이, 안개처럼 스멀스멀 떠돌아 세상이 온통 뒤숭숭했다. 그때까지만 해도 거북재에는 아무런 변화가 없었다. 초여름의 태양은 여전히 눈부시게 쏟아졌고 마을은 느티나무처럼 평화로웠다. 그러던 어느 날 아침, 지수는 여느 때와 마찬가지로 참새 지저귀는 소리에 잠에서 깨어나자 양치질할 몽근 소금을 손에 쥐고 세수를 하러 거북천으로 나갔다. 거북천 수면 위로 물안개가 모락모락 피어오르고 있었다. 그들은 탱자나무 울타리에 조잘조잘 열린 참새들처럼 한참 동안 신나게 떠들어대며 세수를 하기 위해 느티나무 아래 판판한 바위에 쪼그리고 앉아, 손가락에 소금을 묻혀 양치질을 하다 말고 거북천의 물이 핏빛으로 변한 것을 발견했다. 그리고 그 핏빛 물이 어디서부터 흘러나오는지를 알아내기 위해 노둣돌을 건너 냇물을 거슬러 올라가 보았다. 그리고 잠시 후에는 핏빛 물의 진원지가 각시샘이라는 것을 알아냈다. 각시샘에 참나무토막처럼 건장한 체격의 남자가 얼굴을 처박고 피를 흘리며 엎드려 있었다. 검붉은 피는 각시샘의 물고랑을 타고 거북천으로 흘러들었다. 아이들은 곧 어른들을 불러왔다. 온몸에 칼을 맞고 피를 흘리며 각시샘에 얼굴을 처박고 죽어 있는 사람은 뒷고샅에 사는 최병천이었다. 그는 오랫동안 화순탄광에서 광부로 있었는데 무슨 연유인지 얼마 전부터 자전거를 탄 경찰들이 그를 찾기 위해 수시로 거북재를 들락거렸다. 들리는 소문으로는 그가 탄광에서 큰 소동을 일으켰다고도 했고 공산주의자가 되었다고도 했다.

최병천이가 죽은 그날부터 거북재 사람들은 각시샘물을 마시지 않았다. 그리고 그로부터 사흘 후, 거북재에 인민군들이 들이닥쳤다. 그해 여름은 무더위와 함께 죽음에 대한 두려움과 공포로 시작되었다. 각시샘물을 마시지 못하게 된 마을 사람들은 거북재에 큰 불행이 닥쳐올 것만 같은 불길한 예감에 사로잡힌 채 불안한 하루하루를 보냈다.

"팔만이 아버님께서는 아직도 그 붉은 물이 각시샘에서 흘러나왔다고 믿고 계셔요?"

지수는 물통에 물이 가득 차자 수도꼭지를 틀어 잠그며 물었다.

"그러고 말고. 첨에는 나도 시체에서 피가 흐른 것으로 알았제. 헌디 시체를 치우고 난 후에도 샘에서 붉은 물이 계속 흘러나왔다니께. 마을 사람들이 다 봤제."

팔만이 아버지는 확신을 하고 단정적으로 말했다. 그러나 지수가 확실히 알고 있기로는 각시샘은 그날 최병천의 시체를 치우는 순간에 어른들에 의해서 돌과 흙으로 완전히 메워져 버렸기 때문에 샘물이 흐르는 것조차 볼 수 없었다.

"지수 자네도 아다시피 그 후로 우리 마을에 온갖 재앙이 닥쳐왔지 않은감. 마을이 옴씰허게 불에 타뿌럿는가 허면, 많은 인명을 잃었제. 어디 그뿐인가. 물방앗간에 숨어들었던 빨치산들이 불타 죽었고 우리 마을이 공비토벌 작전지역이 되야 갖고 소개령이 내려서 모두덜 고향을 떠나야만 허지 않았든가. 그야말로 풍비박산이 되어부렀구만. 옛날 어른들께서 각시샘에 붉은 물이 흐르면 마을이 망헐 거라고 헌 말이 맞았어. 옛날 거북재가 워디 이랬간듸? 이 유둔재 안통에서는 그래도 거북재 허면 인물

많이 나고 아무리 흉년이 들어도 굶는 사람이 없을 정도로 택택한 마을이었네. 일정 때꺼정만 해도 대학생이 다섯 명이나 되얏고 면장도 두 사람이나 나왔었구만. 그때만 해도 거북재 허면 청년들도 억셌어. 그래서 타지 마을 다섯 놈이 거북재 한 놈 못해 본다고 했네. 거북재 사람덜은 꼬치가리(고춧가루) 한 되 묵고 물속으로 30리를 뻰다고들 했다네. 그만큼 야무졌제. 헌듸 지금은 어쩐가. 거북재가 워디 사람 사는 마을 같은감? 우리 마을에서 젤로 젊은 사람이 쉰이 넘은 우리 팔만이 아닌감. 애기덜 울음소리 그친 지가 옛날이고 내년이면 이남초등학교도 문을 닫는다지 않던감. 거북재가 푹삭 망해 부렀어."

그러면서 팔만이 아버지는 옛날을 떠올리며 회한으로 그늘진 시선을 힘겹게 들어올려 멀리 던졌다. 고희를 넘긴 그의 얼굴에서 이제 단 한 점 희망의 모습도 찾아볼 수 없었다. 어쩌면 거북재 사람들은 각시샘물을 마시지 못하면서부터 모든 희망을 잃어버렸는지도 모를 일이었다. 지수는 각시샘이 메워지자 그의 할머니가 느티나무 밑 당산돌에 맥없이 퍼지르고 앉아서 '아이고, 인자 각시샘이 없어졌으니 워디서 정화수를 떠오고 워디서 치성을 드릴거나' 하면서 탄식하던 모습을 잊지 않고 있었다. 각시샘이 메워진 것은 거북재 사람들의 희망과 꿈이 동시에 무너져버린 것과 같았다. 그리고 거북재 사람들은 그 후 고향을 떠난 사람이나 고향에 남아 있는 사람이나 모두들 한결같이 각시샘을 그리워하면서 고단한 삶의 갈증을 크나큰 고통으로 느껴왔다. 지수도 그 갈증 때문에 모든 것을 포기하고 다시 고향으로 돌아왔지 않은가.

그런데 지수는 마을 어른들이 왜 각시샘에서 피가 아닌 붉은 물이 흘러나왔다고 고집스럽게 되풀이해서 말하는 것인지 이해할 수가 없었다. 그 당시 최병천의 시체를 치우고 샘을 메울 때까지의 과정을 모두 지켜봤던 지수 또래의 아이들은 각시샘에서 피가 아닌 다른 붉은 물이 흘러나온 것을 보지 못했다. 그들은 어른들이 각시샘의 물구멍을 완전히 막고 마치 사람을 땅에 묻을 때처럼 흙으로 샘을 꽁꽁 메워 버린 후에도 오랫동안 각시샘을 떠나지 않았다. 그들은 슬픈 얼굴로 말없이, 샘물이 다시 흘러 넘치기를 기다리기라도 하듯 샘 주위에 쪼그리고 앉아 있었다. 그러나 무덤처럼 꽁꽁 메워져 버린 각시샘에서는 물 한 방울 새어나오지 않았다. 그들은 다음날도 그다음 날도 각시샘에 모여 샘물이 다시 흘러나오기를 기다렸다.

왜 어른들은 옛날이나 지금이나 변함없이 각시샘에서 붉은 물이 흘러나왔다고 말하는 것일까. 왜 그들은 그것이 최병천의 몸에서 흐른 피라고 믿지 않는 것일까. 어른들이 말하는 붉은 물과 아이들이 분명히 본 핏물은 어떤 차이가 있는 것일까. 혹시 붉은 물이 흘러나온 것이 어른들의 눈에만 보인 것은 아닐까. 그런데 어른들은 각시샘에 얼굴을 처박은 채 피를 흘리고 엎어져 죽어 있는 최병천의 죽음 자체보다는 각시샘에서 붉은 물이 흘러나왔다는 것을 더 중요시한 것 같았다. 마을 어른들은 최병천의 죽음에 대해서는 별로 슬픔을 나타내지 않았다. 그들은 최병천이가 피를 흘린 채 각시샘에서 죽었기 때문에 샘에서 핏물이 흐른 것이 아니라 샘에서 붉은 물이 흘러넘친 연유로 거북재에 재앙이 닥쳤고 그 재앙으로 최병천이가 죽음을 당한 것으로 생각하고 있는 듯싶었다. 어른들의 생각은 앞뒤가 맞지 않았지만 아이들로서는 그것을 뒤엎을 수 없었다. 중요한 것은 지수 또래의 다음 세대들, 그러니까 각시샘에서 최병천이가 피를 흘리고 죽은 사실을 직접 목격하지 않은 세대들은 샘에서 붉은 물이 흘러넘쳤다고 말하는 어른들의 말을 그대로 믿고 있다는 사실이었다. 지수 또래의 다음 세대들은 이제 각시샘에서 붉은 물이 흘러넘쳐 거북재에 재앙이 닥쳤고 그 재앙으로 최병천이가 죽은 것이라는 어른들의 말을 조금도 의심하지 않았다.

지수는 진실을 잘못 알고 있는 다음 세대들을 위해서라도 기어코 각시샘을 다시 파야겠다고 결심했다. 그것은 거북재의 다음 세대들한테 희망을 되찾게 해주는 일만큼이나 중요하다고 생각했다. 그리고 과거에 각시샘에서는 붉은 물이 단 한 방울도 흘러나오지 않았으며 앞으로도 영원히 붉은 물이 흐르지 않으리라는 것을 보여주고 싶었다. 지금 그가 염려하는 것은 각시샘을 다시 파게 될 경우, 붉은 물이 아니라 농약으로 오염된 논물이 스며들어 흘러나올 가능성이었다.

지수는 최병천이가 각시샘에 와서 죽게 된 경위를 나름대로 추리해 보았다. 최병천은 고향으로 돌아오다가 누구에게선가 칼에 맞고 쓰러졌을 것이다. 그는 피를 흘리면서도 고향을 향해 몸부림을 쳤을 것이고 마을에 당도하여 출혈로 인한 심한 조갈증 때문에 각시샘물을 마시다가 그만 숨을 거두었을 것이다. 지수는 문득 피를 흘리며 죽어가면서도 오로지 각시샘물을 마시기 위해 그곳까지 기를 쓰고 기어왔을 최병천의 최후의 순간을 생각하며 그의 영혼 앞에 머리를 숙였다. 어쩌면 그 순간 최병천은 각시샘물만 마시면 자신이 살아날 수 있다고 믿었을지도 몰랐다. 지수는 숨을 거두는 그 순간까지도 각시샘물을 마시고 싶어 했던 최병천의 목마른 영혼이, 무덤처럼 흙으로 메워져 버린 샘 속에 외롭게 갇혀 있을 것만 같았다. 그리고 각시샘의 흙더미 속에 아직껏 갇혀 있는 그 목마른 영혼은 바로 지수 자신이거나 희망을 잃어버린 모든 거북재 사람들일지도 모른다는 생각이 들었다. 이미 각시샘은 시간의 무덤이 되어버렸다.

2

5월의 태양은 여전히 눈부셨다. 지수는 각시샘의 위치를 찾기 위해 느티나무 건너편 거북천 둑 아래쪽을 여기저기 살펴보았으나 도무지 흔적조차 발견할 수 없었다. 그는 다시 느티나무 쪽으로 건너와서 어린 시절의 기억을 되살려 보았다. 느티나무 쪽에 서서 바라보면 각시샘 자리를 쉽게 알 수 있을 것 같았는데 막상 거북천을 건너가 보면 마치 모래밭에서 바늘 찾는 것보다 더 막막하게 느껴졌다. 그는 벌써 서너 차례나 거북천을 건너다니면서 각시샘의 위치를 찾느라 애를 먹었다. 그는 혹시 사람의 힘으로 어쩔 수 없는 그 어떤 신비한 힘이 그로 하여금 각시샘을 다시 팔 수 없게 하려고 눈을 가리는 조화를 부리고 있는 것은 아닐까 싶은 이상한 생각까지 들었다.

그는 다시 큰물에 떠내려가 버리고 이빨이 빠진 것처럼 듬성듬성 남아 있는 노둣돌을 가늠하면서 무릎 높이의 거북천을 건넜다. 옛날 기억으로 각시샘은 분명 노둣돌을 건너 여남은 걸음 물방앗간 쪽으로 가다가 거북천 둑길로 올라서는 왼편에 있었다. 그러나 벌써 네 번째 똑같은 행동을 계속했지만 각시샘의 자리를 찾지 못했다. 기억은 생생한데 눈앞에는 아무것도 보이지 않았다. 그의 기억은 현실 속에서 생명이 없었다. 그는 포기해 버릴까도 생각해 보았다. 그러나 그가 도시에 사는 동안 잠시도 잊어본 적이 없었던 각시샘의 위치조차 찾아내지 못한다면 다시 고향을 떠날 수밖에 없다고 생각했다.

느티나무 아래로 돌아간 지수는 잠시 땀을 식힌 다음 다시 거북천을 건넜다. 다섯 번째였다. 지수가 그런 행동을 되풀이하고 있는 양을 누군가가 본다면 영락없이 미친 사람이라고 손가락질을 할 것이 분명했다. 그는 거북천 둑길 위에 올라서서 옛날 각시샘 주변을 떠올려보았다. 옛날 각시샘 옆에는 그의 집 사랑채에 있었던 먹감나무만한 크기의 팽나무가 한 그루 있었다. 그리고 그 팽나무 밑에는 붉은색의 줄기에 잎이 톱니처럼 생긴 거북꼬리 덩굴에 뒤덮인 돌무더기가 담벼락처럼 높이 쌓여 있었다. 그런데 지금은 팽나무도 돌무더기도 거북꼬리 덩굴도 보이지 않았다. 둑 아래쪽에는 수크령이며 강아지풀들로 뒤덮여 있었다.

그날 오전은 그렇게 거북천을 다섯 차례나 건너다닌 것으로 시간을 보냈다. 그는 처음에는 각시샘의 위치를 찾는 것쯤이야 아주 간단하게 생각했었다. 그런데도 아침 해가 떠오를 때부터 한낮까지 그리 넓지도 않은 공간을 땀을 뻘뻘 흘리며 서성대기만 했다. 아, 너무나 많이 변했구나. 지수는 43년이라는 세월이 이렇듯 생소하게 느껴질 만큼 엄청난 변화를 가져올 수 있구나 하는 것을 실감했다.

점심을 먹고 난 지수는 낫을 들고 다시 거북천을 건넜다. 그는 노둣돌이 있는 곳으로부터 둑길로 올라서기까지의 둑 아래 풀을 모두 베어내고 각시샘의 위치를 찾아낼 생각이었다. 냇가에는 이삭 모양의 분홍꽃을 피운 봄여뀌며 줄기에 연한 가시가 돋고 한여름에 엷은 분홍꽃이 피는 며느리밑씻개를 비롯해서 벼룩나물, 개구리자리, 논냉이, 딱지꽃풀, 진들피, 강아지풀, 미나리 등이 푹신하게 어우러져 있었다. 지수는 서투른 솜씨로 노둣돌 쪽에서부터 풀을 베기 시작했다. 여뀌풀을 벨 때는 매콤하면서 독한 냄새가 풍겼다. 그러고 보니 어렸을 때 여뀌풀이나 때죽나무 열매를 돌에 찧은 후 냇물에 풀어서 고기를 잡던 일이 생각났다. 여뀌풀을 돌로 찧다가 풀물이 눈에 들어가면 눈에 불이 붙은 것처럼 아리고 쓰려, 모두 뜀을 뛰면서 악을 쓰던 기억도 살아났다.

"자네 시방 뭣 허는가?"

지수가 한창 풀을 베고 있는데 고향에 남은 그의 유일한 친구이자 그에게 농사짓는 법을 가르쳐주고 있는 팔만이가 나타났다.

"보면 모르겠는가. 나 지금 풀을 베고 있네."

지수는 보나마나 팔만이가 또 자신이 하고 있는 일에 대해 비아냥댈 것이 분명하다고 생각하고 애써 냉정한 태도로 말했다. 팔만이는 며칠 전에 지수가 똥을 풀 때도 코를 쥐어 막고 달려와서는 지금 세상에 똥을 푸는 농사꾼이 어디 있느냐고 하면서 한사코 말렸었다. 그러나 지수는 팔만이의 반대에도 불구하고 똥은 역시 살구꽃 필 때 퍼야 한다면서 고집을 꺾지 않았었다. 그리고 팔만이가 똥 구린내가 너무 지독하다면서 오만상을 찡그릴 때마다 지수는 채전머리에 연분홍 치맛자락처럼 가벼운 봄바람에 여울지는 살구꽃을 가리키며, 살구꽃 향기를 생각하면 구린내가 사라진다는 엉뚱한 말을 했다.

"헌듸, 풀은 왜?"

"각시샘 위치를 찾아내려고."

"이런 멍충한 사람, 각시샘 자리는 저쪽 아닌가."

그러면서 팔만이는 지수가 쪼그리고 앉아서 풀을 베고 있는 냇가에서 50미터도 더 떨어진 거북다리 쪽을 가리켰다. 그 근처는 지수가 한 번도 찾아가 보지 않은 엉뚱한 곳이었다. 지수는 팔만이가 손가락으로 가리키는 곳을 바라보면서 고개를 갸웃거렸다.

"나 따라와 봐, 이 사람아."

팔만이는 퉁명스럽게 퉁겨내고 나서 거북다리 쪽으로 성큼성큼 걸어 내려갔다. 그러나 지수는 팔만이를 뒤따라가지 않았다. 그의 기억으로 각시샘은 지금 자신이 풀을 베고 있는 부근이 확실하다고 믿고 있었기 때문이다. 그는 낫을 들고 서서 팔만이의 거동을 유심히 살폈다. 자신만만 한 걸음으로 냇물을 따라 거북다리를 향해 내려간 팔만이는 한동안 주변을 두릿거리더니 지수 쪽을 힐끔 돌아다보았다. 샘의 위치를 찾았다면 분명 의기양양한 목소리로 지수를 외쳐 불렀을 터인데 그렇지 않았다. 팔만이는 다시 거북다리 근처의 둑 아래쪽을 계속 서성대고만 있었다. 지수는 가볍게 콧방귀를 뀌고 나서 휘파람을 불며 풀을 베기 시작했다. 군대 생활 기간을 제외하고는 그동안 단 한 번도 거북재를 떠나본 적이 없는 팔만이도 각시샘을 쉽게 찾지 못하는 것을 본 지수는 오전의 시간 낭비가 결코 부끄럽게 생각되지만은 않았다.

"참말로 세월이 무섭구만. 귀신이 곡헐 노릇이여. 분명이 저쪽이 맞는 디……"

한참 후에 완전히 기세가 꺾여 지수 가까이 온 팔만이가 멋쩍게 씩 웃으며 말끝을 흐렸다. 지수도 그런 팔만이를 쳐다보며 힐끔 웃어 보였다.

"헌디, 암만 해도 자네를 이해 못허것네."

팔만이는 지수 옆에 쪼그리고 앉으며 혼잣말처럼 중얼거렸다. 지수는 그의 입에서 퉁겨져 나올 다음 말을 짐작하고 있었기 때문에 애써 대꾸를 하지 않았다.

"세상이 눈코 뜰 새 없이 달라지고 누구나 신식만 원허는디, 자네는 위째서 구식 탱탱 묵은 옛날로 돌아가려고 그러는감. 즉 말허자면, 수도 빠이뿌만 묻으면 간단허게 수돗물을 마실 수 있는디, 흔적도 없는 각시샘을 기언시 파졌다는 것은 무신 심뽀여. 혹시 자네도 즉 말허자면 생수 장사를 헐 생각이여?"

지수는 그 같은 팔만이의 말을 오른쪽 귀로 듣고 왼쪽으로 흘려버렸다. 그는 이미 어떤 말로도 팔만이를 설득할 수 없다는 것을 알고 있었다. 이미 생활방식이 어설프게 굳어져 버린 그들을 설득하기보다는 자기 방식대로 살아가는 모습을 보여줌으로써 무엇이 중요한 것인가를 스스로 깨닫게 하고 싶었다.

뒷산 참나무 숲에서 소쩍새가 울었다. 지수는 낫질을 멈추고 고개를 돌려 5월의 넉넉한 햇살이 빈틈없이 쏟아져 내리는 뒷산을 올려다보았다. 그는 거북재에 돌아온 후 낮에 소쩍새 우는 소리를 들을 때마다 이상한 기분을 느꼈다.

"어이, 소쩍새가 왜 낮에 울지? 옛날에는 밤에만 울었지 않은가."

지수가 참나무 숲에서 시선을 거두지 않은 채 뚜벅 물었다. 그는 거북재에 돌아온 후 낮에 소쩍새 우는 소리를 들으라치면 아무에게나 어김없이 똑같은 질문을 던지곤 했다. 그러나 아무도 지수에게 분명한 대답을 해주지 않았다. 지수가 언젠가 팔만이한테 왜 소쩍새가 낮에 우느냐고 물었더니 '세상이 변해서 그려. 아, 요새는 닭도 시도 때도 없이 울지 않던가. 시계가 많은 세상이 되니께, 즉 말허자면, 아무도 닭 우는 소리를 기다리지 않는다는 거를 닭들이 알고 울지 않은 모양이제' 하고 대답했던 것 같다.

"소쩍새가 낮에 우는 거나 자네가 뜬금없이 각시샘을 다시 팔라고 허는 거나, 따지고 보면 매한가질세."

팔만이는 알 수 없는 말을 하고 나서는 애매하게 웃어보였다.

"내가 각시샘을 파는 것은 목마를 때 샘물을 마시기 위해서가 아닌가. 헌데 소쩍새가 낮에 우는 것하고 뭐가 같다는 건가."

"소쩍새가 밤낮을 구별 못하드끼 자네도 구식과 신식, 즉 말허자면, 옛날허고 오늘날을 구별 못허지 않은가."

지수는 팔만이의 그 말에 한바탕 소리 내어 웃었다. 그러나 그는 이내 허탈감을 느꼈다.

"그래. 자네 말이 맞을지도 모르겠네. 나는 확실히 과거와 현재를 구별하지 못하고 있는 것인지도 모르지. 허나 각시샘은 비록 과거에 있었다고 해도 그 샘물이 다시 흐른다면 그것은 분명 과거의 샘물이 아니네."

팔만이는 잠자코 지수의 말을 듣고만 있었다. 그는 지수의 말뜻을 제대로 이해할 수 없다는 듯 애매한 표정을 지었다.

"각시샘을 다시 판다 해도 그 물을 마실 수는 없을 거네."

"무슨 소린가?"

"어른들이 각시샘물을 마시면 절대로 안 된다고 허드만. 그리고 또 논에서 농약이 스며들 것 아닌감……?"

"마을 사람들이 다시 각시샘물을 마시게 될 테니 두고 보소. 각시샘물의 원천은 오염된 땅이 아니라네."

"이 사람아, 모든 물은 땅에서 솟는 게여. 자네 그걸 몰라서 하는 소린가?"

지수는 팔만이의 그 말에 커다랗게 고개를 끄덕여 긍정을 표시했다.

"자네 말이 맞네. 그렇지만 각시샘을 파고 그 샘물을 마시게 되면 그 누구도 논에 농약을 치지 않을 것일세. 각시샘물을 마시는 것을 뻔히 알면서도 누가 논에 농약을 치겠는가. 안 그런가?"

"누가 각시샘물을 마시는디?"

"나부터 마시겠네. 그리고 다음에는 자네가 마셔야지."

"나는 싫구먼. 우리집 어른이 각시샘물을 마시라고 허겠는가. 다시 각시샘을 파서는 안 된다고 허시는 어른인듸⋯⋯?"

"팔만이 자네, 옛날 각시샘물 맛 기억하고 있지? 샘물 맛이 얼마나 좋았는가. 내 경우 지금까지 살아오는 동안, 이 세상에서 각시샘물 맛보다 더 좋은 맛은 경험하지 못했다네. 인생이 그 샘물 맛 같다면야 우리 삶이 얼마나 아름다울까. 빗물이 고여서 흐른 검적굴 건수하고는 비교가 안 되지. 각시샘을 다시 파면 마을 사람들 모두 그 샘물을 다시 마시게 될 테니 두고 보게."

지수는 자신 있게 말하면서 한여름에 들이키면 머리끝까지 시원해졌던 각시샘물 맛을 떠올렸다. 그는 갑자기 목이 말랐다. 그리고 그 순간 그는 최병천이가 숨을 거둘 때의 그 고통스러웠을 목마름을 생각해 보았다.

그날 오후 지수는 각시샘의 위치로 생각되는 거북천 둑길에서 노둣돌 지점까지의 풀을 모두 베어냈다. 팔만이가 도와주어서 풀 베는 일이 생각보다 쉽게 끝났다. 그러나 풀을 베어냈는데도 그곳에 대한 기억은 떠오르지 않았다. 오히려 더욱 생소하게만 보였다. 지수는 날이 어둑해질 때까지 풀을 베어낸 둑 밑을 샅샅이 더듬었으나 각시샘의 흔적을 발견할 수 없었다. 그는 다음날 날이 밝는 대로 본격적으로 각시샘 자리를 다시 찾아보기로 하고 그날은 일단 돌아갔다.

"암만 해도 내일은 우리 어른헌테 부탁을 해보는 것이 좋겠구만."

"부탁이라니."

"각시샘 자리를 좀 찾어달라고 말이여."

"그건 안 되네. 각시샘은 내가 찾고 내가 파겠네. 이건 내 일이여. 지금 나는 단순한 샘을 파는 것이 아니라네."

"이 사람아, 샘을 파지 않겠다면 뭘 판다는 말여?"

"자네는 내가 뭣 때문에 고향에 돌아온 건지 잘 모를 거여."

그러면서 지수는 팔만이한테 그가 각시샘을 다시 팔 때까지 구경을 하는 것은 좋으나 샘 파는 일을 도와줄 생각은 하지 말라고 잘라 말했다. 그는 각시샘을 다시 파는 데 그 누구의 도움도 받고 싶지가 않았다. 그가 지금까지 그의 인생을 스스로 선택하여 외롭고 고통스럽게 살아왔던 것처럼 각시샘을 다시 파는 일 또한 혼자만의 일이라고 생각했기 때문이다. 지금 그가 고향에 돌아와서 각시샘을 다시 파려고 하는 것은 그의 전체 삶을 통해서 가장 중요한 과정이라고 생각하고 있었다. 어쩌면 그는 지금 그 자신에게 있어서 처음이자 마지막이 될지도 모르는 삶의 샘을 파고 있는 것인지도 몰랐다.

그날 밤 지수는 자리에 누워 잠을 청하다 말고 벌떡 일어나 앉았다. 각시샘 자리를 찾지 못하면 어쩌나 하는 강박 관념 때문에 도무지 잠을 이룰 수 없었다. 그는 밖에 나가 물통의 물을 거의 한 바가지나 퍼마시고 다시 잠을 청했다. 그리고 새벽 무렵에야 겨우 얼핏 잠이 든 그는 거북재가 불바다가 된 꿈을 꾸고 벌떡 일어나 앉았다. 고향으로 돌아온 후 지수는 43년 전 거북재가 한꺼번에 불길에 휩싸였던 장면을 꿈속에서 다시 만나곤 했다. 그것은 참으로 고통스러운 악몽이었다. 그 장면을 떠올릴 때마다 그는 온몸의 피가 마지막 한 방울까지 혈관 밖으로 빠져나간 듯한 참담함에 떨었다.

마을이 불에 탄 것은 각시샘이 메워지고 나서 넉 달이 조금 지나서였다. 그때 지수의 눈에는 온 세상이 불바다가 된 것 같았다. 마을도 하늘도 땅도 들도, 그들의 마음까지도 온통 불바다가 되었다. 지수는 그때 너무 놀라 며칠 동안 말을 한마디도 할 수 없었다. 실어증에 걸린 것이다. 마을 사람들은 자신들의 집이 불길에 휩싸인 것을 바라보면서 맥을 놓고 땅바닥에 주저앉았다. 그들은 자신의 몸이 불에 탄 것보다 더 뜨거운 고통을 겪었다. 그러나 총부리 앞에 선 그들은 단 한 마디의 항변도 하지 못했다. 어떤 사람은 목을 놓아 통곡하기도 했고 어떤 사람은 너무 무서워 벌벌 떨고만 있었다. 그들은 토벌대들이 총부리를 들이대며 빨리 마을을 떠나라면서 거칠게 윽박질렀지만 차마 발길을 돌리지 못한 채 불길에 휩싸인 그들의 집을 두려움과 절망의 눈길로 하염없이 바라보고만 있었다. 토벌대들은 차마 발걸음을 옮기지 못하고 있는 거북재 사람들한테, 마을에 남아 있는 사람들은 앞으로 공비의 동조자로 생각하고 공비와 똑같이 모두 사살하겠다고 마지막 경고를 했다.

거북재 사람들은 토벌대를 따라 월산지서로 나간 쪽과 죽어도 고향에서 죽겠다면서 토벌대의 눈을 피해 마을에 남은 사람들로 나뉘고 말았다. 그것이 결국 거북재 사람들을 영원히 둘로 갈라놓은 결과가 되고 말았다. 토벌대를 따라서 수복지로 떠난 사람들은 멸공주의자가 되었고, 죽어도 고향에서 죽겠다면서 마을에 남은 사람들은 좌익분자로 낙인이 찍힌 것이었다. 그 때문에 마지막까지 고향에 남아 있다가 공비토벌이 거의 끝날 무렵, 토벌대들에게 포로들처럼 붙들려간 사람들은 그 후 대부분 고향을 등지고 말았다. 토벌대를 따라 월산지서로 떠났던 사람들은 거의 고향으로 돌아왔으나 죽어도 고향에서 죽겠다면서 끝까지 마을에 남았던 사람들은 결국 고향으로부터 멀어지고 만 것이었다. 그때 토벌대의 눈을 피해 마을에 남았던 사람들 중에 지금 거북재에 사는 사람은 하나도 없다. 지수네도 후자에 속했다. 그리고 그들은 아직도 그 낙인의 후유증 때문에 고향에 돌아갈 수 없는 무서운 고통을 겪고 있다.

거북재 사람들이 두 편으로 갈라지게 된 것은 그들의 의사가 아니었다. 그들에게 의식 차이가 있었다면 한쪽은 생명에 대한 애착이 앞섰고 다른 한쪽은 고향에 대한 집착이 강했던 것이라고나 할까. 그들은 모두 고향을 목숨만큼이나 사랑했다. 그들은 자신들의 목숨이 하나인 것과 같이 고향도 하나뿐이라고 생각했다. 그리고 고향으로부터 버림받는다는 것을 죽음보다 더 큰 고통으로 받아들였다.

마을이 송두리째 불타버린 후에도 거북재 안통에서 공비토벌 작전은 계속되었다. 낮에는 토벌대들이 진을 치고 있었고 밤에는 어김없이 빨치산들이 나타났다. 고향에 남은 사람들은 낮에는 토벌대들에게 붙들려가지 않으려고 뒷동산 흙구덩이 부근에다 토굴을 파고 숨어 지내다가 밤이 되어 토벌대가 돌아간 후에야 마을로 내려오곤 했다. 그런가 하면 낮에는 수복지로 나가 사는 사람들이 토벌대를 따라 거북재에 와서 숨겨두었던 식량이나 갈무리해 둔 무, 감자, 호박, 그릇 등속을 가지고 갔다. 그런데 어느 날, 토벌대를 따라온 거북재 사람들이 불타버린 집터에서 각기 가져 갈 것들을 찾고 있는데, 토벌대가 잠시 다른 마을로 이동한 것을 틈타, 뒷산에서 갑자기 빨치산들이 덮쳐왔다. 그러자 토벌대를 따라 온 거북재 사람들은 혼비백산하여 도망쳤고, 빨치산들은 도망치는 사람들을 향해 총을 쏘아 많은 사람들이 죽임을 당했다. 결국 이 일로 하여 고향에 남아 있던 사람들이 크게 오해를 받게 되었으며 두 쪽 사이는 화해할 수 없을 정도로 버그러져 아직껏 갈등으로 남고 말았다. 죽은 사람들의 가족들은 칼날 같은 원한을 품게 되었고 살아남은 사람들은 본의 아니게 죄인이 되고 말았다. 고향에 남아 있던 사람들은 결과적으로 고향을 떠났던 사람들에게 원한의 상처를 안겨준 셈이 되었다.

거북재가 일시에 불바다로 변한 악몽 때문에 시달림을 당한 지수는 다시 목이 타는 듯하여 밖으로 나가 물을 퍼마셨다. 그러나 물을 마실수록 숨쉬기가 불편할 정도로 헛배만 불러왔을 뿐 갈증은 오히려 더욱 심해져 목구멍에 불이 붙은 듯했다. 각시샘물이 간절하게 그리워졌다. 그의 고달프고 외로운 삶에서 갈증을 해소시켜 줄 수 있는 것은 오직 각시샘물뿐이었기 때문에 더욱 그러했다.

이제 지수는 43년이 지난 지금까지 갈등을 겪고 있는 양쪽 사람들 모두에게 각시샘물을 마시게 하고 싶었다. 각시샘물을 흘러넘치게 한다면 고향을 떠나 살면서 갈증의 고통을 느끼고 있는 사람들이 다시 돌아오게 될지도 모른다고 생각했다.

다음 날 아침 지수는 해가 떠오르기도 전에 일어나 서둘러 아침을 먹고 다시 거북천 둑으로 나갔다. 그는 둑길 아래 풀을 말끔히 베어낸 자리에 쪼그리고 앉아서 촉촉하게 물기가 스민 곳을 골라 호미로 파헤치기 시작했다. 그는 마을 뒷산 참나무 숲에 해가 떠오를 때부터 한낮이 될 때까지 둑길 아래쪽을 모두 파헤쳤으나 아무 흔적도 찾을 수 없었다. 그는 목이 탔으나 오전 내내 물 한 방울 마시지 않았다. 갈증이 심해질수록 샘을 찾아야겠다는 열망은 더욱 뜨겁게 달아올랐다.

그날 팔만이는 오후 늦게야 모습을 나타냈다. 지수는 그에게 아무 말도 하지 않았다. 팔만이도 둑 위에 팔짱을 끼고 서서 말없이 먼발치로 구경 삼아 지수가 호미로 땅을 파헤치는 것을 바라보기만 했다. 그날 지수는 각시샘 찾는 일에 쉽게 지치고 말았다. 그는 해가 떨어지기도 전에 호미를 내던지고 느티나무 그늘 밑으로 건너와 버렸다. 팔만이도 지수를 따라 거북천을 건너와서는 느티나무 아래에 앉았다. 두 사람은 한동안 말이 없었다. 팔만이는 지수가 기분이 좋지 않다는 것을 알고는 되도록 비위를 건드리지 않으려고 하는 것 같았다. 그만큼 팔만이는 지수를 의식했다.

지수는 느티나무 밑에 턱을 고이고 앉아서 언제 보아도 샘물이 넉넉하게 고여 있던 각시샘 자리를 찾기 위해 지친 눈으로 둑 아래를 쓸어 보았다. 그리고 어린 시절 그 샘에서 있었던 일들을 하나하나 떠올렸다. 각시샘 옆 팽나무 밑등 돌무더기에서 먹구렁이를 잡기 위해 불을 피웠던 일이 생각났다. 그들은 먹구렁이가 돌무더기 속으로 들어간 것을 보고 그곳에 쑥을 뜯다 불을 피웠다. 얼마 후 쑥불 연기에 못 견딘 구렁이가 돌무더기 밖으로 붓끝 같은 꼬리를 삐주룩히 내밀었다. 그들은 손에 쑥을 뿌리째 뽑아 손에 감고 구렁이 꼬리를 힘껏 잡아당겼다. 비늘을 세운 구렁이는 꼼짝도 하지 않았다. 세 명의 아이들이 온 힘을 다해 구렁이 꼬리를 잡아당겼으나 끝내 끌어내지 못했다. 그들은 꼬리를 놓고 다시 불을 피웠다. 돌무더기가 불에 달구어지도록 불을 피웠으나 구렁이는 다시 나오지 않았다. 그리고 그들은 다음 날 아침 학교 가는 길에 각시샘에서 물을 마시다가 구렁이가 돌무더기 아래 풀밭에 햇볕을 받은 채 허연 배를 벌렁 뒤집고 죽어 있는 것을 발견했다. 죽은 구렁이를 본 그들은 섬뜩한 기분을 느꼈다.

"팔만이 자네, 저기서 구렁이 잡으려고 불 피우던 때 생각나지?"

"구렁이를 쥑였다고 우리 아버지한테 되게 지천을 들었구만. 즉 말허자면, 우리 아버지 말은 우리덜이 각시샘을 지켜주는 업을 쥑였다는 거였어."

"정말로 그 구렁이가 각시샘을 보호해 준 업이었을까?"

"글씨, 암턴 그 후 얼만 안 있어서 샘에서 붉은 물이 흘러나왔으니께……."

"그건 붉은 물이 아니라 최병천 씨 몸에서 흐른 피였어."

"우리 어른 이야기로는 샘에서 흘러나오는 붉은 물은 세상 이치를 모르는 어린아이들 눈에는 안 뵌다고 허든디."

지수는 팔만이의 말에 허파에서 바람 빠지는 소리를 내듯 퍼 하고 가볍게 실소하고 말았다. 그는 지금 자신의 능력만으로는 그들이 믿고 있는 관념을 도저히 깨뜨릴 수 없다는 것을 잘 알고 있었다. 그 관념을 깰 수 있는 힘을 갖고 있는 것은 오로지 각시샘뿐이라고 생각했다.

"각시샘 위쪽에 있었던 땅벌집 생각나지?"

"가스나덜은 그 땅벌이 무솨서 큰 보쪽으로 돌아댕겼제."

"언젠가 학교 가는 길에 내가 땅벌집을 건들어갖고 혼쭐나게 도망쳤었지."

"이 사람아, 그때 나는 도망치다가 엎으러져갖고 코가 깨져 부렀구만."

"그날 여러 명이 땅벌에 쏘여서 혹이 생겼어."

"지독헌 땅벌이었어. 학교 교실꺼정 따라왔으니께."

"에끼 이 사람, 그건 좀 심하네."

"참말이여."

두 사람은 그들의 어린 시절에 각시샘에서 있었던 일들을 떠올려 주고받으며 오랜만에 마음을 터놓고 한바탕 웃었다. 그들은 어린 시절의 이야기를 할 때가 가장 즐거웠다. 돌이켜 생각해 보면 아무리 고통스러웠던 기억이라도, 어린 시절의 추억은 고향의 산하에 변함없는 모습으로 펼쳐진 깨끗하고 다정한 정경처럼 한없이 아름답기만 했다.

언젠가는 그들이 등굣길에 샘물을 마시려고 갔더니 여물 같은 짚 부스러기가 각시샘에 가득 떠 있었다. 그들은 검부저기를 깨끗이 들어내고 나서 샘물을 마셨다. 어른들이 이것을 보고 상피 났다(가까운 피붙이끼리의 성

관계)면서 수근거렸다. 지수가 훗날 고향을 떠나 살면서 어머니한테 듣고 알았지만 그때 상피가 난 것은 뒷고샅 덕수와 사촌누나 행순이 사이에 있었던 추잡스런 관계를 두고 한 말이었다. 물론 상피가 난 후 덕수와 행순이는 거북재에서 쫓겨나고 말았다. 후에 얼핏 들려오는 풍문으로 덕수는 서울에서 단추공장 사장이 되었다고 했고 행순이는 술집 작부 노릇을 한다고 했다.

해마다 정월 대보름날에는 각시샘에 금줄을 치고 온 마을 사람들이 한 덩어리가 되어 굿을 했다. 그날만은 아무도 각시샘물을 마시지 못하게 했다. 마을 농악대는 먼저 느티나무에서 걸쭉하게 굿을 친 다음 거북천 노 둣돌을 건너 각시샘으로 가곤 했다. 울긋불긋 고깔을 쓴 농악대 행렬이 덕석기를 앞세우고 한 줄로 길게 늘어서서 징이며 꽹과리, 북, 장고, 소고를 치고 덩실덩실 춤을 추며 거북천을 건너가는 모습은 참으로 장관을 이루었다. 지수는 문득 느티나무를 쳐다봤다. 그 시절 마을 어른들이 느티 나무와 각시샘에서 굿을 치고 나면 느티나무는 기분이 좋아 가지를 우쭐 우쭐 흔들어 대고 각시샘은 쿨럭쿨럭 더 많은 샘물을 뿜어낸다고 했던 말이 생각났기 때문이다. 어른들은 그 말을 하면서 쿡쿡대며 웃곤 했다.

"이 느티나무 가지들이 거북천 쪽을 향해 더 많이 길게 뻗은 것은 느티 나무가 수백 년 동안 오직 각지샘만을 사랑한 때문이라는 이야기를 들은 적 있지?"

"헐일 없는 사람덜이 지어낸 이야기것제."

"지어낸 이야기가 아니고 사실일 거야. 나는 사실로 믿고 싶네."

"나무가 샘을 사랑허다니 말이나 되는 소린겨?"

"나무가 샘을 사랑하는 거는 우리 인간들 사랑하고는 근본적으로 다를 거네. 아마 우리 인간들은 그들의 신비한 사랑을 이해할 수 없겠지. 이 우주 삼라만상은 서로가 보이지 않는 사랑의 고리로 연결되어 있다네. 그러니까 각시샘이 죽으면 이 느티나무도 죽게 되고 거북천이 죽으면 거북재 사람들도 함께 죽게 되는 거지. 크게 보면 우리의 생명은 모두 하나라네."

팔만이는 대낮에 무슨 도깨비 땅콩 까먹는 소리냐는 듯 멀뚱한 표정으로 한참 동안 지수를 바라볼 뿐이었다.

지수는 문득 자신이 느티나무가 된 넉넉한 심정으로 각시샘터 쪽을 바라보았다. 단발머리에 검정 통치마를 바짝 올려 입은 정숙이가 샘물을 마시기 위해 목을 길게 빼어 각시샘에 머리를 처박고 엉덩이를 쳐든 채 납작 엎드려 있는 모습이 눈에 어른거려 왔다. 지수는 학교에서 청소 당번을 마치고 혼자 늦게 돌아오다가, 그가 좋아하는 정숙이의 그 모습을 발견하고는 슬금슬금 다가가서 그녀의 검정 치마를 홀렁 뒤집어버리고 말았다. 정숙이는 질겁해서 비명을 지르며 얼굴을 샘 속에 처박았고 지수는 너무 당황한 나머지 냅다 거북천 둑길로 도망쳤다. 그는 둑길을 달리면서도 그녀의 짧고 흰 팬티 아래 토실하게 드러난 뽀얀 허벅지 살결의 눈부심 때문에 거칠게 가슴이 두근거렸다. 그때 그 일은 지수 자신 외에는 아무도 모르고 있다. 그는 정숙이한테도 끝까지 자신이 치마를 걷어 올렸다는 말을 하지 않았다.

지수는 그동안 정숙이가 얼마나 변했을까 상상해 보았다. 지수는 간절한 목마름처럼 그녀가 보고 싶었다. 각시샘을 파게 되면 꼭 암자로 찾아가서 그녀를 만나야겠다고 생각했다. 그는 오랫동안 거북재를 떠나 사는 동안 고향을 생각할 때마다 느티나무며 각시샘과 함께 어김없이 정숙이의 모습이 눈에 밟혀오곤 했다. 그에게 정숙이는 언제나 샘물 같은 존재였다. 그 때문에 그녀를 만나고 싶어질 때는 어김없이 목이 말랐다. 그것은 분명 아름다운 그리움의 목마름이었다. 그리고 그 간절한 목마름으로 하여 그의 삶은 견딜 수 없는 고통 속에서도 희망을 잃지 않았다. 그러므로 그의 목마름은 바로 희망이기도 했다. 그리고 빛나는 생명이었다.

"참, 팔만이 자네, 청자가 지금 서울에서 산다고 그랬던가?"

지수는 문득 정숙이의 다정한 친구였던 최병천의 딸이 생각났다. 순간, 아버지의 장례를 치른 후에도 거의 날마다 흙더미에 메워진 각시샘에 나와 홀쩍거리던 청자의 가련한 모습이 희미하게 되살아났다. 어쩌면 청자는 꽁꽁 메워져 버린 각시샘을 아버지의 무덤으로 생각하고 있었는지도 몰랐다. 그 후 청자는 마을이 불타기도 전에 어머니와 함께 거북재를 떠났다.

"듣자니께 대학교 선생님이 되얏다던듸……?"

"참 그렇지. 불란서 유학을 마치고 돌아와 교수가 됐다는 이야기를 들어 놓고도……."

"청자가 대학교 선생님이 될 줄 몰랐제."

"고향에는 한 번이라도 다녀갔는가?"

"그 집 식구들 통 소식이 없다가 재작년에 청자 어메만 횡허니 댕겨갔구만."

"최병천 씨 핏줄이라고는 청자 하나뿐인데 제 아버지 산소에도 한 번 안 찾아와? 그러고도 대학교수가 되면 뭐해."

지수는 갑자기 벌컥 화를 냈다. 어쩌면 그것은 지난 43년 동안 고향에 발을 끊고 살아왔던 자신에게 화를 내는 것인지도 몰랐다. 그러나 그는 청자가 대학교수가 되었다는 것이 싫지는 않았다. 거북재에서 지수, 팔만이, 순기, 기호, 정숙이, 청자, 복순이 이렇게 7명이 동갑내기에다 같은 학년으로 거의 날마다 한데 붙어살다시피 했는데 많은 세월이 흐른 지금은 각기 멀리 떨어져 다른 환경 속에 살고 있었다. 남자친구 중에서 순기는 이미 오래전에 세상을 떠났고 지수는 목사를 그만두고 농사꾼이 되겠다면서 고향에 내려왔으며 팔만이는 여지껏 거북재에 뿌리박고 살고 있다. 그런가 하면 여자친구 중에서 청자는 대학교수가 되었고 정숙이는 암자에서 보살할미 노릇을 하는가 하면 복순이는 거북산장에서 주방 일을 도와주며 살아가고 있다. 거북재가 변한 것만큼이나 그들의 처지도 사뭇 달라졌다.

그날 밤에도 지수는 밤이 깊도록 잠을 이루지 못하고 계속 뒤척이고만 있었다. 비가 내리려는지 날이 어두워지면서부터 바람 소리가 점점 드세어지기 시작했다. 느티나무 이파리들이 마치 색소폰의 스타카토처럼 메마른 땅에 빗방울 떨어지는 소리를 내며 규칙적으로 바람에 떨었다. 바람소리 때문에 그는 아무래도 그날 밤 깊은 잠을 이루지 못할 것만 같았다. 고향에 돌아온 후부터 그는 바람이 불 때나 비가 오는 밤이면 어김없이 불면의 고통에 시달리곤 했다. 깊은 밤에 외딴집에 적적하게 혼자 누워 바람 소리나 빗방울 소리를 들으면 괜히 가슴이 울렁거리고 머릿속에 파도가 몰아쳐 오는 것처럼 마음이 뒤숭숭해지는 것이었다. 그런 밤에는 눈물겹도록 슬프기까지 한 고적감이 뼛속 깊숙이 파고들었다.

지수는 잠자리를 박차고 일어나 밖으로 나갔다. 바람이 부는데도 하늘에서는 눈부시게 빛나는 별빛과 촉촉하고 환한 달빛이 한데 어우러져, 어둡고 답답한 세상을 대낮처럼 밝히고 있었다. 그러고 보니 보름달이었다. 그는 지금 한창 여름을 재촉하며 서둘러 땅에 떨어지는 복사꽃잎들을 어루만지듯 푹신하게 느껴지는 환한 달빛을 조심스럽게 밟으며 느티나무 가까이 갔다. 온몸에 숭숭 구멍이 뚫린 듯한 허허로운 마음으로 느티나무 아래 앉아 있으려니 이파리들을 몸살 나도록 흔들어 대는 깊은 밤바람 소리 때문에 심신이 죄어드는 것 같은 으스스한 한기를 느꼈다.

한밤중, 달빛 쏟아지는 느티나무 아래서 듣는 바람 소리는 음산하기까지 했다. 거북천 상류 쪽에서 철철철 물레방아 돌아가는 소리가 들리는 것 같기도 했다. 그러나 자세히 귀를 기울여보면 그게 바람이 느티나무 이파리를 흔들어 대는 소리임을 알 수 있었다. 6·25 때 이미 흔적조차 없어져 버린 물레방아가 한밤중에 다시 돌아갈 리가 없었다. 지수는 당산돌에 무릎을 걸치고 되도록 편안한 자세로 앉아 거북천 건너편을 바라보았다. 거북천은 달빛 아래서도 검게 보였다. 오히려 달빛이 깔린 거북천 건너 냇가의 풀밭이 마치 폭설이 두껍게 쌓인 것처럼 하얗게 빛났다. 그는 이틀 동안 각시샘을 찾기 위해 헛수고만 한 것이 부끄러웠다. 아니 그것은 부끄러움이라기보다는 절망감이라고 해야 옳았다. 그의 능력으로는 각시샘을 다시 찾을 수 없을 것만 같았다. 포기하고 그곳에서 도망치고 싶을 정도였다.

지수는 다시 실눈을 뜨고 달빛이 하얗게 깔린 거북천 건너편을 바라보았다. 문득 할머니가 각시샘에 촛불을 켜놓고 치성을 드리던 기억이 살아났다. 6·25가 터지기 2년 전이었다. 아침상을 받고 있는데 지서에서 경찰들이 들이닥쳐 집안을 마구 뒤지며 할아버지를 찾더니 다짜고짜로 아버지를 끌고 갔다. 끌려간 아버지는 밤이 되어도 돌아오지 않았다. 아버지가 끌려간 직후 면사무소에 다니는 큰외삼촌을 찾아간 어머니마저 소식이 없었다. 그날 밤 할머니는 한숨만 쉬며 잠을 이루지 못하더니, 세상이 잠들기를 기다렸다가 지수를 깨워 밥상이며 주발, 양초를 찾아 들고 각시샘으로 갔다. 할머니는 각시샘까지 가는 동안에도 말 한마디 없이 연신 한숨만을 토해냈다. 지수는 잠이 쏟아지는 것을 참느라 눈심지에 힘을 주며 할머니의 뒤를 따라갔다. 할머니는 각시샘 앞에서 놋 주발에 샘물을 떠서 밥상에 올려놓고 촛불에 불을 붙인 다음, 손을 비비며 말 한마디 없이 집을 떠난 지 보름이 넘도록 소식이 없는 할아버지와, 영문도 모른 채 지서에 붙들려간 아버지의 무사 귀가를 바라는 치성을 드리기 시작했다. 지수는 할머니 옆에서 꾸벅꾸벅 졸았다. 그는 졸다가도 마을에서 들려오는 개 짖는 소리에 놀라 퍼뜩 눈을 뜨곤 했는데 그때마다 할머니는 계속 손을 비비며 웅얼웅얼 나지막한 소리로 간절하게 소원을 되뇌이고 있었다. 지수는 할머니의 그 엄숙하고도 경건하게 치성을 드리는 모습을 보고 졸지 않겠다고 결심하고 자신의 볼을 꼬집기까지 했으나 폭포처럼 쏟아지는 졸음을 이겨낼 수 없었다.

달빛이 쌓인 거북천 둑길 아래를 바라보는 지수의 눈에, 자세 한 번 흐트러뜨리지 않고 석장승처럼 꼿꼿하게 앉아서 치성을 드리는 할머니의 엄숙한 모습이 들어왔다. 순간 그는 눈을 감았다. 눈을 감았더니 치성드리는 할머니의 모습이 더욱 선명하게 보였다. 지수는 할머니의 그 모습을 놓치지 않으려고 간절한 소원을 가슴속 깊숙한 곳에 모았다. 그리고 치성을 드리는 할머니처럼 마음을 가다듬고 정신을 집중시켰다. 바람에 느티나무 이파리 떠는 소리가 마치 한겨울 문풍지 우는 소리처럼 들렸다. 할머니가 밥상 위에 켜놓은 촛불이 그의 심장박동처럼 거칠게 뛰는 것이 보였다. 지수는 할머니의 모습을 놓치지 않기 위해 숨을 죽이고 천천히 눈을 떴다. 할머니의 모습이 달빛 속에 출렁이며 그대로 남아 있었다. 지수는 자기도 모르게 아, 아, 하고 감탄사를 조심스럽게 연발하면서 할머니의 모습에서 눈길을 떼지 않은 채 몽유병자처럼 천천히 일어서서 거북천으로 내려갔다. 그리고 거북재 아이들이 참새들처럼 조잘대며 함께 세수하던, 야트막하고 판판하게 물 위에 깔린 바위에 올라섰다. 그는 장지손가락 끝에 소금을 찍어 양치질하는 흉내를 내면서 치성을 드리는 할머니의 모습을 오랫동안 간직하기 위해 눈을 반쯤 감았다. 순간 할머니가 치성을 드리는 바로 그 자리에, 무엇인가 길게 뻗은 검은 물체가 달빛 속에 희끄무레하게 드러나 보였다. 그는 직감적으로 그 물체가 어쩌면 최병천의 죽은 모습일지도 모른다고 생각하면서 그대로 거북천 물로 뛰어들었다. 그는 검은 물체에서 반쯤 감은 눈의 시선을 잠시도 떼지 않은 채 무릎 높이의 거북천을 단숨에 건넜다. 그리고 풀밭을 뛰어 올라가 여전히 반쯤 눈을 감은 채 순식간에 검은 물체를 덮쳤다. 그는 달빛이 쌓인 풀밭에 엎드려 숨을 죽인 채 눈도 뜨지 않고 한참 동안 그대로 있었다.

지수는 아무 생각도 없이 풀밭에 엎드려 있다가 조심스럽게 눈을 떴다. 달빛만이 그의 시야에 가득 들어왔다. 그는 그대로 풀밭에 엎드린 채 손으로 가슴팍 앞의 흙을 파기 시작했다. 처음에는 자갈 무더기가 나오더니 모래 섞인 흙이 손끝에 잡혀 왔다. 그리고 정신없이 손가락으로 모래 섞인 흙을 파자 촉촉한 물기가 느껴졌다. 그 질컥한 물기는 달빛 속에서 진주처럼 빛나기까지 했다. 흙을 팔수록 물기가 많아져 이내 물이 고이기 시작했다. 그는 정신없이 손가락이 아픈 것도 잊은 채 흙을 파면서 콧구멍을 벌름거리며 물 냄새를 맡았다. 물 냄새가 느티나무 잎처럼 향기로웠다. 거북천의 썩은 물 냄새와는 달랐다. 그는 얼마를 더 그렇게 손으로 흙모래를 팠다. 작은 웅덩이에 손등을 넘칠 만큼 물이 흥건하게 고여 왔다.

지수는 미명의 마지막 어둠이 느티나무 가지를 칙칙하게 휘감기 시작해서야 지친 몸을 이끌고 거북천을 건너왔다. 그는 집까지 돌아갈 기력이 없어 심신이 한꺼번에 허물어지듯 느티나무 밑 당산돌에 벌렁 몸을 누이고 말았다.

다시 눈을 떴을 때는 느티나무 이파리들 사이로 눈부신 아침 햇살이 화살처럼 날아오고 있었다. 그는 상반신을 일으키다 말고 손가락에 심한 통증을 느꼈다. 그리고 자신의 손을 들여다보는 순간 하마터면 비명을 지를 뻔했다. 두 손의 모든 손가락 끝에 피멍이 들었고 오른손의 검지와 장지의 손톱은 곧 빠져나갈 것처럼 흉하게 일그러져 있었다. 그는 손가락을 들여다보면서 통증을 참지 못하고 자기도 모르게 아, 아, 하고 신음을 토했다. 손가락 끝이 욱신거리고 바늘 끝으로 손톱 밑을 쉴 새 없이 쪼아대는 것처럼 아려왔다. 그제서야 그는 간밤에 그가 한 일을 생각해냈다. 그는 벌떡 일어서서 거북천 건너편을 보았다. 당장 거북천을 건너가 그가 파놓은 웅덩이에 물이 얼마나 고였는지 확인하고 싶었지만 기력이 없어 다시 흐물흐물 주저앉고 말았다. 그는 간밤에 이상한 꿈을 꾸고 난 기분이었다. 어젯밤 그가 판 웅덩이에 흥건하게 고인 물에 손을 적셔보고 냄새를 맡아 보았던 것들이 모두 꿈속의 일처럼 현실감이 없게 느껴졌다. 그러면서도 한편으로는 손가락 끝의 참을 수 없는 통증을 통해서 간밤의 일이 결코 꿈이 아니라는 사실을 믿게 되었다. 그는 웅덩이에 물이 얼마나 고였으며 그가 열 손가락으로 판 웅덩이가 분명히 각시샘 자리인가를 확인하고 싶은 마음에 다시 일어섰다가 이내 힘없이 주저앉고 말았다. 아직은 각시샘을 찾아냈다는 확신이 서지 않았다. 간밤에 웅덩이에 손을 적실 만큼 고인 물은 각시샘물이 아닐 수도 있다고 생각했다. 그리고 무엇보다 중요한 것은 각시샘의 물구멍을 찾는 일이었다. 70호나 된 거북재 모든 사람이 1년 내내 식수로 마셔도 마르지 않을 만큼의 물이 쉴 새 없이 솟구치는 수맥을 열기 전에는 각시샘을 찾아냈다고 할 수 없다고 생각했다.

지수는 다시 당산돌에 반듯하게 누워 눈을 감았다. 그리고 간밤에 보았던 할머니의 모습을 조심스럽게 떠올렸다. 어쩌면 할머니는 저세상에 가서도 오로지 지수를 위해 간절하게 치성을 드리고 있는 것인지도 몰랐다. 그는 목마름만큼이나 할머니가 그리웠다.

"아니, 아침도 안 해 묵고 여기서 뭣 헌당가."

지수가 눈을 감고 누워서 꿈에 도취하듯 할머니 생각을 하고 있는데 귀가 울릴 정도로 퉁명스러운 여자 목소리가 와살스레 그를 잡아 일으켰다. 복순이가 그 앞에 서서 한심한 얼굴로 내려다보고 있었다.

"물 한 바께스 길러다 놓고 반찬도 갖다놨으니께 어서 가서 아침 지어 묵어."

거북식당에서 주방 일을 거들어주고 있는 복순이는 지수가 한사코 싫다는 데도 이따금 수돗물도 받아다 주고 주인 몰래 반찬도 슬그머니 놓고 갔다.

"그래도 동창생이 젤이구만. 헌데 이 은혜를 뭣으로 갚을까."

지금까지 지수는 복순이의 그 같은 호의에 대해 단 한 번도 고마움을 표시해 본 일이 없었는데 그날은 어찌 된 것인지 농까지 섞어 인사치레를 했다. 복순이도 지수한테서 처음 들어보는 그 같은 말이 싫지 않은 듯 누런 삐드렁니를 내놓고 푸시시 웃어 보였다.

"남자가 혼자 살면 묵는 것이 부실해서 몸이 상헐 텐디 걱정이구만 그려."

복순이는 지수를 만날 때마다 똑같은 말을 되풀이했다. 작달막한 키에 몸피가 굵고 얼굴이 숟가락 모양처럼 널쩨죽한데다가 코마저 납작해 결코 잘생겼다고는 할 수 없는 복순이었으나 어려서부터 인정이 많아 친구들이 어려움을 겪을 때 그냥 지나치는 일이 없었다. 그녀는 학교 다닐 때도 친구가 몸이 아프다고 하면 청소 당번을 도맡아 하고 책보까지 들어다 주곤 했었다. 그런 복순이는 정숙이와 가장 가까운 사이였다.

"참, 정숙이가 보살이 되어 절에 들어가 산다는 소식 들었어?"

"중이 되었다고? 잘했구만…… 정숙이나 나나 남자를 지대로 못 만나서 그려. 그것도 다 팔자소관이기는 허제만."

그러면서 복순이는 계속 혀끝을 차며 언짢은 표정을 지었다. 그날 지수와 복순이는 어른이 된 후 처음으로 둘이서만 호젓이 만나 오랫동안 어린 시절의 이야기를 나누었다.

지수는 그날 복순이와 헤어진 후 집으로 돌아와 아무것도 먹지 않고 온종일 방 안에만 누워 있었다. 느티나무 밑에서 집까지 오는 동안 현기증 때문에 그는 몇 번인가 걸음을 멈추고 가까스로 정신을 수습하곤 했다. 신열이 나면서 사지에 힘이 빠지고 뼛속이 흐물흐물 녹아내리는 것만 같았다. 게다가 등골에 식은땀이 흐르면서 자꾸만 목이 탔다. 물이 마시고 싶었지만 일어날 기력이 없었다. 눈을 감고 있으면 육신이 허공으로 올라가 천 길 낭떠러지 아래로 떨어지는 것 같았다. 그러나 비록 육신은 그렇게 고통스러울 정도로 심한 무기력증에 빠져 있으면서도 이상하게 마음만은 한없는 평화로움을 느꼈다. 마치 그가 꿈꾸었던 모든 것들이 만족스럽게 이루어지고 난 후처럼 평화로운 허탈감에 빠진 것만 같았다. 일어나서 샘을 파러 가야 한다는 조급함도 없어져 버렸다. 그냥 그대로 깊이 잠들고 싶은 생각뿐이었다. 지수는 뼈저린 외로움을 느꼈다. 아무도 없는 방에서 이대로 혼자 죽을 수도 있다는 생각이 들자 그는 비로소 죽음에 대한 두려움을 느끼게 되었다. 그는 혼자서 살아갈 용기는 있어도 혼자 죽기는 무서웠다. 영육이 건강했을 때, 혼자 사는 자유는 오히려 부러움의 대상이 될 수도 있다. 어쩌면 그것은 멋있고 아름답게 보일지도 모른다. 그렇지만 죽음을 눈앞에 둔 사람이 혼자 있음은 죽음 그 자체만큼이나 두렵고 비참하다. 어쩌면 결혼을 하고 자식 갖기를 원하는 것은 이 세상을 마지막 떠나는 순간 누군가의 손을 잡기 위해서인지도 모른다는 생각이 들었다. 그런 의미에서 부부는 마지막 가는 외롭고 짧은 순간에, 단 한 번 손잡기 위해 때로는 사랑하고 증오하면서 아웅다웅 사는 것인지도 모른다는 생각이 들었다. 그런데 지금 당장에 지수 자신이 죽게 된다고 할 때 누가 마지막 가는 그의 손을 잡아줄 수 있겠는가. 그런 생각이 들자 하나뿐인 아들을 잃고 삶을 포기하려고 했다는 정숙이에 대한 연민의 정이 더욱 절절해졌다. 할 수만 있다면 그는 그녀가 이 세상을 떠나는 순간까지 기다렸다가 마지막 단 한 번 손을 잡아주고 싶었다.

그날 밤에도 지수는 많은 꿈을 꾸었다. 그리고 언제나 그랬던 것처럼, 그날 밤 그의 꿈속에 등장한 주인공들은 이미 이 세상을 떠난 사람들이었다. 살아 있는 사람은 정숙이 하나뿐이었다. 살아 있는 사람이 그의 꿈에 나타난 것은 매우 드문 일이었다.

지수가 해뜨기 전에 눈을 떴을 때는 어느 사이엔가 열이 정상으로 내려섰은 듯이 정신이 맑아졌다. 그러나 간밤에 꾼 이상한 꿈 때문에 그의 마음 한구석에는 어두운 그림자가 죽음의 장막처럼 무겁게 드리워져 있었다. 아침을 짓고 있는데 팔만이가 나타났다. 팔만이는 군대에 입대해 있는 아들 면회를 갔다 오는 바람에 이틀 동안이나 지수 눈에 띄지 않았었다.

"그렇지 않아도 자네가 나타나기를 기다렸네."

지수는 그답지 않게 웃음까지 피워 날리며 팔만이를 반갑게 맞아 주었다.

"나를 기다렸다고?"

"해몽 좀 해주게."

"또 돌아가신 자네 할머니한테 똥바가지 뒤집어쓴 꿈을 꿨는가?"

"정숙이가 꿈에 나타났네."

"그렇다면 악몽은 아니로구먼."

"좀 이상한 꿈이었네. 예감이 어쩐지…… 전에 한 번 꾸었던 꿈을 다시 꾸었는데 이상해. 어떻게 내용이 똑같은 꿈을 되풀이해서 꿀 수가 있지?"

"소망이 간절하면 똑같은 꿈을 다시 꿀 수 있겠제."

"하기야 꿈 그 자체는 말만 들어도 황홀하고 신비롭고 아름다운 거니까."

그러면서 지수는 간밤의 신비로운 꿈에 관한 내용을 되살려 보았다. 꿈의 내용들이 너무나도 생생했다. 햇살이 눈부신 대낮이었다. 지수는 단발머리 정숙이를 따라 끝이 보이지 않을 정도로 깊고 후미진 골짜기를 걷고 있었다. 구름 한 점 없이 맑은 하늘과 아름드리나무들만 보였다. 움직이는 것들은 아무것도 없었다. 골짜기 물 흐르는 소리도 들리지 않았다. 사방이 무덤 속처럼 적요했다. 그런데 그 골짜기는 조금도 생소하게 느껴지지 않았다. 분명 언젠가 한 번 꿈속에서 정숙이와 함께 다녀간 기억이 있는 곳이었다. 그들이 꽤 오랜 시간 동안 나비 한 마리 날지 않고 새소리 한 번 들리지 않는 긴 골짜기를 꿰고 지나자 붉은빛 감도는 하늘 아래 평원처럼 넓은 꽃밭이 눈앞에 펼쳐져 있었다. 그 꽃밭은 드넓은 들판에 여러 가지 색깔의 꽃들로 수를 놓은 것처럼 눈부시게 아름다웠다. 그들은 조심스럽게 꽃을 밟으며 꽃밭 한가운데로 걸어 들어갔다. 그런데 꽃밭 중앙에 이르자 거북재 느티나무만큼 우람한 꽃나무에 고깔만큼이나 크고 탐스러운 꽃들이 사람처럼 활짝 웃는 얼굴을 하고 흐드러지게 피어 있었다. 그리고 하나의 꽃봉오리는 빨강, 보라, 노랑, 파랑, 초록, 주황, 분홍, 흰색 등 여러 가지 색깔의 꽃잎으로 어우러져 있었다. 정숙이는 그 신비한 꽃나무 앞에 서서 꿈을 꾸듯 황홀한 눈으로 하늘을 쳐다보았다. 그리고 얼마 후, 그녀는 지수한테 자기 먼저 갈 테니 다음에 오라는 말을 하고 나서는 두 발로 가볍게 땅을 박차고 새처럼 높이 뛰어올랐다. 순간 정숙이는 독수리만큼이나 큰 날개를 가진, 황홀할 정도로 아름다운 청띠신선나비로 변해 사뿐히 꽃봉오리 위에 내려앉았다. 그때 지수도 비상을 꿈꾸며 숨을 한 번 깊게 들이마신 후 마음을 가다듬고 정숙이의 이름을 큰소리로 외쳐 부르며 힘껏 뛰어보았으나 그 자리에 보기 좋게 넘어지고 말았다. 그리고 그 순간에 잠에서 깨어났다. 눈을 떠보니 햇살이 뭉텅이로 쏟아지는 아침이었다.

"정숙이는 어렸을 때 죽고 싶다는 말을 자주 했네. 그리고 자기가 먼저 죽어서 나를 데려가겠다고도 했네. 혹시 정숙이가 죽은 것은 아닐까."

지수는 불길한 예감을 지우지 못한 채 그늘진 얼굴로 말했다. 그는 정숙이가 큰 청띠신선나비가 되어 날아오른 것을 죽어서 천사가 된 것인지도 모른다고 생각하고 있었다.

"정숙이는 어려서부터 좀 이상한 지집아이였으니께. 신들린 애기무당 같았구만. 아마 무당인 제 어머니 땜시 그렇게 됐을껴. 그래도 얼굴 하나만은 빼어났제. 지수 자네가 홀딱 빠질 만했어. 나는 여태꺼정 정숙이보담 더 이쁜 여자는 못 봤구만. 5·18 때 아들 땜시 거북재에 왔었는디 고운 얼굴은 여전허데."

"아무래도 어젯밤 꿈이 이상해."

"내 생각에는 자네가 곧 정숙이를 만날 것 같구만."

팔만이의 그 말에 지수는 고개를 가로저었다. 지수는 팔만이가 해몽을 반대로 이야기하고 있다고 생각했다. 언제나 팔만이는 모든 것을 좋은 쪽으로만 생각했다. 그것이 그의 천성이기도 했다. 그는 가까운 사람들이 괴로움을 당하는 것도 못 볼 만큼 마음이 여리고 착했다. 지수는 그런 팔만이가 거북재의 나무들처럼 때 묻지 않고 옛날 모습 그대로 고향에 남아 있다는 것이 얼마나 고마운지 하나님께 감사기도를 올리고 싶을 정도였다. 지수가 보기에 팔만이는 분명 거북재의 땅에 묻힌 빛나는 보석 같은 존재였다. 그가 거북재에 남아 있지 않았다면 지수는 고향에 돌아올 수 없었을 것이다.

"정숙이가 먼저 가겠다고 자네한테서 떠난 것을 반대로 해석해야 쓰네. 틀림없이 정숙이가 자네를 만나러 거북재에 나타날 것이니께 두고 보드라고."

팔만이는 지수가 그의 말을 믿어주지 않는 것 같자 다시 단언하다시피 했다.

"글세, 그거는 두고 보면 알 일이고……."

그러면서 지수는 혹시 그의 입에서 각시샘의 이야기가 흘러나오지 않을까 은근히 기대하면서 조심스럽게 팔만이의 눈치를 살폈다. 그 자신이 밤을 새워 손으로 파놓은 웅덩이를 팔만이가 보고 반가워서 아침 댓바람에 그를 찾아왔기를 기대하고 있었다. 그러나 팔만이가 못자리판에 가봐야겠다면서 그냥 발걸음을 돌려세우고 말았을 때 지수는 몸에서 힘이 빠지는 것을 느꼈다. 그의 희망은 삶의 낭떠러지 끝에서 다시 무너지려고 하였다. 그러나 그는 마지막 확신을 잃지 않기 위해 두 손을 펴고 열 손가락의 상처를 햇볕 속으로 들어 보였다.

3

그것은 웅덩이가 아니었다. 샘물이 넘쳐흐르지도 않았다. 다만 땅이 조금 깊숙하게 팬 곳에 손등을 살짝 적실 정도의 물이 고여 있을 뿐이었다. 열 손가락 끝에 피가 흐를 정도로 밤새도록 흙을 팠고 꼬박 하룻밤과 낮 동안 식은땀을 흘리며 앓아누운 결과가 기껏 이 정도냐 싶은 생각과 함께, 그는 정말 그곳으로부터 도망치고 싶을 뿐이었다. 그는 겨우 손등을 적실 정도로 고여 있는 물이, 마치 그가 지금까지 살아오는 동안에 이루어놓은 모든 삶의 성과라도 되는 것처럼 자세히 들여다보았다. 입을 대고 홀짝거리며 마시고 싶을 만큼 맑은 물이 아주 작은 파장을 일으키고 있다는 것을 발견한 지수는 눈을 더 가까이 대고 관찰했다. 보그르르, 보그르르……. 미세한 물방울이 규칙적으로 물 위에 솟아오르고 있었다.

지수는 자세히 들여다보지 않고는 눈에 보이지 않을 정도의 작은 물방울이 솟아오르는 구덩이 주변을 다시 넓고 깊게 파기 시작했다. 한참 동안 정신없이 삽질하고 나니 무릎 높이의 웅덩이가 되었고 순식간에 물이 차올랐다. 그는 신을 벗고 물이 정강이까지 차오른 웅덩이에 들어가 보았다. 물이 차가워 발이 시릴 정도였다. 다시 삽질을 계속했다. 그가 정신없이 삽질하고 있을 때 마을 뒷산 참나무 숲에서 소쩍새가 여기저기로 옮겨 다니면서 쉴 새 없이 울어댔다. 상사병이 들어 죽었다가 환생한 혼령이 누군가 그리운 사람의 이름을 애타게 부르고 있는 것처럼 들렸다. 그 소리가 너무 슬퍼 삽질을 하다가 몇 번이고 일손을 멈추고 뒷산을 올려다보았다.

어느새 온몸이 땀에 젖었다. 삽으로 자갈과 모래흙을 계속 퍼냈다. 숨을 헐떡거리면서 미친 듯 삽질을 하다가 땀방울이 눈을 가릴 정도로 더위에 지치게 되면 웅덩이의 흙탕물에 발을 담그곤 했다. 그러고 나면 아, 그 시원함이야말로 얼음으로 영혼을 닦아낸 듯 상쾌한 기분이 되었다. 그렇게 얼마큼 더 삽질을 계속하자 돌무더기가 나왔다. 그리고 작은 돌무더기 속에 노둣돌만큼이나 큰 돌이 요지부동으로 박혀 있었다. 삽이나 괭이로는 도저히 그 큰 돌을 들어낼 수 없을 것 같았다. 그러나 그는 그 돌을 들어내는 일도 혼자만의 힘으로 해내고 싶었다. 어쩌면 각시샘의 신령이 지수의 샘 파는 일을 시험해 보기 위해 그곳에 돌을 박아놓은 것인지도 모른다는 생각이 들었다. 그 돌을 그는 자신의 남은 인생에 있어서 마지막 장애물로 생각하고 싶었다. 그렇기 때문에 그는 어떤 일이 있어도 혼자만의 힘으로 그 장애물을 제거해야 한다고 생각했다.

지수는 어떻게 하면 자신의 힘으로 그 돌을 들어낼 수 있을까 하고 궁리했다. 그는 먼저 큰 돌의 주변에 있는 돌덩이들과 자갈부터 퍼냈다. 그러고 나서 돌을 굴려낼 수 있게 하기 위해 웅덩이 아래쪽에 깊은 고랑을 팠다. 고랑을 타고 흙탕물이 흘러내렸다. 그는 잠시 허리를 구부리고 서서 흙탕물이 거북천변으로 흘러내려 가는 것을 신기한 눈으로 지켜보고 있었다. 자신의 힘으로 물이 흐르게 할 수 있다는 사실이 기분 좋았다. 그는 웅덩이에 고인 물이 모두 고랑을 타고 빠져나가기를 기다렸다. 그런데 참으로 신기한 일이었다. 물이 계속해서 고랑을 타고 흘러내려 가는데도 웅덩이의 물은 조금도 줄어들지 않는 것이었다. 한 시간쯤 웅덩이 옆에 쪼그리고 앉아서 기다렸으나 역시 그대로였다. 고랑을 파기 전이나 고랑을 파서 물을 흘려보낼 때나 웅덩이 속의 물은 여전히 모양이 둥근 큰 돌 오른쪽 모서리 진 부위에 그대로 머물러 있었다. 순간 지수는 문득 노자의 도덕경에 나오는 한 구절이 생각났다. 어쩌면 지금 지수가 판 웅덩이의 물이 넘치지도 줄어들지도 않고 똑같은 수준을 유지하고 있는 것이 바로 노자가 말한 도가 아닌가 싶었다.

지수는 서둘러 집으로 돌아와 지렛대로 쓸 만한 나무를 구해서 끝을 뾰족하게 깎았다. 지렛대를 만드는 데만도 서너 시간이 걸렸다. 나무 끝을 깎는 데 필요한 자귀를 구하느라 온 마을을 뛰어다녔다. 옛날 같으면 집집마다 톱이며 낫, 작두, 도끼, 끌, 대패, 깎낫, 자귀 등나무를 베고 깎고 다듬는 데 필요한 연장들을 갖고 있었는데 지금은 그렇지가 않았다. 자귀는 고사하고 낫 하나도 없는 집이 많았다. 거북재 온 마을을 뒤지고 다녔으나 딱 한 집만이 자귀를 가지고 있었다.

지수는 지렛대를 이용하여 큰 돌을 움직였다. 그러나 그 돌을 웅덩이 아래로 완전히 굴려내는 데는 너무 힘이 들었다. 그는 돌을 굴려내고 난 후에 지쳐 쓰러지고 말았다. 한참 후에야 가까스로 기운을 차리고 돌이 박혔던 웅덩이 안으로 들어서 보았더니 물이 무릎 위까지 닿았다. 그는 다시 땀을 뻘뻘 흘리며 웅덩이 안에서 돌멩이와 흙모래를 퍼냈다. 그때 팔만이를 비롯해 마을 사람들이 하나둘 그곳에 나타나 지수가 샘 파는 것을 구경했다.

"맞어. 영락없이 각시샘 자리여."

"어뜨케 각시샘을 찾었으까."

"저 샘물 차오르는 것 좀 봐."

"옛날에는 각시샘물보담 더 맛있는 물은 이 세상에 또 없었는디……."

"샘을 찾기는 했어도 말짱 헛것이여. 각시샘물을 마시면 큰 재앙을 만난다고 안 허든가. 그리고 농약 친 논물이 그대로 스며들 것인디……."

지수가 끙끙대며 샘을 파는 것을 구경하는 마을 아낙들이 입김을 뿜어

내듯 한마디씩 퉁겨냈다. 지수는 그 말들을 모두 듣고 있었다. 그러나 그는 되도록 그들의 얼굴을 쳐다보지 않으려고 하였다. 그들은 해가 넘어가자, 일꾼들이 하루의 일을 끝낸 후 고단한 몸을 이끌고 집으로 가는 것처럼 산 그림자의 긴 꼬리가 마을을 무겁게 감싸기 시작해서야, 각시샘에 얽힌 지난 시절 이야기의 무게에 짓눌려 한껏 무거워진 마음으로 휘적휘적 마을로 돌아갔다.

"기어코 각시샘을 찾아내고 말았구만그려."

마을 사람들이 돌아가고 나자 팔만이가 말했다. 지수는 지친 몸을 풀밭에 부리듯 퍼지르고 앉아서 어둠의 뭉텅이가 자꾸만 커져가는 마을 쪽을 말없이 바라보고만 있었다. 그가 보기에 어둠의 점액질은 하늘에서 내려오는 것이 아니라 땅에서부터 안개처럼 서서히 퍼져 올라가는 것 같았다. 그는 어둠 속에서 편히 누워 있고 싶은 생각뿐이었다. 아직 각시샘을 찾았다는 기쁨 같은 것은 실감할 수 없었다. 적어도 그 자신이 각시샘물을 마시고 옛날의 물맛을 다시 느껴보기 전에는 기쁨을 나타내지 않기로 하였다.

"각시샘을 용케도 찾아냈네그려."

팔만이가 차분하게 가라앉은 목소리로 같은 말을 되풀이했다. 그 말 속에는 격려와 경계심이 아주 미묘하고도 복잡하게 뒤엉켜 있다는 것을 알 수 있었다. 지수는 팔만이의 그 같은 마음을 꿰뚫어보고 있었기 때문에 웃는 얼굴로 그를 쳐다보았다.

"내가 찾은 것이 아니네."

"누가 찾았는가?"

"죽은 청자 아버지 최병천 씨가…… 아니 우리 할머니가 가르쳐주셨다네."

지수는 다시 어둠의 검은 옷자락에 칭칭 휘감기기 시작하는 거북천 건너 느티나무를 무심히 바라보며 말했다.

"무슨 소리여?"

"아무튼 각시샘은 내가 찾은 것이 아니네."

그러면서 지수는 두 손으로 무릎을 짚고 앓는 소리까지 해가며 힘겹게 일어나 거북천을 건너 흐느적거리며 집으로 돌아갔다. 그리고 그는 아무 것도 먹지 않은 채 지쳐 쓰러져 이내 잠들고 말았다.

각시샘에 햇살이 비치자 샘의 밑바닥이 거울 속처럼 투명하게 들여다보이면서 샘물이 해맑아졌다. 물속에 가라앉아 있는 모래알 하나까지도 모두 헤아릴 수 있을 정도로 바닥이 해맑게 드러나 보였다. 지수는 마음을 엄숙하게 가다듬고 각시샘 앞에 쪼그리고 앉아 동정녀의 영혼처럼 순수하게 느껴지는 맑은 샘물을 하염없이 들여다보고 있었다. 맑은 샘물을 들여다보고 있자니 마음이 잔잔한 물속처럼 평화로웠다. 그리고 한없는 행복감에 젖었다. 순간 그는 영혼까지도 맑아지는 기분을 느꼈다. 오랫동안 고향을 떠나 사는 동안 그의 양심과 영혼을 한꺼번에 무참히 매몰시켰던 더러운 때가 일시에 말끔하게 씻겨 내린 기분이었다.

그 샘물 속에 모든 것이 다 있었다. 과거와 현재, 미래까지도 보였다. 마치 요지경 거울 같았다. 정숙이의 모습도 보였다. 정숙이 어머니가 집을 비우고 없을 때 둘이서 술 한 병을 다 마시고 취해서 홀랑 옷을 벗은 채 나란히 누워 잠들었던 일, 정숙이가 고깔을 쓰고 그 앞에서 나비처럼 춤을 추던 모습, 6·25가 터지고 마을 사람들이 수복지구로 소개를 당한 후, 그녀와 한동안 같은 토굴에서 숨어 지내던 때의 모습들이 모두 그대로 보였다. 그리고 6·25가 터지던 그해 여름 둘이서 대보차状 위로 다슬기를 잡으러 가서 온종일 잠수헤엄을 치고 놀던 때의 모습도 보였다. 정숙은 물속에서도 우아하게 춤을 잘 추었다. 그녀는 얄캉한 허리를 물고기처럼 유연하게 흔들면서 버드나무가 바람에 살랑거리듯 춤을 추었다. 그들은 물속에서 두 손을 잡고 마주 보며 숨이 턱끝에 차오를 때까지 춤을 추기도 하였다. 정숙이와 함께 마을 뒷동산으로 철쭉꽃을 꺾으러 다니던 모습도 빛깔이 바랜 흑백사진의 추억으로 수면 위에 펄럭였다. 그 무렵 마을 뒷산에는 철쭉꽃과 조팝나무가 함께 흐드러졌다. 정숙이는 진분홍 철쭉을 좋아했고 지수는 눈송이처럼 하얀 조팝나무꽃을 더 좋아했다. 그는 조팝꽃을 손으로 한 움큼씩 훑어 그녀의 머리 위에 눈처럼 휘뿌렸다. 그때마다 정숙이는 하늘을 향해 두 팔을 벌리며 '아, 꽃눈이 온다. 흰 꽃눈이 온다아' 하고 소리치곤 하였다.

43년 전의 거북재 마을도 그대로 고스란히 샘물 속에 잠겨 있었다. 할아버지가 긴 장죽을 입에 물고 버릇처럼 밭은기침을 토해내며 사랑채 앞마당을 서성이는 모습이며, 흰 두루마기 자락 펄럭이며 코재 넘어 서둘러 만주각시를 만나러 가는 아버지, 밤이면 마주앉아 한숨 토해내는 대신 다듬이질로 심란한 마음 달래는 할머니와 어머니, 육자배기 흥얼거리며 똥장군 지고 들로 나가는 황바우 모습도 보였다. 그리고 마을 앞 거북천변의 팽나무에 매여 있는 어미소의 주변을 돌며 졸랑대다가 이따금씩 턱끝을 쳐들고 '움매'를 연발하는 송아지 울음소리며, 여름 한낮에 길게 낮닭 홰치는 소리, 컹컹 개 짖는 소리, 어머니들이 화난 목소리로 다급하게 아이들의 이름을 불러대는 소리, 자지러지는 듯한 갓난아이 울음소리, 낭자한 매미소리, 아이들이 땅뺏기놀이를 하다가 지는 편이 억지를 부리는 바람에 한데 얼크러져 시끌벅적하게 싸우는 소리도 그대로 되살아났다. 마치 타임머신을 타고 43년 전의 거북재로 돌아온 것만 같았다.

그는 최병천이 죽어 엎드려 있었던 모습 그대로 샘 고랑에 배를 깐 채 목을 길게 빼 각시샘에 주둥이를 대고 샘물을 홀짝거렸다. 그리고 샘물을 씹어 삼기듯 천천히 맛을 음미했다. 그는 혀끝으로 물맛을 느끼기보다는 그리움과 사랑, 기쁨과 슬픔, 고통과 보람으로 인생을 음미하고 해석하듯 맛보았다. 43년 만에 다시 맛보는 샘물이었다. 시원한 샘물이 목구멍을 타고 위장 속으로 흘러 들어가는 순간 그의 머릿속에는 오랫동안 그리워했던 사람들의 얼굴이 마치 낡은 흑백영화의 장면처럼 빠른 속도로 스쳐 지나갔다. 대부분 그의 꿈속에 나타났던 사람들이었다. 43년 동안 오로지 한 가지 생각만으로 고향을 그리면서 살았던, 지나온 삶의 궤적들이 눈앞에 너무도 생생하게 펼쳐졌다. 각시샘물이 그의 모든 혈관을 타고 온몸의 세포로 골고루 퍼지면서 오랫동안 망각해 왔던 과거의 기억들이 일시에 되살아난 것 같았다. 그에게 있어서 그것은 시간의 샘물이었다. 그는 결국 며칠 동안 고생하여 끝없는 과거의 샘을 다시 판 것이었다. 그러나 망각의 샘은 과거로부터 흘러 미래의 시간 속으로 계속해서 흘렀다. 그리고 그는 그가 샘을 파서 되살린 과거의 시간에서 참으로 따뜻한 숨결을 흐뭇하게 느낄 수 있었다. 그는 과거의 시간에서 살아 있는 숨결뿐만 아니라 여러 가지의 빛깔과 차갑고 따뜻한 체온 그리고 감정의 변화까지도 느꼈다.

샘물을 마신 후 지수는 흙이 무너져 내리지 않도록 샘 안에 돌로 담을 쌓기 시작했다. 거북천의 냇가에서 모서리 진 돌을 하나씩 주워 다가 샘 안으로 빙 둘러 테를 두르듯 담을 쌓는 일은 그리 간단하지가 않았다. 그는 노을이 붉게 타오를 무렵에야 겨우 그 일을 마칠 수 있었다. 지수는 허리를 펴고 노을이 타오르는 방석부재 쪽의 하늘을 보았다. 그에게 노을은 언제나 두려움과 슬픔의 색깔이었다. 노을을 볼 때마다 43년 전 마을이 불타던 모습이 연상되기 때문이다. 그래서 노을에서는 언제나 짙은 슬픔의 냄새가 나는 것만 같았다.

가슴 밑바닥으로부터 샘물처럼 솟아오르는 회한의 슬픔을 억제하려는 듯 그는 다시 샘 앞에 쪼그리고 앉아서, 그의 영혼에 낀 마지막 때를 벗겨내기라도 하는 것처럼 두 손으로 샘 바닥에 깔린 모래흙을 말끔하게 퍼냈다. 그러고 나서 천변에서 자갈을 긁어다 깔고 그 위에 다시 깨끗한 모래를 덧씌웠다. 그 사이에 마을 사람들이 수시로 구경삼아 각시샘을 찾아와서는 덤덤한 표정으로 흘금거리며 샘을 들여다보고 돌아갔다. 그러나 그들은 아무도 각시샘물을 마시지는 않았다.

그날 밤 지수는 날이 어두워진 후에도 집에 돌아갈 생각을 않고 각시샘 옆에 앉아 있었다. 어둠 때문에 샘물을 들여다볼 수 없게 되자 달이 떠오르기를 기다리고 있는 것인지도 몰랐다. 옛날 할머니가 치성을 드리던 날 밤에도 하늘로부터 빛깔이 희고 엷은 옥양목을 드리우듯 눈부시게 환한 달빛이 각시샘 안을 비춰주었었다. 그러나 그날 밤, 지수가 기다리던 달은 떠오르지 않았다. 그는 달이 뜨는 시각이 새벽이라는 것을 모르고 있었다. 그는 어쩌면 비가 오거나 구름이 끼지만 않는다면 매일 밤 달이 뜨는 것으로 알고 있었는지도 몰랐다.

다음날도 지수는 아침부터 각시샘에 쪼그리고 앉아서 맑은 샘물을 하염없이 들여다보고 있었다. 햇살이 퍼지기 시작할 무렵의 샘물은 토란잎에 또그르르 구르는 아침 이슬만을 한데 모아놓은 듯 영롱하게 해맑아 보였다.

너무 오랫동안 샘물을 들여다보았더니 현기증과 함께 두 눈알이 한꺼번에 샘 안으로 쏟아질 것만 같았다. 그의 영혼은 완전히 샘물 속에 사로잡히고 말았다. 그래서 마음이 한없이 평화로웠다. 이 세상의 모든 평화가 각시샘 안에 가득했다. 그 해맑고 잔잔한 평화 속에 그의 영혼과 소망과 사랑이 일시에 몰입되는 듯한 황홀감에 젖어 들었다. 그는 몇 번이고 샘물 속에 온몸을 내던지고 싶은 강렬한 충동에 사로잡혔다.

"붉은 물 흘러나오는가 들여다보는 겐가?"

어느 사이엔가 팔만이가 바람처럼 나타나 지수 옆에 서서, 두려움을 숨기려는 듯 여전히 질겅질겅 물어뜯는 목소리로 비아냥거렸다. 지금껏 지수가 하는 일에 대해서는 불평 한마디 없었던 팔만이는 각시샘 파는 일에 대해서만은 처음부터 시비조로 짓씹어댔다. 지수는 그 모든 것이 팔만이 아버지 때문이라는 것을 알고 있기에 그때마다 가볍게 받아넘기곤 했다.

"각시샘에서는 처음부터 붉은 물이 흘러나오지 않았을 뿐 아니라 앞으로도 영원히 맑은 물만 흘러넘치게 될 걸세."

"우리 어른 이야기로는 샘에서 사람이 죽은 후, 그 샘 물구멍을 틀어막지 않으면 계속해서 사람이 죽게 된다고 허시던디."

"그런 일은 없을 거네."

"자네가 각시샘을 다시 판 것을 아시고는 큰일났다고 펄펄 뛰시며 난리시라네."

"자네 아버님한테 각시샘물이나 좀 떠다 드리게. 샘물을 마시고 나면 마음이 옛날처럼 평화로워지실 걸세."

지수는 팔만이를 향해 실실 웃음을 날리며 말했다. 팔만이는 아직도 각시샘물을 마시지 않았다. 지수는 팔만이한테 왜 이 시원한 각시샘물을 마시지 않는 거냐고 묻지 않고 있다. 그가 스스로 샘물을 마시게 되기를 기다리고 있는 것인지도 몰랐다. 지수는 팔만이가 아직껏 각시샘물을 마시지 않은 것은 어둠의 검은 즙과도 같은, 끈끈한 과거의 시간들이 돌이키기가 싫기 때문일 것이라고 생각했다. 거북재 사람들은 과거를 아름다운 추억의 시간으로 생각하기보다는 다시 떠올리고 싶지 않은 두려움의 대상으로 여기고 있는 것 같았다. 거북재 사람들에게 있어서 죽음은 다가올 미래가 아니라 지나가 버린 과거를 연상케 하였다. 그러기에 그들은 미래보다 과거를 더 두려워할 수밖에 없었다.

"노인들이 이리로 몰려올지도 모르겄구만."

팔만이가 걱정스러운 얼굴로 마을 쪽을 보며 말했다.

"샘물 마시러?"

"각시샘물을 송장물 대허듯 허는 어른들인디 마시겄는가."

"이렇게 맑고 시원한 샘물을……."

"당장 자네를 각시샘에 처박을지도 몰러. 어른들은 자네를 미친 사람으로 생각허고 있다네. 말은 안해도 각시샘을 다시 팔 때 마을 어른들은 자네가 무덤을 파헤치기라도 한 것 모양으로 끔찍허게 생각허드만. 마을 사람덜이 각시샘물을 마시게 되리라는 기대는 안허는 것이 좋을 것이네."

"도무지 이해가 안 가네."

"마을 사람덜 탓헐 일이 아니여."

"안타까워서 그러네. 속이 상할 정도로 안타까워."

"미안허네. 사실은 나도 자네 모양으로 각시샘물을 마시고 싶기는 해도…… 시방이 옛날이 아니지 않은가. 또 내 나이 50이 넘었으니 세상 눈치도 살핌시로 살어야 허고……. 나이가 들수록 더더욱 자기 맘대로 세상을 살 수 없다는 거를 자네도 잘 알지 않은감."

팔만이는 웅얼웅얼 알아듣지 못할 목소리로 중얼거리듯 말했다. 지수는 그가 무슨 말을 하고 있는 것인지 그의 말뜻을 분명하게 파악할 수 없었다. 그는 팔만이한테 다른 말을 하는 대신 그가 보는 앞에서 두 손으로 샘물을 거푸 움켜 마셨다. 지수가 샘물을 마시는 것보다 더 중요한 말은 없다고 생각했기 때문이다. 그 샘물 속에 그가 하고 싶은 모든 말이 다 들어있었다. 그 샘물이 바로 말이며 희망이고 노래, 그 자체였다. 그러므로 각시샘에서 샘물이 흐르는 한 그의 말과 희망, 그리고 노래는 영원히 생명력을 갖게 될 것이라고 믿었다.

"마을 사람덜이 각시샘물을 마시게 될 거라고 기대허지 마소."

팔만이가 단정적으로 말했다. 그러나 지수는 그 말에 절망감을 나타내지는 않았다. 마을 사람들이 설사 샘물을 마시지 않는다고 해도 각시샘물은 멈추지 않고 계속 흘러넘치게 될 것이기 때문이었다. 이제는 그의 가슴에서도 신념과 사랑의 샘물이 흐르기 시작했다. 그리고 언젠가는 마을 사람들의 생각도 바뀌게 될 것이라고 믿고 싶었다. 그는 이제 샘을 들여다보기만 해도 행복감에 흥건히 젖곤 했다. 우선은 그것만으로도 기분이 좋았다. 지수는 요즘 거북재에 남은 사람들보다 '고향의 배신자' 혹은 '고향을 잃어버린 자'라는 낙인이 찍힌 채 멀리 떠나 있는 사람들에 관한 생각을 더 많이 했다. 그는 고향에 남아 있는 사람들보다는 고향에 돌아오지 못하고 가슴에 새겨진 무서운 각인을 업보처럼 부둥켜안은 채 향수를 달래며 외롭게 객지에서 살아가고 있는 사람들에 대한 연민이 더 절절했다. 그는 고향에 돌아가지 못하는 사람들만이 느낄 수 있는 향수의 아픔과 외로움을 잘 알고 있었다. 그 때문에 그들이 고향을 그리워하는 것처럼 그도 또한 그들을 그리워했다. 지수는 그들이 지금 어디에서 어떻게 살고 있는지 알고 싶었다. 그들이 사는 곳을 알아내어 각시샘물이 다시 흘러넘치고 있다는 소식을 전해주고 싶었다. 그리고 오랫동안 고향을 떠나 있는 그들만은 그리움의 샘물을 다시 마시고 싶어 할 것이라고 믿었다. 지수는 그들이 각시샘물을 마시기 위해 고향으로 돌아올 날을 기다려야겠다고 마음먹었다. 그런데 참으로 이상한 것은 그가 고향을 떠난 사람들을 떠올릴 때마다 그들의 모습은 이내 사라져버리고 결국은 지수 자신의 옛날 기억들이 더욱 선명하게 되살아나곤 하는 것이었다.

"샘물을 마실 사람은 얼마든지 있네. 이 세상에는 목마른 사람들이 많거든."

지수는 괜히 팔만이한테 섭섭함을 드러내듯 신경질적으로 말했다. 그러나 그는 그렇게 말하고 나서 곧 후회했다.

"미안허네. 나는 자네 맘 아네."

사람 좋은 팔만이는 그러면서 괴로운 표정을 지어 보였다. 지수는 오히려 그런 팔만이한테 미안한 생각이 들었다. 각시샘을 다시 파고 그 샘물을 마실 수 있게 된 후부터 지수는 오랜 방황을 끝낸 사람처럼 한껏 마음이 느긋해진 것 같았다. 그것은 마음이 평화로워져 여유가 생겼기 때문이다. 그는 문득문득 그 자신이 맨 처음 떠난 자리로 되돌아오기 위해 얼마나 많은 방황을 했는가를 돌이켜보곤 하였다. 그는 마치 지난 43년 동안 안개 속을 헤매다 집에 돌아온 기분이었다. 그가 안개 속에서 헤매던 때 눈앞에 전개된 희미한 세상은 실체가 분명치 않았기 때문에 아무것도 붙잡을 수 없었다. 언제나 공허함과 허탈감에 사로잡혀 있었다. 그러나 모든 방황을 끝내고 처음 떠난 그 자리로 되돌아온 그는 지금 무한한 자유로움을 느꼈다. 물론 그는 아직 자신이 처음 떠난 자리에 완전히 돌아온 것이라는 확신은 없었다. 그는 이제 겨우 막 돌아와서 숨을 몰아쉬며 그 땅에 발을 붙이고 있을 뿐이라고 생각했다. 그렇지만 아직껏 돌아오지 못하고 방황을 계속하고 있는 사람들에 비하면 그 자신은 참으로 행복했다. 이 세상에는 처음 떠난 제자리에 다시 돌아오지 못하고 평생 동안 방황을 계속하고 있는 사람들이 얼마나 많은가. 그리고 그들은 얼마나 외롭고 불행한가. 그 때문에 지수는 지금 거북재 사람들이 그가 힘들여서 다시 판 각시샘물을 마시지 않는다고 해서 그들에 대해 서운한 마음을 품거나 스스로 낙담하지 않기로 했다. 그가 다시 고향에 돌아온 것은 어떤 경우라도 거북재의 산천과 나무와 풀, 그리고 그곳에 사는 사람을 비롯하여 모든 생명 있는 것들을 힘껏 끌어안고 가슴 벅차게 사랑하기 위해서가 아닌가.

4

한낮의 신록을 가르며 버스가 바람처럼 달려오고 있었다. 주황색 바탕에 청색 띠를 두른 정기노선 버스는 짝수 시각에 맞춰 어김없이 거북재에 도착했다. 느티나무 아래쪽 밭에서 씨감자를 묻고 있던 지수는 허리를 펴고 서서 버스가 비석거리를 지나 거북교를 건너 마을 앞에 멈추는 것을 바라보았다. 언제나 버스에서 내리는 승객은 대부분 거북재 사람들이다. 낯선 사람이 승용차를 이용하지 않고 버스를 타고 거북재를 찾아오는 경우는 별로 흔하지 않다. 그런데 이날 버스에서는 대학생 차림의 낯선 두 여자가 빨간색 배낭을 메고 주유소 앞에서 내렸다. 청바지 차림에 하얀 티셔츠를 받쳐 입은 두 여자는 곧장 들어오지 않고 다시 거북교를 건너 마을 전체를 한눈에 바라볼 수 있는 비석거리 쪽으로 되돌아가더니 손바닥으로 눈썹차양을 만들어 햇볕을 가리고 섰다. 그리고 한참을 두리번거리며 마을을 살폈다. 빨간 등산 모자를 쓴 여자는 마을을 향해 카메라의 셔터를 눌러댔고 흰색 운동모자를 쓴 여자는 비석거리 밭둑에 올라서서 느티나무 쪽에 시선을 못 박고 있었다. 지수는 학생들이 농촌실태조사를 나온 것이라 생각하고 다시 하던 일을 계속했다. 최근 들어 대학생들이 거북재에 찾아와서 이농이니 농촌현실이니 하는 문제를 가지고 현장조사를 하는 경우가 더러 있었다.

지수는 호미로 흙을 파고 햇볕을 쪼여 벌써 파란 씨눈이 돋아나기 시작하는 감자 조각을 묻었다. 지금 묻은 씨감자는 한 달 후면 흰색, 청색, 보라색의 꽃이 피고 하지 무렵이면 탐스러운 열매를 캐먹을 수 있을 것이었다. 지수는 씨감자를 흙 속에 묻으면서 며칠 후면 흙을 뚫고 파랗게 돋아날 감자 순을 생각했다. 그는 흙 속에서 연초록 빛깔의 새싹이 돋아나 함초롬히 햇볕을 받고 있는 모습을 볼 때마다 생명의 경이로움을 느끼곤 했다. 세상에서 그보다 더 아름답고 신비로운 빛깔이 또 어디에 있겠는가 싶었다. 하늘을 닮은 연초록빛이야말로 이 세상 그 어떤 꽃보다 더 아름답다.

비석거리를 서성거리던 두 여자가 다시 거북교를 건너 마을 쪽으로 가까이 오고 있었다. 빨간 등산모 차림은 느티나무를 향해 천천히 걸어오면서 계속 카메라의 셔터를 눌렀다. 지수는 보기에 느티나무 사진을 찍고 있는 것 같았다. 그녀들은 느티나무를 한 바퀴 돌고 나서는 서로 손을 잡아 팔을 길게 늘여 느티나무를 안아보았다. 나무 밑동이 너무 커 다른 한

쪽의 손이 닿지 않았다. 그녀들은 느티나무를 배경으로 따로따로 기념사진을 찍은 다음 당산돌에 앉아서 서로 머리를 끄덕거려 가면서 진지한 모습으로 이야기를 주고받았다. 지수는 다시 하던 일손을 멈고 그녀들의 행동을 유심히 지켜보고 있었다. 그의 느낌에 그녀들은 단순히 마을 앞을 지나가다 느티나무를 구경하기 위해 온 것 같지가 않았다. 버스를 타고 지나가다 느티나무를 구경하려고 일부러 차에서 내린 사람은 아직 없었다. 그렇다고 그녀들이 농촌실태조사를 하러 온 것도 아닌 듯싶었다. 그런 일이라면 마을에 도착하자마자 이장이나 새마을지도자, 혹은 영농후계자부터 찾게 마련이었다.

잠시 후, 그녀들은 당산돌에서 일어나더니 천천히 지수 쪽으로 다가왔다. 지수는 다시 못 본 척하고 씨감자를 묻기 시작했다.

"아저씨, 지금 땅에 묻고 있는 게 뭐예요?"

지수 가까이 다가온 등산모 차림이 물었다. 그제서야 그는 고개를 들었다. 20대 초반의 두 여자는 키가 홀쩍 크고 야리야리한 몸매에 얼굴이 갸름한 미인형이었다.

"감자를 묻고 있다오."

지수는 허리를 펴고 서서 두 여자의 얼굴을 자세히 뜯어보며 대답했다.

"감자를 왜 묻어요?"

"통감자가 아니고 씨눈이 붙은 감자 조각을 묻는 거요. 지금 묻으면 하지쯤에는 캐 먹을 수 있다오."

지수의 말에 그녀들은 서로의 얼굴을 마주 보며 고개를 갸웃거렸다. 씨눈이 붙은 감자 조각을 묻는다는 것을 이해하지 못하는 것 같은 눈치였다.

"꽃도 피나요?"

이번에는 흰 운동모자 차림이 물었다.

"꽃이 피지 않고 열매 맺는 것은 이 세상에 없다오."

"감자꽃이 아름다워요?"

"꽃이 아름다운 건 열매가 보잘것없어요. 벼꽃이 아름다운 건 아니지 않소. 헌데 감자꽃을 한 번도 안 봤소?"

지수의 물음에 두 여자는 당연하다는 듯 고개를 가로저었다.

"감자하고 고구마는 구별할 줄 아시오?"

두 여자는 여전히 팔랑개비 돌리듯 힘을 주어 고개를 흔들어 댔다. 지수는 감자와 고구마조차 구별하지 못하는 두 여자에게 감자꽃 이야기를 하는 자신이 너무 우스꽝스러워 하늘을 쳐다보며 실소를 삼켰다.

"어디서 왔소?"

"서울에서요."

이번에는 지수 쪽에서 말 대신 마음속으로 그러면 그렇지 하며 고개를 끄덕거렸다.

"느티나무 구경 왔소?"

"느티나무요? 아, 네. 어머니한테서 느티나무 이야기를 많이 들었어요. 힘이 세고 포용력 있는 멋진 남자 같아요."

카메라를 들고 있는 여자가 느티나무를 얼핏 돌아보며 말했다.

"엄마 얘기로는 오백 년쯤 됐다던데요. 꼭 묶인 프로메테우스 같아요."

운동모자 차림이 말했다. 그러고 보니 그녀들은 자매간인 모양이었다.

"어머니한테서 느티나무 이야기를 들었다면……?"

"우리 엄마 고향이 이 마을이에요."

"어머니 고향? 어머니가 누구신데?"

"청자, 최청자요. 우리 둘 다 다음 달에 파리로 유학을 떠나거든요. 유학 떠나기 전에 엄마 고향에 한번 와보고 싶었어요. 그래서 광주 망월동 묘지 참배하러 광주에 왔다가 들른 거예요."

"최병천 씨 딸 청자?"

"우리 엄마를 아세요?"

"그러니까 아가씨들이 최병천 씨의 외손녀들이구만……."

지수는 놀라움을 감추지 못한 표정으로 청자의 두 딸을 멀뚱히 바라보며 연신 고개를 끄덕거렸다.

"최병천 씨가 우리 외할아버지세요?"

"맞아요. 그래, 망월동 묘지를 참배하고 어머니 고향에 와본 소감이 어떤가?"

"광주 망월동에 가보지 않은 사람은 5·18에 대해서 말할 자격이 없다고 생각해요. 그리고 우리 엄마 고향에 와보니 역시 우리 엄마 말대로 저 느티나무가 참 멋져요."

지수는 등산모 차림의 말에 희미하게 웃어 보였다.

"헌데 아저씨, 목이 마른데 물 좀 마실 수 없어요?"

"아 있지. 좋은 샘물이 있고말고. 아가씨들 외조부모님이랑 청자, 아니 아가씨들 어머니가 마셨던 샘물이 지금도 넘쳐흐르고 있지."

그러면서 지수는 그녀들을 거북천 건너 각시샘까지 안내해 주었다. 그리고 지수가 먼저 샘 앞에 쪼그리고 앉아서 두 손으로 샘물을 움켜 마셨다.

"아가씨들 어머니도 이렇게 두 손으로 움켜 마셨으니까 그렇게 해봐요."

지수는 흥분을 감추지 못한 채 거푸 각시샘물을 움켜 마시고 나서 일어섰다.

"아유 시원해. 애, 어서 마셔봐. 물맛이 기가 막혀. 아이스크림 맛이야."

언니인 등산모 차림이 먼저 각시샘물을 움켜 마시고 나서 햇빛이 찬란하게 내리꽂히는 하늘을 쳐다보며 탄성을 질렀다.

"정말 시원해. 머릿속까지 맑아지는 것 같네. 차이코프스키의 피아노 협주곡 맛이야."

이번에는 운동모 차림이었다. 그녀들은 어머니의 고향에 와서 자신들의 조부모와 어머니가 옛날에 마셨던 샘물을 마실 수 있었다는 감격을 맛본 것이었다. 그녀들이 마신 것은 산소와 수소로 이루어진 그냥 물이 아니라, 과거라는 시간과 현재라는 삶, 그리고 미래라고 하는 꿈을 마신 것이었다. 각시샘물을 마시고 마냥 즐거워하는 청자의 두 딸을 바라보던 지수는 고향에 돌아온 후 처음으로 기분이 해맑아졌다.

"어디서 살더라도 이 샘물 맛 잊지 말어. 이 샘물에는 아가씨들 할아버지의 넋이 깃들어 있으니까."

지수는 그녀들에게 진심으로 당부하며 거북재 하늘을 쳐다보았다. 새파란 하늘의 한 모서리를 가린 느티나무 잎새들이 5월 한낮의 햇살 속에서 눈부셨다. 그리고 그때, 지수의 마음속 가장 깊숙한 곳으로부터 시원하고 해맑은 시간의 샘물이 솟구치며 넘쳐흘렀다.

『문학사상』, 1994.8

느티나무 타기

1

지수는 느티나무에 올라가는 치자빛 꿈을 꾸었다. 힘껏 두 팔을 벌려 세 아름도 더 되는 거대한 느티나무의 몸통을 붙들어 안고 발바닥으로 미끄러운 나무껍질을 가볍게 밀며 거미처럼 슬금슬금 잘도 기어 올라갔다. 강력한 접착제를 발라놓기라도 한 것처럼 발바닥이 나무껍질에 찰싹 달라붙어 힘을 안 들이고도 나무를 탈 수 있었다. 그 순간은 팔다리를 벌리고 무중력상태의 허공을 부유하는 것 같은 짜릿짜릿한 쾌감마저 느꼈다.

어렸을 때 높은 절벽 같은 낭떠러지에서 떨어지는 꿈을 꾼 적은 있었으나 하늘로 올라가는 꿈을 꾼 것은 처음이다. 그것도 나이 50이 넘어서 나무 타는 꿈을 꾸다니, 이건 또 무슨 조화 속인 지 모를 일이었다. 어렸을 적에, 높은 곳에서 떨어지는 꿈을 꾸면 키가 큰다고 했는데, 그렇다면 하늘로 올라가는 꿈을 꾼 것은 키가 줄어들려는 것일까. 하기야 세상이 너무 급하게 변하는 요즈막 지수는 자신이 자꾸만 뒤로 밀려나며 왜소해져 가고 있는 것만 같은 불안감을 느꼈다.

느티나무 위로 올라갈수록 세상은 마치 줌렌즈로 비쳐 보이듯 점점 넓어졌다. 뒷산에 올라가서 가랑이를 쩍 벌리고 서서 그 사이로 머리를 처박은 채 마을을 내려다보았을 때처럼, 거꾸로 박힌 세상은 황홀해 보이기까지 했다. 거북재 마을이 한눈에 들어오고 마을을 휘감고 흐르는 거북천이며 초등학교가 있는 바람 모퉁이까지 곧게 뻗은 자동차 길이 손에 잡힐 듯 가깝다.

마을이 불타고 있었다. 화염이 치솟으면서 검은 연기와 불길에 휩싸인 마을을 내려다보던 지수는 어머니를 목청껏 소리쳐 불렀다. 마을 사람들이 황급히 불길에서 빠져나와 저마다 보퉁이를 등에 지거나 머리에 이고 서둘러 마을을 떠나는 모습도 보였다. 그 사람들 속에서 그는 불안에 떨고 있는 가족들 속에 끼인 자신의 모습을 쉽게 찾을 수 있었다. 집을 잃은 마을 사람들은 백아산으로 향하고 있었다. 느티나무 위에서 바라다보이는 백아산 봉우리 마당바위는 떡시루를 엎어놓은 것처럼 제법 판판해 보였으며 꿈의 빛깔인 엷은 회색으로 출렁였다.

그가 꿈에서 깨어난 것은 울부짖는 듯한 바람 소리 때문이었다. 고향의 바람은 언제나 울부짖고 있었다. 그는 고향으로 내려온 후부터 바람 소리를 짐승의 소리로 착각할 때가 많았다. 더욱이 한밤의 바람 소리는 공복을 참지 못하는 들짐승의 울음보다 더 거칠고 자극적으로 들렸다. 잎이 무성할 때 바람이 느티나무에 휘감기는 소리는 음산하기까지 했다. 그것은 마치 그가 어렸을 때 상엿집 가까이서 들었던 상여 울음소리 같기도 했다. 지수가 잠에서 깨어났을 때는 밤새도록 그를 괴롭힌 바람도 어느덧 조용히 숨을 거두고 초여름 아침 햇살이 서서히 대지를 달구기 시작했다. 초여름의 햇살은 결코 서두름이 없었다. 바람이 거칠게 느티나무를 흔들어 댄 날 밤의 아침에는 어김없이 구름이 두껍게 내려앉고 비를 뿌리게 마련인데도 그날 아침의 하늘은 주말 대청소가 끝난 교실의 유리창보다 더 해맑았다.

지수는 밖으로 나가 느티나무 가까이 다가갔다. 간밤의 심한 바람에도 느티나무는 가지 하나 상하지 않고 끄떡없었다. 밤새도록 몸살 나게 바람에 흔들린 느티나무 이파리들은 찬란한 아침 햇살 속에서 오히려 진한 초록빛으로 더욱 싱그러워 보였다.

지수는 초록빛 나뭇잎들이 너무 사랑스러워 그것을 멀리서 바라보기만 해도 아련한 행복감에 젖곤 했다. 그는 그 초록빛 행복을 느낄 수 있는 것만으로도 고향에 돌아오기를 참으로 잘했다고 생각했다.

"비가 올 줄 알았드니 날씨가 좋구만그랴."

각시샘 쪽에서 봉구가 느티나무 아래 서 있는 지수 가까이 걸어오며 다른 사람은 도저히 흉내 낼 수 없는 컬컬한 목소리로 말했다. 목울대가 꽉 막힌 듯한 그의 목소리는 난청 지역에서 마치 잡음이 심한 라디오의 볼륨을 최고로 올렸을 때처럼 사뭇 지글지글 끓었다. 부지런하기로 소문난 그가 논배미를 둘러보고 오는지 손에는 흙 묻은 삽이 들려 있다.

"올해는 비가 적당히 와서 물 걱정은 없을 텐데 아침부터 물꼬보고 오는가?"

"버릇이 되야서, 아침마다 논에 나가보지 않으면 설사병 걸린 강아지 모양으로 왼종일 마음이 안 놓인단 마시."

"자네는 타고난 농사꾼이구만."

"도시 사람덜 아침에 일어나서 뜀박질허는 것이나 같제. 평생을 농사꾼으로 이 짓거리 허고 살았는디 제 버릇 어디로 가겠는가."

그러면서 봉구는 늦가을 밭두렁의 쑥부쟁이처럼 보기 흉할 정도로 이리저리 엇갈려 헝클어진 머리칼을 갈퀴질하듯 손가락으로 쓰윽 쓸어 올리며 지수를 따라 느티나무 끝을 쳐다보았다.

"어젯밤 꿈에 내가 이 느티나무 끝까지 올라갔다네."

지수는 간밤의 꿈이 그에게 무엇인가를 암시해 주고 있는 것 같다는 생각을 하면서 차분한 목소리로 말했다.

"자네 어렸을 때 나무를 잘 타지 않았는가."

"우리 마을에서 나무를 제일 잘 탄 사람은 기호였제. 절름발이 장기호. 1학년 때까지만 해도 발바닥을 나무에 붙이지도 못했던 기호가 3학년 때 다람쥐처럼 나무를 잘 타는 것을 보고 얼마나 놀랬는가. 세상에, 절름발이 장기호가 말이네."

지수는 턱끝을 바짝 치켜들고 햇살이 나뭇가지 사이로 부챗살처럼 퍼지고 있는 느티나무 우듬지를 쳐다보면서 유년 시절 기호와 함께 이 느티나무에서 누가 더 높이 올라가는지 시합했던 때를 떠올렸다.

그때 지수가 끙끙대며 세 갈래의 큰 가지가 뻗은 중간쯤에서 다리를 걸치고 잠시 쉬고 있을 때 기호는 이미 꼭대기 부분에서, 하늘을 가린 초록빛 나무 이파리 속에 얼굴을 파묻은 채 여유 있는 미소를 날리며 그를 내려다보고 있었다.

"나무에 올라가는 것을 죽기보다 싫어했던 기호가 어떻게 해서 나무 타기 선수가 됐는지 지금까지도 그 비밀을 알 수가 없다니까."

"그렇게 궁금하면 직접 물어보소 그려."

"직접 물어보라고?"

"그려, 기호한테 물어보면 될 것이 아닌가."

"……?"

"조금 있으면 나무 타기 선수 장기호가 나타날 것일세."

봉구는 지수를 놀려 대기라도 하는 듯 실실거리면서 말했다.

"기호가 나타난다고?"

"간밤에 전화가 왔드만. 어저께 미국서 귀국을 했담시로 오늘 고향에 내려온다고 했네."

"기호가 미국에 있었당가?"

"나도 몰랐어. 6·25 때 나간 후 지금꺼정 소식이 깡통이었으니께."

장기호는 봉구, 지수 등과 동갑내기로 같은 학년이었다. 그는 지수보다는 봉구하고 더 친했다. 기호는 애꾸눈 홀어머니와 단둘이 동구 밖 삼굿 옆의 외딴 오두막에서 부엉이처럼 살았다.

기호네는 땅 한 뙈기 없이 그의 어머니가 이집 저집 품을 팔거나 허드렛일을 해주면서 근근이 목줄을 지탱했다. 농사철에는 기호 어머니가 거의 지수네 일을 거들어주었기 때문에 기호는 지수 집에서 끼니를 때우다시피 했다. 지수는 그런 기호를 늘 무시해 함부로 대했다. 그 때문에 오히려 기호 쪽에서 지수와 함께 어울리는 것을 피하는 눈치였다. 그 무렵 기호는 마을에서나 학교에서나 모든 친구로부터 무시당하고 따돌림당했다. 워낙 가난해서 그의 모자가 마을 사람들의 신세를 지며 어렵게 살아가는 탓도 있겠지만 그보다는 기호 자신이 더 문제였다. 기호는 절름발이인 데다가 공부조차 못했다. 자랑할 것이라고는 코 홀쩍이는 것밖에 없었다. 언제나 누렇게 뜬 얼굴에 잔뜩 주눅이 들어 왜소한 몸집을 더욱 조그맣게 꿍겨박고 있었다. 늘 외톨이였다. 달리기에서는 언제나 꼴찌를 차지했고 공차기며 씨름을 할 때도 그를 제외시켰다. 운동회 때마다 그는 웃음거리가 되곤 했다. 그런 기호를 아이들은 '절뚝발이 장기호, 머저리 밥통 장기호' 하며 놀려 댔다. 날마다 얻어맞다시피 하여 그의 얼굴에는 눈물 콧물이 뒤범벅되어 있었다. 그런대로 유일하게 그의 친구가 되어 준 것은 처지가 비슷한 봉구였다. 그런 기호가 6·25 후 거북재를 떠난 후 아직껏 소식이 없었지만 고향에서 누구 하나 그에 관해 관심을 두는 사람이 없었다. 사실 지수도 그동안 기호에 대해서는 완전히 잊다시피 했다. 어젯밤 지수가 느티나무에 올라간 꿈을 꾸지 않았더라면 기호에 관한 생각은 아예 떠올리지도 않았을 것이다. 그만큼 장기호라는 존재는 고향 사람들에게 아무런 의미가 없었다. 그것을 알고 있기에 기호 자신도 여태껏 고향에 모습을 나타내지 않고 있는지도 모를 일이었다. 어린 시절을 궁핍과 멸시 속에 보내야 했던 기호로서는 지난날이 돌이키고 싶지 않은 악몽처럼 생각될 것이기 때문이다. 그런 기호가 40년이 지나서야 불쑥 고향에 돌아온다니 지수로서는 관심을 갖지 않을 수 없었다.

그날 지수와 봉구는 온종일 느티나무 아래서 기호를 기다렸다. 기호를 기다리면서 지수는 오랫동안 잊고 살아왔던 유년 시절의 옛 친구에 대해 새삼스럽게 관심을 갖게 된 이유를 생각해 보았다. 그러나 그를 기다리는 마음은 솔직히 옛 친구에 대한 그리움이 아니었다. 그것은 단순한 호기심이었다. 그동안 기호가 얼마만큼 변했는지 궁금했다. 그것은 기호 쪽도 마찬가지일 것이었다. 기호는 절름발이가 되어 있는 지수를 보고 놀랄지도 모를 일이다. 그러고 보니 지수와 기호는 절름발이가 되었다는 공통점이 있다. 기호는 어려서부터 소아마비로 다리를 절었으나 지수는 어른이 된 후, 5·18 때 총에 맞아 다리를 다친 것이 달랐다. 두 절름발이가 나란히 걸어가는 모습을 상상해 보면서 지수는 공허하게 쓴웃음을 날렸다. 찰리 채플린의 흑백영화가 생각나기도 했고 늙은 느티나무를 배경으로 찍은 비극적인 전쟁영화의 한 장면이 연상되기도 했다.

단 한 뼘도 나무에 오르지 못했던 그가 3년 만에 나무 타기 선수가 되어 거북재 아이들을 깜짝 놀라게 했던 기호였으니까, 지난 40여 년 동안에 상상할 수 없을 정도로 변했을지도 모를 일이다. 지수에게는 기호가 미국에서 귀국했다는 그것 자체가 충격적인 변화로 받아들여졌다. 지수는 사람이 일생을 살면서 조금도 변하지 않은 경우가 있는가 하면 수없이 많은 변화를 거듭하기도 한다는 것을 잘 알고 있다. 예를 들어 그의 고향 친구 봉구는 지금껏 변화하지 않고 옛날 생각 그대로 오직 한곳에서만 뿌리내리고 있다. 그런가 하면 지수 자신은 한때는 비뚤어진 마음으로 세상을 방황하다가 목사가 되었고 지금은 고향에 돌아와 농사꾼으로 살아가고 있지 않은가. 고향은 사람을 변하지 못하게 하는 신비한 영력靈力을 지니고 있는 것인지도 몰랐다. 그것은 어쩌면 땅의 힘인지도 모를 일이다. 지수가 생각하기에 땅에는 분명 영적인 힘이 있는 것 같았다. 고향에 와서 땅을 파고 살면서 비로소 그것을 깨달을 수 있었다. 실제로 땅을 깊이 팔수록 영험이 몸으로 스며드는 것을 느낄 수 있었다.

이상한 것은 아무리 세상이 급변한다 해도 고향에 남은 사람들은 별로 변한 것 같지가 않은 것이었다. 사람들은 고향을 떠나기만 하면 생선이 썩듯 곧 변했다. 그리고 고향에서 오랫동안 멀리 떠난 사람일수록 더 많이 변하는 것 같았다. 사람이 변한다는 것은 딴사람이 된 것을 말한다. 딴 사람은 다른 사람이다. 예전의 그가 아니라는 것과 같다. 지금 지수 자신도 예전의 그와 비교한다면 전혀 딴 사람인 것이다. 생각도 모습도 너무 많이 변해 버렸다. 너무 많이 변한 자신의 모습을 생각하면 소름이 끼칠 정도이다.

기호가 그들 앞에 모습을 나타낸 것은 느티나무 그림자가 나무 높이보다 훨씬 기다랗게 동쪽으로 어슷하게 기울고 있을 때였다. 이른 아침부터 온종일 하늘과 대지를 뜨겁게 달구던 초여름 햇덩이가 서산에 걸려 차츰 열기를 식히고 있을 무렵, 바람 모퉁이 쪽에서 검은색 승용차 한 대가 달려오다가 마을 앞 비석거리에서 멈추었을 때, 그들은 기호가 도착했다는 것을 직감했다. 그들은 초조하게 느티나무 그늘 밑에 앉아서 비석거리 앞에 멈춘 승용차를 바라보고 있었다. 승용차 문이 열리고 양복저고리를 벗어 오른손에 든 채 신사복 차림의 남자가 천천히 주위를 둘러보면서 내렸다. 그는 한참 동안 여름날 하루의 쇠잔한 마지막 햇살 속에 고즈넉이 가라앉은 마을과 들판, 그리고 온종일 햇볕을 받아 퀴퀴한 물비린내를 풍기는 거북천이며 잔잔한 바람이 일렁이는 마을 뒤 상수리나무 숲을 한참 동안이나 두렷거렸다. 먼발치로 바라본 기호의 모습은 상상 밖이었다. 알맞게 기름을 발라 가지런히 다듬은 머리에 안경을 쓰고 허리를 곧추세우고 당당한 모습으로 서 있는 기호는 결코 유년 시절의 절름발이 멍텅구리 장기호가 아니었다. 그에게서는 지적이고 여유 있는 상류층 냄새가 풍기는 것 같았다. 솔직히 그런 기호를 본 지수는 반가움에 앞서 질투심 같은 것을 느꼈다. 그리고 그것은 유년 시절 나무 타기에서 그에게 일등을 빼앗겼을 때 느꼈던 일종의 패배감 비슷한 기분이었다. 지수는 그 사내가 기호임을 알아차리고 당산돌에서 벌떡 일어서는 봉구의 바짓가랑이를 힘껏 잡아당겼다.

"방해하지 말고 그냥 여기 있어."

"기호가 틀림없는 것 같은디?"

"옛날 자기 집터를 제대로 찾는지 두고 보자고……."

지수의 말대로 기호는 어렸을 때 그들 모자가 부엉이처럼 가난하게 살았던 삼굿 옆의 오두막 집터를 찾고 있는 듯, 비석거리로부터 거북천 둑쪽으로 걸음을 옮기더니 주변을 서성거리기 시작했다. 지수가 예상했던 대로 기호는 자기 집터를 찾지 못한 듯싶었다. 물론 기호의 집터는 이미 오래전에 흔적조차 찾아볼 수 없게 되었다. 몇 년 전엔가 홍수로 거북천이 범람하자, 둑을 새로 쌓으면서 기호네 집터 옆에 있던 팽나무며 쥐똥나무를 모두 베어버렸던 것이다. 거북재의 옛 모습은 그들의 기억 속에만 낡은 흑백사진처럼 아련하게 남아 있을 뿐이었다. 그리고 그 희미한 기억 중에는 해마다 초여름이면 기호네 집 앞마당을 가득 메우곤 했던 자색빛 모란꽃 무더기가 유난히 생생하게 살아 있었다. 기호는 자기 마음에 드는 아이들에게만 모깃불용으로 모란꽃 뿌리를 슬며시 쥐여주곤 했었다. 물론 지수는 기호한테서 단 한 번도 모란꽃 뿌리를 받은 적이 없었다.

끝내 집터를 찾지 못하는 기호는 다시 한번 마을과 들을 천천히 휘둘러보더니 거북천 다리를 건넜다. 그때 봉구가 다시 일어서려는 것을 지수가 거칠게 붙잡아 앉혔다.

"서두를 것 없어. 기호는 봉구 자네 집으로 갈 테니까."

지수 말대로 기호는 다리를 건너더니 사방을 두리번거리며 마을 안길로 접어들었다. 이윽고 안고샅 쪽에서 개 짖는 소리가 컹컹 울렸다. 지수는 봉구네 누렁이가 낯선 기호를 향해 사뭇 신경질적으로 짖고 있다는 것을 알 수 있었다. 거북재에서 그를 알아볼 사람은 아무도 없었다. 그것은 이미 거북재는 기호의 고향이 아님을 말해 주고 있는 것과 같다.

그 사이에도 봉구는 여러 차례 몸을 일으켰으나 그때마다 지수가 거칠게 그를 붙잡아 앉히곤 했다. 봉구의 마음은 이미 그를 찾고 있을 유년 시절 가장 다정했던 기호를 향해 달려가고 있었던 것이다. 유년 시절 봉구는 부자인 데다가 공부도 잘하고 잘난 척하는 지수보다는 가난하고 공부도 못하며 늘 놀림감이 되었던 기호와 더 친했었다. 봉구는 기호와 함께 있으면 마음이 편하고 자유스러웠다. 봉구는 지금도 지수와 함께 있을 때는 유년 시절에 그랬던 것처럼 어딘가 불편했다. 그는 늘 지수의 부하 같은 생각을 떨쳐버릴 수가 없었다.

느티나무 이파리에 박쥐의 검은 날개 같은 어둠의 그림자가 희끄무레하게 엉겨 붙을 때까지 기호는 그들 앞에 나타나지 않았다. 지수와 봉구는 느티나무 밑에 앉아서 서로 다른 생각을 하면서 어둠을 맞고 있었다. 봉구는 몇 번이고 이제 집에 가서 기호를 만나봐야겠다면서 그만 놓아줄 것을 간청했다. 그때마다 지수는,

"기호가 이리로 올 테니 진득하게 기다려 보세."

하고 짜증스럽게 퉁겨댈 뿐이었다. 지수는 그런 자신의 마음을 헤아릴 수 없었다. 당장 봉구 집으로 가면 오랜만에 미국 신사가 되어 고향을 찾아온 기호를 만날 수 있을 터인데, 무슨 심보로 봉구까지 붙잡은 채, 어둠이 서서히 느티나무를 에워싸기 시작하는 그곳에 패잔병처럼 기력이 빠진 채 하릴없이 앉아 있기만 한 것인지 몰랐다. 지수는 그런 자신을 통렬히 비웃어주고 싶었다. 그는 봉구에게 부끄러운 생각이 들었다. 그러면서도 그는 느티나무 밑에서 일어서는 것을 두려워하고 있었다. 어둠의 두께가 더해질수록 그는 기호를 만나기가 두려웠는지 모른다.

2

지수의 말대로 그들 앞에 기호가 나타났다. 지수는 주유소 모퉁이를 돌아 느티나무 쪽으로 걸어오는 기호를 찬찬히 바라보고만 있었다. 봉구가 너무 오랫동안 기다리다 지쳤다는 듯 용수철처럼 퉁겨 일어나 부리나케 달려가 기호를 맞았다. 한동안 그들은 서로 부둥켜안은 채 재회의 감격을

나누었다. 지수는 그때까지도 느티나무 밑에 마치 그의 자존심의 무게에 짓눌리기라도 한 듯 꼼짝도 하지 않고 그대로 앉아 있기만 했다.

"이게 누군가? 자네가 장기호 맞아?"

지수는 기호가 봉구의 손을 놓지 않은 채 느티나무까지 걸어와서야 힘겹게 상반신을 들어 올리듯 느릿느릿 일어서며 말했다. 그러자 기호 쪽에서 먼저 힘껏 지수를 끌어안았다. 당황한 지수는 아무 말도 하지 못했다. 그러면서 지수는 몇 가지 놀라운 사실을 알고 약간 떨떠름한 기분을 느꼈다. 그가 가장 놀란 것은 그들 중에서 기호의 키가 가장 크다는 사실이었다. 어렸을 때는 지수가 가장 컸고 기호는 난쟁이처럼 작았다. 그리고 지금 기호에게서는 장미꽃 향기보다 짙은 향수 냄새가 짙게 풍겼다. 기호는 비교적 냉담한 지수와 달리 진심이 담긴 열정으로 한껏 반가움을 나타냈다. 그러고 보니 그의 절뚝거림도 별로 눈에 띄지 않은 것 같았다. 어쩌면 미국에 가서 치료한 것인지도 몰랐다.

"참말로 오랜만이시. 지수 자네가 고향에 와 있다는 소식은 진작 들어서 알고 있었구먼."

기호가 여전히 감격을 참지 못해 약간 떨리는 목소리로 먼저 입을 열었다. 그의 말투는 사투리 그대로 조금도 변하지 않은 듯싶었다.

"미국에는 언제 갔었는가?"

"그러니께, 멋이냐, 육이오 때 거북재에서 나가갖고 송정리 미군 부대 옆 세탁소에서 심부름허다가 일 년 후에 들어갔으니께. 53년도 봄이었던가…… 미국에 있음시로도 지수 자네 소식은 죄 알고 있었구먼."

그러면서 기호는 그가 알고 있는 대로 지수의 그동안 행적에 대해서 이력서를 읽듯 하나하나 들추어서 이야기했다. 그는 지수가 신학대학을 졸업한 후 목사가 된 것 하며, 5·18 때 다리에 총상을 당한 일, 느지막이 결혼하여 아들 하나를 둔 사실까지 알고 있었다. 지수는 자신이 살아온 궤적을 낱낱이 알고 있는 기호에 대해서 놀랐다. 그것은 부끄러움이었다. 지수 자신이 그동안 기호에 대해서 까맣게 잊고 살아온 것과는 달리, 기호는 지수의 모든 것을 손바닥 들여다보듯 정확히 알고 있는 것이 아닌가. 기호는 지수가 처자식과 떨어져 고향에 혼자 와 있다는 것까지도 알고 있는 것에 적이 놀라지 않을 수 없었다. 지수는 그런 기호가 더욱 두려워졌다. 이럴 때 부끄러움과 두려움은 정비례하는 것인지도 모른다. 기호는 지수에 대해서만이 아니라 옛날 거북재 사람들에 대한 소식을 지수 자신보다 더 잘 알고 있었다. 기호는 심지어 그 자신이 좋아했던 버짐대장 봉순이가 거북산장 주방에서 일하고 있다는 것까지도 알고 있을 정도였다.

"고향 소식을 나보다 더 잘 알고 있구만."

"내가 정보과학분야 사업을 허고 있거든."

기호는 밝게 웃어 보였다. 지수와 봉구는 기호의 그 웃음에 털끝만큼도 가식과 위선이 깃들어 있지 않다는 것을 알아차릴 수가 있었다.

그의 웃음은 박꽃처럼 희고 유리알처럼 투명했다.

"정보과학분야라면……?"

"일종의 컴퓨터 분야라네. 핸드폰으로 전화와 팩시밀리를 동시에 가능케 하는 정보통신기기를 제작허고 있네."

"아아, 그렇구만, 아아……."

지수는 감탄사를 늘어놓으며 몇 번이고 고개를 크게 끄덕거렸다.

"나는 말이시, 자네가 목사님이 되았다는 소식을 듣고는 귀국해서 자네 설교를 꼭 한번 들어야 씨겠다고 생각했당께."

"나는 목사가 아니네. 앞으로는 하나님보다 우리가 살고 있는 이 땅을 더 믿기로 했네."

"5·18 땜시 목사를 포기헌 것이 아닌감?"

"……."

"그 당시 절망의 무게가 얼마나 고통스러웠을지 짐작헐 수 있네. 그러나 절망의 끝에 서 있어 보지 않은 사람은 희망의 시작을 붙잡을 수 없는 벱일세. 가장 빛나는 희망은 절망의 끝에 무지개처럼 드리워져 있거든. 희망의 신은 절망 속에서 기도하는 사람한테만 모습을 나타낸다고 안허든감. 나는 그 5·18 때 자네덜이 겪은 고통과 절망을 이해헐 수 있다네. 사람이 극한 상황 속에서 헐 수 있는 일이란 기도뿐인께. 내가 어렸을 적에 밤마다 혼자 여그서 기도하는 마음으로 느티나무 타는 연습을 했을 때도 그랬으니께. 절망감이 크면 클수록 기도도 더욱 절실해진다는 것을 그때 알았구먼. 5·18 때 자네 심정도 마찬가지였을 거구먼, 안 그런가, 지수?"

"응? 응……."

지수는 엉겁결에 대답하고 나서 한참 동안이나 거무스레하게 어둠이 덮이기 시작하는 기호의 얼굴을 들여다보았다. 어른이 되어 돌아온 기호의 얼굴은 달빛처럼 평화롭고 해맑았다. 순간 그는 마음을 어지럽히는 충격과 혼란을 어떻게 조절해야 좋을지 몰라 당혹감을 느꼈다. 지수는 기호가 자기 삶의 궤적에 대해 소상히 알고 있는 것에서 느끼는 놀라움보다는 그들이 유년 시절에 썼던 사투리에 세련되고 지적인 내용의 말을 담아내는 기호에게서 느끼는 혼란이 더욱 감당하기 어려웠다. 그런데 참으로 이상한 것은 심한 사투리에 지적인 내용의 말들을 섞어 쓰는데도 그것들이 적당히 어울려 독특한 뉘앙스를 자아내고 있음이었다.

"어저께는 말이시, 일부러 밤을 택해서 망월동에 가봤단 마시. 밤인디도 참배객들이 많드만그려. 망월동을 한바꾸 돌아보고 많은 것을 느꼈구만. 그런디 망원동 무덤 위로 자꾸만 지수 자네 생각이 떠오르더라니께."

"밤에 망월동에 갔다고?"

"무섭다는 생각은 하나도 없고 어쩐지 억울하고 부끄럽고 슬픈 생각만 잔뜩 들드만."

지수는 오랜만에 미국에서 돌아온 기호와 더 이상 망월동에 관해 이야기를 하고 싶지가 않았다.

그들은 잠시 후 느티나무 밑 당산돌에 앉았다. 햇빛에 적당히 달구어진 당산돌은 그때까지도 따뜻했다. 기호는 거북천 쪽으로 고개를 돌리고 앉아 일몰의 산그림자가 두껍게 덮고 있는 각시샘을 건너다보았다. 그러다가 기호는 갑자기 스프링처럼 튕겨 오르듯 벌떡 일어서더니 주위에서 물수제비뜨기에 알맞은 돌을 주워들고 거북천 아래로 내려갔다. 그는 적당히 허리를 구부린 채 어둠의 그림자가 물안개처럼 희부옇게 깔리기 시작하는 물 위로 힘껏 던졌다. 수제비돌이 일정한 간격으로 척척척 소리를 내며 물살을 가르고 미끄러져 가는 소리가 기분 좋을 정도로 경쾌하게 들렸다. 기호는 참으로 오랜만에 물수제비뜨기를 할 수 있었다. 그는 두 번째 수제비돌을 던졌다. 아직 옛날의 솜씨가 남아 있다는 것이 기분 좋았다.

"물수제비뜨기는 큰 보가 젤이었는디……."

기호가 다시 느티나무 밑에 앉으며 혼잣말처럼 말했다. 두 사람은 대꾸가 없었다. 바람이 건듯 불자 거북천에서 퀘퀘한 물비린내가 훅 덮쳐왔다. 기호는 옛날의 날콩 냄새처럼 비릿하면서도 조금은 상큼하기까지 했던 그 물비린내가 아님을 알 수 있었다. 기호는 거북재의 물비린내만 맡고도 고향이 얼마나 많이 변했는가를 짐작할 수 있을 것 같았다. 그는 고향의 변한 모습을 되도록 보지 않으려고 날이 어두워지기를 기다려 거북재에 왔는지도 모른다. 아니면 어둠 속에 고향에 슬그머니 왔다가 아침의 신선한 기분으로 변한 고향을 보고 싶었을까. 그는 아무리 고향이 많이 변했다 해도 그가 살았던 집터만은 쉽게 찾을 수 있다고 생각했다. 그런데 그는 끝내 옛 집터를 찾지 못했다. 그는 집터를 찾지 못한 것 때문에 실망하거나 아쉬움 같은 것을 느끼지는 않았다. 흔적조차 발견할 수 없게 된 것이 당연하다고 생각했다. 그는 이미 어머니를 잃고 고향을 떠나올 때 유년 시절의 아픈 흔적들에 대해서는 잊어버리기로 결심했다. 모든 흔적과 기억은 느티나무 하나로 충분했다.

"자네덜이 알다시피 내가 어렸을 적에 자랑헐 것이 아무것도 없었지 않었는감. 공부는 말헐 것도 없고 달음박질, 씨름, 싸움질, 죄다 꼴등이었제. 그래서 나무 하나라도 거북재 아그덜 중에서 젤 잘 타불자 결심을 하고 아무도 안 보는 밤에 하루도 빠지지 않고 나무 타기 연습을 했제잉. 미국에 가서도 나는 이 느티나무를 타는 마음으로다가 열심히 뛰었구만. 참말로 기도허드끼 열심히 뛰었네. 나는 말이시 지금꺼정 뉴욕의 한복판에서도 열심히 느티나무 타기를 했다네."

그러면서 기호는 느티나무 가까이 다가가서는 한참 동안이나 나무껍질을 쓰다듬더니 잠시 후에는 두 뺨을 마구 비벼대는 것이었다. 나무껍질은 그의 기억 속에 남아 있는 어머니의 살갗처럼 부드럽고 따뜻했다.

"나헌테는 이 나무가 하나님이었네."

기호는 그러면서 힘껏 두 팔을 벌려 느티나무를 끌어안았다. 지수는 그런 기호를 이해할 수 있었다. 지수는 비로소 기호의 나무 타기 삶의 의미에 대해 이해할 수 있을 것 같았다.

"뉴욕에서도 느티나무를 탔다고?"

지수가 뚜벅 물었다. 기호의 그 말이 가슴을 때렸다. 그리고 작은 충격으로 한동안 머릿속이 뒤숭숭해지는 것 같았다. 뉴욕시 한복판에서도 느티나무를 탔다는 기호의 그 말뜻을 이해할 수 있었기 때문이다.

"내가 유년 시절에 처음 느티나무 타기를 시작했을 때는 을매나 두렵고 절망적이었는지 아는감?"

그러면서 기호는 어쩌면 그에게 있어서 유일한 삶의 증거이면서 한편으로는 고통의 긴 시간이기도 했던 느티나무 타기의 기억들을 털어놓았다. 그는 어린 마음에도 나무에서 떨어져 죽어도 좋다는 각오로 나무 타기에 전념했다. 그것만이 사는 길이라고 믿었다.

그러나 절름발이인 데다가 빌빌거리는 약골이고 더욱이 사다리를 타고 지붕에 한 번 올라가 보지도 못할 정도로 고소공포증이 심한 그가 그 누구의 도움도 받지 않고 느티나무에 올라가는 일은 결코 쉬운 일이 아니었다. 그의 키 높이만큼 올라가는 데만도 한 달 이상을 연습해야만 했다. 그네를 매달아 놓은 첫 번째 가지까지 올라가는 데는 거의 1년이나 걸렸다. 그 일 년 동안 땅바닥에 엉덩방아를 찧으며 굴러떨어진 적도 헤아릴 수 없을 정도였으며 발바닥과 허벅지, 팔꿈치와 무릎은 성할 날이 없었다. 첫해 여름에는 너무 땀을 많이 흘러 웃통을 벗고 올라가다가 미끄러져 뱃가죽이 벌겋게 벗겨지기도 했다.

통신표가 나오는 날이나 운동회 달리기에서 꼴등을 했을 때, 그리고 같은 또래 아이들한테 놀림을 당하거나 이유 없이 코피 나게 얻어터진 날 밤에는 한밤중까지 미친 듯이 나무를 탔다. 그런 날 밤에는 혼자 소리 없이 울면서 지치도록 나무를 타고 나면 슬픔과 울분이 어느새 가라앉곤 했다. 그런데 참 이상한 것은 북받쳐 오르는 슬픔과 울분을 참지 못해, 그를 놀리고 쥐어박은 아이들의 얼굴을 떠올리고 이를 북북 갈면서 밤이 늦도록까지 나무 타기를 하고 나면 언제 그랬냐는 듯 모든 미움이 한꺼번에 안개 걷히듯 사라져버리곤 하는 것이었다. 나무 타기는 그에게 증오심을 없애주기도 했다. 슬픔과 고통이 아무리 크다 해도 땀을 뻘뻘 흘리며 나무 타기를 하고 나면 마음이 그렇게 평화로워질 수가 없었다. 나무 타기는 그에게 편안함과 사랑을 가르쳐주었다. 오를 수 있는 데까지 높이 올라가서 느긋하게 나뭇가지에 걸터앉아 호흡을 가라앉히고 어둠 속에 잠든 마을과 바람만이 서성이는 텅 빈 들판을 바라보고 있노라면 어느새 슬픔과 고통이 땀 식듯 사라져버리는 것이었다.

느티나무 위에 올라갔다가 깜박 잠이 들 뻔한 적도 여러 번 있었다. 느티나무 위에 올라가서 바라보는 세상은 언제나 부족함이 없었다. 더 높이 오를수록 더 넉넉하게 보였다. 기호는 그 넉넉함이 좋아서 자꾸 높이 오르고 싶었다. 그의 꿈은 한 뼘이라도 더 높이 올라가는 것이었다. 더 높이 올라가서 더 충만 되고 넓고 편안한 세상을 보고 싶었다. 어쩌면 그때 기호의 욕심으로는 하늘까지라도 올라가고 싶었는지 몰랐다. 자신이 나무를 높이 오를 수 있는 한 이 세상의 어떤 멸시와 고통과 슬픔도 이겨낼 수 있을 것 같은 자신감이 들었다. 그리고 모든 두려움이 사라졌다. 거북재 안에서 나무를 가장 잘 타는 아이가 되었을 때 그는 갑자기 어른이 된 느낌이었다.

"이 느티나무가 얼마나 보고 싶었는지 자네들은 모를 거네. 아마 내가 이 느티나무 꿈을 꾸었다면 믿지 않겠제?"

기호는 꿈꾸듯 말했다. 봉구는 기호의 그 말이 믿어지지가 않았다. 그는 아침에 지수한테서도 간밤에 느티나무에 올라간 꿈을 꾸었다는 소리를 듣고 놀랐었다. 물론 봉구 자신도 고향 마을의 느티나무를 좋아한다. 그러나 꿈을 꿀 정도로 이 느티나무를 그리워해 본 적은 없었다.

"나는 이 느티나무를 좋아허네. 한자리에 몇백 년이고 뿌리를 박고 꼼짝하지 않고 꿋꿋하게 서 있다는 것이 을매나 위대한 일인가. 그런 점에서 나는 봉구를 좋아허는구만."

"오죽 못났으면 평생을 탯자리에 쥐둥아리 처박고 살겄는가. 따지고 보면 이 느티나무나 나나 지지리도 못난겨."

봉구는 평소 그가 마음속에 담고 있었던 생각을 말했다. 그는 자신이 고향에 눌러살고 있는 것을 늘 부끄럽게 생각해 오던 터였다. 더욱이 도시로 나가 사는 옛 친구들 앞에서는 더욱 자신이 초라해지는 것을 느꼈다. 그러던 것이 지수가 고향에 내려와 살기 시작하면서부터 조금은 그 부끄러움과 초라함을 잊을 수가 있었다.

"솔직허게 말해서 나는 고향에 와서 살고 싶은 생각은 손톱만큼도 없네. 이제 내가 살 곳은 오직 미국뿐이구만. 고향은 그저 멀리서 그리워허는 것으로 충분허다는 생각이여."

"이제는 미국 사람이 다 됐구만."

지수는 기호의 심정을 이해할 수 있었다.

"이 자리에서 느티나무 타기 시합을 하던 때를 잊을 수가 없네."

기호가 입을 열었다.

"기호 자네가 나무 타기 시합에 나서겠다고 했을 때 을매나 놀랬는지 알어?”

잠자코 있던 봉구가 그때의 일을 상기하며 말하자 지수도 커다랗게 고개를 끄덕이며 수긍하는 태도를 보였다.

“그날을 을매나 기다렸는지 아는가? 대낮에 여러 친구 보는 앞에서 느티나무에 오르고 싶은 거를 3년 동안이나 기다렸다니께. 허지만 내가 지수허고 나무 타기 시합을 하겠다고 나섰을 때 자네들은 나를 비웃었제.”

기호의 그 말 속에 원망이나 서운함 같은 것이 깃들어 있지는 않았다. 기호에게는 그때의 일이 용기와 힘이 되어 주었기 때문이다.

“비웃었다기보담은 놀랐었제.”

“지수 자네보다 더 빠르게 더 높이 올라간 내가 그때 느티나무 위에서 뭣이라고 소리쳤는지 기억하고 있는가?”

기호가 물었으나 봉구도 지수도 그때 그가 뭐라고 소리쳤는지 기억할 수 없었다. 다만 그들이 기억할 수 있는 것은 그때 기호가 느티나무처럼 우람해 보였다는 것이었다. 거북재 아이들은 너무 놀라고 신기해서 목이 휘도록 턱끝을 하늘로 쳐들고 서서 느티나무 이파리에 가린 기호를 쳐다보며 감탄사를 연발했을 뿐이었다. 그때 그들은 저마다 마음속으로 저건 기호가 아니야, 저건 절름발이 꼴찌 장기호가 절대 아니야, 천년 된 하늘새가 기호로 둔갑한 것일지도 모른다는 생각을 했다.

“그때 내가, 박지수우, 내가 너보다 더 높이 올라왔다아, 장기호가 일등이다아, 요렇게 소리쳤지 않은가.”

“맞어, 생각이 나는구만.”

봉구가 큰 소리로 말했다. 그는 상상할 수 없을 정도로 완전히 딴사람이 되어 고향에 돌아온 기호 때문에 들뜬 기분을 가라앉히지 못했다. 지수도 그제서야 그때 기호가 그의 머리 위에서 하늘을 향해 목이 찢어져라 하고 자신의 이름을 불렀던 기억이 되살아났다. 그리고 지수는 이제야 기호가 왜 자신의 이름을 그렇게 외쳐 댔었는지 그 이유를 막연하게나마 짐작할 수 있을 것 같았다.

그때 마을 앞으로 자동차들이 헤드라이트를 켠 채 바짝 꽁무니를 물고 전속력으로 달리고 있었다. 기호는 고개를 왼쪽 어깨 위로 꺾어 자동차 행렬을 바라보았다. 거북산장에 불이 켜지면서부터 갑자기 주위가 어두워졌다. 느티나무 주변이 유난히 더 어두워 보였다. 그는 고향의 산과 들에 서서히 어둠의 장막이 물보라처럼 자오록이 밀려오는 것을 바라보면서 문득 뉴욕에 있는 아내 크리스티와 아들 로버트를 생각했다. 그의 아내와 아들은 기호의 고향에 함께 오는 것을 싫어했다. 패션 디자이너인 아내 크리스티는 다음날 파리에 가기를 원했고 대학에서 우파니샤드 철학을 전공하는 아들 로버트는 기호가 서울행 비행기에 오르기 한 달 전에 인도 여행을 떠났다. 그는 처음에 그런 아내와 아들이 조금은 원망스럽기도 했으나 이내 그들을 이해하기로 했다. 그들에게 자신의 고향에 함께 오기를 강요할 수 없었기 때문이다. 그리고 아내가 파리에 가겠다는 이유나 아들이 인도를 좋아한 데는 그만한 이유가 있었다. 다만 기호로서는 비록 여행의 목적지가 각기 다르더라도 세 식구가 한 지붕 아래 살 수 있게 되기만을 간절히 바랄 뿐이다.

"내가 하늘에 대고 지수 자네 이름을 큰 소리로 불렀던 건 단 한 가지만이라도 자네를 꼭 이기고 싶었기 때문이여, 한 가지만 이기게 되면 모든 것을 이길 수 있다고 생각했거든."

그렇게 말하는 기호의 목소리가 지수에게는 어쩐지 쓸쓸하고 공허하게만 들렸다. 그가 보기에 장기호는 분명 성공하여 고향에 돌아왔다. 그런 그가 지수의 눈에는 아직도 어린 시절 외톨박이 그대로 외롭고 쓸쓸하게 보인 것은 무엇 때문인가.

기호가 다람쥐처럼 빠르게 거북재 느티나무 꼭대기까지 올라갔다는 소문은 학교 안에 짜하게 퍼졌다. 그리고 그 사건 이후 기호에게도 큰 변화가 생겼다. 기호에게 아이들이 하나둘 접근해 오기 시작한 것이다. 지금껏 그와 함께 걷는 것조차 싫어했던 여자아이들까지도 실근실근 웃으면서 은근히 호의를 나타내 보이는가 하면 먼저 말을 걸어오기도 했다. 그러면서 그들은 때와 장소를 가리지 않고 기호에게 나무 타기를 강요하다시피 했다. 그러나 그날 이후 그는 아이들이 보는 앞에서 단 한 번도 나무 타기를 하지 않았다. 실제 그는 나무 타기를 하지 않았다. 나무가 타고 싶을 때는 두 다리에 힘을 주어 땅을 딛고 서서는 오랫동안 나무 우듬지 위의 하늘을 쳐다보곤 했다. 그리고 마음속으로만 신나게 그 나무를 기어올랐다.

"기호 너 다람쥐 모양으로다가 나무를 아주 잘 탄다며? 어디 한번 저기 저 소나무 끝까지 올라가 볼래?"

아이들은 운동장에서조차 기호를 보기만 하면 학교 뒷산의 큰 소나무를 가리키며 졸라댔다. 그러나 기호는 아이들이 보는 앞에서는 아예 소나무가 서 있는 쪽으로 고개조차 돌리지 않았다. 그것은 목숨보다 더 소중한 어머니와의 약속 때문이었다. 기호가 지수와 나무 타기 시합을 한다는 말을 들은 기호 어머니는 콩밭을 매다 말고 호미를 쥔 채 숨을 몰아쉬며 맨발로 달려와, 느티나무 꼭대기에 매미처럼 달라붙은 아들을 발견하고는 그 자리에 혼절하여 쓰러지고 말았다. 그날 기호는 어머니한테 다시는 나무 타기를 하지 않겠다고 약속했다. 만약 기호가 다시 나무를 타게 되면 그의 어머니는 기호를 남겨둔 채 멀리 떠나 버리겠다고 했다. 어머니가 없으면 지수를 이기는 것도 아무 의미가 없다고 생각한 기호는 어떤 일이 있어도 그 약속을 지키기로 결심했다. 기호는 그때 어머니로부터 그의 형이 어렸을 때 감을 따러 감나무에 올라갔다가 떨어져 죽었다는 사실을 처음 들었다.

기호는 어머니가 이 세상에서 그 어떤 나무보다 높고 푸르고 아름답다고 생각했다. 어머니야말로 그가 영원히 오를 수 없는 살아 있는 푸른 나무였다. 그는 그런 어머니를 결코 잃고 싶지가 않았다. 어쩌면 그의 마음속에는 죽을 때까지 오를 수 없는 무한한 높이의, 늘 푸른 어머니나무와, 그가 가장 높이 올라갔던 고향의 느티나무가 함께 자리 잡고 있는 것인지도 몰랐다. 그리고 마음속의 그 두 그루 나무는 그가 어떤 고난에 처했을 때도 결코 포기하지 않고 이겨낼 수 있는 희망의 버팀목이 되어 주었다.

잠시 후 세 사람은 봉구 집에 가서 함께 저녁상을 받았다.

"어이 박지수 목사, 감사기도 좀 허소."

기호가 정겹고 진지한 눈빛으로 지수의 얼굴을 핥듯 짯짯이 쓰다듬어 보며 말했다.

"나 기도하지 않은 지 오래됐네. 그냥 먹세."

지수는 한사코 기호의 시선을 피하며 숟가락을 집었다. 지수의 그 말은 사실이다. 그는 이제 어떤 경우에도 기도하지 않는다.

"그래도 깨복쟁이 친구덜이 고향에서 오랜만에 만나 같이 저녁을 묵게 되었는디 기도를 하지 않는다면 말이 안 되제."

기호는 여전히 지수의 얼굴에서 찐득거리는 시선을 떼지 않은 채 매달리듯 말했다. 그러나 지수는 이미 숟가락을 국그릇에 적시고 있었다. 그러자 기호는 지수에게 더 이상 부탁해 봤자 소용이 없다는 것을 알아차렸는지 엄지손가락을 겹쳐 두 손을 마주 잡은 채 눈을 감고 고개를 숙였다.

"하나님 아부지, 어린 시절 깨복쟁이 친구들이 머리가 희끗희끗해져 가지고 오랜만에 다시 만났습니다. 우리를 다시 만나게 해주셔서 감사하고 감사하옵니다. 오늘 하나님의 영광스러운 초대를 받은 우리 세 사람은 각기 살아가는 길이 달라도, 거북천변 고목 느티나무처럼 뿌리는 고향 땅에 깊숙이 백혀 있사옵니다. 이 모든 필연적인 만남은 오직 하나님의 영광과 축복 속에 이루어진 것으로 생각하여집니다."

기호가 기도를 계속하자 지수도 어쩔 수 없이 소리 안 나게 숟가락을 상위에 놓고 눈을 감았다. 그러나 그는 마음속으로 아무것도 빌지 않았다.

"하나님 아부지, 오늘 아부지께서 우리 세 사람을 한자리에 초대하신 뜻을 우리는 잘 알고 있사옵니다. 아부지께서는 세 사람의 우정이 영원히 변치 말라는 뜻으로 우리를 함께 모이게 하시었고 아부지와의 그 약속을 다짐받으시려는 뜻임을 알고 있사옵니다. 하나님 아부지, 여기 이 자리에 모인 세 사람은 그 약속을 지킬 것이옵니다. 그리고 우리의 친구 박지수가 고향에 돌아온 것을 축복해 주시옵기 바랍니다. 박지수가 우리의 고향을 영광과 축복이 가득한 하나님 아부지의 땅으로 만들 것이옵니다. 다시한번 성찬에 초대해 주신 하나님께 감사하오며 이만 기도를 줄이옵니다. 아멘."

지수는 기도가 끝나자 한참 동안이나 눈에 힘을 주어 기호의 얼굴을 바라보았다. 어쩐지 기호가 기도하면서 지수 자신을 비웃고 있는 것만 같아 기분이 거무죽죽하게 가라앉았다. 그러나 그것은 지수의 자격지심 때문인지도 몰랐다. 기호의 기도는 호소력이 강해 이상하게 사람의 마음을 뒤흔드는 힘이 있음을 느낄 수 있었다. 지수는 그런 기호가 함부로 대할 수 없는 친구라는 것을 알았다. 그는 어둠 속의 우람한 느티나무처럼 당당하게 보였다. 지수는 기호에게 한마디 하고 싶었으나 적당한 말이 떠오르지 않아 시선이 마주치는 순간 가볍게 웃음을 보냈을 뿐이다.

"기도 참 잘허구만그려. 자네, 미국서 밥 묵을 때마다 기도허는가?"

봉구가 지수 대신 약간 감격해 하는 표정으로 기호를 바라보며 입을 열었다.

"식사시간에 기도헐 때마다 나는 우리 어머니를 생각허는구만. 우리 어머니는 내가 옛날에 밥 묵을 때마다 늘 감사허는 마음으로 묵어라. 구장네 어르신(지수 할아버지)한테 감사허고, 가난헌 우리를 도와주는 동네 사람들헌테 감사허는 마음으로 묵어라는 말을 버릇처럼 말씀허셨거든."

"미국에서도 우리 말로 기도허는겨?"

봉구가 뚱딴지같은 질문을 했다.

"우리말로 허면 아내와 아들이 못 알아듣기 땜시 영어로……."

기호는 부끄러워하는 얼굴로 말끝을 흐렸다.

"참, 기호 자네는 고향 떠난 지가 언젠디 여적지 사투리를 그대로 쓰는가. 미국에 사는 사람이 사투리를 쓰니께 이상허게 들리는구만. 지수는 별로 사투리 안 쓰지 않어."

"글씨, 어렸을 적에 쓰던 말이 그대로 몸에 배어서 그러는가 모르겠구만."

"암튼 자네 말소리는 옛날 기호 그대로여. 자 어서 묵세. 귀한 손님이 왔는디 이거 찬이 없어서 어쩌까."

그러면서 봉구가 말머리를 돌리며 숟가락을 들었다.

"시금치 된장국이로구만. 된장 냄새가 참말로 향기롭네. 그러고 이거는 돌나물 무침이고, 이거는 된장 항아리 속에 박아둔 고추장아찌구만. 어따 미국에서 이 된장 고추 장아찌가 을매나 묵고 싶던지 혼났구만. 그동안 크림스프에다 치즈, 버터, 햄버거만 묵고 살었제만 된장 맛은 아직 잊지 않았다네."

그러면서 기호는 밥을 떠먹기 전에 이것저것 골고루 한 가지씩 짜고 매운 반찬을 쇠젓가락으로 조심스럽게 집어 입에 넣고 잘근잘근 씹으면서 맛을 보았다. 눈을 지그시 감고 오감을 동원하여 맛을 음미하는 그의 표정이 너무 진지해 보여 지수와 봉구는 한참 동안 그런 기호의 모습을 바라보았다.

"옛날 지수 자네 집 배추김치 참말로 맛있었는디……. 언젠가는 어머니가 자네 집 김장헌 날 배추김치를 한 바가지 얻어오셨드만. 그날 저녁 우리 모자는 배추김치 한 바가지를 맨입으로 다 묵어치우고는 밤새도록 배가 터지게 물을 퍼마셔 댔다가 오줌 싸러 들락거리느라 잠을 통 못 잤다니께."

그들은 밥상머리에 앉아서도 이야기를 멈추지 않았다. 이야기는 주로 기호가 했다. 어쩌다가 봉구와 지수가 기호의 미국 생활 이야기를 넌지시 물을라치면 마지못해 간단하게 한두 마디로 대답하는 것이 고작이었다. 그 때문에 봉구와 지수는 기호가 살아온 이야기에 대해서 별로 들은 것이 없었다. 그가 말해 준 자신에 관한 이야기로는 기껏, 고향을 떠난 후 송정리 미군 부대 옆 세탁소에서 심부름하다가 알게 된 미군 군목을 따라 미국에 들어가서 양부모 덕분으로 대학을 졸업했으며, 미국 여자와 결혼하여 아들 하나를 낳았고, 지금은 뉴욕에서 자그마한 컴퓨터회사를 경영하고 있다는 것이 전부였다.

기호는 주로 고향에서 보낸 어린 시절 이야기를 많이 했다. 학교 오가는 길에 있었던 일이며, 느티나무와 각시샘 주변의 자잘한 사건들, 토벌대들이 마을을 불태웠던 때와, 지수네를 따라 백아산으로 들어갔을 때의 기억들을 하나하나 꼼꼼하게 되살려냈다. 기호는 옛날 기억을 되살려 말할 때 그냥 대충 이야기의 뼈대만 추려내는 것이 아니라, 마치 일기장을 들여다보듯 그때 일어났던 일과 관련된 사람들의 이름이며 시작과 끝, 시간과 장소 등을 정확하게 꿰맞추는 것이었다. 지수는 기호의 그 같은 태도에 놀랐다. 어렸을 때는 말수가 적어 벙어리라는 별명까지 들었던 그가 그처럼 많이 변했다는 게 도무지 믿어지지 않았다.

"헌데 지수 자네 아부님께서는 그때 왜 우리헌테 빨치산들 소굴인 백아산으로 들어가야만 살 수 있다고 말씀허셨는가 모르겠어. 우리 어머니는 결국 자네 아부님 말씀만 곧이듣고 백아산으로 들어가다가 월곡리에서 총에 맞아 돌아가시지 않았는가."

지수는 아버지의 그 말을 기호가 아직 기억하고 있는 것을 알고 소스라치듯 놀랐다. 그때 마을 사람들은 모두 토벌대를 따라갔는데도 아버지가 한사코 백아산으로 가야 한다면서 서둘렀던 이유를 지수 자신도 알 수 없었다.

"나는 말이시, 그날 소나무 위에서 우리 어머니가 총에 맞아 쓰러진 것을 목격허고도 숨도 제대로 못 쉬고 구경만 허고 있었다네. 월곡리 빈집에서 점심을 해묵고 있는디 앞산에서 토벌대가 마을에 총을 쏘아대면서 시꺼멓게 몰려 내려오드라니께. 우리 모자는 정신없이 뒷산으로 뛰어 올라갔구만. 그런디 어머니는 절름발이 나 땜시 빨리 도망치지 못했제. 토벌대가 계속 총을 쏘아대며 뒤를 바짝 따라오자 나는 너무 다급한 나머지 어머니 혼자 도망치게 할라고 그냥 큰 소나무 위로 잽싸게 올라가 부렸구만. 어머니는 소나무 위에 올라가 있는 나를 쳐다봄시로 한참 동안 발만 동동 구르고 있다가 토벌대가 그곳에 들이닥쳐서야 뒤늦게 도망을 치다가 그만 총에 맞고 말았네."

기호는 그때의 순간을 떠올리며 진저리치듯 몸을 떨었다.

"다음날 어머니를 소나무 밑에 묻고 백아산으로 가는디 눈물이 앞을 가려서 한 발짝도 걸을 수가 없드만. 돌뿌리에 채여 넘어져서 무르팍이 깨졌는디도 하나도 안 아프데. 그때 너무 많이 울어서 눈물샘이 말라붙었는지 그 후로는 눈물을 흘려본 기억이 없는 거 같어. 미국에 사는 동안에도 피를 쏟았으면 쏟았제 눈물은 흘리지 않았으니께."

지수도 그때 잎이 붉게 물든 한 무더기의 개옻나무 옆에, 검은 땅과 노란 솔잎을 흥건히 적실 정도로 많은 피를 흘리고 죽어 있는 기호 어머니를 보았었다. 그날 오후 늦게 토벌대가 물러가고 월곡리 뒷산으로 뿔뿔이 흩어졌던 거북재 사람들이 다시 돌아와 시신을 수습할 때까지도 기호는 소나무 위에서 내려오지 않고 있었다. 마을 사람들이 어르고 지수 아버지가 호통을 쳐서야 기호는 놀란 얼굴로 소나무에서 내려와 그의 어머니 시신 옆에 벌렁 누워버렸다. 지수는 기호에게 왜 그때 소나무에서 내려오지 않았느냐고 물어보려다가 그만두었다.

기호는 월곡리 뒷산의 그 소나무를 찾아가 보고 싶다면서 지수를 바라보았다.

지수는 기호의 그 눈빛에서 비탄과 원망의 그림자를 발견하고 마음이 아팠다. 지수는 처음으로 그에게 빚을 지고 있다는 생각을 했다. 기호 어머니의 죽음이 아버지 때문일 수 있다는 생각이 들었다. 그때 마을 사람들을 백아산으로 끌고 가지만 않았어도 기호 어머니는 아직 살아 있을지도 모를 일이 아닌가. 더욱이 기호 어머니는 그 무렵 지수네한테 빌붙어 살다시피 했기 때문에 지수 아버지를 따라가야 목숨을 부지할 수 있다고 믿었을 것이었다.

"나도 가끔 백아산에 다시 가보고 싶을 때가 있다네."

사실 지수도 고향에 돌아와 살면서 남쪽 하늘 끝자락에 언제나 엷은 회색빛으로 출렁이는 백아산을 바라볼 때마다 문득문득 그곳에 한번 가보고 싶다는 생각을 해왔다. 한때 백아산에는 죽은 빨치산 시체가 골짜기마다 널려 있다는 소문이 있었다. 그 무렵 실제로 백아산 주변의 개들이 시체를 뜯어먹고 눈이 벌겋게 충혈되어 산과 들을 어슬렁거리는 것을 지수도 여러 차례 본 기억이 있다. 그러나 지수가 아직 백아산에 한 번도 가보지 않은 것은 시체들 소문 때문이 아니었다.

그들은 시간이 가는 줄도 모르고 유년 시절 기억의 바다를 끝없이 표류했다. 그런데 때때로 지수의 머릿속에 그 기억들은 추상적인 색깔로 되살아나고 있었다. 6·25 때 죽은 사람들은 운주사 여기저기에 다듬어지지 않은 채로 흩어져 있는 투박한 돌부처의 모습으로, 바위가 많은 백아산은 인디아나 존스의 영화에서나 나옴 직한 무시무시한 동굴로, 마을이 불타는 모습은 마치 초현실파 화가 달리 작품의 〈기억의 잔재〉라는 그림의 한 조각처럼 엉뚱한 모습으로 살아났다. 그러나 오직 구체적인 기억으로 확실한 모습을 가진 것은 마을 앞의 느티나무였다.

세 친구는 자정이 훨씬 넘어서야 봉구네 집 아랫방에 나란히 잠자리에 들었다. 집주인인 봉구가 문턱 옆에 눕고 그다음에 기호가, 그리고 지수는 맨 안쪽에 누웠다. 어려서 친구들끼리 잠을 잘 때는 기호가 언제나 문턱 옆 차지였다. 아이들은 서로 문턱 옆에 자는 것을 싫어했기 때문이었다. 누구나 눈독을 들이는 맨 안쪽 자리는 언제나 지수 차지였다.

방에 불이 꺼지자 바람 소리와 함께 무거운 침묵이 차곡차곡 쌓였다. 저마다 마음속 깊숙한 구석의 먼지 속에 오랫동안 방치해 두었던 유년 시절 기억의 잔재들을 조심스럽게 하나씩 꺼내 되작거리고 있는 것인지도 몰랐다. 집 뒤 대밭에서 대숲이 바람에 흔들리는 소리가 자꾸만 침묵을 비집고 들어왔다.

"가족과 헤어져서 혼자 고향에 돌아와 사는 재미가 어뗘?"

기호가 천장을 향해 반듯하게 누운 채 낮은 목소리로 지수에게 물었다. 지수는 기호의 말 중에서 '가족과 헤어져'나 '사는 재미'라는 표현이 어딘가 마음에 걸렸다.

"글세, 농사꾼 되기가 어렵다는 것을 알았네. 요즘에는 봉구한테 농사 짓는 법을 배우고 있구만……."

"나는 자네가 훌륭한 목사님이 되기를 기대했네."

"나는 이미 훌륭한 목사도, 훌륭한 농사꾼도 될 수 없다네."

"자네는 너무 지쳐 보이는구만. 아마도 외로움 때문일지 모르지. 자네 헌테는 절실한 그리움이 없어 보이네. 우리 인생에서 그리움이 얼마나 소중헌 것인지 알지 않은가. 그리움은 바로 생명력이라네. 그런디 나헌테는 자네 얼굴에 아무도 그리운 사람이 없소라고 쓰여 있는 것 같단 마시. 그리움이 없으면 희망도 없다네. 자네 이 세상에서 어떤 사람이 가장 불행헌 줄이나 아는가? 그거는 말이시, 그리움도 희망도 없는 사람이라네."

지수는 기호의 말뜻을 이해할 수 있었다. 그리고 기호의 그 말이 사실일지도 몰랐다. 지금 지수에게는 절실한 그리움이 없다. 사랑이 없기 때

문일지도 모른다. 가끔 아들 녀석이 보고 싶을 때가 있지만 그것도 순간
뿐이었다.

"해가 진 후, 어둠 속에 홀로 서 있는 느티나무를 보면서 날마다 무슨
생각을 하는 줄 아는가? 느티나무를 바라보고 있으면 인간의 그리움이나
외로움 따위가 얼마나 사치스러운 이야기인가 하는 생각을 하게 된다네."

"지수 자네야말로 열한 살 나이에 말 한마디 안 통허는 미국 땅에 홀로
내던져진 그 절망적인 심정을 아는가? 그때 내가 살아나갈 수 있었던 거
는 오로지 고향에 대한 그리움 때문이었다네. 나에겐 생존만이 있을 뿐이
었다네. 그러면서도 그리움만은 버리지 않았네. 어쩌면 그동안 고향에
한 번도 돌아오지 않은 것도 따지고 보면 그 소중한 그리움을 오래오래
간직하고 싶어서였는지도 모르제. 그러나 모든 역경 다 이겨내고 어른이
된 지금에 와서는 나도 많이 달라졌다네. 지금 나에게 고향은 별로 큰 의
미가 없다네. 시방 내게 소중헌 것은 미국에 있는 가족이여. 어떻게 해서
든지 우리 가정이 깨지지 않도록 지키는 일이여."

"전쟁 고아들이 외국에 나가서 어렵게 살아온 이야기는 이젠 별로 자랑
할 게 못 된다네. 그 시절에는 국내에 남아 있었던 우리도 어렵긴 마찬가
지였으니까."

"내 이야기는, 그러니께……."

기호는 잠시 말끝을 얼버무렸다. 그는 한참이나 있다가 다시 입을 열었다.

"지수 자네는 그러니께, 도시에서도 충분히 할 역할이 있을 거라는 말
이제. 자네가 고향에 돌아와서 농사꾼이 된 것을 마치 독립운동허는 것마
냥 착각허지 말란 말이시. 고향…… 좋지. 병원 분만실에서 세상에 나와
서 병원 영안실로 돌아가 세상을 하직허는 도시 사람들헌테는 참말로 고

향이라는 건 말만 들어도 가슴이 설레는 단어제. 그렇다고 이 세상 모든 사람들이 농촌에 돌아가서 농사를 짓고 살 수는 없지 않은가."

지수는 기호의 그 말이 총알처럼 명치끝에 깊숙이 박히는 것을 의식하며 다른 할 말을 놓쳐버리고 말았다. 그리고 두 사람은 한참 동안 말이 없었다.

어느덧 봉구가 압력솥에서 공기 빠지는 소리를 내며 코를 골기 시작했다. 지수는 기호가 한 말 때문에 충격을 받은 것은 사실이지만 그렇다고 그를 비난하고 싶지는 않았다. 기호뿐만 아니라 지수를 알고 있는 많은 사람이 그런 눈으로 자신을 바라볼 것이라는 생각이 들었다. 우선 벌써 1년 가까이 떨어져 살고 있는 아내도 그가 고향으로 돌아가서 농사를 짓겠다면서 광주를 떠나올 때 지금의 기호와 비슷한 말을 했었다. 지금도 이따금 아내의 그 말이 머릿속에서 뇌세포를 갉아 먹는 암세포처럼 부스럭거렸다. 아내는 짐을 챙겨 집을 나서는 지수의 뒤통수에 대고,

"그래요. 당신이 자신 있게 할 수 있는 게 뭐 있겠어요. 목사 노릇, 남편 노릇, 아버지 노릇…… 뭐하나 제대로 한 게 있냐고요? 그런 당신이 고향에 돌아가면 별 수 있겠어요. 흥, 당신은 고향에 가서도 마찬가질 거라구요."

라면서 가슴에 못질하듯 마구 지껄여댔던 것이었다. 고향에 남아 있는 그의 유일한 친구 봉구도 마찬가지였다.

아직도 봉구는 지수가 얼마를 더 고향에서 버틸 수 있을까 하는 눈으로 그가 다시 떠나게 될 날만을 그 나름대로 점치고 있는 것 같았다.

"이번에 내가 미국 들어간 후 귀국해서 첨으로 고향에 돌아온 것은 말이시, 두 가지 이유 때문이구만."

기호가 여전히 어둠 속에서 천장을 똑바로 쳐다보고 누운 채 입을 열었다.

"첫 번째는 느티나무에 다시 한번 올라가는 일이고 그다음에는 월곡리 뒷산에 가서 그 소나무와 어머니를 다시 찾는 일일세."

기호는 그 말끝에 갑자기 벌떡 일어나 앉았다. 그 바람에 지수도 천천히 따라 일어나 앉을 수밖에 없었다. 지수는 그가 느티나무에 다시 올라가기 위해 고향에 돌아왔다는 말을 이해할 수 없었다. 더욱이 기호는 어머니를 찾는 일보다 느티나무에 오르는 것을 우선순위의 첫 번째로 꼽고 있다는 것을 더욱 이해할 수 없었다.

"내가 요즘 슬럼프에 빠져 있네. 우리는 이혼허게 될지도 모른다네. 아내 쪽에서 이혼을 원허고 있네. 아들허고 사이도 멀어져가는 것만 같고. 요즘에는 내가 처음 미국에 던져졌을 때 모양으로, 넓고 넓은 이 세상에 나 혼자라는 생각 때문에 외롭고 두렵다네. 더군다나 요즘에는 사업도 잘 안 되고……. 그래서 오래전부터 고향에 돌아가서 실제로 느티나무를 한번 타고 와야겠다고 생각해 왔다네. 지금까지는 어려운 일이 있을 때마다 기도허듯 마음속으로만 느티나무를 탔었는디 요번에는 심각허다네. 실제로 느티나무에 오르고 나면 모든 일이 잘 풀릴지도 모른다는 생각을 허게 됐다네. 자네는 내 심정 모를 거네. 아마 나를 미쳤다고 생각헐지도 모르제."

"실제로 느티나무를 타고 싶다……?"

지수는 애매하게 반문했다. 기호의 처지가 그렇게 좋은 것만은 아니라는 사실을 알게 되자 그를 위로해 주고 싶었다.

"살다 보면 왜, 갑자기 자기가 하는 일에 싫증을 느낄 때가 있지 않은가. 또 그동안 가까웠던 사람이 갑자기 낯설게 느껴진다든가, 사는 것이 무의미해질 때가 있지 않은가. 이럴 때 나는 문득문득 느티나무를 타고 싶어진다니께."

기호는 버릇처럼 숨을 크게 내쉬고 나서는 다시 허리를 쪽 펴고 반듯하게 누웠다. 그러고는 괴로움을 참아내려는 것처럼 몸부림치듯 자꾸만 몸을 뒤척이면서 부스럭거렸다. 대숲을 흔드는 바람소리와 봉구의 코고는 소리가 더욱 거칠어지기 시작했다. 밤이 깊어 갈수록 머릿속이 샘물처럼 맑아진 지수와 기호는 좀처럼 잠을 이루지 못하고 무거운 고뇌의 밑바닥으로 자꾸만 가라앉고 있었다.

그때 지수는 자신의 처지가 기호와 비슷하다고 생각했다. 지수 역시 얼마 전부터 그가 지금껏 신명을 바쳐온 일들이 갑자기 무의미하게 생각되었다. 그리고 세상이 공허하게 느껴졌다. 목회자를 스스로 포기하고 처자식까지 팽개친 채 혼자서 고향으로 돌아온 것도 모두 그 때문이 아니었던가. 사실 지수는 기호가 비아냥거린 대로 독립운동하는 심정으로 농촌으로 돌아온 것은 아니었다. 그가 고향에 돌아온 것은 분명 인생의 패배가 아닌가. 그런데도 지수는 미처 그 생각을 하지 못한 것이 부끄러웠다. 기호와의 게임에서 또 한 번 보기 좋게 패배하고 만 것 같은 언짢은 기분이 들었다. 왜 자신은 옛날의 갈색 기억에만 사로잡혀 있을 뿐, 여지껏 단한 번도 직접 자신이 느티나무에 다시 올라갈 생각을 하지 못했을까. 느티나무에 다시 올라가기 위하여 그 머나먼 미국에서 날아온 기호도 있는데 왜 지수 자신은 날마다 느티나무를 쳐다보며 살면서도 단 한 번도 그 생각을 하지 않았을까.

"그거 재미있겠는데? 느티나무 타기를 하는 것 말이야. 당장 내일이라도 해보지 뭐."

지수도 자신 있게 말했다.

"헐 수 있을까?"

"남은 인생의 마지막 도전이라고 생각허고 한번 해보는 거지뭐."

그렇게 해서 결국 그들은 반백의 나이에 이르러서 40여 년 전처럼 다시 느티나무 타기를 하기로 결심했다. 그러나 이번의 느티나무 타기는 옛날처럼 상대와의 경쟁이 아니라, 오직 자신의 한계를 극복하고 스스로의 인생에 도전한다는 것이 옛날과는 그 의미가 사뭇 달랐다.

3

기마병정 나팔소리의 알람 대신 탱자나무 울타리의 참새떼 지저귀는 소리에 잠이 깬 기호는 느티나무가 서 있는 거북천으로 나갔다. 지수도 몇 걸음 뒤에 처져 절뚝거리며 따랐다. 지수는 기호와 나란히 걷기가 싫어 한사코 거리를 두었다. 그런 지수의 속내를 알아차리기라도 한 듯 기호는 혼자서 성큼성큼 앞서갔다. 그는 이상하게도 빨리 느티나무에 오르고 싶어 조바심이 일었다. 두려운 생각은 조금도 없었다. 초여름 아침 햇살이 찬란하게 솟아오르는 순간에 바라다본 느티나무는 한껏 성장盛裝한 푸른 여인처럼 화려해 보이기까지 했다. 살아 있는 거대한 생명체 그대로였다. 기호는 느티나무의 의연함에 저절로 고개가 숙여졌다. 그는 오랫동안 엄숙하고도 경건한 마음으로 느티나무를 바라보았다. 그의 눈앞에 문득 초라하고 왜소한 어머니의 모습이 떠올랐다. 그는 어머니가 색깔 있는 새 옷으로 화려하게 차려입은 모습을 한 번도 본 적이 없었다. 낡은 검정 통치마에 땟국이 두껍게 밴 쑥색 저고리 차림의 어머니는 모숨이 굵은 털메기짚신을 질질 끌며 잠시도 앉아 있을 때 없이 정신없이 쏘다녔다. 그런 어머니한테서는 한겨울에도 언제나 시지근한 땀 냄새가 진동했다.

"이 거대한 푸르름이 너무도 아름답지 않은가."

"삼 년 전에 뉴욕 우리집 정원에 내 키만헌 느티나무를 한 그루 심어놓고 기도허듯 열심히 가꾸고 있네만 좀처럼 자라지가 않드만. 삼 년 전이나 지금이나 똑같다니께. 느티나무가 이만큼 자라기가 쉽지 않겄제. 아매 많은 고통의 시간과 사람들의 정성이 필요헐 거라는 생각이 드네."

기호는 그러고 나서 고개를 쳐든 채 마치 탑돌이 하는 것처럼 느티나무 둘레를 열 번쯤 돌았다.

지수와 기호는 아침상을 물리자마자 느티나무 타기를 서둘렀다. 그들은 함께 거북천으로 나갔으며 지수와 기호가 느티나무 밑에서 준비운동을 하는 동안 봉구는 사다리와 굵은 밧줄을 가져왔다. 봉구가 사다리를 타고 느티나무 첫 번째 가지에 올라가서 밧줄을 맸다. 어렸을 때 그랬던 것처럼 첫 번째 가지까지는 밧줄을 타고 올라가야만 했다. 그러나 지수가 생각하기에 밧줄을 잡고 첫 번째 가지까지 올라가는 것도 그리 간단할 것 같지가 않았다.

"자 누가 먼저 올라갈 텐가?"

밧줄을 맨 봉구가 사다리를 치우며 말했다. 지수는 심호흡을 하며 머리 위에 떠 오른 아침 해를 쳐다보았다. 그때 기호가 구두와 양말을 벗고 먼저 두 손으로 밧줄을 잡았다. 그는 가래침을 울궈내듯 목울대소리를 내어 손바닥에 침을 뱉고 두어 번 쓱쓱 문지르고 나더니, 까치발을 하고 두 손을 머리 위로 길게 뻗어 되도록 높이 밧줄을 잡고는 팔에 힘을 모았다. 그와 동시에 두 발바닥으로 밧줄 아랫부분에 힘을 주고 개구리처럼 몸을 옴쳤다가 오른팔을 길게 뻗어 밧줄을 옮겨 잡으며 몸을 위로 솟구쳤다. 그 자세가 결코 날렵해 보이지는 않았으나 아직은 솜씨가 그대로 남아 있는 듯했다. 기호는 어렵지 않게 밧줄을 타고 첫 번째 가지에 올라가는 데 성공했다.

그러나 그다음부터가 문제였다. 기호가 서 있는 첫 번째 가지에서 두 번째 가지까지는 겨우 2미터 정도 간격이었으나 밧줄도 없고 느티나무 몸통이 너무 커서 두 팔로 붙안을 수 없었다. 그 두 번째 가지까지만 올라갈 수 있다면 그다음부터는 손으로 잡을 수 있는 잔가지들이 많기 때문에, 담력만 있다면 우듬지까지도 기어오를 수 있을 것 같았다. 기호는 첫 번째 가지에 올라서서 한참 동안 위를 쳐다보고만 있었다.

"무리하지 말고 그냥 내려오소."

봉구가 기호를 쳐다보며 소리쳤다. 그러자 기호는 자신감 넘치는 미소를 날리며 지수 쪽을 내려다보더니 두 팔을 벌려 느티나무 몸통을 안아보았다. 손끝이 닿지 않았다. 두 아름도 더 될 것 같았다. 기호는 다시 팔을 풀어 손바닥으로 느티나무 몸통의 껍질을 쓰다듬었다. 그러고 나서 첫 번째 가지에 걸쳐 있는 밧줄을 풀어 두 번째 가지에 던졌다. 기호는 밧줄의 끝을 단단히 묶은 후 겨드랑이에 감고 힘을 주었다. 그는 두 팔로 밧줄의 양쪽을 잡은 채 허공에 매달렸다. 힘이 딸려 밧줄을 놓치게 되더라도 겨드랑에 감긴 밧줄 때문에 땅에 추락하지는 않을 것 같았다. 기호는 허공에 매달린 채 몸을 돌려 두 가닥의 밧줄이 하나로 꼬이게 하였다.

그러고 나서 두 손으로 한 가닥이 된 밧줄을 잡고 조금씩 오르기 시작했다. 그것을 쳐다보는 두 사람은 입이 타는 것 같아 연신 마른침을 삼켰다.

"여기서 그만두면 나는 미국에 다시 돌아갈 수 없다. 여기서 실패하면 아내 크리스티와 내 아들 로버트와도 헤어져야 한다. 나는 실패하면 안 된다."

기호는 이렇게 중얼거리며 밧줄을 잡은 손에 필사의 힘을 모았다.

기호가 두 번째 가지에 오르기까지는 거의 30분 가까이 걸렸다. 가지 위에 올라앉은 기호는 너무 지쳐 한동안 눈을 감고 멍하니 고개를 처박고 있었다. 그것은 본 지수는 그곳에서 도망치고 싶은 심정이었다.

"이제 그만 내려오소."

봉구가 기호에게서 시선을 떼지 않은 채 손바닥으로 나발을 만들어 입에 대고 큰 소리로 말했다. 그러나 기호는 대꾸조차 하지 않았다.

"나는 다시 미국에 돌아가야만 한다. 아내와 아들을 놓쳐서는 안 된다. 나는 고향에 돌아와 살 수는 없다."

기호는 그렇게 중얼거렸다. 그것은 미국에 들어간 후 처음 귀국길에 오르면서 자신에게 다짐했던 것이기도 했다. 그가 오랜만에 고향에 돌아온 것은 고향이 그리워서가 아니라 미국에 다시 들어가서 좌절하지 않고 살기 위해서였다.

기호는 빨리 미국에 다시 돌아가고 싶다는 생각과 아내 크리스티와 아들 로버트에 대한 그리움을 두 팔과 두 발바닥에 모아 느티나무 몸통을 힘껏 안고 오르기 시작했다. 마치 두 팔로 힘껏 그의 유일한 그리움이고 희망인 아내와 아들을 한꺼번에 끌어안은 것처럼.

그는 소나무 위에 숨어서 어머니가 총에 맞아 죽어가는 모습을 내려다보고만 있었던 유년 시절의 절망적인 기억을 떠올리며 느티나무를 타고 조금씩 조금씩 위로 올라갔다. 미국에 있는 백인 아내와 노랑머리 아들에 대한 그리움과 어머니의 죽음 앞에서 소리 내어 울 수조차 없었던 유년 시절의 죄책감은 오히려 그에게 용기와 힘이 되어 주었다.

기호는 어느덧 느티나무의 우듬지 가까이까지 올라갔다. 그의 육신은 이제 푸른 느티나무 잎 속에 가려지고 있었다. 그는 이따금씩 오르는 것을 멈추고 크게 숨을 몰아쉬었다. 그때마다 답답한 가슴이 조금씩 트여오는 것처럼 기분이 좋았다. 그는 만족스러운 얼굴로 발부리 아래를 내려다보았다. 이제 그는 아무런 두려움도 느낄 수 없었다. 얼마든지 계속해서 높이 올라갈 수 있는 자신감이 생겼다. 그는 이미 유년 시절 지수와 시합을 했을 때보다 더 높이 올라와 있었다.

"자, 지수도 올라오소."

기호가 아래를 내려다보며 약간 흥분된 목소리로 소리쳤다. 그러고 나서 그는 느티나무 가지들 사이로 햇살이 화사하게 깔리는 마을과 거북천, 그리고 넓은 들판을 둘러본 다음 멀리 회색빛으로 출렁이는 백아산을 바라보았다. 눈에 보이는 것들은 40여 년 전과 달라진 것이 없는 것 같았다. 그러나 세상이 넓어 보인다는 생각은 별로 없었다. 오히려 좁아 보인다는 느낌이 들었다. 그는 날개가 돋친 듯 기분이 상쾌했다. 이대로 단숨에 미국까지 날아갈 것만 같았다.

"위험하네. 그만 내려오소."

이번에는 땅 위의 지수가 약간 불안한 목소리로 다그쳤다. 그는 이미 나무 타기를 포기하기로 작정한 지 오래였다. 그는 오히려 사생결단을 하고 나무 타기를 하는 기호를 이해할 수 없었다. 그는 나무 꼭대기에 있는 기호를 걱정하고 있었다. 아무래도 기호가 제정신이 아닌 것 같다는 생각이 들기까지 했다.

미국에서 느티나무를 타기 위해 고향에 왔다는 것 자체부터가 성한 사람의 말 같지가 않았다.

"기호, 어서 내려오라니까."

지수는 점점 초조해지기 시작했다. 그의 목소리는 떨고 있었다. 지수는 기호가 무사히 내려오기만을 빌었다. 이제 기호는 그에게 이 세상에서 가장 소중한 친구로 다가와 있었다. 지수는 기호가 자신의 몫까지 높이 올라가 준 것이라고 생각하고 싶었다.

그때 마을 쪽에서 구경거리를 발견한 사람들이 느티나무를 향해 몰려오고 있는 것이 보였다. 어느새 느티나무 주변에는 마을 사람들이 무더기로 몰려와 놀라운 얼굴로 턱끝을 바짝 쳐들고 서서 뭐라고 저마다 한마디씩 퉁겨냈다. 마을 앞을 달리던 사람들도 자동차를 세우고 모두 밖으로 나와 손가락으로 느티나무를 가리키며 꼭대기에 붙어 있는 기호를 구경했다. 구경거리가 된 기호는 이미 그들 눈에 정상적인 사람이 아니었다. 구경꾼들은 그가 미국에 있는 아내와 아들을 다시 만나기 위해 느티나무를 오르고 있다는 사실을 알 턱이 없었다. 기호는 나무에서 내려올 생각을 하지 않았다. 그는 오히려 더 높이 올라가기 위해 붙잡을 만한 나뭇가지를 찾고 있기라도 한 듯 왼손을 머리 위로 쳐든 채 햇살이 눈부시게 꽂혀 내리는 하늘만 쳐다보고 있었다. 그를 쳐다보고 있는 지상의 많은 구경꾼에 대해서는 아무런 관심도 없이.

『현대문학』, 1996

흰거위산을 찾아서

1

퇴색한 기억을 찾아 과거로 여행을 떠나는 일은 무의미할지도 모른다. 어차피 지나간 과거는 시간의 무덤일 수밖에 없기 때문이다. 그리고 그 캄캄한 시간의 무덤 속에는 죽은 기억의 앙상한 잔해들만이 먼지처럼 켜켜이 쌓여 있을 것이다. 죽어버린 기억들을 애써 되살린들 무슨 소용이 있겠는가. 그것은 마치 이미 다른 사람의 소유가 되어버린 물건들에 대해 뒤늦게 애착을 갖는 것과도 같다. 더욱이 이 세상에 옛날 그대로의 모습을 간직한 과거는 없다. 변하지 않는 과거는 아무것도 없다.

박지수와 장기호의 이번 여행은 결코 시간의 무덤을 파헤쳐 기억의 잔해들을 다시 추스르기 위한 것이 아니다. 비록 그들이 40여 년 전의 현장을 찾아간다고는 할지라도, 어디까지나 그들의 여행 목적은 과거의 모습을 다시 보기 위한 것이 아니었다. 그들은 오늘 그들의 모습을 보다 확실하게 보기 위해 이 여행을 떠나기로 한 것이다. 이번의 여행을 위해서 40년 만에 미국에서 일시 귀국한 장기호도 박지수와 똑같은 생각이었다.

여행의 목적지는 흰거위산白鵝山이다. 고향 거북재에서 바라보는 흰거위산은 마치 긴 목을 더욱 길게 늘여 빼, 하늘로 솟아오르는 거위 모습을 하고 구름 조각처럼 가볍게 떠 있었다. 그들은 목 부분이 언제나 파란 하늘에 젖어 있는 흰거위산을 보면서 자랐다. 흰거위산을 오랫동안 바라보고 있노라면 퇴화된 날개를 기러기처럼 활짝 펼치고 구름 사이로 춤을 추며 날아올 것만 같았다. 그때까지만 해도 그들은 거위는 본디 기러기의 변종으로 헤엄은 잘 치나 멀리 날지는 못한다는 사실을 몰랐었다. 어른이 되어서야 큰 엉덩이를 좌우로 흔들어대고 어기적거리면서 낯선 사람을 보면 큰 소리로 울어대는 거위를 보고, 멀리 날지 못하고 그 자리에 거위 모습으로 하늘을 꿈꾸며 서 있는 흰거위산을 더욱 동경하게 되었다. 거위의 머리 부분에 해당하는 그 산의 정상에는 하늘을 향해 성벽을 쌓아 올린 듯 큰 바위가 솟아 있고 등쪽 마당바위는 먹줄을 긋고 대패질을 한 것처럼 반듯하고 편편해 보였다. 어려서 흰거위산을 바라볼 때마다 그들은 그 높고 깊은 산속엔 이 세상과는 또 다른 신비한 세계가 있을지도 모른다는 생각을 하였다. 그들은 그 미지의 하늘을 꿈꾸며 자랐다. 그리고 어른이 되면 꼭 그 산 정상에 올라가 보겠다고 다짐하기도 했었다.

마을이 불탔을 때 지수 아버지는 흰거위산으로 가야만 살 수 있다고 했다. 많은 사람이 그 말을 믿고 지수 아버지를 따라갔다. 그러나 지수 아버지를 따라 흰거위산으로 들어간 사람들은 거의 죽고 말았다. 그들은 결국 일부러 죽음을 찾아 흰거위산으로 들어간 것처럼 된 것이었다. 흰거위산으로 들어가는 도중에 죽은 사람들도 많았다. 장기호 어머니도 지수 아버지를 따라 흰거위산으로 가는 도중에 토벌대의 총에 맞아 죽임을 당했다. 흰거위산에 들어갔다가 살아나온 사람은 지수네 가족뿐이었다. 많은 사람을 이끌고 흰거위산에 들어간 지수 아버지가 그곳이 죽음의 산이라는 사실을 알아차렸을 때는 이미 그를 따라왔던 사람들이 거의 죽고 없어진 후였다. 그들이 그렇게도 동경했던 흰거위산은 결국 죽음만을 보여주었을 뿐이었다. 진초록빛 신비 대신 참담한 죽음만 있었다. 그런 그 산에 어른이 되어, 그것도 40년이 지난 후에야 다시 가보고 싶은 이유는 무엇 때문일까.

"아무래도 이틀 밤쯤 자야겠지?"

"나로서는 이번이 마지막 여행이 될 것 같구만. 그동안 미국에 살면서 하루도 저 산을 잊은 적이 없었네. 40년 동안 저 산이 내 목구멍에 가시처럼 걸려 있었다니까. 그러니까 저 산은 내게 뭐랄까…… 절망이면서 희망이었다고나 할까."

"가벼운 마음으로 떠나세. 우리가 어렸을 적에는 살기 위해 저 산으로 들어갔었지만 지금은 다르지 않은가. 그냥 등산하는 기분으로 다녀오세."

"지수 자네가 동행을 해줘서 고맙네. 나는 지금까지 친구허고 여행을 떠나본 적은 한 번도 없었구만. 지금까지 내 여행의 동반자는 아내 크리스티와 아들 로버트였네. 허지만 이제 그들은 나하고 함께 여행하는 것도 싫어한다네. 이제 나는 함께 여행 떠날 사람도 없어."

그러면서 기호는 무겁게 고개를 들어 올려 슬픈 표정으로 흰거위산을 바라보았다. 지수는 그런 기호에게서 가슴 저미는 연민을 느꼈다.

지수와 기호는 취사도구며 식량을 충분히 준비하여 배낭에 넣어 짊어지고 어둠이 걷히자 서둘러 마을을 떠났다. 그들은 옛날의 피난길을 그대로 더듬기 위해 처음부터 끝까지 걸어서 갔다 오기로 했다. 그러나 그들이 걷고 있는 그 날의 피난길은 결코 과거로 돌아가는 길이 아니다. 이미 그들의 눈에 과거의 모습들은 아무것도 보이지 않았다. 산의 빛깔부터 달랐다. 산을 바라보는 그들 마음도 예전 같지 않았다. 지금 그들 눈에 들어온 것들은 있는 그대로의 사실뿐이다.

잘 다듬어진 온천장 가는 아스팔트 길을 따라 반 시간쯤 걷다가 야트막한 산 모퉁이를 돌아 주유소 앞에 이르자 지수가 좀 쉬어가자고 했다. 기호가 주유소 화장실에 갔다 오는 동안 지수는 한동안 주위를 서성거리며 무엇인가를 찾고 있었다. 분명히 산 모퉁이를 돌면 잎이 피어나기 전의 고사리 모습을 한 노송 한 그루가 삶에 지친 노인처럼 외롭게 서 있었고 그 옆에 담살이 무덤이 자그맣고 봉긋하게 자리 잡았었다. 지수는 어머니를 따라 외가에 갈 때마다 그 노송 그늘 밑 담살이 무덤에서 가지 끝에 걸린 하늘을 보며 잠시 쉬곤 했다. 그때 어머니는 말기끈에 쑤셔 넣어온 오이를 꺼내 반을 잘라 지수에게 건네주곤 했다. 그는 어른이 되어서도 목이 마를 때는 그때 어머니가 꺼내주었던 오이 생각을 떠올리곤 한다. 어머니가 외가에 갈 때는 언제나 옥색 저고리에 연분홍 치마를 입곤 했었는데 바람이 건듯 불 때마다 치맛자락이 복사꽃 물결처럼 물결치며 펄럭였다. 외할머니 생신이 복사꽃 필 무렵이었다. 그때 어머니는 이 세상에서 제일 아름다워 보였다. 아직도 지수의 눈에는 수박 한 덩이를 새끼줄에 묶어들고 연분홍 치맛자락 펄럭이며 나비가 춤을 추듯 발걸음도 가볍게 사붓사붓 걷는 어머니를 따라 외가에 가던 때의 기억이 선하다. 시앗 난초 때문에 속이 상해 외가에 갈 때 어머니는 담살이 무덤에서 쉬지 않았다. 그럴 때 어머니는 마치 땅껍질을 벗기듯 발부리로 길을 툭툭 차며 걸었다. 이럴 때 지수는 어머니가 애먼 길바닥에 화풀이를 하고 있다는 것을 알고 있었기 때문에 되도록 말을 하지 않았다. 난초 때문에 화가 나서 외가에 갈 때면, 어머니는 모퉁이를 돌아서 외가 마을에 도착하도록까지 타령조 노래를 쉬지 않고 계속 흥얼거리곤 했다.

지수는 끝내 노송과 담살이 무덤을 찾지 못했다. 100년은 더 되었음직

싶었던 그 노송이 서 있었던 자리에 주유소가 들어서 빨간 자동차 한 대가 급유를 받고 있었다. 지수가 기호에게 노골적으로 아쉬움을 얼굴에 나타내며 담살이 무덤 이야기를 했더니,

"너무 실망하지 말게. 때로는 기억 속에 남아 있는 것들이 실재 모습보다 더 아름다울 수 있으니까 말야."

라고 말하면서 애매하게 웃었다.

그들은 기호 어머니가 총에 맞아 숨을 거두었던 월곡으로 가기 위해 아스팔트에서, 오랜 가뭄으로 돌멩이들이 울툭불툭 튀어나온 비포장 달구지길로 접어들었다. 달구지길 양편으로는 흰 까실쑥부쟁이꽃이며 옹굿나물꽃과 청자빛 개미취꽃이 무리져서 바람에 몸살 나도록 온몸을 흔들어댔다.

"그때 무슨 꽃이 피어 있었는지 기억나는가?"

지수가 달구지길 양편에 하늘하늘 피어 있는 들꽃들을 보며 물었다.

"꽃 생각은 안 나고 오들개(오디)며 꾸지뽕 열매, 파리똥(보리수)을 따먹은 기억은 있구만."

지수도 밭둑에서 굼벵이만한 크기에 거죽이 오돌토돌하고 들큼한 맛이 나는 오디를 입언저리가 시커멓도록 따먹었던 기억이 살아났다. 오디가 검은 자주빛으로 익을 무렵이었으니까 초가을이었던 것 같다.

"자네 그 후로 오들개 못 먹어 봤지?"

지수가 물었다. 그러고 보니 고향에 돌아와 살게 된 지가 1년이 가까워져 오는데도 아직 오들개며 꾸지뽕, 파리똥 열매를 맛보지 못했다.

"얼마 전 엘에이에 갔을 때 한인타운에서 앵두를 파는 것을 발견했구만. 빨간 앵두를 보자 '앵두나무 우물가에 동네 처녀 바람났네' 하는 노래

가 떠오르면서 울컥 고향 생각이 나데. 그래서 한 봉지 사서 집에 가져갔더니 글쎄, 내 아내 크리스티와 아들 로버트가 고개를 휘저으면서 맛도 안 보드라고. 그래서 나 혼자 '앵두나무 우물가에 동네 처녀 바람났네' 그 노래를 부르면서 다 먹어치웠다네. 그때 내 기분이 어땠는지 아는가? 챙피하게도 눈물이 나올 지경이었다네."

지수는 기호의 그 기분을 충분히 이해할 수 있을 것 같았다. 지수도 가끔 그와 비슷한 경험을 했기 때문이다. 그러고 보면 사람은 오히려 작고 하찮은 일에 슬퍼하고 외로워하며 기뻐하기도 하는, 감정의 표피가 엷은 동물인 것 같다. 막상 큰 슬픔을 겪을 때는 눈물이 나오지 않다가도 통속적인 드라마를 보면서 눈물을 훔치는 경우가 많은 것처럼 말이다. 하기야 눈물은 관념이나 추상의 분비물이 아니라, 가장 구체성을 띤 감정의 샘물이 아니던가.

그들은 달구지길이 점점 좁아졌다가 완전히 끝나는 제방에서 양말과 구두를 벗은 다음 바짓가랑이를 걷어 올리고 물이 무릎 높이쯤 되는 야트막한 내를 건넜다. 그곳에서 다시 논둑길을 따라 걷다가 산모롱이를 안고 돌아 후미진 골짜기로 휘어들었다. 가을 햇살이 정수리를 톡톡 쏘아대며 묶음으로 쏟아져 내리고 있었다. 햇볕은 넉넉했고 바람은 가을답게 적당히 불었다.

그들은 피난 시절에 그랬던 것처럼, 골짜기 초입 큰 오리나무 밑에서 연기 안 나는 죽은 청미레덩굴을 꺾어 불을 피우고 점심을 해 먹었다. 반찬이라고 해야 배추김치와 맛김뿐이었는데도 밥맛이 좋았다. 밥을 다 먹은 그들은 약속이나 한 것처럼 실개천 아래 판판한 바위에 나란히 몸을 뉘었다. 순청자빛 하늘에서 초가을 한낮의 윤기가 자르르한 햇살이 명주 바람에 섞여 다사롭게 그들의 마음과 육신을 감싸주었다.

"이번에 내친 김에 지리산까지 가보고 싶구만……."

지수가 하늘 끝 지리산 쪽을 바라보며 말끝을 흐렸다.

"흰거위산을 거쳐서 지리산까지 가 보드라고?"

기호가 너무 쉽게 대답했다.

토벌작전으로 흰거위산에서 많은 사람이 죽자 지수 아버지는 다시 지리산으로 가고 싶어 했다. 지리산으로 들어가야만 살 수 있다고 믿는 것 같았다. 그러나 지수 어머니는 아버지의 생각과 다르다는 것을 분명히 말했다. 더 큰 산으로 들어가는 것보다 차라리 흰거위산을 떠나 고향 마을로 되돌아가기를 원했다. 지수의 기억으로는 어머니가 아버지의 뜻에 강하게 반대하고 나선 것은 그때가 처음이고 마지막이었던 것 같았다. 결국 지수네 가족은 어머니의 주장대로 밤에 흰거위산을 빠져나와, 토벌대가 주둔하고 있는 월산지서 대울타리 밖 논바닥에 토굴을 파고 살게 되었다. 소나무 가지를 엮어서 덮은 토굴의 천장에는 뱀들이 스멀스멀 기어 다녔다. 그러나 그들은 뱀에 대한 무서움보다는 견딜 수 없는 배고픔과 나라와 고향 사람들로부터 완전히 버림받고 있다는 서러움이 더 컸다. 토벌대는 잠시나마 빨치산과 함께 살았거나 입산자 가족들에 대해서는 지서 울타리 밖에 살게 했다. 그들은 사상이 불순하여 믿을 수 없고 보호할 가치도 없다고 생각했던 것 같다. 오히려 빨치산과 내통을 하지 않나 하여 엄한 감시를 받았다. 그 때문에 빨치산이 밤에 지서를 습격한 다음에는 울타리 밖의 많은 사람이 지서에 끌려가서 곤욕을 겪기 일쑤였다.

"우리가 여기꺼정 오는 데 얼매나 많은 세월이 흘렀는가."

기호가 하늘을 향해 반듯하게 누운 채 밑도 끝도 없는 말을 했다.

"참으로 긴 방황이었구만. 열두 살에 낯선 미국 땅에 가서 양부모를 만나고 어렵게 대학을 졸업한 후로 지금꺼정 단 하루도 마음 편할 날이 없었네. 매일 목적지도 없이 긴 여행을 하고 있는 기분이었네. 아직껏 단 한 번도 아, 여기가 바로 내 영혼과 육신이 평화롭게 쉴 수 있는 안식처구나 싶은 생각이 없었어. 그 때문에 만성소화불량에 변비까지 생겼어."

기호는 갑자기 힘이 빠진 듯 삶에 지친 목소리로 말했다.

"나도 마찬가지네. 어려서 고향을 떠난 후 지금까지 아무도 나를 기다려주지 않는 황량한 사막 한가운데를 겁도 없이 무작정 뛰어온 것만 같네. 링반델룽이라는 독일 말이 있지. 어쩌면 내가 지금까지 살아온 게 바로 링반델룽과 같다는 생각이네. 짙은 안개가 끼어 있거나 아니면 야간에 행군 할 때, 똑바로 가고 있다고 생각했는데 사실은 둥글게 원을 그리며 한 지점을 빙빙 돌고 있다는 것일세. 결국 나는 다람쥐 쳇바퀴 돌 듯 살아온 거네. 여기저기 떠돌아다니고, 이것저것 하는 일을 바꾸며 40여 년 동안 긴 방황 끝에 결국 고향으로 다시 돌아오지 않았는가. 이제는 나도 지쳤네. 아무것도 이루어놓은 것 없이 인생을 낭비했어."

"그래도 지수 자네는 고향으로 돌아왔으니 이제 방황이 끝난 거 아닌가."

"끝나지 않았네. 처자식과 헤어져 혼자 고향에 돌아왔지 않은가."

"나야말로 앞으로 얼마나 더 긴 방황을 해야 할지…… 지금, 이 순간도 나는 먼 여행을 떠나는 사람처럼 긴장돼 있다네. 그래서 늘 불안하지."

"우리가 이렇게 된 것은 전쟁 때문이네. 전쟁만 아니었다면 우리가 고향을 떠나지 않았을 것 아닌가."

두 사람은 하늘을 쳐다본 채 한동안 말이 없었다. 그들은 각기 자신들이 그동안 살아온 고통의 기나긴 궤적을 돌아보고 있는 것인지도 몰랐다.

그들이 걸어온 궤적의 시작은 뚜렷한데 그 끝은 보이지 않았다. 그리고 지금 그들이 흰거위산을 찾아가는 행로는 지나온 과거의 길이 아니라 보이지 않는 미래로 통하는 길일지도 모른다는 생각이 들었다. 그들은 지금 과거를 찾아가는 것이 아니라 낯선 미지의 시간 속으로 여행을 떠나고 있기 때문이다.

"지금까지 내가 옮겨 다닌 곳이 스무 군데는 더 될 걸세. 부동산 투기꾼처럼 주민등록등본에 이전지란이 온통 새까맣다네."

"나야말로 세계를 집시처럼 떠돌아댕겼지 않은가."

지수의 말을 기호가 받았다. 그들은 흰거위산 모양의 구름 한 조각이 그들의 시야를 덮는 순간 다시 약속이나 한 것처럼 거의 동시에 상반신을 일으켰다. 그리고 서둘러 떠날 준비를 했다.

골짜기 깊숙이 들어갈수록 하늘이 좁아지면서 햇살이 굵고 바람이 거칠어졌다. 그리고 골짜기를 에워싼 산의 잡목들이 울창한 숲을 이루었다. 골짜길 아래쪽 산자락에는 여기저기 붉나무며 옻나무의 잎들이 붉게 물들기 시작했다. 그들의 기억으로는 내를 건너 담배 한 대참 정도 골짜기로 접어들면 월곡마을이 대밭을 머리에 이고 오붓이 자리 잡고 있었던 것 같았다. 그러나 한참 동안 골짜기를 꿰고 들어왔는데도 마을은 보이지 않았다. 그들은 혹시 잘못 찾아오지나 않았나 걱정이 되기도 했다. 그렇다고 이제 와서 되돌아설 수도 없어 계속 걸었다.

"전봇대가 서 있는 걸 보니 이 안에 마을이 있는 것이 분명한 것 같으네."

지수는 비로소 안도하며 큰 소리로 말했다. 30분쯤 더 걸어 들어가자 벼가 누릇누릇한 다랑논과 오동나무가 듬성듬성 서 있는 동쪽 산비탈에 밭뙈기들이 눈에 들어왔다. 그리고 참나무숲 아래 대나무밭 속에 초록과 빨간 색깔 슬레이트 지붕의 인가 서너 채가 호젓하게 햇볕을 받은 채 자울자울 졸고 있는 것처럼 보였다. 인가를 발견한 그들의 발걸음이 한결 가벼워졌다. 헌데 그들 기억으로 피난 당시 이 마을은 30여 호가 넘었던 것 같은데 지금은 마을이랄 것도 없이 겨우 인가 서너 채만이 외롭게 골짜기를 지키고 있는 것이 아닌가. 다행히도 동구 밖 팽나무들이며 마을 뒤쪽의 대밭과 참나무숲이 그날의 기억을 희미하게나마 되살려 주었다.

2

지수 아버지를 따라 흰거위산으로 들어가던 거북재 마을 사람들 20여 명은 월곡리에서 첫날밤을 보냈다. 월곡리 사람들은 이미 토벌대를 따라 소개 당한 뒤라 빈집이 많았다. 거북재 사람들은 월곡에서 며칠 머무른 후에 상황을 봐가며 흰거위산으로 들어갈 계획이었다. 그런데 하룻밤을 보낸 다음 날 아침, 햇살이 안개를 하늘로 말아 올릴 시각에 갑작스럽게 토벌대가 들이닥쳤다. 토벌대는 월곡리 앞산에서 마을을 향해 집중사격을 하며 기습을 했다. 지금도 그들은 그때 총알이 쌩쌩 소리를 내며 스쳐 지나는 소리를 너무도 선명하게 기억하고 있다. 기호는 오랫동안 미국에 사는 동안에도 그 총알이 쌩쌩 대며 귀를 스치는 소리에 깜짝 놀라 몸을 웅크린 적이 가끔 있다. 그때마다 그는 총에 맞아 세상을 뜬 어머니를 그리워했다.

토벌대는 소개하지 않고 작전지역 안에 남아 있는 민간인들을 적으로 간주했다. 토벌대의 기습에 겁을 먹은 거북재 사람들은 가족을 챙길 겨를도 없이 저마다 살기 위해 필사적으로 마을 뒷산으로 뛰었다. 우선 자신의 목숨부터 구하지 않으면 안 될 급박한 순간이었다. 함께 뛰던 가족이 총에 맞아 쓰러지는 것을 보고도 차마 뛰는 것을 멈출 수 없었다. 돌이 막 지난 아들을 업고 도망치던 강촌 댁은 총소리에 놀라 자지러지게 우는 아기를 찔레나무 덤불 속에 내려놓고 혼자만 살겠다고 뛰었다. 이때 기호도 어머니와 함께 도망치다가 워낙 다급한 김에 어머니를 팽개치다시피 하고 혼자서만 잽싸게 소나무에 올라가 몸을 숨겼다. 그는 어머니가 총에 맞아 죽는 것을 보고도 나무에서 내려오지 못했다. 이날 월곡에서 거북재 사람 4명이 죽고 7명이 부상을 입었다. 그들은 죽은 사람을 매장하고 부상당한 사람들이 나을 때까지 월곡리에 머물러 있었다. 지수는 그때 월곡에 머물러 있는 동안 밤마다 그의 뇌리 깊숙이 끌질하듯 각인했던 물레방아 도는 소리가 너무 무서웠다. 주인 없는 물레방아는 날마다 밤낮을 가리지 않고 그렇게 혼자 돌았다. 그들은 아무도 철철철 삐이끄덕 철철철 삐이끄덕, 일정한 간격으로 똑같은 소리를 내며 돌아가는 빈 물레방아를 멈추게 할 생각을 하지 않았다. 어쩌면 평화스러울 때만이 들을 수 있는 그 물레방아 돌아가는 소리가 큰 위안이 되어 주었는지도 몰랐다. 빈 물레방아 소리는 날씨가 궂은날 밤이면 마치 비명처럼 더욱 음산하게 들리는 것 같았다. 지수의 머릿속에서는 지금도 월곡리의 빈 물레방아가 쉬지 않고 돌고 있다. 그가 도시 생활을 청산하고 가족과 헤어져 다시 고향에 돌아온 것도 어쩌면 그 빈 물레방아 소리 때문인지도 모른다. 그가 도시에 살고 있을 때, 심지어 하느님께 간절한 기도를 올릴 때도 그 빈 물레방아는 그의 뇌리에서 아우성치듯 돌았다.

지수와 기호는 서둘러 마을로 들어갔다. 개 짖는 소리도 없이 마을 안이 오싹할 정도로 고즈넉했다. 탱자나무 울타리에 빨간 슬레이트 지붕의 첫 들머리 집은 휑하게 비어 있었다. 방 문짝이 떨어지고 벽 한쪽이 뻥 뚫려 있었다. 폐가가 다 된 것을 보니 사람이 살지 않은 지 오래된 듯싶었다. 황갈색 겨자색깔의 먹감이 주절주절 열린 두 번째의 감나무집 역시 사람이 살지 않았다. 맨 웃머리, 두태며 참깨, 고추를 골고루 심어놓은 널따란 밭 귀퉁이 초록빛 슬레이트집만이 사람이 살고 있었다. 헛기침을 토해 인기척을 내며 집 안으로 들어서자 60살 안팎의 부부가 마당에 멍석을 깔고 고추를 널다가 낯선 사람을 보고 다소 놀라는 기색으로 허리를 펴며 일어섰다.

"실례합니다."

"여기가 월곡리 맞지요?"

지수와 기호가 거의 동시에 허리를 적당히 꺾어 예의를 갖추며 물었다.

"그렇소만 누구를 찾아오셨소?"

입성은 초라했지만 햇볕에 그을린 농사꾼답지 않게 얼굴이 해맑아 보이는 주인 남자가 경계하지 않는 말투로 반문했다. 고추빛 스웨터를 입은 그의 부인 역시 단풍으로 물들기 시작하는 초가을의 산색처럼 곱고 자연스럽게 늙어가는 얼굴빛이었다. 그들 부부는 유난히 눈빛이 투명했다.

"그냥 월곡리까지 왔습니다."

지수 자신이 생각해 봐도 그것은 애매한 대답이었다. 주인 남자는 한동안 낯선 방문객의 얼굴을 말없이 번갈아 보았을 뿐이다. 그러나 그는 두 사람을 의심하는 것 같지는 않았다.

"월곡리에는 뭣 땜시……."

"아, 예. 흰거위산까지 가는 길에 잠시……."

"그렇다면 잘못 왔소. 오던 길로 다시 골짜기를 빠져나가서 신작로를 타고 가야 허요. 흰거위산꺼정은 뻐스도 댕기는듸……."

물론 그들은 월곡리에서 흰거위산으로 통하는 길이 없다는 것을 잘 알고 있었다. 그러나 그들은 길을 따라가자는 것이 아니라 피난을 하러 갔던 그때 그날처럼 험한 산속에서 가시덤불을 헤치고 내를 건너 가보자는 것이었다.

"월곡리에는 몇 집이나 사십니까?"

이번에는 기호가 물었다.

"들머리 두 집은 노인 내외가 살다가 서울 아들 집으로 갔고 또 대밭 속 한 집은 삼 년 전에 젊은 부부가 염소를 키우겠다고 들어왔다가 올봄에 떠나부러서 시방은 우리 두 내외만 달랑 남었소."

"아저씨는 언제부터 월곡리에서 사셨어요?"

"나야 나서부텀 쭈욱 여기서 살았지라."

지수가 묻고 주인 남자가 대답했다.

"한 번도 고향을 떠나지 않았다는 말씀입니까?"

"육이오 난리 때도 한 발짝 안 떠났소. 이 근방이 공비토벌 작전지역이 되야갖고 소개를 당하고 집을 몽땅 불태워부렀을 때도 우리 식구는 이 자리에 산막을 치고 살았지라. 죽어도 내 땅에서 죽자 허는 생각으로 꼼짝 않고 붙어 있었소. 내 땅을 꾹 밟고 있으면 힘도 나고 무섬증도 없어지지라."

주인 남자는 자랑스럽게 말했다. 지수는 고향을 떠나지 않은 것을 자랑삼아 말하는 사람은 처음이었다. 그렇게 말하는 그가 은근히 부러웠다.

"언젠가 토벌대의 기습으로 월곡에 와 있던 피난민들이 많이 죽었었지요? 그때도 여기 계셨습니까?"

지수가 주인 남자 옆으로 한걸음 바짝 다가서며 물었다.

"나는 단 한 번도 월곡리를 떠나본 적이 없었다니께요. 그때 일이 생각나지라. 그러니께 그때 나는 우리 부모님허고 이 밭에서 김장헐라고 배추를 뽑고 있었구만이라. 총소리가 짜글짜글 월곡리 안통을 쥐흔들었지라. 그래도 우리 세 식구는 그냥 밭에서 허든 일만 계속허고 있었소. 그러자 한참이나 있다가 잠잠해지드만요. 그날 우리 마을이 생긴 이래 첨으로 사람이 많이 죽었지라. 헌디 댁들은 그때 일을 어치게 아시요?"

"그때 우리도 월곡리에 있었습니다."

"흰거위산으로 가던 중이었습니다."

지수의 말끝을 기호가 받았다. 그러자 주인 남자는 두 번 커다랗게 고개를 끄덕이면서 낯선 방문객의 얼굴을 찬찬히 바라보았다. 그제서야 그는 두 사람이 월곡리를 찾아온 연유를 짐작하겠다 싶은 표정이었다.

"헌디, 댁들도 그때 월곡을 떠나 흰거위산으로 들어갔소? 후에 듣자니 그 산으로 들어간 사람은 살아남지 못했다던디……."

"겨우 살아나왔지요."

"우리는 그때 너무 어렸어요."

지수와 기호가 거의 동시에 말했다.

"댁들은 그래서 시방 흰거위산을 다시 찾어가는 길이라고 했소?"

그는 되게 할 일 없는 사람들도 다 있다는 듯 한심한 눈빛으로 두 사람을 번갈아보며 물었고 지수와 기호는 어색하게 미소를 지어보이며 동시에 고개를 끄덕였다.

"뭣을 찾으러 흰거위산에는 다시 가시요?"

"찾으러 가는 것이 아니라……."

지수는 말끝을 얼버무릴 수밖에 없었다. 그들이 흰거위산을 찾아가는 이유를 어떤 말로 설명한다고 해도 그가 이해할 것 같지가 않았기 때문이다.

"우리는 마을이 옴씰허게 불탈 때도 꼼짝 않고 이 자리에서 허던 일만 계속허고 있었구만이라. 그리고 토벌대가 물러가자 불탄 자리에 산막을 치고 그대로 눌러 살았소."

그는 목소리에 한껏 힘을 주어 말하며 평화롭고도 넉넉한 눈빛으로 엷은 황갈색으로 물들어가는 초가을 산과 들녘을 휘둘러보았다. 그때 밭머리 찔레나무 덤불 속에서 박새 한 마리가 푸드득 날아 오동나무 가지에 앉았다.

그날 두 사람은 유일하게 월곡리에 남은 장우암이라고 하는 사람 집에서 하룻밤을 묵게 되었다. 장우암 씨 부부는 흔쾌하게 그들을 받아주었다. 날이 어두워지자 전깃불이 산골의 외딴 집 안을 환하게 밝혀주었다. 그들은 낮에 전신주를 보기는 했지만 월곡에 전깃불이 들어온다는 게 신통하게만 생각되었다. 장우암 씨 안방에는 텔레비전은 물론 가스레인지며 냉장고까지 있었다. 냉장고는 광주에서 자동차공장에 다니는 아들이 2년 전에 사 왔고 가스레인지는 1년 전에 서울로 시집 간 딸이 사 보냈다고 자랑삼아 말했다.

"농사는 얼마나 짓습니까?"

"우리 두 내외 포도시 묵고 살 만큼만 짓소."

장우암 씨는 옛날 그의 부모와 어린 자식들까지 함께 살 때는 논농사를 많이 했으나 부모가 세상을 뜨고 아이들이 집을 떠난 후부터는 그만큼 농사도 줄었다고 했다. 식구가 여섯이었을 때는 여섯 식구가 먹을 만큼, 네 명이었을 때는 네 식구가 먹을 만큼만 농사를 지었으며, 지금은 두 내외가 먹고살 만큼만 짓는다고 했다.

"농사를 많이 지어서 곡식이 남아도 걱정이지라. 그랑께 욕심낼 필요가 없습디다."

잠자코 남편 옆에 다소곳이 앉아 있기만 하던 그의 아내가 입을 열었다.

"지을 수 있을 만큼 농사를 많이 지어서 남은 곡식을 팔면 되지 않아요. 그래서 땅을 더 장만하든가……."

"그럴 필요 없어라."

그러면서 장우암 씨는 지수의 말을 강하게 부인하며 고개를 저었다.

"땅과 살림을 늘려서 자식들한테 물려주면 좋지 않아요."

"나는 우리 부모님헌테서 우리 식구 딱 묵고 살 만큼만 땅을 물려받았소. 그러니 나도 우리 아들놈헌테 꼭 그만큼만 물려줄 생각이지라. 시방 공장에 댕기는 우리 아들도 우리가 일을 못 허게 되면 그때는 고향으로 돌아와서 죽을 때까지 농사를 짓고 살기로 했소. 나는 첨에 그놈이 고향을 떠나 공장에 댕기는 것도 반대했소. 헌디 그놈이 한사코 잠시만 세상 귀경 좀 허고 들어올란다고 해서 허락을 해준 것이요. 나는 세상 귀경해 봤자 욕심만 더 커진다고 말렸소. 세상 귀경 그거 별거 아니지 않소. 나는 말이요, 일생 동안 철따라 몇 만리씩 날어댕기는 기러기보담은 사시사철 우리집 주위에서 우리랑 같이 사는 참새나 까치가 훨씬 더 보기 좋고 반갑습디다. 수만 리 날아댕긴 기러기라고 해서 참새나 까치보담 더 잘난 것도 행복헌 것도 아니지 않소. 내가 후손들헌테 바라는 것은 우리 부모님이 그랬던 것맹키로 이 땅에서 욕심부리지 말고 분수대로 살다가 이 땅에 묻히는 것이구만이라. 욕심이 없으면 무서운 것도 없는 법이지라. 나는 그것이 말허자면 부처님이나 예수님 안 믿고도 영원히 사는 길이라고 생각허요."

그날 밤 지수와 기호는 평생을 월곡리에서 농사만 짓고 살아온 장우암 씨와의 대화에서 많은 것을 깨달았다. 그들 부부는 아무 걱정이 없어 보였다. 엄청난 세상의 변화에도 전혀 흔들림이 없었고 시간의 흐름에 서두르거나 불안을 느끼지도 않았다. 그들 부부는 비바람 속에서도 푸르름을 자랑하며 의연하게 서 있는 느티나무처럼 청청하고 아름다워 보였다. 이 세상에 아직도 느티나무 같은 사람이 있구나. 지수는 그렇게 생각하며 그런 그들 부부에 비해 자신이 너무 초라하고 왜소하게 느껴지기까지 했다.

지수와 기호는 잠자리에 누워서도 할 말을 잃어버린 사람처럼 입을 열지 않았다. 장우암 씨의 기러기와 참새 이야기가 자꾸만 그들 두 사람의 머릿속에서 부스럭거리는 것 같았다. 장우암 씨의 말마따나 기러기처럼 버겁도록 날개 퍼덕거리며 떠돌음하고 살아온 자신들은, 평생 한 곳에서 욕심도 두려움도 없이 먹을 만큼만 농사를 지으며 참새와 함께 살아온 그들 부부에 비해, 인생을 깊이 있게 깨닫지도 특별히 내세울 것도 없다는 것을 절감했다. 그들은 패배자들처럼 참담한 기분이 되어 서로 말을 하지 않은 채 밤이 깊도록 마른침으로 목젖을 적시며 불면의 밤을 뒤척였다.

3

두 사람은 까치 우는 소리에 일찍 잠이 깼다. 그들 생애에서 까치 울음소리에 잠이 깨 본 것은 처음이다. 눈을 비비고 밖으로 나가 보니 한줄기 박명이 커다랗게 원을 그리다가 어둠 속을 꿈틀거리며 희번하게 밝아오고 있었다. 동이 터오는 산골의 아침은 깊은 강물 속처럼 적막하고 정갈했다. 지수와 기호보다 먼저 일어난 장우암 씨 부부가 밭에서 도란거리며 고추를 따고 있는 모습이 보였다. 동이 터오는 이슬아침에 함께 늙어가는 부부가 서로 마주 보고 이야기하며 일하는 모습이 빛이 없이도 제 색깔을 충분히 드러내는 인상파 그림처럼 아름답다.

"일찍 일어나셨네요."

그들 부부 가까이 가며 지수가 먼저 아침 인사를 했다.

"농사는 작아도 할 일은 많지라."

그러면서 장우암 씨는 손을 들어 그의 밭이며 논을 알려주었다. 밭은 울타리도 없는 집과 맞붙어 있었다. 밭 가운데 집이 비집고 들어서 있는 것처럼 보였다. 그리고 논은 집 아래 넙치처럼 길고 걀쯔막한 다랑이 서너 뙈기가 전부였다.

"우리 부모님은 평생 동안 이 흙을 당신의 육신이나 자식들 만지시듯 다독이며 주무르시고 이 땅에서 나온 곡식만을 잡수시고 살다가 여기 묻히셨소. 우리 부부도 그렇고, 자식도 그러기를 바라는구만이라. 따지고 보면 이 흙에 우리 부모님의 혼과 땀과 육신이 다 들어 있으니께, 이 땅이 바로 우리 아부지 어머니나 똑같소. 우리는 이 땅에서 일을 험시로도 부모님 숨결은 물론이고 부모님의 생각이나 말씀꺼정도 다 느낄 수 있구만이라. 그러니 우리헌테 이 땅이 을매나 소중허겄소. 이 땅이 바로 '우리 부모님이다'라고 생각을 허기 땜시로, 우리는 이 땅에서 일할 때도 신을 안 신고 맨발로 들어오요. 그 대신에 부모님 혼이 없는 다른 땅은 우리헌 테 아무 의미도 없으니께 하등에 욕심낼 필요도 없지라."

장우암 씨는 진지하게 말했다. 그러고 보니 그들 부부는 신발을 신지 않았음을 알 수 있었다. 두 사람은 신발을 신고 있는 것이 송구스럽기까지 했다.

장우암 씨는 그들에게 아침을 먹게 집으로 들어가자고 말한 후, 아내와 함께 고무신을 벗어든 채 밭 한가운데 어른 키 높이 정도의 가지 많은 푸른 향나무 두 그루가 키재기하듯 나란히 서 있는 무덤 쪽으로 걸어갔다. 두 사람은 호기심을 버리지 못하고 그들 부부의 뒤를 따라가 보았다. 부부는 묘지 앞에 자연스럽게 섰다.

"아버님 어머님, 아침 묵고 나올랍니다요. 오늘은 우리 집에 손님이 오셨구만이라. 한 분은 미국서 오셨고 또 한 분은 거북재에서 오셨답니다요. 이분들은 육이오 때 우리 마을로 피난을 오셨다는구만이라. 흰거위산을 찾아가는 길에 들리셨다네요. 어쨌거나 우리 집에 오신 손님들이니께 소홀함이 없게 대접해 드릴랍니다요."

장우암 씨는 밥상머리에 마주 앉아서 살아 있는 사람에게 도란도란 나지막한 목소리로 이야기하듯 예를 갖추어 공손하게 말했다. 그들 부부의 태도나 분위기가 너무도 자연스러웠기 때문에 조금도 이상하게 보이지 않았다.

"이 양반은 부모님 살어 생전과 똑같이 이야기허시지라. 끼니 때가 되면 밥 묵겄다고 인사허고 아침에 일어나서는 잘 주무셨냐고 문안드리고, 하루도 빠짐이 없어라. 허다 못해 산에 진달래가 피고 단풍이 든 것, 비가 오면 비가 온다고, 눈이 오면 눈이 온다고 일일이 말씀을 디린다니께요."

장 씨의 부인이 말했다. 그러나 그런 남편을 비난하거나 불만이 섞인 말투가 아니었다.

"나는 우리 부모님이 완전히 우리 곁을 떠났다고 생각허지를 않소. 늘 여기에 우리랑 함께 계신다고 믿고 있지라. 나는 그래서 우리 아들놈헌티도 우리 부부가 죽은 후에도 내가 우리 부모님헌테 헌 것과 똑같이 허라고 일렀고, 아들놈도 그렇게 허기로 약속했소. 그러니께 나는 죽는 것이 조끔도 무섭지가 않구만이라. 내가 생각허기에 사는 것과 죽는 거는 별 차이가 없는 것 같습디다. 산 사람이 죽은 사람을 잊지만 않는다면 그거는 살아 있는 거나 마찬가지가 아니오? 그거는 산 사람도 마찬가지고. 멀쩡허게 살아 있는 사람이라고 해도 잊어서는 안 될 사람이 잊는다면 그거는 죽은 거나 마찬가지지라. 내 말이 우섭게 들리지요?"

장우암 씨는 정색을 하고 두 사람을 보며 물었다.

"아드님은 부모님과 다른 희망을 가질 수도 있지 않을까요?"

지수가 물었다.

"물론 요새 사람들 흔히 허는 말로다가, 아들놈헌티는 아들놈 인생이 있을 수 있지라. 허나 나는 걱정허지 않소. 또 아들놈헌테 강요허지도 않을 생각이요. 그거는 제 놈이 결정헐 일이니께. 허지만 아들놈은 어떤 것이 진정 잘헌 일인지, 어떤 인생이 행복헌 것인지를 잘 판단헐 것이라고 믿지라."

아침을 먹기 위해 함께 집으로 오면서도 장우암 씨는 자신이 선택한 삶에 대해 조금도 후회하지 않는다는 내용의 이야기를 계속했다. 그러나 그는 자신이 행복하다는 표현은 한마디도 하지 않았다. 지수와 기호는 잠자코 그의 말을 듣고만 있었다. 기호와 지수는 그때 거의 같은 생각을 했다. 기호는 장우암 씨의 삶을 노랑머리 아들 로버트에게 보여준다면 어떤 반응을 보일까 하고 상상해 보았다. 분명 로버트는 장 씨 부부를 비정상적인 사람으로 치부해 버릴 것이다. 그가 흰거위산을 다시 찾아가는 이유를 어떤 방법으로도 장 씨 부부에게 설명할 수 없는 것과 마찬가지로, 아들 로버트에게 장 씨의 삶을 이해시킬 수는 없을 것이다.

지수는 또 이미 오래전에 세상을 뜬 부모를 까맣게 잊고 살아온 자신을 반성해 보기도 했다. 지수는 지수대로 반년이 넘도록 아버지를 찾아오지 않고 있는 아들 녀석을 생각했다. 그는 아들과 함께 거북재에서 살고 싶었다. 그러나 아들 녀석은 지난봄 복사꽃 필 무렵에 제 엄마를 따라 딱 한번 다녀간 뒤로 여지껏 소식이 없다. 장우암 씨 말마따나 그는 이미 아들로부터 잊힌 존재가 된 것인지도 몰랐다. 그것은 곧 죽음을 의미한다고 하지 않던가. 자신이 살아 있는 존재가 아니라는 생각보다 더 외롭고 쓸쓸한 경우가 또 있을까 싶었다. 그 외로움의 무게 때문에 마음이 짓눌린 순간 그는 아무 데나 주저앉고 싶었다.

아침상을 받고도 두 사람은 별로 말이 없었다. 그러나 밥그릇은 깨끗이 비웠다. 그들은 오랜만에 된장을 적당히 풀어서 끓인 배추꼬랑잇국을 맛있게 먹었다. 40여 년 만에 고국에 와서 배추꼬랑잇국을 맛본 기호는 울컥 어머니에 대한 그리움이 솟구쳤다. 어른이 된 후 그렇듯 간절한 그리움을 느끼기는 처음이었다. 하찮은 배추꼬랑잇국이 어머니에 대한 그리움의 샘물을 치솟게 만들 줄은 몰랐다.

상을 물리고 나서 그들은 곧 떠날 채비를 했다. 기호는 일어서면서 만원짜리 지폐 세 장을 방바닥에 놓았다. 그러자 장우암 씨가 벌컥 화를 냈다. 두 눈을 부라리며 큰소리로 화를 내는 그의 모습이 전혀 다른 사람으로 보이기까지 했다. 하는 수 없이 기호는 죄송하다는 말을 수없이 되풀이하면서 다시 지폐를 집어넣었다.

"흰거위산으로 거시려거든 오던 길로 나가서 차를 타시는 게 좋을 게요."

"산을 넘어갈 수도 있겠지요?"

먼저 토방으로 내려선 지수가 눈부신 가을날 아침 햇살이 쏟아지는 청자빛 하늘을 쳐다보며 입을 열었다.

"갈 수야 있겠지라. 마을 뒤쪽 등성이를 타고 한나절가량 간다치면 흰거위산이 나올게요. 허나 왜 쌩고생을 사서 헐라고 그래싸시요?"

장우암 씨는 답답하다는 듯 버릇처럼 킁킁 콧바람까지 퉁겨대며 말했다. 그들은 사립문도 없이 탱자 울타리가 횅하게 터진 집 모퉁이에서 손을 흔들며 헤어졌다. 지수와 기호는 말없이 대밭 모퉁이를 향해 한참이나 걸어가다가 지수 쪽에서 먼저 뒤를 돌아다보았다. 돌아보지 않고는 견딜 수 없었다. 다시 한번 그들 부부의 모습을 보고 싶었다. 기호도 발걸음을 멈추고 몸을 돌려세웠다. 밭 가운데 나란히 서 있는 장우암 씨 부부의 모습이 살아 있는 그림처럼 아름다웠다. 두 사람은 그 자리에 서서 한참 동안 그림보다 더 아름다운 부부의 일하는 모습을 바라보았다. 아무리 오랫동안 바라보아도 싫증이 나지 않을 것만 같았다. 보면 볼수록 더 보고 싶어지는 광경이었다.

"미국에 돌아가면 아마 저 부부 살아가는 모습이 다시 보고 싶어질 거네."

"행복은 거울에 있다는 말이 맞는가 보구만."

"지수 자네 흰거위산에 가볼 생각인가?"

먼저 발걸음을 옮기기 시작한 기호가 물었다. 지수는 이내 대답을 하지 않았다. 그들은 말없이 걸었다. 그러나 두 사람의 걸음은 이미 목적지를 잃어버리기라도 한 것처럼 눈에 띄게 무겁고 느려졌다.

"흰거위산에 꼭 가볼 생각이냐니께……."

기호가 재우쳐 물었다.

"글쎄, 자네는?"

"아무데도 가고 싶지가 않네."

"갑자기 왜 그래? 뭣 때문에 그래?"

"아들 녀석이 보고 싶구만."

"이번 기회가 아니면 다시는 흰거위산에 가볼 수 없을 걸세. 자네가 언제 흰거위산에 가보기 위해서 미국에서 다시 나올 수 있겠는가?"

기호는 지수의 그 말에 수긍했다. 이번 기회가 아니면 그의 생애에서 다시는 흰거위산을 가볼 수 없을 것이다. 사실 이번에도 그는 오랫동안 벼르고 또 벼르 오다가 비로소 어렵게 큰 결심을 하고 귀국을 하지 않았던가.

"이번에 못 가보면 죽을 때까지 여한이 될지도 모를 일이고……."

지수가 다시 맥 빠진 목소리로 말했다. 그는 이미 기호가 흰거위산에 가는 것을 포기하고 싶어 한다는 것을 짐작했다. 어쩌면 지수 자신이 먼저 포기해 버렸는지도 모른다. 그러면서도 흰거위산에 가지 않았을 때 그 책임을 떠안기 싫어서 자꾸 기호를 채근하는 것인지 모를 일이다.

"물론 후회하게 될 걸세. 아마 발길을 돌리는 그 순간부터 곧 후회하게 될지 모르지. 허지만 흰거위산에 가보고 싶다는 생각을 품고 사는 것도 나쁘지는 않겠지. 막상 가봤다가 실망을 안고 돌아오는 것도 싫고…… 그리움 하나를 간직하고 죽는 것도 괜찮지 않을까."

그들은 월곡리 어귀에서 다시 걸음을 멈추고 서서 한참 동안 말없이 서로의 얼굴만 바라보았다. 당초 계획대로 기호 어머니가 토벌대의 총에 맞아 숨을 거두었던 현장과, 가묘假墓를 찾아보고 산을 넘어 흰거위산으로 가자면 그곳에서 마을 뒤쪽으로 휘어들어 가야만 한다. 기호는 잠시 토벌대의 기습을 받고 어머니조차 뿌리치다시피 하고 정신없이 혼자 도망쳤던 마을 뒷등성이를 그리움과 회한의 눈으로 바라보았다. 그곳 어딘가에 어머니가 40여 년 동안 외롭고 쓸쓸하게 묻혀 있을 것이라는 생각이 들자, 조금 전 배추꼬랑잇국을 먹을 때처럼 무엇인가 후끈한 것이 명치 언저리에서부터 목울대를 타고 올라와 머리끝에서 맴돌다가 아프게 맺히는 기분을 느꼈다. 순간 그는 어머니에 대한 처절한 그리움과 죄책감이 한꺼번에 복받쳐 오르면서 울컥 눈물이 솟구치는 것 같았다. 순간 그는 말없이 성큼성큼 마을 뒤쪽으로 연결된 한적한 오솔길로 접어들었다. 지수도 묵묵히 그의 뒤를 따랐다. 지수는 기호를 붙잡을 만한 용기가 없었다. 이럴 때는 차라리 아무 말도 하지 않고 그냥 구경만 하는 것이 서로의 마음을 편하게 해줄 수 있다고 생각했다.

"다른 산과는 다르구만. 저 바위들 좀 봐."

거북재 사람들을 이끌고 흰거위산에 당도한 지수 아버지는 연신 탄성을 토했다. 다른 사람들도 산을 쳐다보면서 황홀경에 젖었다. 지수가 보기에도 흰거위산은 거북재의 산들과 달랐다. 살아 있는 거대한 생명체로 보이는 흰거위산이 이상하게도 두렵게 느껴지기까지 했다. 더욱이 불타는 듯한 노을 속에서 흰거위산은 황금새처럼 찬란하게 빛났다. 지수 아버지를 따라 흰거위산에 당도한 일행은 우선 신령스러운 산의 모습에 압도당하고 말았다. 흰거위산에 안기는 순간 마음이 경건해지면서 자신도 모르게 엄숙한 분위기 속으로 빨려드는 것 같았다. 그 산의 영력靈力이 그들의 생명을 지켜줄 것 같은 믿음이 자연스럽게 저절로 우러났다. 일행은 모두 지수 아버지를 따라오기를 잘했다고 생각했다. 그들은 물골水里이라고 하는 마을의 남쪽 산자락 끝에 큰 토굴부터 팠다. 그리고 눅진한 습기와 텁텁한 냄새가 적당히 버무려진 토굴 속에서 뒹굴어야만 했다. 사흘이 멀다고 되풀이되는 토벌 작전 때는 밤을 제외하고 온종일 햇볕 구경 한 번 못한 날이 많았다. 그래도 가끔은 재미있는 일도 있었다. 한 번은 토굴 앞을 어슬렁거리는 주인 없는 송아지를 잡아 오랜만에 굶주린 배를 채우기도 했다. 그들은 나무에 잎이 돋아나는 봄이 오기만을 기다렸다. 봄까지만 견뎌내면 살 수 있을 것이라고 믿었다. 녹음이 우거지면 토벌 작전이 벌어진다 해도 산속 아무데나 숨을 곳이 많아서 토굴에 들어가지 않아도 되기 때문이다.

흰거위산 골짜기에 얼음이 녹고 나무와 풀들이 참새 혓바닥 같은 새싹을 파릇하게 틔우기 시작할 무렵이었다. 새벽부터 월곡리 쪽에서 총소리가 낭자하게 들려왔다. 그날 지수 아버지는 한사코 토굴에 들어가기 싫다면서 가족들을 이끌고 몰골마을 앞 징검다리를 건너, 아직 잎이 돌아나지 않은 야트막한 야산의 산딸기며 찔레나무가 뒤엉킨 덤불 속으로 피신을 했다. 해가 떠오르자 물골 뒷산 쪽에서 총소리가 낭자하게 골짜기를 뒤흔들었다. 총소리가 점점 가까워졌다. 드르륵 드르륵 기관단총 긁어대는 소리가 머리맡에서 들려오는 것 같아 심신이 바짝 오그라들었다. 그들은 저마다 두 팔로 머리를 붙안은 채 몸을 웅크렸다. 당장 토벌대가 덤불 속에 숨은 그들을 발견하고 집중사격을 가해 올 것만 같은 불안감으로 숨도 크게 쉴 수가 없었다. 살아 있다고 하는 것 자체가 불안이었다. 그리고 그 불안은 오래도록 숨통을 죄었다.

그날 해 질 무렵에야 총소리가 멎자 그들은 비로소 살았구나 싶어 한숨을 몰아쉬고 가재걸음으로 조심스럽게 사방을 살피며 토굴로 돌아왔다. 그리고 수숫대로 가려놓은 토굴 문이 휑하게 입을 벌린 채 주변에 기관총 탄피가 수북이 쌓여 있는 것을 발견했다. 불길한 예감이 부젓가락처럼 뇌를 휘저었다. 그날 지수 아버지를 따라나서지 않고 토굴에 숨어 있던 거북재 사람들이 떼죽음을 당하고 말았다. 기름불을 밝혀 들고 토굴 안으로 들어간 지수 아버지는 짐승 울부짖는 듯한 비명을 지르며 밖으로 뛰쳐나왔다. 여남은 명이나 되는 거북재 사람들이 아이며 어른 할 것 없이 토굴

바닥이 홍건할 정도로 피를 흘린 채 죽어 넘어져 있었다. 흰거위산에 들어와서 하루하루 녹음 짙어지기만을 기다리던 그들은 끝내 봄을 맞지 못하고 음습한 토굴에 갇힌 채 저세상으로 가버렸다. 그 일이 있고 난 뒤 지수 아버지는 더 이상 흰거위산에 머물러 있고 싶지 않다면서 서둘러 지리산으로 떠나자고 했다. 지수는 그날 토굴에 들어가기 싫다고 한 아버지의 예감이 가족을 살렸다고 생각했다. 그리고 그런 아버지를 마음속으로 우러러보았다.

"지리산으로 가야 살 수 있어. 여기 남아 있다가는 언제 죽을지 몰라."

그러면서 지수 아버지는 떠날 결심을 굳힌 듯싶었다. 그러나 지수 어머니가 그 결심을 꺾고 말았다. 솔직히 지수는 아버지 결심대로 지리산으로 갔으면 하고 바랐다. 어머니보다는 아버지를 더 믿고 따르고 싶었기 때문이다. 어머니는 난초 사건으로 인해 아버지에 대해서 기본적으로 불신감을 느끼고 매사에 아버지 의견에 감정적으로 맞서려고 한다는 것을 알고 있었던 것이다.

"지리산으로 들어가고 싶으면 당신 혼자 가써요."

이때 지수 어머니는 참으로 용감했다. 토벌대가 한바탕 흰거위산을 들볶아댄 다음 날 밤 지수 어머니는 이불 보퉁이로 솥을 말아 머리에 이고 가족을 채근하여 흰거위산을 떠났다. 그것은 참으로 용감한 탈출이었다. 그들이 흰거위산을 몰래 빠져나가는 것을 빨치산이 알았다면 이는 틀림없이 반동행위에 해당하여 총살을 당했을 것이다. 이번에는 어머니가 가족을 구한 셈이 되었다. 그때 아버지 결심대로 지리산으로 들어갔었더라면 지수네는 살아나오지 못했을지도 몰랐다. 어머니가 갖고 있는 본능적인 다이모니온Daimonion(신령적인 것)이 힘을 발휘한 것일까.

두 사람은 헐근거리며 밤나무며 굴참나무, 떡갈나무, 자귀나무, 물푸레나무 등이 빼곡하게 들어찬 등성이를 추어 올라갔다. 그리고 얼마 후, 그들은 그날의 기억을 되살리며 열매가 빨갛게 익은 산검양옻나무 옆에 서서 주위를 두리번거렸다. 두 사람 모두 갑자기 기억장치가 깨져버린 듯 어디가 어딘지 분간할 수 없었다. 짐작 가는 데도 찾을 수 없었다.

"분명히 이 근처였던 것 같은데…… 소나무가 여기쯤 있었는데……."

그러면서 기호는 갑자기 초조함을 감추지 못한 채 불콰하게 상기된 얼굴을 하고 등성이 주변을 이리 뛰고 저리 뛰었다. 지수는 기호의 안절부절못하는 모습이 보기에 너무 딱해 땀을 뻘뻘 흘리며 같이 덤벙거렸다. 그리고 얼마 후, 기호는 절망에 사로잡혀 흙바닥에 털썩 주저앉으며 오뇌에 찬 얼굴로 우두커니 하늘만 쳐다보았다. 지수는 기호 어머니의 무덤을 찾을 수 없다는 것을 알았다. 지수는 애써 절망과 슬픔이 흥건히 고인 기호의 시선을 피했다.

"분명히 이 근처였는데……. 내가 Y자 모양으로 뻗은 소나무 밑에 돌로 표식을 해놓았었는데……."

기호는 열병환자가 헛소리하듯 손을 휘젓고 고개를 갸웃거리며 똑같은 말만을 되풀이했다. 그런 기호가 너무 딱해 보였으나 안타깝게도 그를 위로해 줄 만한 적당한 말이 떠오르지 않았다.

"저기 저, 곰처럼 생긴 큰 바위가 정면으로 바라다보인 이 근처에 소나무가 있었는데…… 너무 많이 변해 버렸어. 알아볼 수 없을 정도로 변해 버렸어."

기호는 다시 중얼거리며 천천히 일어서서 지친 얼굴로 주위를 다시 한 번 둘러보았다. 그리고 나서 산을 오르기 시작했다. 지수도 말없이 뒤를 따랐다. 갑자기 기호의 발걸음이 빨라지면서 숨소리가 거칠어졌다. 그들은 길도 없는 잡목들 사이를 헤치고 등성이를 따라 계속 걸었다. 지수는 산을 오르기 시작하면서부터 이상하게도 월곡리 장 씨 부부의 모습이 성가실 정도로 자꾸만 눈에 밟혀왔다. 산길이 험할수록 장 씨 모습이 더욱 선명하게 떠올라 앞을 막았다. 그 때문에 그는 그들 부부의 생각을 떨쳐 버리고 싶어서 여러 차례 고개를 강하게 흔들었다. 그러나 평화롭고도 해맑은 장우암 씨의 얼굴은 지겹도록 계속 그를 물고 따라다녔다. 순간 지수는 자신의 영혼이 그에게 완전히 사로잡힌 것인지도 모른다는 생각을 하게 되었다.

"왜 그 사람이 나를 괴롭히지?"

오랜만에 지수가 신경질적으로 입을 열었다. 그는 그 말을 해야 할지 안 해야 좋을지를 꽤 오랫동안 생각한 끝에 퉁겨냈다.

"월곡리 장 씨 말인가?"

"자네도 그 사람 생각을 했어?"

"그 사람이 아무래도 우리의 여행을 방해하고 있는 것 같구만."

기호가 알 수 없는 말을 했다. 그리고 다시 대화가 끊겼다. 숨을 몰아쉬며 등성이에 올라서자 바위가 톱날처럼 쭈뼛쭈뼛 솟은 험준한 산이 그들을 막아섰다. 그러나 그들은 걸음을 멈추지 않았다. 이미 그들은 되돌아갈 수도 없었다. 그들은 험준한 바위산을 마주 보며 소나무 숲이 우거진 비탈길을 안고 돌았다. 어느덧 초가을의 짧은 해가 산 그림자를 키우며 설핏하게 기울기 시작했다. 걸어도 걸어도 소나무 숲은 끝나지 않았다. 바위산은 보이지 않았다. 소나무 숲을 빠져나왔을 때는 주위에 어둠의 장막이 두꺼워지고 있었다. 그들은 헐근거리며 산을 또 하나 넘었다. 그러자 다시 깊은 골짜기가 나왔다. 너무 어두워 눈앞을 분간할 수조차 없었다. 그들은 여러 차례 발을 헛딛고 넘어졌다. 바위에서 넘어져 무릎을 다친 기호가 이따금씩 가느다랗게 신음을 토해냈다. 불안해지기 시작했다. 분명히 길을 잃고 헤매고 있다는 것을 알고 있으면서도 누구도 그 말을 하지 않았다. 허기와 피곤함 때문에 아무 데나 주저앉고 싶었지만 그럴 수도 없어 무작정 끝없는 어둠 속을 걷고 또 걸었다. 그렇게 얼마를 더 헤매었는지 모른다. 온몸은 땀에 흠씬 젖어 있었으며 두 다리는 감각을 잃을 정도로 무거웠다.

그들이 어둠 속에서 불빛을 발견한 것은 얼마를 더 헤매고 난 후였다. 불빛을 발견하고 그곳까지 가는 데만도 많은 시간과 고통을 참아 내야 했다. 그들은 수없이 넘어지고 다시 일어서서 필사적으로 그 불빛을 찾아갔다. 불빛이 그들로부터 멀어져 갔다. 그 불빛이 한사코 가까이 오는 그들을 뿌리치려고 하였다. 그들이 밤새도록 어두운 산속을 헤맨 끝에 가까스로 불빛을 찾아와 보니 그곳은 어딘가 낯이 익었다. 그곳은 바로 그들이 하룻밤을 묵어갔던 월곡리 장우암 씨 집이었다. 그들보다 더 놀란 사람은 밤늦게 너무 지쳐 반쯤은 죽은 몸을 하고 다시 찾아온 두 사람을 발견한 장우암 씨 부부였다.

"어찌 된 일이요? 이 밤중에, 벌써 흰거위산에 갔다가 돌아오는 길이오?"

장우암 씨가 토방에 쓰러진 그들을 한 사람씩 부축해 일으키며 놀란 목소리로 다급하게 물었다.

"저어, 그게⋯⋯."

"그러니까, 저어⋯⋯."

지수와 기호는 너무 지쳐 아무 말도 하고 싶지가 않았다. 아무 데서나 그냥 조용히 눈을 감고 싶을 뿐이었다. 흰거위산을 찾아 떠난 그 날의 여행은 지금까지 살아온 그들 생애만큼이나 길고 길었다.

지수와 기호는 고개를 들어 흰거위산 쪽을 바라보았다. 하현달이 구름 조각을 비집고 슬며시 얼굴을 내밀었다. 흰거위산이 달빛을 받고 하늘에 떠 있었다.

『문학사상』, 1996.8(*'흰 거위산을 찾아서' → '흰거위산을 찾아서'로 작품명 변경)

느티나무 아저씨

1

5월의 푸른 하늘이 깃발처럼 펄럭인다. 마을 뒤 대밭 윗머리의 연한 남보랏빛 오동꽃이 시나브로 시들자 다시 아카시아꽃이 찢어지게 피어올랐다. 꽃향기를 실은 바람이 아침 햇살에 넉넉하게 버무려져 상큼하다. 오늘도 조 씨 아저씨는 해가 떠오른 시간에 맞춰 어김없이 마을 앞 느티나무 밑에 나와 앉아 있다. 그가 느티나무 밑에 나오는 시간은 언제나 시곗바늘처럼 정확하다. 느티나무에 나와 온종일 앉아 있는 것이 그의 삶의 전부인지도 몰랐다. 그 외에는 하는 일이 없다. 그는 날마다 아침 8시가 되면 정확하게 느티나무 밑으로 나왔다가 해가 진 후에야 어둠에 묻혀 절룩절룩 집에 돌아가게 마련이다. 그가 어둠을 등지고 집으로 돌아가는 뒷모습은 마치 죽음처럼 엄숙하고 무겁게 느껴진다. 마을 사람들은 그의 그런 뒷모습을 볼 때마다 쓸쓸한 한 남자의 생애를 생각하며 마음 아파한다.

느티나무 잎들이 깃발처럼 펄럭인다. 그 짙푸른 깃발 아래 조 씨 아저씨가 앉아 있다. 늙은 느티나무 아래 두 사람이 누울 수 있을 만큼 판판하고 널찍한 당산돌에 허리를 곧추세우고 반듯하게 앉아 있는 그의 모습은 마치 고통 속에서 깨달음을 얻기 위한 석가모니 고행상처럼 엄숙하기까지 하다. 그의 모습은 살아 있는 사람 같지가 않다. 그럴 때 그가 등에 진

거대한 느티나무까지도 슬프고 외로워 보인다. 짙은 안개가 거북천을 느슨하게 휘감거나 두꺼운 구름으로 뒤덮인 하늘이 느티나무 우듬지 위로 낮게 내려앉은 음습한 날이면 그의 모습은 느티나무 밑동 한 부분처럼 보이기도 했다. 그럴 때 그의 모습은 느티나무 나이만큼의 오랜 시간의 축적을 느낄 수 있게 해준다. 그러나 그 엄청난 시간의 축적은 움직일 줄 모르는 거대한 고통의 덩어리로 보였다. 그리고 그런 조 씨 아저씨의 고통은 그런 그를 바라보는 마을 사람들의 마음을 무겁게 짓누르고 있었다. 그 때문에 마을 사람들은 느티나무 가까이 가는 것을 싫어한다.

한쪽 다리가 없는 조 씨 아저씨는 당산돌에 걸터앉아 허리를 곧추세운 자세다. 그는 월남전 때 오른쪽 다리를 잃었다. 그는 느티나무 밑에 앉아서 퀴퀴한 물비린내를 풍기며 마을 앞으로 흐르는 거북천과 다리 건너 아스팔트길을 쌩쌩 달리는 자동차들, 그리고 그다지 넓지 않은 들판에 곡식의 열매가 익어가는 모습과 해가 넘어가기 쉬울 정도의 야트막한 안산을 하염없이 바라보고 있다. 그는 아스팔트길이 휘움하게 굽어 들어오는 바람 모퉁이 한 곳만을 바라보고 있는 것인지도 몰랐다. 그곳에서 길이 시작되고 있었기 때문이다. 그 길은 운명처럼 거북재로 이어졌다.

그가 앉아 있는 자리는 어김없이 한 곳에 정해져 있다. 비가 들치거나 그늘이 지고 햇볕이 드는 것과는 상관없이 언제나 그 자리에 똑같은 모습이다. 움직이지도 않았다. 그는 그렇게, 한 곳에 뿌리 없는 나무처럼 무서운 느낌이 들 정도로 고요하고 쓸쓸하게 앉아서 하루 종일 무슨 생각을 하고 있는 것인지 몰랐다.

조 씨 아저씨는 몇 년째 혼자 살고 있다. 그의 아내가 아들을 찾기 전에는 돌아오지 않겠다며 집을 나간 후 부엉이처럼 혼자 살아가고 있는 것이다. 집을 나간 지가 너무 오래되었기 때문에 마을 사람들은 그의 아내가 다시 돌아와 줄 것이라고 믿지 않았다. 그는 마을밖에 나들이하는 일도 없다. 마을을 돌아다니지도 않았다. 그가 목발을 짚고 움직일 때는 하루에 한 번 집에서 느티나무까지 왔다 갔다 하는 것뿐이다.

마을 사람들은 그런 조 씨 아저씨를 안쓰러워하면서도 가까이하기를 싫어했다. 그가 혼자 어떻게 살아가는지 그의 집에 찾아가서 들여다보지도 않았다. 그들은 조 씨 아저씨의 슬픔과 고통이 자신들에게로 전염되는 것을 두려워하고 있는 것인지도 몰랐다. 그것은 조 씨 아저씨의 고통이 자신들로서는 감당할 수 없을 만큼 너무 깊고 질기다는 것을 알고 있기 때문이다. 만약 자신들이 조 씨 아저씨 같은 고통을 떠안게 된다면 도저히 살아갈 수 없다고 생각하고 있었다.

먼저 말을 거는 쪽은 언제나 조 씨 아저씨였다. 마을 사람들은 들에 일하러 나갈 때나 출타하게 될 때면 느티나무 앞을 지나 거북다리를 건너야 한다. 그때마다 조 씨 아저씨는 그 앞을 지나는 사람들을 어김없이 불러 세우고 어디에 무엇 하러 가는지를 묻곤 했다. 그 때문에 대부분의 마을 사람들은 조 씨 아저씨가 먼저 말을 걸어오기 전에 "나오셨어요? 논 좀 둘러볼랍니다요" 하고 미리 행선지까지 신고를 하게 마련이다. 어쩌다 조 씨 아저씨가 고개를 숙이고 앉아 있을 때 졸고 있는 것으로 생각하여 발소리를 죽이고 슬그머니 그냥 지나치려고 했다가는 여지없이 덜미를 낚아채듯 불러 세우고는 호통을 쳤다.

조 씨 아저씨는 들에 일하러 가는 마을 사람들에게는 고개만 끄덕일 뿐 별로 추근추근 따지지 않았다. 그러나 마을 밖에 나가는 사람들에게는 성가시도록 이것저것 되작거려 가며 계속 캐묻곤 했다. 그리고 어김없이 부탁을 한다. 그의 부탁은 언제나 한결같은 내용이다. 아들의 소식을 알아봐 달라는 것이다. 그리고 그들이 돌아오기를 기다렸다가 부탁한 아들 소식을 묻곤 했다. 이 때문에 마을 사람들은 면 소재지나 도시에 일을 보러 나갈 때도 조 씨 아저씨에게는 그냥 들에 일하러 나간다고 둘러 붙이기 일쑤였다. 더러 조 씨 아저씨와 맞닥뜨리기를 싫어하는 마을 사람들은 느티나무 앞을 피해서 서답바위길 쪽으로 먼 길을 휘돌아 봇도랑을 건너기도 했다. 그러나 조 씨 아저씨는 자기를 피해 먼 길을 돌아다니는 사람들이 누구누구인가에 대해서도 잘 알고 있다. 그리고 어쩌다 그런 사람과 마주치게 될 때면 쉽사리 놓아주지 않고 오랫동안 붙잡아놓는 것을 잊지 않았다.

약초를 재배하는 인걸이라는 젊은이가 어쩌다 느티나무 앞에서 붙잡혔다. 인걸이는 그동안 조 씨 아저씨와 대면하는 것이 싫어서 줄곧 서답바위 쪽으로 먼 길을 돌아다녔다. 그날 조 씨 아저씨는 인걸이에게 어깨가 아파서 목발을 짚을 수 없다면서 자기를 집에까지 업어다 달라고 했다. 인걸이는 불구 노인의 부탁을 거절할 수 없어서 집에까지 업고 갔다. 그런데 철제대문 앞에 이르렀을 때 조 씨 아저씨는 다시 윗당산으로 되돌아가자고 했다. 인걸이는 다시 그를 업고 느티나무 밑까지 갔다. 그러자 조 씨 아저씨는 인걸이의 등에서 내리지 않고 다시 집으로 가자고 했다. 그날 인걸이는 조 씨 아저씨를 업은 채 땀을 뻘뻘 흘리며 네 차례나 느티나무와 집 사이를 오갔다. 그런 일이 있었던 후 인걸이는 두 번 다시 느티나무 앞에 나타나지 않았다.

마을 사람들은 조 씨 아저씨와 긴 이야기를 주고받으려 하지 않았다. 마을 사람들은 조 씨 아저씨가 느티나무 아래서 누구와 오랫동안 함께 있는 것을 보지 못했다. 그 때문에 거북재 느티나무를 온통 그가 독차지하다시피 했다. 그래서 마을 아이들은 조 씨를 '느티나무 아저씨'라고 불렀다. 느티나무 하면 외다리 조 씨 아저씨를 연상했고 조 씨 아저씨 하면 느티나무를 떠올리게 했다.

"아저씨, 저 다녀오겠습니다."

나는 그날도 올해 면 소재지에 있는 중학교에 입학한 아들 진수 놈을 자전거에 태우고 면사무소로 출근하는 길에 느티나무 앞에 이르러 따르릉따르릉 벨까지 울려가며 조 씨 아저씨한테 큰소리로 인사를 했다.

"이보게 승구, 이리 좀 오게."

조 씨 아저씨가 목발을 흔들어 보이며 나를 불렀다. 나를 부르는 그의 목소리에 힘이 빠져 있었다. 그는 내가 느티나무 앞을 지날 때마다 어김없이 나를 불러 세우곤 했다.

"왜 그러세요? 지서에 들렀다 올 테니 걱정 마세요."

나는 자전거를 멈추고 서서 느티나무 쪽으로 고개를 돌리며 말했다. 어떻게 해서라도 그에게서 빨리 놓여나고 싶은 생각뿐이었다. 그에게 한 번 붙들리면 짧아도 5분 그렇지 않으면 10분 이상 지체될 것이 뻔했기 때문이다. 그러나 그는 결코 간단히 나를 놓아주려고 하지 않았다. 그는 나를 향해 말 대신 계속 목발을 휘저었다. 빨리 가까이 오라는 것이다. 하는 수 없이 나는 천천히 페달을 밟으며 느티나무 쪽으로 가까이 갔다. 자전거에서 내렸다. 바쁘다는 듯 오랫동안 자신의 손목시계를 들여다보았다. 조 씨 아저씨는 나의 그런 심중을 넉넉하게 헤아리고 있기라도 한 듯 애매한 미소를 입 가장자리에 히죽이 말아 올렸다. 그 미소가 자조인지 냉소인지 분별할 수 없었다. 그런데 그날따라 조 씨 아저씨의 얼굴에 드리워진 그림자가 한결 더 어둡고 음울해 보였다. 어깨가 무겁게 깊숙이 내려앉았으며 고개를 바로 쳐드는 것조차 힘겨워 보였다. 나는 그에게 어디 몸이 편찮으냐고 물으려다가 손목시계를 다시 들여다보는 것으로 대신하고 말았다.

"오늘이 며칠인가?"

"5월 18일입니다."

나는 그렇게 대답하고서야 비로소 오늘이 바로 5월의 그 날이라는 것을 알았다. 그리고 조 씨 아저씨가 나를 불러 세워놓고 새삼스럽게 날짜를 묻고 있는 속내를 이해했다.

"자네 아들놈이…… 중학생이 됐다지?"

조 씨 아저씨가 힘겨운 목소리로 말머리를 돌렸다.

"예. 다리가 성치 못해서 면 소재지에 있는 중학교로 보냈습니다."

그러면서 나는 오른손으로 자전거에 타고 있는 아들 녀석의 머리를 힘껏 눌렀다. 그러나 진수는 목을 자라처럼 움츠린 채 끝내 인사를 하지 않았다.

"그래 자네 아들놈이 소아마비에 걸린 것 나도 알고 있네. 헌데 승구 자네 올해 몇 살인가?"

조 씨 아저씨는 갈색 뿔테안경이 뭉뚝한 코끝으로 흘러내릴 정도로 고개를 깊숙이 꺾은 채 목소리를 쥐어짜듯 나지막하게 물었다. 조 씨 아저씨는 나를 만날 때마다 어김없이 내 나이를 묻는 것을 잊지 않았다. 어쩌면 그는 내 나이를 묻기 위해 나를 불러 세우는 것인지도 몰랐다. 나는 그가 왜 나를 만날 때마다 나이를 묻는지 그 이유를 잘 알고 있다. 그는 내 나이를 알고 싶어서 묻는 게 아니었다. 그는 내 나이를 물으면서 나와 동갑내기인 그의 아들 길섭이를 생각하고 그의 단절된 과거와 현재를 동시에 떠올리고 있을 것이다. 그에게 아들 길섭이의 소식이 끊긴 17년의 시간은 모든 기억과 함께 의식마저 단절되어버린 것이나 다를 바 없었다.

그는 아직까지도 17년 전을 살고 있는 것인지도 몰랐다. 그리고 내 나이를 확인한 후에야 비로소 공백으로 비어 있는 17년의 시간을 조금씩 메우고 있는 듯싶기도 했다.

"아저씨, 제 나이 잘 아시잖아요."

"아다마다. 서른네 살 아닌가?"

그러면서 조 씨 아저씨는 여전히 냉소적인 눈으로 나를 찔러 보았다. 나는 조 씨 아저씨의 그 눈길이 무엇을 말하고 있는지 알고 있다. 조 씨 아저씨는 분명 그래, 비겁한 놈아, 네 친구는 화약을 들고 사지로 뛰어들었는데도 네놈 혼자만 뻔뻔하게 살아서 장가들어 자식도 낳고 행복하게 잘도 살고 있구나 하고 삐딱한 심사가 되어 비아냥거리고 있을 것이다.

"아저씨, 저, 그만 가도 되죠? 지서에 들러 길섭이 소식 알아볼게요."

나는 말이 끝나기가 무섭게 자전거에 올라 페달을 밟은 다리에 힘을 주고 도망치듯 느티나무 앞을 내달았다. 어찌나 다급하게 출발했던지 한순간 자전거가 중심을 잃고 자갈길 위에서 비틀거렸다. 여느 때 같았으면 조 씨 아저씨는 그런 내 뒤통수를 향해 돌팔매질이라도 하듯 왁살스러운 목소리로 다시 한번 내 이름을 불렀을 터인데 이날은 어찌 된 일인지 조용했다. 나는 도망치듯 느티나무 앞을 지나쳐서 거북다리를 건넜다.

이상하게 나는 조 씨 아저씨 앞에만 서면 그로부터 도망치고 싶은 생각뿐이었다. 그와 함께 있으면 웬일인지 내 육신과 영혼이 그의 보이지 않는 고통의 밧줄에 묶임 당하고 있는 기분이었다. 그것은 길섭에 대한 죄책감 때문인지도 몰랐다. 17년 전, 길섭을 보다 적극적으로 붙잡지 못했던 것에 대한 죄책감. 따지고 보면 그러나 그것은 내 잘못이 아니었다. 그때 나는 오히려 용기 있게 길섭을 따라가지 못한 나 자신의 비겁함 때문에 얼마나 부끄러워했는지 모른다.

"아빠는 느티나무 아저씨가 싫으면서도 왜 맨날 절절매면서 굽신거리기만 해요? 나는 느티나무 아저씨가 싫어요."

자전거가 거북다리를 건너 비석거리 앞을 지날 때 아들 녀석이 다소 불만스럽게 입을 열었다.

"아빠는 아저씨를 싫어하지 않는다."

"그럼 좋아하세요?"

"아저씨는 불행하신 분이다."

"불행한 사람을 싫어해서는 안 되나요? 나는 아저씨가 싫어요. 우리 마을에서 아저씨를 좋아하는 사람은 아무도 없어요."

"왜 싫다는 거냐?"

"외다리잖아요."

"몸이 성치 않은 네가 그런 말 하면 못쓴다. 네가 외다리라고 조 씨 아저씨를 싫어하면 다른 아이들도 다리가 성치 않은 너를 싫어할 것 아니냐."

"그래도 싫어요."

"더욱이 조 씨 아저씨는 혼자 살지 않느냐. 부인도 자식도 없이 혼자 산다는 것이 얼마나 외롭고 불행한 일인지 모를 거다. 만약에 아빠가 말이다, 네 엄마도 진수 너도 없이 혼자 산다면 얼마나 불행하겠느냐. 그렇게 된다면 이 아빠는 느티나무 아저씨보다 더 비참해지겠지."

"그건 말도 안 돼요. 아빠가 왜 혼자 살아요? 엄마랑 내가 있는데?"

"아저씨한테도 옛날에는 부인과 아들이 있었단다. 너는 아저씨가 어떻게 해서 혼자 남게 되었는지 알고 있지 않으냐."

"아들 때문이잖아요."

"그건 아니다. 불행은 눈이나 비가 오는 것처럼 예측할 수 없는 거란다. 불행은 일기예보처럼 예고를 해주지 않거든. 만약에 말이다. 우리가 자고 있을 때 우리 마을에 지진이 일어나거나, 아침에 일어나 보니 우리나라에 전쟁이 터져서 우리 식구가 헤어진다면 어떻겠느냐. 그럴 수 있지 않겠냐? 돌아가신 네 외할아버지가 육이오 때 이북에서 피난 내려오시다가 가족들과 헤어져 혼자가 되신 것처럼 말이다."

"나는 절대로 아빠 곁을 떠나지 않을 거야. 아빠가 없으면 나는 자전거를 탈 수 없으니까, 학교에도 다닐 수 없잖아요."

"그렇지만 고등학교 때부터는 너 혼자 다녀야 한다. 아빠가 읍내까지 너를 태워다줄 수 없지 않겠냐? 너도 이제 서서히 홀로 살아가는 법을 배워야 한다. 홀로 살아갈 수 있어야 후담에 어른이 되어서 어린 네 자식을 돌봐줄 수 있단다."

내 말에 진수는 한동안 침묵을 지켰다. 어쩌면 진수는 혼자 살아가는 법을 배워야 한다는 내 말에 겁을 먹고 있는 것인지도 몰랐다. 그렇지만 나는 진수에게 냉정해지고 싶었다. 아내의 성화만 아니었다면 나는 진수가 군내 버스를 타고 학교에 가도록 했을 것이다. 아내는 내가 진수를 자전거로 등교시켜 주지 않으면 자신이 학교까지 업어다 주겠다고 떼를 썼다. 그래 하는 수 없이 등굣길에만 자전거를 태워주기로 한 것이다.

바람 모퉁이를 지날 때 아스팔트길 위쪽 산자락 상수리나무 아래가지에서 박새 한 마리가 삐쫄삐쫄 울다가 오리나무 가지로 날아갔다.

"아빠, 혼자 사는 새도 있어요?"

"새도 사람과 같단다. 하지만 처음부터 혼자는 아니란다."

2

길섭은 나와 친했다. 거북재에서 열흘 간격으로 태어난 우리는 유둔재 너머, 지금 진수가 다니는 중학교를 졸업하고 나란히 광주에 있는 고등학교에 입학하여 한 반이 되었다. 참나무 밑동처럼 체격이 곧고 단단한 그는 성격이 명랑했고 공부도 잘했다. 그는 왜소하고 내성적인 나보다 인기가 좋았다. 마을 사람들은 길섭이와 나를 은근히 비교하기를 좋아했다. 성급한 어른들은 두 사람의 장래를 미리 잣대로 재보려고 했다. 부모들도 경쟁의 눈으로 우리를 바라보았다. 나는 그런 어른들이 싫었다. 우리의 미래를 미리 재보려고 한 어른들 때문에 나는 가끔 그들의 잣대 안에 속박당한 기분이 들기도 했다. 어른들의 관심으로부터 자유로워지고 싶었다.

나와 길섭은 처음부터 경쟁심 같은 것은 갖지 않았다. 어쩌면 내 쪽에서 경쟁을 포기해 버린 것인지도 몰랐다. 나는 솔직히 길섭이가 모든 면에서 나보다 한 단계 위라는 것을 인정하고 받아들였다. 그는 나보다 성적이 좋았고 달리기도 잘했다. 내가 길섭이보다 낫다고 생각하는 것은 그가 즉흥적이고 다혈질인 데 비해 나는 성격이 내성적인 만큼 침착하다는 것이었다. 그 대신 나는 우유부단한 데다가 결단력이 없었다. 그가 노래를 좋아한 대신 나는 시를 좋아했다. 길섭의 꿈은 법조인이 되는 것이었고 나는 고향에 있는 초등학교의 교사가 되기를 희망했다. 농사꾼의 아들인 나로서는 교사를 꿈꾼다는 것이 천사가 되는 것만큼이나 벅찬 것이었다.

초등학교 4학년 때였다. 길섭이 아버지가 장교가 되어 지프를 타고 거북촌에 왔었다. 그때 길섭이는 마을에서 공부 잘하는 친구들만 골라서 재 너머 학교까지 그의 아버지의 지프를 태워주었다. 그때 처음으로 차를 타본 나는 길섭이가 얼마나 부러웠는지 모른다. 그날 집에 돌아온 나는 땀 냄새가 진동하는 농투성이 아버지한테 괜히 투정을 부렸다. 길섭이 아버지의 멋진 군복과 아버지의 삼베 잠방이가 자꾸 비교되면서 괜히 뿌질뿌질 화가 치밀어 올랐던 것이었다. 나는 그때 우리들의 아버지를 비교하기 시작하면서부터 길섭이와의 경쟁을 이미 포기해 버렸는지도 몰랐다.

우리가 헤어진 것은 고등학교 2학년 때였다. 그날, 그러니까 길섭이 오전 수업을 마치고(그날은 광주 시내 모든 고등학교가 오전 수업만 했다) 교복을 입은 채, 자취방에 책가방을 내던지고 숨이 차오르도록 흥분을 억제하지 못하고 금남로로 뛰어나간 것을 본 것이 마지막이었다. 길섭은 대문 밖까지 뛰쳐나갔다가 헐근거리며 다시 돌아와서는 "혹시 시골 부모님한테서 전화 오거든 학교 도서관에 공부하러 갔다고 말해"라고 당부를 했다. 그때 그는 방문을 열고 서서 엄숙한 표정으로 한참 동안 나를 바라보았다. 길섭은 그때 내가 그를 따라나서기를 기다리고 서 있었는지도 몰랐다. 그러나 길섭은 내게 금남로에 함께 가자는 말을 하지 않았다. 나는 그가 함께 가자고 할까 봐 은근히 겁을 먹고 있었다. 나는 그와 함께 동행하지 못한 나 자신이 너무 부끄러워 이불을 둘러쓰고 자리에 눕고 말았다. 길섭의 발소리가 멀어져 갔다. 그것이 길섭이와의 마지막이 될 줄은 몰랐다. 그날 밤 나는 이불 속에서 갈기갈기 어둠을 찢는 듯한 총소리를 들으며 길섭에 대한 걱정으로 잠을 이루지 못했다.

길섭은 다음 날 아침까지도 돌아오지 않았다. 그러나 나는 총소리가 무서워서 길섭을 찾으러 나갈 용기가 나지 않았다. 그때까지도 나는 이불을 뒤집어쓰고 있었다. 그런 나를 누가 보기라도 할까 봐 나는 방 문고리까지 안으로 걸어버렸다. 그런 내가 참으로 한심하다고 생각하면서도 밖으로 뛰쳐나가지 못했다.

그다음 날도 길섭은 돌아오지 않았다. 그로부터 이틀 후, 계엄군이 시민군들에게 도청을 넘겨주고 광주를 떠난 다음 날인 5월 22일에야 나는 주인집 아저씨에게 길섭이가 돌아오지 않았다는 사실을 말했다. 월남전 때 길섭이 아버지의 부하였다는 주인집 아저씨는 그 사실을 뒤늦게 말해 준 나를 심하게 나무랐다. 울고 싶었다. 나는 주인집 아저씨와 함께 길섭이를 찾아 휘적휘적 거리로 나섰다. 총을 멘 시민군들이 철모를 쓰거나 타월로 얼굴을 가린 채 트럭을 타고 거리를 질주하는 모습을 본 나는 숨을 쉴 수 없을 정도로 가슴이 덜컹거려 인도 쪽으로 비켜서서 한참 동안 마음을 진정시킨 후에야 다시 걸었다. 주인집 아저씨는 그러는 나를 이상한 눈으로 흘겨보며 혀를 찼다.

나는 총을 멘 길섭의 모습을 상상하면서 몸을 떨었다. 어쩐지 길섭의 총구가 비겁자라고 소리치며 나를 겨냥하고 있을 것만 같았다. 거리에 많은 사람이 몰려와 있는 것을 보고 놀랐다. 수많은 시민이 금남로를 따라 도청 앞으로 밀물처럼 몰려갔다. 그때 시민들은 그 전처럼 노래를 부르거나 함성을 지르지도 않았다. 시민들의 표정이 너무 무거워 마치 장례행렬 같았다.

온종일 거리를 헤집고 다녔지만 길섭의 모습은 보이지 않았다. 도청에도 들어가 보고 이곳저곳 병원도 살펴보았다. 거리에 나붙은 사망자 명단도 열심히 훑어보았다. 줄을 서서 무덕관에 안치된 시체들도 들여다보았다. 그러나 길섭은 어디에도 없었다. 길섭은 처음부터 이 세상에 없었던 사람처럼 아무 곳에도 흔적이 남아 있지 않았다.

"중위님한테 뭐라고 보고를 한다지?"

길섭을 찾아다니다가 지친 주인집 아저씨가 절망적인 시선으로 무등산을 바라보며 탄식하듯 말했다. 그는 언제나 길섭이 아버지에게 깍듯이 중위님이라는 존칭어를 썼다. 그런 그를 볼 때마다 그들은 아직도 월남전 때에 살고 있는 것처럼 느껴졌다. 우리는 지친 몸으로 도청 건물이 바라다보이는 금남로의 은행나무 가로수 밑에 퍼지르고 앉아 있었다. 나는 그에게 할 말이 없었다. 그는 길섭이가 행방불명된 것이 마치 내 잘못인 것처럼 나를 대했다. 그러나 나는 나에 대한 그의 어떤 태도도 감수하기로 했다. 내 걱정은 길섭이가 아니라, 아들의 행방불명 소식을 알게 될 그의 부모를 어떻게 대면할까 하는 것이었다. 나는 숨고 싶었다. 도망치고 싶었다. 길섭이처럼 행방을 감추어버리고 싶었다. 이럴 줄 알았더라면 차라리 그때 길섭이를 따라나설 것을 그랬구나 하고 후회했다.

"부모님한테는, 며칠 더 기다려봤다가 연락하세요. 오늘 밤에라도 돌아올지 모르니까요."

나는 주인집 아저씨한테 사정하듯 말했다.

"돌아오지 않는다면?"

나는 그의 물음에 할 말이 없었다.

"돌아오기는 다 틀렸어."

그는 단정적으로 말했다.

그날 밤 주인집 아저씨는 전화를 걸어 길섭이가 집에 돌아오지 않고 있음을 그의 부모에게 알렸다. 주인집 아저씨는 허리를 굽적이며 말끝마다 "죄송합니다. 중위님, 모든 것이 제 불찰입니다"라는 말을 잊지 않았다. 그러면서도 길섭이가 꼭 돌아올 것이라고 떨리는 목소리로 거듭 말했다. 나는 그가 길섭이 부모를 안심시키기 위해 거짓말을 하고 있다는 것을 알고 있었다. 그는 길섭이가 돌아오리라는 희망을 품고 있지 않았다. 희망을 품고 있지 않은 사람이 희망을 말한다는 것이 조금도 이상하게 생각되지 않았다. 희망은 절망의 밑바닥에 앙금처럼 희미하게 가라앉아 있기 때문이다. 주인집 아저씨는 길섭이 부모에게 전화한 다음부터 더욱 괴로워했다. 길섭이 부모를 대할 일이 참으로 난감했기 때문이리라. 내 눈에 그의 고통이 확연하게 여러 가지 색깔로 보였다. 그것은 나도 마찬가지였다. 나는 몇 번이고 내가 없어지고 길섭이가 남아 있는 환상에 빠져들곤 했다. 비록 환상이긴 해도 오히려 그 순간이 마음 편했다. 그런 착각에 빠지는 순간만은 길섭이에 대한 절망적인 덫과도 같은 불길한 예감도 잠시나마 잊을 수 있었다. 오히려 참담한 것은 나 자신이었다. 길섭이 부모님 생각만 하면 나의 모든 생각이 순간에 정지되면서 항아리처럼 텅 빈 머릿속에서 바람이 윙윙거리는 소리만 계속 울려왔다.

길섭이 부모님은 전화를 받고도 이내 올라오지 못했다. 주인집 아저씨 말로는 계엄군이 광주를 철저하게 고립시키기 위해 외곽에서 진을 치고 사람의 통행은 물론 교통과 정보까지도 차단했기 때문이라고 했다. 시민군이 도청을 접수한 광주는 망망대해에 떠 있는 외딴섬이었다. 그 섬에서 나갈 수도 섬으로 들어올 수도 없었다. 그들은 광주를 고사시킬 계획이었다. 그러나 섬사람들은 더욱 강해졌다. 사재기도 도둑도 없었다.

길섭이 어머니는 닷새째 도시 외곽을 배회하다가, 계엄군이 다시 도청에 진입한 27일 낮에야 모습을 나타냈다. 그때 내가 본 길섭이 어머니는 제정신이 아니었다. 구접스러운 옷차림과 마른 풀잎처럼 초췌한 행색만 봐도 도시 외곽을 배회하던 지난 며칠 동안의 일들을 짐작할 수 있을 것 같았다. 길섭이 어머니는 아들의 이름을 불러대며 실성한 듯 거리를 허우적댔다. 나는 일부러 교복을 입고 주인집 아저씨와 함께 칼날 같은 시퍼런 살기가 느껴질 정도로 불안한 거리를 헤집고 다니는 길섭이 어머니의 뒤를 따라다녔다. 어디에도 길섭은 없었다. 길섭이 어머니는 아들 찾는 일을 결코 포기하지 않았다. 아들을 찾지 못하면 집에 돌아가지 않겠다고 했다.

"길섭이가 없으면 나는 죽은 목숨이여. 그러니 이 세상 구석구석을 이 잡드끼 평생 동안 뒤져서라도 우리 길섭이를 꼭 찾고 말겄다."

그러면서 길섭이 어머니는 나와 주인집 아저씨를 뿌리치고 혼자 떠돌 아다니기 시작했다. 길섭이 어머니가 아들을 찾아 길 없는 길을 떠난 지 올해로 17년째가 되었다. 그 17년 동안 내가 길섭이 어머니를 본 것은 잘 해야 열 번도 안 된다. 길섭이 어머니는 아들을 찾아 떠돌아다니느라 집 에 머무는 날이 별로 없었다. 집에 돌아오면 몸져눕고 말았다. 시난고난 앓고 있다가도 느티나무 잎이 무성해지는 5월이 되면 실성한 듯 길섭이 의 이름을 부르며 집을 떠나곤 했다. 길섭이 어머니가 가는 곳은 아무도 몰랐다.

"아들놈을 찾아 떠돌아댕길 때는 암시랑 안허다가도 집에만 있으면 늘 골골거리니께, 차라리 싸돌아댕기게 내버려 두고 있구만."

언젠가 조 씨 아저씨가 내게 말했다.

조 씨 아저씨는 길섭이가 그날 광주에서 행방이 묘연해진 후부터 날마 다 느티나무 밑에 앉아 있기 시작했다. 그는 아들이 꼭 돌아오리라 믿고 있는 듯싶었다. 마을 사람들은 17년이 넘도록 소식이 없는 것을 보면 길 섭이가 살아 있을 성싶지 않다고들 했다. 그러나 조 씨 아저씨가 듣는 데 서는 아무도 그것을 내색하지 않았다. 오히려 마을 사람들은 그에게 6· 25 때 행방불명되었던 장또삼이가 21년 만에 나타났던 사실을 상기시켜

주면서 은근히 기대를 하게 해주었다. 마을 사람들은 조 씨 아저씨가 한 가닥 가느다란 희망의 끈을 놓쳐버릴 때 더 이상 삶을 지탱하지 못하리라는 것을 알고 있었다. 조 씨 아저씨에게 하루하루의 삶은 토막 난 희망의 끈들을 애틋하게 엮어나가는 몸부림인지도 몰랐다. 다행인 것은 그가 낙관주의자라는 것이었다. 그는 모든 것을 긍정적인 의미로 받아들이려고 했다. 날씨가 맑으면 맑은 대로 궂으면 궂은 대로, 새가 울어도, 바람이 불어도, 마을에 낯선 사람이 찾아와도 길섭이와 관련지어 좋은 쪽으로 해석하려고 했다.

3

그날은 몹시 바람이 불었다. 온통 세상이 흔들리는 듯했다. 5월에 그렇게 거친 바람이 분 적은 내 기억에 없는 것 같았다. 느티나무가 바람에 흔들리며 온몸을 꿈틀거렸다. 나는 토요일이라 해가 떨어지기 전에 서둘러 퇴근을 했다. 바람에 떠밀리며 느티나무 앞을 지날 때 나는 조 씨 아저씨를 보지 못했다. 나는 자전거를 끌고 느티나무 가까이 가보았다. 하늘이 윙윙거렸다. 그러나 신기하게도 느티나무 밑에서는 거친 바람을 느낄 수 없었다. 나는 느티나무를 한 바퀴 돌아보았다. 그의 모습은 보이지 않았다. 해지기 전에 그가 느티나무에서 떠난 적이 한 번도 없었다는 것을 알고 있는 나는 불길한 예감에 사로잡혔다. 바람 때문에 일찍 들어갔을지도 모른다고 생각했다. 그러나 무릎 깊이로 폭설이 내리거나 뇌성벽력이 하늘을 찢으며 장대비를 쏟아붓는 날도, 그는 오히려 자신이 느티나무의 한 부분이라도 되는 것처럼 그 자리에서 꼼짝하지 않았다. 그가 없는 대낮의 느티나무는 어딘지 슬프고 외로워 보였다.

"조 씨 아저씨가 보이지 않으니 어쩐 일이지?"

나는 집에 들어서는 순간 약간 다급한 목소리로 아내에게 말했다. 해지기 전에 그가 느티나무 곁을 떠난 것은 분명히 이 마을의 뉴스였다.

"느티나무 밑에 쓰러져 있는 것을 종기 아버지가 업어왔답디다. 사람도 못 알아볼 정도라던데……."

아내는 건성으로 말했다.

"쓰러졌다고? 언제?"

나는 약간 놀랐다. 그러고 보니 아침에 나를 불러세웠을 때, 가까스로 고개를 지탱하고 있었고 여느 날 같지 않게 물기가 빠진 그의 목소리가 가랑잎처럼 가볍게 파삭거렸던 것이 생각났다. 나는 그 길로 두껍다리 건너 조 씨 아저씨 집으로 달려갔다. 내가 조 씨 아저씨 집을 찾아간 것은 실로 오랜만의 일이다. 길섭이와 한동네에서 함께 살 때까지만 해도 문턱이 닳도록 드나들곤 했는데, 길섭이가 행방불명된 후로는 무거운 자책감이 한사코 내 발목을 붙잡고 놓아주지 않았다. 그 자책감은 어느덧 죄책감으로 변해 나를 무섭게 짓누르기 시작했다. 어쩌면 나는 그 죄책감 때문에 여러 번 군청으로 자리를 옮겨갈 기회가 있었는데도 발목을 붙잡히기라도 한 것처럼 여지껏 고향을 떠나지 못하고 있는 것인지도 몰랐다. 나는 솔직히 길섭으로부터 자유로워지고 싶은 생각이 간절했지만, 그것은 마음뿐이었다. 자유로워진 다음의 고통을 견뎌낼 수 없을 것 같았기 때문이다.

나는 그날 조 씨 아저씨가 누워 있는 모습을 처음 보았다. 그는 언제나 앉아 있었다. 방 아래 쪽에 눈을 감고 반듯하게 누워 있는 모습은 마치 기다림에 지쳐 쓰러진 나무토막처럼 보였다. 그런 그의 모습은 편안함을 느끼게 해주는 것이 아니라 마지막 붙잡고 있는 한 가닥 희망의 밧줄을 놓쳐버리고 나서 쓸쓸히 죽음을 맞이할 채비를 하는 것처럼 허무해 보였다. 그의 머리맡에는 팔촌 질부뻘 되는 종기 어머니가 임종을 지켜보듯 앉아 있었다.

"아저씨, 저 왔어요."

나는 종기 어머니 옆에 앉으며 비교적 큰 소리로 말했다. 그러나 조 씨 아저씨는 눈도 깜박이지 않았다.

"정신이 없으신가봐. 종기 아버지가 업고 온 후부터 여직껏 눈 한번 안 뜨시는구만. 돌아가실라고 이러시는가……?"

종기 어머니가 나를 보며 걱정스러운 눈빛으로 말했다.

"아저씨, 오늘 지서에 들렀다 왔구만이라."

나는 내 말을 듣고 조 씨 아저씨가 번쩍 눈을 뜰 줄 알았다. 그러나 그는 눈을 감은 채 입술을 달싹거리며 길섭이의 이름을 되뇌이듯 희미하게 신음만 토해냈다. 그 신음이 아르르하게 나의 뼛속으로 파고들었다. 나는 조 씨 아저씨의 얼굴에 코가 닿도록 허리를 꺾어 맥을 짚어보았다. 맥박이 참새의 그것처럼 희미하게 팔딱거렸다. 생명의 불꽃이 꺼져가고 있음을 알 수 있었다. 나는 허리를 펴고 말없이 종기 어머니를 바라보았다.

"병원에 모시고 가야 헐란가 모르겄어."

"오늘밤만 기다려보는 게 어떨까요."

나는 종기 어머니 말을 받고 나서 벽에 걸린 낡은 사진을 올려다보았다. 야자나무가 아우성치듯 싱그럽게 어우러진 정글 속에서 초록빛 전투복에 권총을 비뚜룸히 차고 조금은 거만한 폼으로 가랑이를 벌리고 서 있는 조 씨 아저씨의 당당한 모습이 가슴에 화살처럼 찍혀왔다. 그 옆에는 그의 결혼사진과 외아들 길섭이의 돌 사진이며 중학교와 고등학교 입학식 때 찍은 사진, 그리고 세 식구가 함께 찍은 사진이 있었다. 단란하고 행복해 보이는 가족사진이다. 아, 행복이란 과연 무엇인가. 행복이란 결국 빛바랜 한 장의 가족사진으로 남는 것일까. 한 가정의 행복은 이렇듯 한 장의 낡은 사진 속에 순간으로 남고 불행은 삶의 현실 속에 고통으로 이어지는 것일까. 나는 조 씨 아저씨 가정의 행복의 시작과 끝을 보는 것 같아 마음이 아팠다. 불행을 의식하지 못하는 사진틀 속의 길섭이가 나를 보고 환하게 웃고 있었다. 길섭이의 그 웃음은 나를 더욱 슬프게 했다.

사진틀 옆에는 십자고상十字苦像이 걸려 있다. 나는 십자고상을 바라보면서 지난 17년간의 긴 세월 동안 조 씨 아저씨가 겪어온 고통의 무게를 생각해 보았다. 그도 지난 세월 동안 힘겹도록 고통의 십자가를 메고 헐떡거리며 살아왔을 것이다. 그리고 이제 이승의 모든 회한과 그리움의 질긴 밧줄로부터 벗어나 비로소 그 고통의 꼭짓점에 와 있는 것인지도 몰랐다.

"그나저나 길섭이 엄니한테 기별을 해야 씰 것인디……."

종기 어머니가 말했다. 나도 그 생각을 하고 있었다. 그러나 길섭이 어머니를 찾을 방법이 없다는 것을 잘 알고 있는 나로서는 속수무책일 수밖에 없었다. 그런 나 자신이 한심스러웠다. 내가 조 씨 아저씨를 위해서 할 수 있는 일이란 그저 그 옆에 오랫동안 앉아 있는 것뿐이었다. 나는 종기 어머니만을 남겨둔 채 밖으로 나갈 수가 없었다.

해가 기울었는지 방 안이 어둑어둑해지기 시작했다. 안개 같은 어둠의 작은 알갱이들이 방 안 가득히 주절주절 열렸다. 그때 문밖에서 진수가 나를 찾았다. 방문을 열고 나가 보니 토마루 아래 진수가 목발을 짚고 어둠처럼 희미하게 서 있었다.

"엄마가 빨랑 저녁 드시래요."

진수의 말에 나는 화를 내려다가 참았다. 지금 이 상황에 저녁 먹을 걱정을 하고 있는 아내가 암상스럽다고 생각했다. 나는 진수를 보며 저녁밥 생각이 없다고 말했다. 진수는 한참 동안 나를 올려다보고 서 있다가 천천히 몸을 돌려세우더니 목발을 짚고 되돌아갔다. 목발을 짚고 어둠 속을 걸어가는 진수의 뒷모습을 바라보던 나는 갑자기 명치끝이 저며 오는 것 같은 통증을 느꼈다. 진수를 타일러 보내고 다시 방으로 들어와 전깃불을 켰다. 그때 낡은 사진틀 속의 길섭이가 내 시선을 낚아채듯 홱 잡아당겼다. 길섭이는 여전히 웃고 있었다. 그러나 그것은 살아 있는 사람의 웃음이 아니었다. 웃음 뒤에 슬프도록 공허한 한 줄기 그림자가 또아리를 틀고 있음을 느낄 수 있었다. 그리고 나 자신이 그 그림자 속에 갇혀 있는 기분이었다.

"나쁜 자식, 비정한 자식."

나는 길섭이가 원망스러웠다. 그가 옆에 있다면 묵사발이 되도록 때려주고 싶었다. 나는 무엇이 이 가정에서 행복을 빼앗아갔는지 잘 알고 있다. 나는 이 가정을 이렇듯 무참히 짓밟아버린 범죄자들을 향해 욕지거리 한 마디 던지지 못했다. 나는 그동안 길섭이를 위해 아무것도 하지 못했다. 그런 나에 대한 부끄러움마저도 잊고 살아왔다. 그러면서도 길섭이에 대한 원망스러움을 떨쳐버릴 수 없었다. 그 원망스러움은 때때로 죄책감으로 변했고 그때마다 나는 견딜 수 없는 자책감에 몸서리치도록 온몸을 떨었다.

잠시 후 종기 어머니는 식구들 저녁을 차려줘야겠다면서 집으로 돌아갔다. 나는 조 씨 아저씨 옆에 혼자 앉아 있었다. 눅눅하게 느껴지는 죽음의 점액질이 방 안에 가득 스며들어 한사코 내 몸에 달라붙는 듯하여 혼자 있는 것이 조금은 두렵다는 생각이 들었다. 나는 몇 번이고 밖으로 뛰쳐나가고 싶었다. 그러나 사진틀 속의 길섭이가 한사코 나를 붙잡았다. 밤이 깊도록 종기 어머니는 돌아오지 않았다. 나는 사진틀 속의 길섭이한테 붙잡힌 채 자울자울 졸고 있었다. 어슬어슬한 꿈속에서 조 씨 아저씨가 벌떡 일어섰다. 나는 소스라치듯 놀라 눈을 떴다. 조 씨 아저씨가 입술을 달싹거렸다. 나는 그의 입 가까이 귀를 가져다댔다.

"길. 섭. 이. 언. 제. 왔. 느. 냐. 너. 길. 섭. 이. 맞. 지. 야."

조 씨 아저씨가 띄엄띄엄 들독을 들어 올리듯 힘겹게 입술을 움직이며 말했다. 대답을 기다리고 있는 듯 그의 눈꺼풀이 가느다랗게 떨렸다.

"예, 저 왔어요."

나는 그의 눈꺼풀 떨림에 강한 추궁이라도 당한 것처럼 주저하지 않고 그렇게 대답하고 말았다. 그러자 파르르 떨고 있던 눈꺼풀이 확 뒤집히는 것 같더니 찔레꽃잎 같은 흰 자위가 번쩍 열렸다. 그의 허연 눈이 끝없는 하늘처럼 공허해 보였다. 나는 너무 놀라 하마터면 비명을 지를 뻔했다. 허옇게 치뜬 그의 눈이 나를 쳐다보았다. 수많은 찔레꽃 이파리가 나비떼처럼 날아와 내 얼굴에 엉겨 붙는 것 같았다. 나는 그의 눈이 깜박이지 않는다는 것을 알고 더욱 놀랐다. 순간 그가 임종을 맞고 있는 것인지도 모른다고 생각했다. 무서운 느낌이 들었으나 그 옆을 떠나지는 않았다. 사진틀 속의 길섭이가 나를 붙잡고 놓아주지 않았기 때문이다. 잠시 후 조 씨 아저씨는 어두운 잠 속에 조용히 묻히듯 스르르 눈을 감았다. 그는 눈을 감은 채 다시 입술을 희미하게 달싹거렸지만 무슨 말인지 알아들을 수가 없었다. 어쩌면 계속 길섭이를 부르고 있는 것인지도 몰랐다. 조 씨 아저씨는 마지막까지 아들에 대한 그리움을 놓치지 않으려는 듯 두 주먹을 꼭 쥐고 있었다.

나는 사진틀 속의 길섭이를 보았다. 그날, 나는 얼마든지 그를 붙잡을 수 있었다. 밖이 너무 위험하니 나가지 말라고 매달리며 붙잡았더라면 어쩔 수 없이 주저앉았을지도 몰랐다. 그런데도 나는 그를 붙잡을 생각보다는 그가 나에게 함께 가자고 할까 싶어 한사코 그의 시선을 피하며 몸을 움츠렸다. 그리고 오히려 길섭이가 빨리 밖으로 나가주기만을 기다리고 있었다.

자정이 넘어 종기 아버지가 대문 밖에서부터 큼큼 헛기침을 거푸 토해 내더니 벌컥 방문을 열고 들어왔다.

"광주 종기한테 일러 큰댁에 전화를 해봤네만 길섭이 어머니한테 연락헐 길이 막막허다드만."

종기 아버지는 그러면서 혼자 있을 테니 내게는 그만 돌아가 눈을 붙이라고 했다. 그러나 나는 일어설 수 없었다. 사진틀 속에서 길섭이가 두 눈을 벌겋게 뜨고 나를 내려다보고 있었기 때문이다. 나는 그날 밤 조 씨 아저씨 곁에 있어주는 것으로 길섭에 대한 죄책감을 조금이라도 덜 수 있다고 생각했는지 모른다.

"종기한테 전화해서 행불자가족회에 연락해 보라고 하겠습니다."

나는 종기 아버지의 눈치를 살피며 말했다. 종기, 길섭이, 나, 이렇게 셋은 한마을 동갑내기로 면 소재지에 있는 중학교까지 함께 다녔으며 고등학교 때 헤어졌다. 나와 길섭이는 광주에 있는 인문계 고등학교에 진학했고 종기는 읍내 공업고등학교에 입학하여 졸업하자마자 자동차공장에 취직이 되었다. 세 친구 중에서 공부도 제일 못했고 생김새도 볼품이 없었던 종기였는데도 지금은 그중 신수가 가장 잘 풀려 마을 사람들의 부러움을 샀다. 이 때문에 우리 마을 어른들은 이제 세상이 변해서 떡잎만 보고는 장래를 점칠 수 없다고들 했다. 나는 종기가 부러웠다. 길섭이와 똑같은 친구(사실은 길섭이와 종기는 친척으로 나보다 더 가까운 사이다)였는데도 종기는 길섭으로부터 자유로웠기 때문이다.

"아서, 전화허지 말어. 종기가 다 알아봤으니께. 종기한테서 그 전화받고 오느라고 늦은겨."

종기 아버지는 손사래까지 치며 말렸다. 나는 종기 아버지의 그 말을 믿지 않았다. 종기 아버지는 아들을 번거롭게 하는 것을 싫어했기 때문에 말렸던 것이다.

그날 새벽 3시에 조 씨 아저씨는 마지막으로 허파에서 바람 빠지는 듯한 목소리로 숨 가쁘게 길섭이의 이름을 부른 후, 서너 차례 눈을 희뜩거리더니 온힘을 다해 단단히 움켜쥐고 있던 한 줌 이승의 욕심을 놓아버리듯 스르르 손바닥을 폈다. 그는 이 세상 모든 미련을 마을 앞 느티나무에 꽁꽁 묶어둔 채 홀연히 세상을 떠났다.

조 씨 아저씨의 장례는 마을 사람들 손으로 조촐하게 치러졌다. 평소에 조 씨 아저씨를 한사코 피해 다녔던 마을 사람들도 마치 그의 죽음을 기다리고 있었던 것처럼 장례식에 모두 참례했다. 그를 피해 다니다가 곤욕을 치렀던 인걸이가 자진해서 염을 해주었다.

"아저씨가 싫어서 피해 다녔던 것이 아니었구만요. 아저씨를 보고 있으며 너무 마음이 아파서 그랬어요. 이제 길섭이는 우리가 대신 기다릴 텐게 편히 가시어요."

인걸이가 염을 하면서 말했다. 마을 사람들은 삼일장을 치르는 동안 조 씨 아저씨 집에 모여 밤을 새우면서, 그의 행복했던 부분들만을 떠올려 이야기했다. 그의 불행했던 부분에 대해서는 아무도 입을 열려고 하지 않았다. 평소에 그를 무서워했던 아이들도 마지막 북망길에 오른 조 씨 아저씨의 뒤를 따라주었다. 조 씨 아저씨의 마지막 가는 길은 외롭지 않았다.

아무도 없는 조 씨 아저씨의 집 철제대문에는 무겁게 빗장이 질러졌다. 그의 그림자를 찾아볼 수 없게 된 느티나무는 더욱 쓸쓸하고 을씨년스러웠다. 그가 세상을 뜬 후에도 마을 사람들은 여전히 느티나무 앞을 지나다니기를 꺼려했다. 마을 사람들 눈에는 그 느티나무가 오로지 아들을 기다리는 일로 17년 동안의 삶을 지탱해 온 조 씨 아저씨로 보였기 때문이다.

오늘도 나는 자전거를 타고 출근하면서 어김없이 느티나무 쪽으로 고개를 돌리고는 언제나 그랬던 것처럼 "아저씨, 다녀오겠습니다. 지서에 가서 길섭이 소식 알아보고 오겠습니다" 하고 똑같은 인사말을 되풀이했다.

"아빠 왜 아무도 없는 느티나무에 대고 날마다 거짓말을 하는 거야?"

자전거 위에서 내 허리를 꼭 껴안은 진수가 따져 물었다.

"거짓말이라고?"

"그래, 아빠는 거짓말쟁이야."

나는 할 말이 없었다. 지서에 가서 길섭이의 소식을 알아보겠다는 똑같은 거짓말을 몇 년째 계속 되풀이하고 있는 자신이 너무 부끄러워 뒤통수가 따갑게 느껴졌다.

"그래 맞다. 네 말이 맞다. 애비는 17년 동안 거짓말만 하고 살아왔구나."

나는 탄식하듯 말하며 느티나무를 바라보았다. 푸른 깃발처럼 굼실거리는 5월의 느티나무 우듬지에서 동박새 한 마리가 조 씨 아저씨 자리였던 당산돌 위에 푸드득 날아와 앉더니 나를 향해 꼬리를 흔들며 삐쭐삐쭐 울었다. 동박새 울음소리가 내 귀에서 "너는 거짓말쟁이, 너는 거짓말쟁이” 하고 우는 것처럼 들렸다.

『내일을 여는 작가』, 1997.7

느티나무 아래서

도심을 빠져나간 장의 버스는 소나무며 떡갈나무 참나무가 한데 어우러진 야트막한 산자락을 휘돌아 화장터로 달렸다. 서둘러 병원을 출발했는데도 어느덧 초봄의 성급한 태양이 하늘의 한가운데 덩싯 떠올라 있었다. 그나마 명징한 햇살이 초라한 장례식에 큰 위안이 되어 주었다. 나는 형님이 이렇게 눈부신 봄날에 저세상으로 갈 수 있어 다행이라 생각했다. 형님의 생애에서 오늘의 화창한 날씨처럼 밝고 평화로웠던 날이 과연 며칠이나 되었을까. 형님은 한때나마 나의 우상으로 머물러 있었던 소년 시절과 청년 시절을 제외하면 평생을 불안하게 쫓기거나 어둠 속에 갇혀 살아왔다.

국도에 접어들자 이제 갓 떡잎이 파릇하게 피어나기 시작하는 메타세쿼이아 가로수가 두 줄로 가지런히 늘어서 있었다. 똑같은 크기에 똑같은 모습으로 질서정연하게 늘어선 가로수가 보기에 좋았다. 어쩌면 형님이 평생 어둡게 살아오면서 꿈꾸어온 것은 높고 낮음이 없는 이 가로수 같은 세상이었는지도 모른다는 생각이 들었다. 나는 이 가로수에 초록의 잎이 무성해질 때를 생각하며 운전석 정면의 유리창을 통해 먼발치로 저수지를 바라보았다. 바람이 살랑거릴 때마다 연초록 물비늘이 햇살 속으로 통겨 날리는 저수지 수면 위로 죽은 형님의 소년 시절 얼굴이 떠올랐다. 내 기억 속에 가장 확실하게 각인된 형님의 모습은 반질반질하게 다듬어놓은 박달나무 목각인형 같은 얼굴이었다. 얼굴이 가무잡잡해서 검둥이라고 놀림을 받은 나는 박꽃처럼 새하얀 형님의 얼굴이 부러웠다. 중학교에 다닐 무렵 형님은 여름방학 때만 되면, 하얀 얼굴로 고향 운천 저수지 둑 가장자리의 앙바틈한 느티나무 그늘 아래서 낚싯줄을 드리우고 온종일 책을 읽곤 했다. 내 기억 속의 형님은 검정 중학생 교복에 차양이 넓고 둥근 모자를 비뚜름히 눌러쓴 소년의 모습으로 남아 있었다.

어른이 된 형님의 얼굴은 희미했다. 대학에 들어가던 해에 마지막 본 후 43년 만에 다시 먼발치로 얼핏 바라본 형님은 어느덧 낯선 할아버지의 모습이 되어 있었다. 43년의 긴 공백이 낯설게 만든 것이다.

버스 안의 조문객들은 회색의 그림자처럼 표정이 없었다. 그들은 장의 버스가 출발한 후부터 모두 음울한 침묵의 깊은 바다에 빠져 있었다. 어둠의 생애를 마친 외롭고 불쌍한 노인의 죽음 앞에서의 처절한 무력감보다 조문객들의 그림자 같은 음울한 표정 때문에 장의 버스 안 분위기는 더욱 납작하게 가라앉았다. 조문객이라야 나와 나의 두 아들 외에 모두 열 명에 불과했다. 운전석 바로 뒷좌석에는 나와 검정 원피스를 입은 내 큰아들이 한 번도 직접 만나본 적이 없는 큰아버지의 영정을 안은 채 애써 슬픈 표정을 하고 다소곳이 앉아 있었다. 큰아들 원철(본인이 불러주기를 원하는 이름은 원지)은 성전환 수술을 준비하고 있다. 나와 아내는 오랜 실랑이 끝에 아들의 성전환 수술을 허락해주기로 했다. 아들의 행복을 위해서 부모가 져주기로 한 것이다. 아들의 삶을 부모가 대신 살 수는 없기 때문이다. 원철의 성전환 수술은 가족회의에서 결정되었다. 두 아이는 처음부터 찬성하고 나섰고 아내는 적극 반대였다. 내가 아내의 편을 들어준다면 원철의 성전환 수술은 불가능한 것이었다. 망설이는 내 심중을 읽은 아내는 만약 내가 아이들의 손을 들어준다면 집을 나가버리겠다고 으름장을 놓았다. 나는 심각한 고민에 빠졌다. 무엇이 원철의 삶을 행복하게 할 수 있는가를 생각했다. 내 의사를 말하기 전에 나는 나와 부모님이 형님 때문에 한평생 빠져나올 수 없는 덫에 걸린 삶을 살아온 이유에 대해서 생각해 보았다. 나는 나와 형님과의 관계를 반성해 보았다. 형님은 결코 내 인생과 무관하지 않으며 내 삶의 한 부분이라고 생각해 왔다는 것을 부인할 수 없었다.

나는 형님과 나 사이에 홀맺힌 숙명과도 같은 관계를 지금의 내 세 자식들과 비교해보았다. 형님과 나와는 달리, 나의 세 아이는 서로의 삶에 끼어들거나 상처받지도 않으면서 서로를 존중하고 잘 어울리며 살고 있다. 둘째와 셋째는 형이 트랜스젠더가 되는 것에 대해 비난하거나 부끄러워하지 않는 것 같았다. 결국, 나와 우리 부모의 삶이 고통의 깊은 수렁에 빠진 것은 형님에 대한 강한 집착 때문이었다는 결론을 얻어냈다. 나는 아내를 설득하기로 하고 원철의 성전환 수술을 승낙해주기로 했다. 원철에게 삶의 자유를 주는 동시에 부모 또한 자유로워지기 위해서였다. 결국 아내는 가출 대신 몸져눕고 말았으며 끝내는 간이 나빠져 병원에 입원까지 하게 되었다.

내 뒤로는 권투 선수인 둘째 아들 경철이가 철 이른 가죽점퍼를 입고 아무 생각 없이 혼자 앉아 있다. 큰 시합이 일주일밖에 남지 않아 연습해야 한다면서 한사코 화장장에 가기 싫다는 것을 억지로 끌고 오다시피 하여 처음부터 기분이 뚱해 있는 거였다. 방송국 백 댄서인 셋째 아들 계철은 쇼프로 녹화가 끝나는 대로 화장장으로 오기로 했다. 세 아들 중에서 자기 하는 일에 가장 행복을 느끼며 살아가는 것은 셋째 계철이다. 녀석은 하루하루가 마냥 즐겁기만 한 표정이다. 이렇듯 세 아들은 각기 다른 삶을 살고 있다.

나는 얼핏 고개를 돌려 조문객들을 둘러보았다. 둘째 아들 뒤로 '평화의 집'에서 형님과 함께 기거했던 비전향장기수 동료 4명이 두 사람씩 짝을 지어 서로 몸을 바짝 붙여 앉아서 슬픈 얼굴로 창밖을 바라보고 있다. 닮은꼴처럼 몸피가 왜소하고 초라한 입성의 그들은 형님과 비슷한 나이로 주름진 얼굴이 까끌까끌해 보였고 외로움의 무게에 눌린 삶을 지탱하기가 너무 힘들어 곧 허물어져버릴 것처럼 보였다. 형님의 동료들은 한결같이 영안실에서부터 나를 곱지 않은 시선으로 대했다. 그들은 내게 한마디도 말을 걸어오지 않았다. 그동안 내가 단 한 번도 평화의 집으로 형님을 찾아가지 않은 것에 대해 무척 마뜩찮게 여기고 있음이 분명했다. 그들은 형님이 여러 차례 나를 만나기를 원했으나 내 쪽에서 일부러 피해왔다는 사실을 알고 있는 듯했다. 평화의 집 식구들 뒤로는 유별나게 머리통이 크고 체격이 우람한 보안감찰 담당 형사가 팔짱을 낀 채 눈을 감고 무료하게 앉아 있었다. 담당 형사와는 몇 차례 만난 적이 있다. 형님이 형무소에서 풀려난 것을 처음 나에게 알려준 것도 그였다. 그가 나에게 형님이 출소하게 된 날짜와 시간을 알려주면서 마중 나가 달라고 요청했을 때 나는 그런 형님이 내게는 없다고 완강히 부인했다. 그는 그런 나를 이상한 눈으로 찍어 보았었다.

3·1절 특사로 형님이 출소하게 되었다는 연락을 받던 날 밤 나는 밤새도록 바람 소리에 놀라 몸을 뒤척이며 잠을 이루지 못했다. 나는 몰라보게 변해 버렸을 형님의 모습을 상상하면서 이불을 뒤집어쓰고 소리 없이

눈물을 흘렸다. 그리움에 사무쳐 마음속으로만 형님을 여러 차례 외쳐 불렀다. 형님을 만나고 싶은 간절함과 두려움이 동시에 엄습해왔다. 형 때문에 풍비박산 난 필수네 가족들과 빨갱이 동생이라고 나를 증오하고 비난하던 고향 사람들, 수시로 집 안에 들어와서 아버지를 윽박지르던 경찰들이 영화 필름처럼 줄줄이 떠올랐다. 형님이 출소한 사실이 알려지게 된다면 살아남은 필수네 가족들과 나를 비난했던 사람들이 한꺼번에 몰려올 것만 같았다. 나는 눈물을 흘리다 말고 진저리치듯 몸을 떨었다.

형님이 출소하던 날 아침 나는 두근거리는 마음을 꾹꾹 눌러 진정시키며 서둘러 교도소행 시내버스를 탔다. 교도소 앞에는 3·1절 특사로 출소하는 석방자들을 마중 나온 가족이나 친지들이 몰려와 있었다. 카메라를 든 기자들도 보였다. 나는 마중 나온 사람들과는 멀리 떨어진 전봇대 뒤에 바짝 붙어 몸을 숨기고 교도소 정문 쪽에 시선을 못 박았다. 먼발치로나마 형님의 모습을 보고 싶었다. 잠시 후 미니버스 한 대가 매연을 뿜으며 도착했고 한 무리의 사람들이 웅성거리며 플래카드를 펼쳐 들고 내렸다. 나는 그 플래카드에 형님의 이름이 쓰여 있는 것을 발견하고 소스라치게 놀라 그곳에서 도망치려고 했다. 나는 애써 덜컹거리는 가슴을 누르고 플래카드를 바라보았다. 플래카드에는 큰 글씨로 '통일의 씨앗, 장기수 박기출 선생 출소 환영'이라고 쓰여 있었다. 내가 더욱 놀란 것은 잠시후였다. 출소자들이 교도소 정문을 나오기 시작하고 있었다. 중간쯤에 칠순의 허름한 쥐색 양복에 안경을 끼고 키가 큰 노인이 구부정하게 허리를 구부리고 경중대는 걸음으로 걸어 나오자 플래카드를 든 사람들이 일제히 그를 에워싸며 만세를 부르는 것이었다. 노인을 향해 카메라를 든 기자들이 부산하게 움직였고 노인은 승리자처럼 여유를 보이면서 손을 번쩍 들어 흔들어 보이더니 플래카드를 든 사람들 쪽으로 몸을 돌려 카랑카랑한 목소리로 짧은 연설을 했다. 나는 연설 내용을 자세하게 알아듣지는 못했으나 여러 차례 되풀이한 조국 통일이라는 말만은 분명하게 뇌리에 박혔다.

아, 나는 이날 43년 만에 먼발치로나마 너무 많이 변한 형님의 모습을 본 것이다. 그런데 반가움에 앞서 심신이 두려움으로 더욱 움츠러들었다. 아마 형님 혼자서 출소를 했더라면 그에게로 달려가서 와락 붙들어 안고 통곡을 했을 것이다. 그러나 플래카드와 만세, 형님을 에워싼 인파, 짧지만 절도 있고 카랑카랑한 연설 때문에 도망치다시피 하여 그곳을 빠져나오고 말았다. 문득 43년 전 형님을 마지막 보았던 날이 생각났다. 허리에 비뚜름히 권총을 차고 어깨에 힘을 주고 당당한 모습으로 마을에 나타나 연설을 하던 형님의 모습이 떠오르면서, 와락 알 수 없는 두려움에 떨었다. 나는 다시 형님을 만나지 않기로 결심했다. 형님이 출소한 후에도 담당 형사는 계속 전화를 걸어 형님을 만나보라고 했다. 그는 시청 앞에 있는 콧구멍만 한 내 인장 가게까지 몇 번 찾아와서는 형님을 만나기 싫어하는 이유를 물었다. 그때 나는 형님 때문에 더 이상 피해를 보기 싫다고 말했다. 담당 형사는 내 말을 이해하지 못 하겠다는 듯 고개만 갸웃거렸다. 그는 형님이 내 인장 가게로 찾아와서 멀찌막이 서서 먼발치로 나를 바라보고 간 날이면 어김없이 전화를 걸어왔고 형제의 상봉 여부에 관해 묻곤 했다. 나는 담당 형사가 우리 형제의 상봉에 대해 비상한 관심을 두고 있다는 사실조차도 두려웠다.

장의버스 출입구 쪽 의자에는 평화의 집 후원회를 이끌고 있는 스님과 그동안 TV나 신문에서 가끔 보았던 인권단체 인사들이 두 사람씩 자리를 차지했다.

"날씨 한번 환장하게 좋네요. 이렇게 화창한 봄날에 저승길 떠나는 것도 다 박 선생님 복이지요."

맨 뒤 좌석에 자리 잡은 뿔테 안경의 인권단체 사람이 창밖을 보며 말했다. 대학교수인 그는 한때 반독재 투쟁을 하다가 감옥살이를 하기도 했다.

"대자대비하신 부처님께서 박 선생님한테 따뜻한 봄 햇볕으로 큰 부조를 하신 게지요."

스님이 뿔테 안경의 말을 받았다.

"병이 깊어 기동을 못하고 자리 보전한 후부터 봄이 언제 오느냐믄서 애타게 봄을 기다리더니 봄을 맞고 가니 다행이지요."

깡마른 체구에 도수 높은 안경을 낀 평화의 집 노인이 혼잣말처럼 중얼거렸다.

"시신이라도 북쪽에 있는 가족 품으로 돌아가게 해야 하디 않겠시오? 시신을 못 보내는 이유가 도대체 뭡네까?"

평화의 집 동료 한 사람이 시큰둥한 목소리로 누구에겐가 불만을 퉁겼다. 그러나 아무도 그의 말에 반응을 보이지 않았다. 영안실을 출발한 후 처음 그들의 짧은 대화로 장의버스 안은 비로소 산 사람들의 호흡이 느껴지기 시작했다.

형님을 마지막 본 것은 형님이 대학에 들어가던 해 늦가을이었으니 내가 초등학교 5학년 때였다. 형님은 21살이었고 나는 겨우 12살이었다. 나이 차이가 많아서였는지 나는 형님을 아버지만큼이나 어려워했다. 긴 장마가 끝나고 오랜만에 하늘이 깊은 적벽강의 물빛처럼 말갛게 갠 어느 날 대낮에 형은 완장을 두른 한 무리의 청년들과 함께 책가방 대신 권총을 차고 어깨를 흔들며 마을에 나타났다. 형님은 면장을 지낸 내 친구 필수네 가족들을 고기 두름처럼 묶어 늙은 느티나무 아래 꿇어 앉힌 채 마을 사람들을 모아놓고 일장 연설을 했다. 형님은 연설을 하면서 결박당한 채 바들바들 떨고 있는 필수네 가족들을 손가락질해대며 큰 소리로 윽대기고 있었다. 나는 그때 필수에 대해 무척 미안하다는 생각을 했다. 솔직히 권총을 차고 연설을 하는 형님이 자랑스럽기보다는 필수 할아버지와 아버지를 마구 윽박지르는 태도가 마음에 들지 않았다. 그런 형님을 말리고 싶었다. 그날 밤 필수 할아버지와 아버지는 배추색 제복에 완장을 두른 사람들에게 끌려가서 다시 돌아오지 않았다. 물론 형님도 그 후로 마을에 나타나지 않았다.

나는 얼핏 차창 밖으로부터 시선을 회수하여 원철이가 두 손으로 받쳐 안은 형님의 영정을 내려다보았다. 찍은 지 오래된 것 같지 않은 형님은 검은 리본의 액자 속에 아무 느낌 없이 허공에 가볍게 떠 있는 듯한 자세로 앉아 있었다. 절망도 희망도 아닌, 세상사 모든 것이 다 귀찮아져서 금방 눈을 감아버리고 싶다는 듯 그냥 멀뚱하게 눈을 뜨고 있을 뿐이었다. 그것은 대상을 보기 위한 것이 아니라 그냥 사진을 찍기 위해 눈을 뜨고 있는 상태였다. 황량하고 쓸쓸한 액자 속의 형님의 시선은 힘없이 눈앞에서 멈추고 있었다.

지난겨울 형님은 뜻밖에 인장 가게로 전화를 걸어왔다. 형님은 깊은 샘에서 두레박으로 물을 퍼 올리듯 무겁게 가라앉은 목소리로, 형구야 하고 내 이름을 부르고 나서, 한동안 다음 말을 잇지 못했다. 내 이름을 부르는 형님의 목소리가 오랫동안 내 명치 끝에서 맴돌았다. 어딘가 형님의 전화 목소리가 심상치 않다는 느낌이 왔다. 나는 아무 반응 없이 형님의 다음 말을 기다리고만 있었다. 형님은 다시 간절한 목소리로 내 이름을 두 번 부르고 나서는 나와 함께 고향에 가고 싶다고 했다. 청매화꽃이 필 때 고향에 가서 부모님을 찾아뵙고 싶다면서 동행을 부탁했다. 고향 옛집 사랑채 두엄자리 돌담 모퉁이에 아버지와 형님이 심은 청매화나무가 찢어지게 꽃을 피워 맑은 향기를 솔솔 안방까지 날려 보냈다. 형님이 집을 떠난 후에도 청매화는 해마다 3월이면 어김없이 꽃을 피웠다. 나는 청매화꽃을 보면서 형님을 생각했다. 아이들한테 빨갱이 동생이라는 놀림을 받은 날이면 괜히 씩씩거리면서 청매화나무를 몸살 나도록 흔들어 대고 발길질을 하면서 분을 삭이곤 했다.

나는 형님에게 부모님이 세상을 뜬 후 고향을 떠나와 30년이 넘도록 한번도 가보지 않았다면서 다시 가고 싶지 않다고 냉정하게 잘라 말했다. 형님도 고향에 가봤자 마을 사람들이 반겨주지 않을 것이라는 말도 잊지 않았다. 어쩌면 필수가 형님을 반겨줄지도 모르겠다는 말을 하려다가 그만두었다.

"큰아버지 가족은 이북에 있는 거예요?"

말 한마디 없이 다소곳이 앉아 있던 큰애가 궁금증을 오랫동안 참아왔다는 듯 갑자기 뚜벅 물었다. 옷차림도 머리 모양도 영락없는 여자 모습인 아들에게서 갈갈한 남자 목소리가 퉁겨 나오자 옆 좌석에 앉았던 조문객들의 시선이 자신들의 귀를 의심하며 모두 내 쪽으로 쏠렸다. 나는 룸미러에 시선을 박고 의뭉스러운 눈빛으로 원철을 뜯어보는 운전사의 시선과 마주치자 얼른 고개를 돌려버렸다. 순간 얼굴이 홧홧하게 달아올랐다가 이내 정상으로 돌아왔다. 이제는 원철에 대한 사람들의 놀라워하는 반응에 많이 둔감해진 편이었다.

"북한에서 결혼하셨다면 가족이 있을 거 아녜요."

큰 애는 조문객들의 시선을 의식하지 않고 다시 물었다.

"형두 참, 북한에 가족이 있다고 해도 돌아가셨다는 것을 알릴 수가 없는데 그건 알아서 뭘 해."

잠자코 있던 둘째였다.

"북한에 가족이 있다면 시신이라도 가족들에게 보내주는 게 옳지 않아요?"

원철이가 따지듯 내게 물었다. 나는 주위를 살피며 원철을 향해 눈을 끔적여 보였다.

"큰아버지 국적은 어디죠?"

원철이 다시 물었다.

"전향하지 않았으니까 큰아버지 국적은 북한이지."

둘째가 담담하게 받았다.

"북한이라고? 이상한데?"

원철은 고개를 갸웃거렸다.

세 아이는 큰아버지에 대해 궁금한 것이 많은 듯싶었다. 담당 형사로부터 형님이 운명했다는 전화를 받은 날 저녁에 처음으로 형님 이야기를 꺼냈을 때, 아이들은 왜 지금껏 큰아버지가 있다는 사실을 숨겨왔느냐고 내게 따졌다. 그러면서 큰아버지는 왜 공산주의자가 되었느냐, 할아버지 할머니가 큰아버지 때문에 일찍 돌아가신 게 아니냐, 그동안 왜 한 번도 집에 모셔오지 않았느냐는 등 이것저것 거듭 물었다. 아이들은 그동안 형님을 외면한 채 살아온 아버지에 대해 크게 실망하는 눈치였다. 그러나 나는 차마 아이들에게 형님 때문에 참을 수 없는 고통을 당하며 살아왔다는 이야기를 절절히 토해낼 수는 없었다.

나는 고향에서 귀에 못이 박히고 가슴에 멍이 들도록 빨치산 동생 놈이라는 비난의 손가락질을 당하며 살았다. 공부를 잘해도 빨치산 동생 놈이 공부를 잘하면 세상을 뒤엎게 될 것이라며 으박질렀다. 공부뿐 아니라 싸움질만 해도 빨치산 동생이라서 싸움을 잘한다고 비난했다. 심지어는 달음질만 잘해도 형처럼 빨치산이 되려고 달음질 연습을 했다고 놀렸다. 잘하면 잘한다고 못 하면 못한다고 손가락질을 했다. 그래서 나는 잔뜩 주눅이 들어 언제나 중간에 머물러야만 했다. 조회 때나 체육 시간에조차 한껏 더수구니를 내리고 목을 움츠려 중간쯤에 줄을 서려고 했다. 나는 남의 눈에 띄는 일은 하지 않으려고 애썼다. 그것이 마음 편했다. 남의 눈에 띄는 일을 해서는 안 된다는 생각이 머릿속에 굳어져 결국 나를 소극적인 사람으로 머물게 했고 이렇듯 실패한 삶을 살아갈 수밖에 없도록 만든 것이었다. 아버지가 나를 대학에 보내지 않고 농사꾼으로 만들려고 했던 것도 돈이 없어서가 아니라 순전히 형님 때문이었다. 아버지는 내가 특별한 사람이 되는 것을 원치 않았다. 한때 나는 형님 때문에 내 인생을 망친 것으로 생각하고 형님을 원망했었다. 내가 더욱 괴로워했던 것은 그 이야기를 아무에게도 말할 수 없다는 사실이었다. 내 자식들이나 아내한테까지도 차마 그 이야기는 속 시원하게 털어놓을 수가 없었다. 담당 형사가 왜 그렇게 하나밖에 없는 형님을 외면하느냐면서 은근히 비난하는 투로 물었을 때도 나는 지난 시절 공산주의자 형님 때문에 우리 가족이 당해야 했던 고통에 대해서 말하지 않았다.

나는 팔짱을 풀고 아무 생각 없이 오른손을 양복저고리 호주머니 속에 깊숙이 집어넣었다. 호주머니에는 오늘 아침 형사한테서 건네받은 형님의 유품이 고스란히 들어있었다. 형님이 남기고 간 것은 결코 크지 않은 내 한 손안에 다 들어왔다. 낡은 검은 뿔테안경과 오래된 회중시계, 사각 봉투 속의 사진 두 장과 편지 한 통이 전부였다.

나는 회중시계를 손으로 꼭 쥐었다. 금속성의 회중시계는 매끈매끈하고 살아 있는 사람의 체온처럼 따뜻했다. 형님의 손을 쥔 기분이었다. 호주머니에서 회중시계를 꺼내 보았다. 줄 대신 은빛 고리에 한 뼘 정도 길이의 검정 고무줄에 묶인 회중시계는 두 개의 바늘이 겹친 채 죽어 있었다. 아마 오래전에 멈추어버린 것 같았다. 조심스럽게 태엽을 감은 다음 귀에 가까이 대보았더니 신기하게도 시계는 책깍책깍 소리를 내기 시작했다. 너무 기뻐서 하마터면 환호성을 지를 뻔했다. 나는 마음속으로만 다정하게 형님 하고 외쳐 불렀다.

옆자리의 원철은 큰아버지의 영정을 두 팔로 가슴에 껴안은 채 자울자울 졸기 시작했다. 나는 시계를 호주머니에 집어넣고 안경을 꺼냈다. 안경 역시 오래된 것으로 검은 뿔테 여러 군데에 흠집이 있었고 안경알에도 머리카락이 엉겨 붙은 것처럼 긁힌 자국이 많았다. 나는 안경알에 호호 하고 입김을 불어 소맷자락으로 여러 번 문지른 다음 내 눈에 걸치고 창밖을 보았다. 신기하게도 세상이 뚜렷하게 잘 보였다. 차창 밖 저수지 뒤쪽 부옇게 출렁여 보이던 야산이 야청빛으로 성큼 다가와 있었다. 근시인 형님은 중학교에 다니면서부터 안경을 썼다. 안경 낀 하얀 얼굴이 멋져 보였다. 형님한테 한 번만 써보자고 여러 차례 사정했지만 거절당하기 일쑤였다. 끝내 형님의 안경을 써보지 못했다. 나는 안경 쓴 형님이 너무 부러워 한동안 수수깡으로 안경을 만들어 쓰고 다녔다.

안경을 벗어 호주머니에 넣고 사각봉투 속에서 사진 두 장을 꺼냈다. 색이 누렇게 바랜 명함 크기의 흑백사진을 들여다보던 나는 이내 눈을 감아 버렸다. 그것은 고향 마을 앞 느티나무 아래서 형님과 내가 함께 찍은 사진이었다. 형님은 중학교 교복에 모자를 쓰고 있었고 대여섯 살쯤 된 나는 윗도리만 잠방이를 입었고 아랫도리는 새끼손가락만 한 고추를 내놓은 벌거숭이인 채였다. 형님은 오른손으로 키가 겨우 형님의 허리춤에 닿은 내 어깨를 다정하게 감싸고 있었다. 사진 아래쪽에는 '1948년 사랑하는 아우 형구와 함께'라고 흘림체로 쓰여 있었다. 나는 형님이 집을 떠난 지 15년 만인 1965년 가을, 남파 간첩으로 체포되었을 때 우리 가족이 또 형님 때문에 시달림을 당할 것을 예상하고 이 사진을 태워버렸다.

또 다른 한 장의 사진은 낯선 사람들이었다. 파마머리에 눈이 우묵한 젊고 자그마한 체구의 한복 차림 여자가 가운데 앉고 열 살 안팎의 남매인 듯한 두 어린이가 양쪽에 두 손을 무릎 위에 가지런히 올려놓고 앉아 있었다. 사진의 위쪽에 기와집 처마가 보였고 처마 위로 빨갛게 익은 감이 매달린 감나무 우듬지가 삐주룩이 솟아 있었다. 나는 이 사진 속의 주인공들이 북에 있는 형님의 가족이라는 것을 직감했다. 나는 오랫동안 사진 속의 형수님과 두 조카를 들여다보았다. 매달린 눈과 새까만 눈썹의 사내 조카의 얼굴이 느티나무 아래서 나와 함께 찍은 사진 속의 형님 모습을 그대로 닮았다. 심장이 후끈거리면서 명치끝이 싸했다. 형님은 이 가족들이 눈에 밟혀 어떻게 눈을 감았을까.

나는 마지막으로 형님이 내게 남긴 유서 같은 편지를 꺼내서 펼쳐 들었다. 기력이 쇠진할 무렵에 쓴 듯 초록색 볼펜의 글씨가 희미했다.

　　보고 싶고 사랑하는 아우 형구에게

　　이 못난 형은 그동안 네가 얼마나 보고 싶었는지 모른다. 내가 너에게 크나 큰 고통의 짐을 지워주었다는 것을 엄연히 알면서도 그동안 너를 만나보고 싶은 속된 욕심을 차마 끊어버리지 못했던 것을 생각하면 부끄럽기 짝이 없구나. 너에게 진심으로 용서를 빈다. 허나, 나의 욕심은 이 세상에 하나뿐인 아우를 무한히 사랑하기 때문이었다는 것을 이해하기 바란다. 아우라는 말은 극히 짧지만 내게는 이 세상에서 둘도 없는 매우 귀한 존재다. 나는 그동안 부모님과 형구 너, 그리고 고향을 한 번도 잊어본 적이 없다. 고향과 너는 내 생명과 같다. 너를 다시 만나 고향에 가보고 싶은 희망 하나로 지금껏 교도소 안의 삶을 지탱해왔는지도 모른다. 나에게 너와 고향이 없었다면 나는 오래전에 삶을 포기해 버렸을지도 모른다.

나는 이 시대의 패배자이다. 오로지 자신의 이상과 신념만을 좇느라 부모에게 불효를 저지르고 하나뿐인 아우의 인생까지 망친 사람이다. 나의 이상은 허망하게 무너져버렸고 신념만이 구차하게 내 자존을 지키고 있는 것 같아 서글프다. 따지고 보면 우리 가족이 고통에 휘말린 것은 우리가 동강 난 이 땅에 태어난 운명일지도 모른다. 허나 나는 내가 살아온 삶을 후회하지는 않는다. 나는 단지 내가 선택한 길을 저버리지 않고 한결같이 걸어왔을 뿐이다. 세상은 바뀌어도 신념은 변치 않는다는 것을 보여주고 싶었는지도 모른다. 다만 고통스럽다면 고통스러웠던 내가 살아온 이 길이 통일의 밑거름이 되었으면 하는 것이 마지막 바람이다. 보고 싶고 사랑하는 아우 형구야. 마지막으로 너에게 부탁이 있다. 통일이 되는 날 북에 있는 내 가족을 찾아봐 주기 바란다. 사진 뒤에 주소와 이름을 적어놓았다. 죽어서도 가족 품으로 돌아갈 수 없는 조국의 현실이 안타까울 따름이다. 죽은 다음에 시신이라도 아내와 자식들에게 보내 달라고 간청을 해 보았지만 마지막 내 소원마저 이루어지지 않을 것 같구나. 내가 죽거든 화장을 하여 네 손으로 아늑한 저수지에 뿌려주기 바란다. 저수지에서 한가하게 낚시나 즐기며 통일을 기다리련다. 통일이 되는 날, 내가 네 곁에 있다는 것을 잊지 말아다오.

1999년 3월 17일 못난 형이

편지를 다 읽고 난 나는 한동안 호비칼로 오려내듯 가슴이 메이면서 머릿속이 복잡해졌다. 용서라는 말과 신념이라는 초록색 단어가 내 머릿속에서 오랫동안 꿈틀거렸다. 나는 진심으로 형님에게 용서를 받고 싶었다. 그런데 반대로 형님이 내게 용서를 구하다니 가슴이 무너질 것만 같다.

형님이 출소한 다음 날 형사가 가게로 찾아와서 형님이 나를 만나고 싶어 한다는 말을 전했다. 나는 형사에게 비전향자와 전향자의 차이에 대해서 물었다. 형사는 전향자와 비전향자의 차이에 대해 짧게 설명을 했다. 그렇다면 그는 아직도 공산주의자가 아닙니까. 나더러 공산주의자를 만나라는 것입니까. 도대체 전향을 거부하는 이유가 무엇이랍니까. 형사의 말에 나는 따지듯 거듭 물었다. 나는 형님을 만나지 않겠다고 단호하게 말했다. 형사는 그런 내 행동에 대해 이해할 수 없다는 표정을 흘리며 돌아갔다. 그날 밤 나는 못 마시는 술을 진창으로 마시고 열두 시가 넘어서야 흘러간 노래를 통곡처럼 흥얼거리며 집으로 돌아왔다.

나는 형님의 신념은 고집이라고 생각했다. 형님은 고집이 세서 아무도 꺾지 못했다. 자기가 한번 옳다고 선택한 일은 끝까지 밀고 나가는 성격이었다. 그 때문에 아버지한테 여러 차례 종아리를 맞기도 했다. 형님이 끝까지 전향하지 않은 것은 단순히 고집 때문이라고 생각했다. 그것은 형님의 성격이고 삶이라고 생각했다.

공산주의자를 만날 수 없다면서 형사를 돌려보낸 지 일주일쯤 후에 형님한테서 전화가 걸려왔다. 형사한테 전화번호나 가게 위치, 우리 집 주소를 알려주지 말라고 신신당부를 했는데도 결국 가게 전화번호를 알려주고 만 것이었다. 43년 만에 형님의 목소리를 듣는 순간 나는 숨이 막히는 듯했다. 전류를 타고 흘러온 형님의 목소리는 뜻밖에도 담담했다. 떠는 쪽은 오히려 나였다. 형님은 힘 있고 컬컬한 목소리로 내 이름을 두 번 거듭 부르고 나서는 우리 한 번은 만나야 하지 않겠냐, 나를 만난다고 해도 너나 네 자식들에게 아무런 피해도 없을 거다, 그러니 한번 만나자구나, 3일 후 이번 금요일 점심 먹고 네 가게에 찾아가겠다 하고 차분하고도 담담하게 말했다. 떨고 있던 나는 수화기를 놓아버리고 말았다. 떨리는 마음으로 형님의 전화를 받고 나서 3일 동안 나는 불안과 기대감 속에서 심신이 한꺼번에 옥죄어들었다. 지난날처럼 올무에 걸린 기분이었다. 식욕이 떨어지고 불면의 밤이 계속되었다. 형님이 찾아오겠다고 한 금요일에 나는 아예 가게에 나가지 않고 몸이 불편하다는 핑계로 이불을 둘러쓰고 누워 있었다. 12시가 지나자 차라리 잠을 자버릴 생각으로 아내가 사다 준 수면제를 먹었지만 오히려 머릿속이 형광등이 켜진 것처럼 맑아졌다.

다음 날 가게에 나가서도 계속 불안에 떨었다. 나는 문방구 귀퉁이에 붙은 1.5평 공간 속의 평화를 잃고 싶지가 않았다. 겨우 작은 책상과 긴 소파 하나를 놓을 수 있을 정도로 답답한 공간이었으나 한 번도 내 가게가 좁다고 생각하지 않았다. 가정을 지키고 마음의 평화를 가꾸기 위해서 결코 좁은 공간이 아니었다. 이 속에서 나는 형님에 대한 집착과 원망의 덫에서 벗어나 비로소 자유로울 수가 있었다. 나는 펜촉처럼 작고 날카로운 칼끝으로 직경 2cm의 나무에 자유롭고 평화로운 나의 꿈을 찬란하게 새겼다. 1.5평의 이 공간 속에서 우리 가정을 작은 천국으로 만드는 꿈을 키

위왔다. 그런데 형님의 출소 후로 불안을 느끼고 있었다. 옛날에 수없이 되풀이되었던 것처럼 경찰들이 들이닥쳐 가게를 뒤엎고 나를 쫓아낼 것만 같았다. 이 공간이 자꾸 좁아지는 기분이었다. 숨이 막혀 도망치고만 싶었다.

그 다음 주 금요일 오후였다. 도장을 파고 있다가 화장실에 가 오줌을 누려고 미닫이문을 열고 밖으로 나가다 말고 나는 후닥닥 놀라서 가게 안으로 기어들어 오고 말았다. 나는 미닫이문 뒷벽에 몸을 감춘 채 허리를 꺾고 길 건너편을 보았다. 길 건너, 가게 맞은편 은행나무 가로수 밑에 형님이 구부정하게 서서 빤히 나를 건너다보고 있는 것이 아닌가. 머리가 희끗한 형님은 교도소를 나오던 옷차림 그대로였다. 나는 처음엔 책상 밑으로 숨고 싶었지만, 자신도 모르게 벽에서 벗어나 조금씩 미닫이문 가까이 다가가서 형님을 바라보았다. 잠시 후에는 형님을 좀 더 가까이 보기 위해 미닫이문을 열고 밖으로 나갔다. 어쩌면 형님이 나를 자세히 볼 수 있도록 하기 위해서였는지 모른다. 우리는 큰길을 사이에 두고 한동안 눈한 번 깜짝거리지 않고 마주 보고 있었다. 바로 그곳에 횡단보도가 있었고 여러 차례 푸른 신호등으로 바뀌었으나 나는 길을 건너지 않았다. 마음은 이미 형님에게로 달려가고 있었지만 몸이 그 자리에 굳어져 버렸다. 형님도 건너오지 않았다. 마주 보고 있는 6차선 큰길이 건널 수 없는 강처럼 아득하게만 느껴졌다. 43년이라는 긴 시간이 단단한 화석으로 굳어져 형님과 나 사이를 가로막고 있었다. 형님은 한참을 그렇게 잎이 노랗게 물든 은행나무 가로수 아래 굽은 나무처럼 서서 나를 바라보다가 천천히 걸음을 옮겼다. 나는 형님이 보험회사 빌딩 모퉁이를 돌아설 때까지 그 자리에 서서 형님의 뒷모습을 바라보았다. 지난날, 형님이 방학이 끝나도시로 떠날 때 동구 밖 느티나무 아래에 서서 형님의 모습이 작은 점이 되어 바람 모퉁이로 가물가물 사라질 때까지 눈이 시리도록 하염없이 바라보았던 것처럼. 그날 밤 나는 오랜만에 단잠을 잘 수 있었다. 꿈속에서 부모님도 만났다.

　그 후로도 형님은 일주일에 한 번씩 같은 시간에 어김없이 인장 가게 건너편 은행나무 가로수 앞에 나타나서 한참 동안 나를 바라보고 가곤 했다. 언제나 그렇듯 쓸쓸히 돌아서는 형님의 뒷모습은 겨울날 해 질 무렵의 산 그림자처럼 슬퍼 보였다. 그로부터 한 달쯤 지나서였다. 보도 위에 수북이 쌓인 은행잎이 찬바람에 쓸리는 계절이었다. 나는 더 참지 못하고 단숨에 횡단보도를 뛰어가 형님의 손을 꼬옥 잡아 쥐고 창백한 얼굴을 찬찬히 들여다보았다. 형님은 연신 고개를 끄덕이며 햇살처럼 밝게 웃었다. 우리는 오래전부터 여러 차례 만나왔던 사이처럼 손을 잡은 채 나란히 걸어서 가까운 음식점의 식탁이 하나뿐인 자그마한 방으로 들어갔다. 식탁을 사이에 두고 마주 앉은 우리는 한동안 말없이 마주 보고만 있었다. 형님과 나는 정신 나간 사람처럼 마주 보며 히죽히죽 웃었다. 그렇게 웃다가 누가 먼저랄 것도 없이 식탁 위로 두 손을 올려 맞잡은 채 어깨를 들먹이기 시작했다. 나는 손을 거두며 대뜸 왜 아직까지 전향을 하지 않느냐고 물었다. 힐난하듯 따져 묻고 있는 나는 문득 자신이 누구에겐가 화를 내고 있다는 것을 느꼈다. 그때 나는 형님으로 인하여 받았던 지난날 고통의 기억들이 되살아나고 있음을 알았다. 나는 갑자기 경찰들이 우리집에 몰려오거나 마을 사람들에게 빨치산 동생 놈이라는 손가락질을 받을 때마다 마을 앞 느티나무 위로 올라가곤 했던 일이 떠올랐다. 사람들이 나를 볼 수 없도록 높이 올라가서 오랫동안 숨어 있으면 마음이 편했다. 학교 선생님한테서 나무에 높이 올라가서 기도를 하면 소원이 이루어진다는 동화의 이야기를 들은 나는 형님이 빨치산을 그만두고 돌아와서 나와 부모님을 구해주기를 간절히 빌었다. 형님으로부터 구원을 받을 수만 있다면 나는 땅에 떨어져 박살나는 한이 있어도 느티나무 꼭대기까지 올라갈 수 있을 것 같았다.

"공산주의가 다 망했다는데 왜 전향을 안 해요? 해마다 탈북자가 늘어나는 것도 몰라요? 혹시 북쪽에 있는 식솔 때문인가요?"

나는 복받쳐 오르는 감정을 억제하려고 애쓰면서 다시 물었다.

"내가 선택한 길을 그냥 걸어갈 뿐이다. 어차피 목적지는 같은데 한번 선택한 길이 가시밭길이라고 해서 다른 길로 바꿀 수는 없지 않겠냐. 나는 오직 신념만을 위해 살아왔다. 그래서 내 인생은 이렇게 실패하고 말았다만…… 변하지 않는 신념은 아름답다는 믿음을 갖고 있다."

"신념이라고요? 세상이 달라졌어요. 형님도 아시죠?"

"한번 변한 세상은 다시 변한다는 것도 알아야지. 아무리 세상이 변해도 신념만은 변하지 않을 수 있다."

"아직도 미련이 남았어요?"

"세상이 바뀌었다고 해서 신념까지 변하라는 법은 없다."

"나는 공산주의자를 집으로 모셔갈 수 없어요. 공산주의자인 형님을 집사람한테나 자식들에게 소개할 수 없다니까요."

"네 심정 안다. 이렇게 만났으니 됐다. 그러니 내 걱정은 하지 않아도 된다."

형님은 시종일관 웃음을 잃지 않았다. 화가 풀리지 않은 나는 거듭 소주잔을 기울였다. 형님은 겨우 소주 한 잔을 마신 후 검정 고무줄로 허리

띠에 묶은 회중시계를 호주머니에서 꺼내 들여다보더니 그만 가봐야겠다면서 서둘러 일어섰다. 우리는 그렇게 만났고 다시 헤어졌다. 형님과 헤어져서 가게에 돌아오던 나는 자꾸만 두 다리에 힘이 풀려 아무 데나 주저앉아버리고 싶었다. 그 후 형님은 내 가게 앞에 다시 나타나지 않았다. 물론 전화도 걸려오지 않았다. 형님이 병원에 입원했다는 소식을 들은 것은 한참 후였다.

어느덧 장의버스는 소나무가 빼곡하게 들어찬 작은 고갯길을 내려가 보리 이삭이 푸른 물결처럼 일렁이는 들길을 달렸다. 진달래가 무더기로 핀 북풍받이 산자락을 휘돌자 화장터 굴뚝이 보였다. 굴뚝 위로 곧게 치솟아 햇살 속으로 흩어지는 회색 연기가 마치 영원한 망각 속으로 사라지는 죽은 자의 마지막 영혼처럼 슬프고 쓸쓸해 보였다. 화장장 입구 작은 화단에 한 무더기의 흰 이팝꽃이 저승꽃처럼 어우러져 있었다.

장의버스가 정차하자 조문객들이 모두 달려들어 관을 화장장 안으로 옮겼다. 화장을 위한 간단한 수속을 마친 후 스님의 염불과 함께 마지막 제를 올렸다. 나는 스님의 귀띔에 따라 화장장 화부의 손에 만 원짜리 지전 몇 장을 쥐어주었다. 그러자 화부는 관 뚜껑을 열고 두 손으로 시신의 허리를 감고 안아 익숙한 솜씨로 소각통에 넣었다. 시신을 나무토막 다루듯 하는 화부의 행동이 기계적이었다. 그가 소각통 철문을 닫고 불을 댕기는 순간 뜨거운 불길이 무서운 힘으로 시신을 끌어안는 소리가 선명하게 들렸다. 휘익 하고 불길이 형님을 휘감는 소리에 나는 자신도 모르게 두 손을 합장하고 눈을 감았다. 나는 다시 스님이 시킨 대로 화부에게 지전을 쥐어주었다. 그래야 뿌리기 좋게 뼈를 잘 부수어준다고 했다.

막내가 차를 몰고 도착한 것은 형님의 뼛가루가 담긴 작은 항아리를 들고 화장장 앞마당으로 나가고 있을 때였다. 막내는 쇼프로의 녹화를 끝내자마자 허겁지겁 달려온 듯 노랑머리에 번쩍이는 은박지 옷을 입고 있었다. 조문객들의 시선이 막내에게로 쏠렸다. 첫째와 둘째는 반갑게 동생을 맞았다. 둘째는 늦게 도착한 막내를 나무라는 대신 권투 시합 폼을 잡고 잽을 넣듯 주먹으로 가볍게 동생의 어깨를 툭툭 쳤다. 짙은 화장과 여자 옷차림에 갈갈한 목소리를 내고 있는 첫째와 노랑머리에 은박지 옷을 입고 나타난 막내를 번갈아가며 흘금거리던 조문객들은 나에게 악수를 청하고 장의버스에 다시 올랐다.

"아우님께서 수고가 많으셨소. 우리가 전향서를 쓰지 않은 거는 살아서 북으로 돌아가 가족을 만나고 싶은 희망 때문이라오. 세월은 덧없이 흘렀지만서두 우리는 지나간 삶을 후회하기 싫은 게요."

깡마른 체구에 도수 높은 안경을 쓴 형님의 동료가 장의버스에 오르기 전 내 손안의 하얀 항아리를 쓰다듬으며 말했다.

나와 세 아들은 장의버스가 출발하기를 기다렸다가 막내 차에 올랐다. 우리는 곧 출발했다.

"큰아버지 뼈를 어디에 뿌릴 거죠?"

"여기 오면서 봐둔 곳이 있다. 조금만 더 가면 된다."

막내의 물음에 내가 대답했다.

자동차를 멈추게 한 곳은 초록빛 물빛이 일렁이는 저수지 둑 근처였다. 도로 아래쪽 저수지 둑으로 이어진 산자락 허리에 100년쯤 되었음 직한 느티나무 한 그루가 의연한 모습으로 서 있었다.

"너희들은 여기서 기다려라."

도로 한편에 자동차를 세우게 한 나는 유골 항아리를 조심스럽게 가슴에 안고 차에서 내려 느티나무 쪽으로 내려갔다. 도로에서 저수지까지는 가파른 황톳길이 곧게 나 있었다. 띠풀이며 질경이, 쑥, 광대수염, 망초 등이 파릇하게 돋아나기 시작하는 느티나무 아래 평평한 공간은 서너 명이 돗자리를 깔고 누울 수 있을 만큼 제법 널찍했다. 나는 느티나무 아래 서서 햇살을 담뿍 받아 청록색으로 반짝이는 저수지를 내려다보고 서 있다가 천천히 물가로 내려갔다. 바람이 건듯 불자 수면이 조금 일렁였다. 나는 낚시하기에 좋은 자리를 골라 쭈그리고 앉아 물속을 들여다보았다. 저수지 바닥이 말갛게 보였다. 수면의 물이 잔조롭게 일렁일 정도로 바람이 불었으나 신기하게도 물속의 움직임이 없었다.

　"형님 여기서 낚시질이나 하면서 통일될 날을 기다리세요."

　나는 유골 항아리 뚜껑을 열고 하얀 뼛가루를 한 움큼 집어 물에 뿌렸다. 유골은 꽃가루처럼 날렸다. 코발트그린의 수면 위로 이팝나무꽃들이 무수히 피어나는 것 같았다. 하얀 꽃가루는 아주 잠깐 동안 물 위에 떴다가 눈이 녹듯 이내 가라앉았다. 꽃가루가 가라앉자 중학생 교복 차림의 형님 얼굴이 하얗고 커다랗게 떠올랐다. 나는 마음속으로 형님을 여러 번 외쳐 불렀다. 어느 사이에 조금 전까지만 해도 한 마리도 보이지 않았던 물고기들이 꼬리를 치고 춤을 추며 뼛가루 주위로 몰려들었다. 나는 계속 뼛가루를 뿌렸다. 더 많은 물고기 떼가 몰려들었다. 붕어, 잉어새끼, 어름치, 버들치, 피라미, 치리, 납자루 등 크고 작은 여러 종류의 물고기가 어울려 물에 가라앉은 꽃가루를 쪼아 먹었다. 햇볕이 차단된 물 밑의 세상은 참으로 평화롭고 조용하고 아름다웠다. 나는 문득 물 밑 세상에 빠져들고 싶은 유혹을 느꼈다. 그리고 그 유혹을 뿌리치기라도 하려는 듯 후

닥닥 시선을 들어 올려 느티나무 쪽을 쳐다보았다. 세 아이가 느티나무 아래서 저들끼리 뭐라고 떠들어대며 놀고 있었다. 아마 한 번도 본 적이 없는 큰아버지에 대해 이야기하고 있는지도 몰랐다.

"큰아버지 영정은 어쩌지요?"

원철이가 영정을 머리 위로 흔들어 보이며 물었다.

"집으로 모셔 가자."

나는 아이들을 향해 큰 소리로 대답하며 다시 물속 세상을 들여다보았다. 물고기들은 좀처럼 흩어지지 않았다. 물고기들이 검은 뿔테안경을 낀 모습으로 눈을 크게 뜨며 일제히 나를 쳐다보고 있는 것 같았다. 바람이 건듯 불자 수면 위에 물비늘이 일었다. 그때 어디선가 형님의 다정한 목소리가 들려왔다. 나는 신념을 위해서 살아왔다. 인생은 실패했지만 변하지 않는 신념은 강하고 아름답다는 것을 알았다. 물비늘이 사라지면서 형님의 목소리는 물속으로 깊숙이 가라앉았다. 마음이 물속에 잠긴 나는 오랫동안 형님의 곁을 떠나지 못했다.

『문예중앙』, 2000.가을

그리운 조팝꽃

그날 아침 오랜만에 할아버지 집에 온 10살짜리 손자 녀석 철웅이가 무심히 던진 말이 가시가 되어 내 명치끝을 아프게 후벼 팠다. 순간 황량해진 내 마음속에 한 무더기의 조팝꽃이 눈발처럼 후루루 흩날렸다.

"누나, 왜 할아버지 집에는 가족사진이 없는 거야?"

초등학교 4학년생인 막내네 철웅이가 어린아이답지 않게 뒷짐을 지고 갈지자 걸음걸이로 천천히 거실을 한 바퀴 돌아보고 나서 중학생인 제 누이에게 뚜벅 물었을 때, 나는 당혹감과 함께 왠지 모를 슬픔이 울컥 복받쳤다. 손자가 여럿이지만 아직까지 우리 집에 가족사진이 없는 것에 대해 어느 누구도 관심을 나타낸 아이가 없었다. 나는 움츠러든 마음으로 아내의 눈치부터 살폈다. 아내가 철웅의 말을 무심히 흘려들은 것 같자 비로소 마음이 놓였다.

"할아버지, 왜 할아버지 집엔 가족사진이 없어요?"

누이의 대답이 없자 철웅은 다시 내게 물었다.

"자슥아, 가족사진 대신에 아름다운 조팝꽃 그림이 걸렸지 않느냐."

나는 애써 당혹감을 감추며 벽에 걸린 조팝꽃 그림에 눈길을 주고 그렇게 말하며 애매하게 웃어 보였을 뿐이었다. 다행히 손자 녀석은 왜 가족사진 대신에 꽃 그림이 걸려 있느냐고 재우쳐 따져 묻지 않았다. 아이는 꽃 이름이 생소하게 들렸을 조팝꽃에 대해서는 아예 관심이 없어 보였다. 녀석은 어쩌면 제 누이나 내가 가족사진이 걸려 있지 않은 이유에 대해 확실한 대답을 해주지 않은 데에는 그만한 사연이 있을 것이라고 저 나름대로 생각했을지도 모를 일이었다.

나는 철웅이 녀석의 질문을 오래도록 되작거려 머릿속에 굴리며, 가족사진을 걸기에 가장 좋은 위치인, 소파 맞은편 14인치 컬러텔레비전이 놓인 탁자 상단 벽의 조팝꽃 그림을 바라보았다. 주둥이가 큰 짙은 갈색의 질그릇 항아리에 표백을 해놓은 것처럼 눈부시도록 하얀 조팝꽃 한 무더기가 어슷하게 꽂혀 있었다. 가벼운 바람이라도 건듯 불라치면 쌀밥 모양의 조팝 꽃송이들이 하늘색 공간으로 눈발처럼 흩날릴 것만 같았다.

20년 전에 아래층에 사는 박 교장이 그려준 그림이다. 미술 교사였던 박 교장은 나와는 사범학교 동기생으로 야생화를 주로 그려왔다. 나는 이 조팝꽃 그림을 바라보면서 20년 전에 회오리바람처럼 말 한마디 남기지 않고 행방을 감추어버린 둘째 아들을 떠올리곤 한다. 어쩌면 소파에 앉아서 시선이 마주치는 벽에 이 꽃 그림을 걸어놓고 바라보는 것은 둘째의 행방불명에 대한 내 자책감을 수시로 확인시키기 위한 것인지도 모르겠다. 암튼 벽에 이 조팝꽃 그림이 걸리게 되면서부터 우리 집에는 어둡고 답답한 그림자가 맴돌았고 식구라고는 단둘뿐인 아내와 나 사이에도 정겨운 대화와 웃음이 사라졌다.

오늘은 자식들이 우리 집에 모여 아내의 62번째 생일잔치를 하기로 약속한 날이다. 원래 생일은 다음 주 수요일인데 가족들이 다 모일 수 있는 일요일로 앞당겨 날짜를 잡았다. 대전에 떨어져 사는 막내며느리와 두 손자는 새벽 버스를 타고 왔다. IMF 때 부도를 맞았다가 겨우 회생한 조그마한 중소기업에 다니는 막내아들은 일요일이 당직이라서 오지 못했다. 결혼 후 단 한 번도 제대로 된 직장을 얻지 못한 막내네는 지방에 살면서도 아직 집 한 칸 마련 못 하고 전셋집을 전전하고 있어 늘 마음이 놓이지 않는다. 생각 같아서는 정년퇴직할 때 받은 퇴직금이라도 뚝 떼어 등 붙일만한 집을 사주고도 싶지만 우리 부부 노후 생활 때문에 이러지도 저러지도 못하고 마음만 졸일 따름이다. 곤궁하기는 딸년네도 마찬가지다. 사위 역시 은행에 다니다가 IMF 벼락을 맞아 은행이 구조조정을 당하는 바람에 직장을 잃고 나서 퇴직금마저 홀랑 까먹고 한동안 빌빌거리다가 얼마 전에야 자동차 외판원 자리를 얻게 되었다고 했다. 세 자식 중에서 생활이 넉넉한 것은 의사인 첫째네뿐이다. 같은 서울 하늘 아래서 사는 첫째네와 딸네 식구들은 9시가 지났는데도 아직 도착하지 않았다.

"엄마 엄마, 왜 할아버지 집에는 가족사진이 없는 거야."

철웅의 세 번째 질문이다. 자신의 물음에 대해 제 누이도 할애비인 나도 약속이나 한 듯 아무 반응이 없자, 시큰둥한 표정이 되어 주방으로 들어가더니 똑같은 질문을 다시 던졌다. 철웅이 녀석은 할아버지 집에 가족사진이 없는 게 아무래도 이상하게 생각된 모양이다. 나는 그런 철웅에 대해 예사롭지 않은 아이라고 생각했다.

나는 두 아들네와 딸네 집 거실 벽 가장 좋은 위치인 소파 맞은편에 저마다의 가족사진이 걸려 있는 것을 알고 있다. 자식들의 가족사진에는 한결같이 우리 내외는 빠져있다. 의사인 큰아들네의 가족사진은 아들 내외와 대학생인 장손과 고등학교에 다니는 두 딸이, 막내아들네는 중학생인 딸과 초등학생인 아들, 딸네 집에는 고등학생인 큰딸과 중학생인 아들이, 각기 그들만의 작은 울타리를 치듯 둥지 속처럼 오붓한 가족사진의 공간

안에 행복한 모습으로 들어 있었다. 나는 자식들 집에 갈 때마다 저들의 가족사진에 부모인 우리 내외가 빠져있는 것을 보고 섭섭한 마음을 감추지 못했다. 부모가 없어도 사진 속의 그들은 단란하고 무척 행복해 보였다. 어쩌면 우리 부부가 빠진 것이 더 잘 어울려 보일지도 모른다는 생각마저 들었다. 그 행복의 틈새를 비집고 우리 내외가 들어앉을 자리가 없어 보였다. 결혼한 자식들은 사진 속에서 저들마다 섬 하나씩을 가지고 있는 것 같았다.

나는 배신감과 함께 서글픈 생각이 들었다. '품안의 자식'이라는 말이 떠올랐다. 내 핏줄을 받은 자식과 손자들이 낯설어 보이기까지 했다. 그러나 내가 걱정했던 것은 아내가 이 사실을 알게 되면 어쩔까 하는 것이었다. 그렇지 않아도 회갑이 넘고 시난고난 앓기 시작하면서부터 하찮은 일에도 노여움을 잘 타는 아내인지라, 자식들의 가족사진에 우리 부부가 빠져있다는 사실을 알게 되면 실망과 배신감을 이겨내지 못하고 마음 앓이를 하게 될 것이 뻔했다. 이 때문에 나는 아내가 자식들 집에 가는 것을 한사코 말리기까지 했다. 어쩌면 아내는 자식들 집에 가서도 그들의 가족사진을 그냥 아무 뜻 없이 건성으로 보아 넘겼기를 바랐다.

나는 안방으로 들어와 뒷문 문지방 위 벽에 걸린 낡은 사진 액자를 바라보았다. 신문 크기의 꽤 큰 액자 속에는 자식들의 돌 사진이며 졸업 사진, 결혼사진 들이 적당한 간격으로 배치되어 있다. 액자 속의 빛바랜 사진들은 하나하나 행복했던 추억을 간직하고 있었다. 나는 마치 잊힌 행복을 다시 음미해보기라도 하려는 듯 오랫동안 액자 속을 올려다보았다. 떠나온 지 오래된 고향 마을이 떠올랐다. 액자 속의 사진 배치는 마치 산자락 밑에 대나무밭을 등진 작고 초라한 집들이 오순도순 처마를 맞대고 호

것이 엎드린 고향 마을과 비슷했다. 보잘것없는 내 삶의 흔적들이 액자 속에 무덤처럼 진열된 듯했다. 액자 중앙에는 손바닥만한 크기의 흑백 가족사진도 끼어 있었다. 사군자 그림 병풍을 배경으로 찍은 그 사진은 우리 부부가 한복을 곱게 차려입은 어머니를 중심으로 의자에 앉았고 그 뒤로 세 아들과 딸이 나란히 서 있었다. 세 아들 중에서 키가 훌쩍 큰, 교복 차림의 둘째가 화사하게 웃고 있었다. 우리 가족은 모두 일곱이었다. 어머니 고희 때 찍은 사진이었다. 나는 오랫동안 어머니의 거뭇한 얼굴을 들여다보았다. 농사꾼의 아내였던 어머니는 32에 아버지를 잃고 평생 나 하나만을 의지하고 외롭고 가난하게 살았다. 내가 20리나 떨어진 초등학교에 입학하자 어머니는 거의 날마다 새벽밥을 지어 먹여 나를 학교까지 업어다 주고 나서야 품팔이 일을 나갔다. 그 때문에 나는 아무도 등교하지 않은 교실을 지키며 오랫동안 혼자 아이들이 학교에 오는 것을 기다려야만 했다. 2학년 때부터는 동구 밖 느티나무 밑에 나와서 내가 바람 모퉁이로 아스라이 점이 되어 사라질 때까지 서 있곤 하였다. 그리고 학교에서 돌아올 시간이면 어김없이 동구 밖 느티나무 밑에 서서 나를 기다렸다. 나는 지난 20년 동안, 그 시절 어머니가 동구 밖에 서서 바람 모퉁이를 바라보던 간절한 심정으로 둘째를 기다리며 살아왔다.

모내기가 시작되는 날이었다. 친구들과 놀다가 집에 돌아와 보니 어머니가 마루에 앉아 뚝배기에 흰 쌀밥을 가득 담아 주위를 두리번거리며 허겁지겁 두 손으로 집어 먹고 있었다. 그 무렵 나는 쌀밥은 구경도 못 하던 때였다. 기껏 밀개떡이 아니면 보리죽 무릇 곤 것, 송기죽으로 연명을 했다. 어머니가 나 몰래 흰쌀밥을 손으로 집어 먹고 있는 것을 본 나는 성난 송아지처럼 달려들었다. 어머니는 처음에는 당황해하다가 어색하게 웃으며 뚝배기를 허구리 뒤로 감추었고 나는 그것을 힘껏 낚아챘다. 그때 뚝배기에서 백설 같은 꽃잎이 후루루 날렸다. 그것은 쌀밥이 아니라 흰 조팝꽃이었다.

"늬놈 몰래 에미 혼자 쌀밥 묵고 있는 줄 알았쟈? 꽃잎이 쌀밥 맹키로 맛있다야. 늬놈도 묵고 자프면 에미가 산에 가서 조팝꽃 훑어다 주랴?"

어머니는 조팝꽃을 마루에 흘리고 나서 뚝배기에 보리죽을 담아 내왔다. 허겁지겁 보리죽을 떠먹다 말고 나는 목이 막혀 찬물을 한바가지 떠서 들이켰다. 자꾸만 눈물이 나오려고 하는 것을 애써 참았다. 목에 지푸라기를 목걸이처럼 감은 어머니의 눈도 크렁하게 젖어 있었다. 어머니는 언제나 목에 지푸라기를 감고 있었다. 목에 지푸라기를 감고 있으면 고기 먹고 싶은 생각이 없어진다면서 내 목에도 그것을 감으려는 것을 한사코 싫다고 했다. 목에 지푸라기를 감고 학교에 오는 친구도 몇 명 있었는데 잘사는 집 아이들이 거지같다며 놀려 대곤 했다.

나는 어머니가 조팝꽃을 쌀밥이라고 하면서 먹던 모습을 평생 잊지 못했다. 배가 고프거나 어려운 고비를 만날 때면 뚝배기에 조팝꽃을 가득 담아 손으로 집어 먹던 어머니의 모습을 떠올리며 참아냈다. 내가 초등학교 교사가 될 수 있었던 것도 따지고 보면 어머니의 그 조팝꽃 때문이었다. 나는 지금도 흰 쌀밥을 먹을 때마다 꾀꼬리가 이곳저곳 나뭇가지를 옮겨 다니며 낭자하게 울어대는 모내기철, 산비탈 밭둑에 멍울멍울 피어나는 조팝꽃을 떠올리곤 한다. 그 무렵이면 밥을 먹다가도 어머니 생각에 문득문득 목울대가 후끈거려왔다. 쌀밥이 흰 조팝꽃잎으로, 때로는 어머니의 얼굴로 피어나곤 하였다.

조팝꽃이 찢어지게 필 무렵이 내 생일이다. 그러나 나는 한동안 생일잔치는커녕 쌀밥도 미역국도 먹지 못했다. 어머니는 생일날 잘 먹으면 키가 크지 않는다고 말했다. 나는 어머니의 그 말을 곧이곧대로 믿었다.

어머니 칠순 기념사진을 찍은 다음 해인 80년 5월 23일 둘째는 자취를 감추었다. 조팝꽃 그림 때문이었다. 자전거를 타고 학교에 간 둘째한테 하굣길에 화방에 액자를 맡긴 조팝꽃 그림을 찾아오라고 한 것이 화근이었다. 그날 아침부터 거리가 소란스러웠고 정오가 되면서부터 총소리가 들려왔다. 밤이 되도록 둘째가 돌아오지 않아서 화방에 찾아가 보았더니 그림이 그대로 있었다. 아내는 둘째가 필시 그림을 찾으러 도심에 있는 화방에 가다가 변을 당했을 것이라고 나를 원망했다. 그날 이후 둘째는 소식이 끊겼다. 도청에서 총을 들고 있는 것을 보았다는 사람도 있었고 시민군들과 함께 트럭을 타고 돌아다니더라는 소문도 들었다. 그해 겨울에 어머니는 소식이 없는 손자의 이름을 애타게 부르며 숨을 거두었다.

나는 촉촉한 눈빛으로 빛바랜 가족사진을 쓰다듬어보았다. 사진은 20년의 긴 세월 동안 고통과 슬픔에 시달려 엷은 갈색으로 바래있었다. 둘째가 고등학교 2학년 때였으니 참으로 많은 시간이 흘렀다. 그렇지만 우리 부부의 시간은 아직도 20년 전에 머물러 있었다. 질긴 시간의 올무에서부터 벗어나려고 아무리 발버둥 쳐도 마음대로 되지 않았다.

둘째가 사라진 후 나는 가족사진을 찍지 않았다. 가족사진에서 둘째가 제외되는 것을 원치 않았기 때문이다. 우리 부부는 둘째가 오래된 흑백사진과 함께 가족의 일원으로 영원히 살아 있기를 바랐다. 그 때문에 나는 새 가족사진을 찍는 것보다는 둘째가 형제들과 함께 당당하게 서 있는 오래된 흑백사진을 확대해서 거실에 걸어놓고 싶어 했다. 그러나 두 아들과 딸이 한사코 반대했다. 자식들 말로는 컬러가 아닌 흑백사진을 크게 확대하면 죽은 사람들처럼 보기 싫다고 했지만, 내심으로는 우리 부부가 슬픈 과거 속에 묻혀 사는 것을 원치 않았기 때문일 것이라고 생각한다. 그렇다고 자식들은 새 가족사진을 찍자고 하지도 않았다. 나는 오래된 흑백사진을 확대하지 않는 대신 복사를 해서 두 아들과 딸에게 나눠주면서 잘 보관하라고 일렀다. 물론 자식들은 복사한 가족사진에 관해 관심도 애착도 없다는 것을 알고 있다. 어쩌면 그들은 20년이 되도록 소식이 없는 둘째를 오래전에 망각해버린 것인지도 모를 일이다.

나는 장롱 위에서 앨범을 꺼내어 아랫목에 앉아 복사한 흑백 가족사진을 들여다보고 있었다. 밖이 소란하다. 딸네 가족이 도착한 것 같다. 안방 문이 열리고 사위와 딸, 초등학생인 둘째 외손자가 들어선다. 중학교에 들어간 큰 외손자 놈은 오지 않은 모양이다. 외손자 녀석은 꾸벅 인사만 하고 나가고 딸과 사위가 나를 마주 보고 미적미적 방문 쪽에 앉았다.

"또 그 사진이어요?"

딸이 앉은걸음으로 다가와 내 어깨너머로 앨범을 들여다보더니 마뜩 잖은 목소리로 핀잔을 주었다.

"쫌 전에 철웅이 녀석이 왜 할아버지 집에는 가족사진이 없냐고 묻더라. 그래서 이 사진을 보여줄려고 그런다."

내 생각에도 그 대답은 옹색했다.

"철없는 애한테 무슨 말씀을 하실려고요. 아이들한테 꼭 둘째 오빠 이야기를 해야겠어요?"

"그런 게 아니고, 그냥…… 할애비 집에도 가족사진이 있다는 것을 보여주고 싶을 뿐이란다."

여전이 내 대답은 궁색하기만 했다. 나는 괜히 마음이 헛헛해지면서 서

글퍼졌고 나를 다그치는 딸에 대해서 울화가 치밀었다. 아이들한테 둘째에 관해서 이야기 못 할 이유가 없지 않겠느냐 싶었다.

"애들이 이 사진에서 둘째 오빠를 보면 뭐라고 할 것 같아요?"

"글쎄다."

딸이 따져 묻자 나는 자신 없는 목소리로 어정쩡하게 대답했다. 요즘 나는 자식들 앞에서 도무지 자신 있는 게 아무것도 없다. 정년퇴직한 후로 내 삶이 갑자기 무기력하게 허물어져 가고 있는 듯한 느낌이 들었다. 사는 것도 자신이 없다. 무엇보다 슬픈 것은 내 의지대로 할 수 있는 것이 아무것도 없다는 거였다.

"애들은 오래된 이 사진에는 아무 관심도 없어요. 좋아하는 스타 사진도 아니고 그렇다고 자기 모습이 들어 있지도 않은데 관심을 갖겠어요? 자라나는 아이들한테는 추억 같은 건 필요 없어요. 아이들은 지금 꿈을 만들면서 자란다구요. 추억보다는 꿈이 필요하지요. 추억은 나이 많은 어른들한테나 소중한 거죠."

딸년의 말에 나는 주눅이 들어 할 말을 잃었다. 딸년은 내게 무슨 말인가 더 하고 싶어 하는 것 같았으나 제 남편이 부녀간의 냉랭해진 분위기를 파악하고는 서둘러 팔을 잡아끌고 나갔다.

나는 딸년이 나간 후로도 오랫동안 낡은 가족사진을 들여다보았다. 둘째가 중학교를 졸업하던 해였다. 어머니는 손주들에게 옛날 가난하게 살던 시절을 회상하면서 젊었을 때 쌀밥이 먹고 싶어서 조팝꽃을 훑어다 뚝배기에 담아 먹었다는 이야기를 했다. 그 이야기를 관심 있게 들은 둘째는 다음 해 봄에 조팝꽃 한 묶음을 꺾어다 할머니에게 주었다. 그리고 그 이야기를 글로 써서 상을 타기도 했다. 둘째는 네 아이 중에서 할머니를 가장 좋아했다. 어머니도 둘째를 찐덥지게 사랑했다.

"오메 오지게도 시원헌 거, 애기 배겄다잉."

사진 속에서 어머니 목소리가 들려왔다. 이 짧은 한마디 속에 어머니의 삶이 응축되어 있다. 어머니는 찐득거리는 한 더위에 시원한 바람이 살랑 불거나 선풍기 바람을 쏘일 때면 어김없이 버릇처럼 자연스럽게 이 말을 하곤 했다. 언젠가 어머니에게 시원한 것하고 아기를 배는 것하고 무슨 상관이 있느냐고 물었다. 어머니는 고향에 살던 시절 한여름 콩밭 김매던 때를 이야기해 주었다. 어머니는 삼복더위에도 하루도 쉬지 않고 남의 콩밭에서 김을 매야만 했다.

어머니의 삶에서 콩밭 사이로 불어오는 한줄기 시원한 바람이 땀을 식혀주었을 때의 그 짧은 행복감보다 더 큰 즐거움이 과연 무엇이었을까 생각해 보았다. 어머니는 끝내 당신이 가장 사랑하던 둘째 손자를 잃은 슬픔과 고통을 안은 채 세상을 떴다.

"엄마도 참, 새 옷으로 갈아입고 잔칫상을 받아야죠."

음식 장만을 대충 끝낸 딸이 헐렁한 몸뻬에 낡은 쥐색 스웨터를 걸친 아내를 끌고 안방으로 들어오며 말했다. 나는 옛날 사진을 앉은뱅이책상 서랍에 넣고 아내의 표정을 살폈다. 아내는 생일잔치에 별로 마음이 내키지 않은 듯 여전히 찜부럭한 얼굴이다. 딸은 어머니가 입을 만한 옷을 찾느라 장롱을 뒤지기 시작하더니 치마저고리 색깔을 맞추느라 하나하나 꺼내 들춰보다가 마음에 드는 옷이 없자 사뭇 팽개쳤다. 어느새 방바닥에 여러 벌의 한복을 늘어놓았다.

"모두 새 옷들이구만, 왜 안 입고 장롱 속에 처박아놓았어요. 오랫동안 처박아놓아서 유행이 지나고 빛깔도 바래서 입을 만한 것이 하나도 없네."

딸년은 입을 만한 옷을 찾지 못하자 신경질을 부렸다.

"이 옷은 회갑 때 큰 올케가 해준 거죠? 이게 제일 낫네."

딸년은 화사한 연두색 치마저고리를 꺼내 들고 희미하게 웃었다. 아내는 딸년이 골라준 한복으로 갈아입었다. 체격이 아담한 아내는 역시 한복이 잘 어울려 보였다. 어머니는 며느리를 맞으며 조팝꽃처럼 얄캉하고 아담하다고 했었다. 연두색 치마저고리로 갈아입은 아내의 모습은 나이답지 않게 옛날 그대로 작은 금불초꽃처럼 화사하고 단아해 보였다.

잔칫상을 차릴 무렵에야 큰아들이 막내 손녀를 데리고 어슬어슬 도착했다. 예상했던 대로 큰며느리와 장손이 오지 않았다. 나는 큰며느리보다 장손 철식이가 오지 않은 것이 섭섭했으나 내색은 하지 않았다. 늦게 도착한 큰아들은 제 처가 오지 못한 것에 대해 궁색한 변명을 늘어놓았다. 큰아들이 늦은 이유는 그들 부부가 같이 가자거니 못 가겠다거니 한참 실랑이를 벌인 때문이라고 생각했다. 친정아버지가 변호사인 큰며느리는 시가 행사에는 언제나 늑장을 피우는가 하면 이런저런 이유를 대고 불참하기 일쑤였다. 지난 추석 때와 시할머니의 제사에도 오지 않았었다.

"그럴 줄 알았어."

큰올케가 오지 않은 것을 안 딸년이 제 오빠를 불만스럽게 흘겨보며 연신 입을 삐쭉거렸다. 큰며느리와 딸년은 사이가 좋지 못했다. 딸년은 올케한테 큰며느리가 되어갖고 부모님을 제대로 모시지 못한다는 이유로 입바른 소리를 곧잘 했다. 언제나 그랬던 것처럼 아내는 큰며느리의 불참에 대해서 한마디도 말하지 않았다. 그러나 나는 그런 아내의 내심을 잘 알고 있다. 이날 잔치에는 우리 부부를 포함해서 15명의 가족 중에서 5명이 불참했다. 큰며느리와 장손 철식이, 둘째 손녀, 막내아들, 외손녀 등

다섯 사람이 빠진 것이다. 나와 아내 사이에서 이렇듯 많은 자손이 생겨 났다는 것이 한편으로는 가슴 뿌듯하기도 하다. 그러면서도 늘 옆구리에 황소바람이 들락거릴 만큼 허전한 것은 무엇 때문인가. 요즘 아내가 신장이 나빠져 자주 자리에 눕게 되면서부터는 허전함이 더 커지는 듯싶다.

우리 부부를 중심으로 10명의 가족이 잔칫상에 둘러앉았다. 케이크에 꽂힌 빨강 초록 노랑의 생일파티용 촛불에 불을 켜자 아내는 세 차례 입김을 불어 껐고 가족들은 환호하며 손뼉을 쳤다. 손자들이 일어서서 합창으로 생일 축가를 부르자 모두 다시 손뼉을 쳤으며 저마다 준비해온 선물 꾸러미를 내밀었다. 짧은 순간이나마 아내의 얼굴에 희미한 미소가 스쳤다. 참으로 오랜만에 보는 미소였다. 우리 부부만 있을 때 아내의 얼굴은 슬픈 대리석 조각처럼 굳어져 있기 마련이었다. 아내의 얼굴에서 미소를 찾아보기란 아내가 새 옷을 입고 있는 것만큼이나 보기 드문 일이었다. 그러나 생일 잔칫상에 둘러앉은 가족들은 배를 채우기에 정신이 팔린 듯 오늘의 주인공인 아내의 표정 따윈 아무도 관심이 없어 보였다.

"큰오빠, 가족사진 큼직하게 찍어서 이 집 거실 벽에 걸어줍시다. 그러면 아버지 어머니가 외로움을 덜 탈지도 모르지 않아요?"

잔칫상 귀퉁이에 꾸겨 앉아서 숟가락질하던 딸년이 내 눈치를 살피면서 입을 열었다.

"가족사진?"

제 처와 함께 오지 못한 것이 못내 마음이 무거운지 시종 코를 박은 채 버릇처럼 젓가락으로 음식을 깨작거리던 큰아들이 건성으로 반문했다.

"아까 철웅이가 왜 할아버지 집에는 가족사진이 없느냐고 묻더랍니다. 이 집에 가족사진이 없는 게 아이들 눈에 이상하게 보인 거겠지요."

"그래요. 언제 날 받아서 어머님 아버님 모시고 가족사진 한번 찍어요."

잠자코 있던 철웅이 에미가 즉각 딸년의 말을 받았다.

"아버지, 가족사진 찍고 싶으세요? 지금까지는 아버지가 가족사진 찍는 것 싫어하시지 않았어요."

큰아들은 여전히 무겁게 고개를 떨어뜨리고 코를 박은 채 다소 못마땅한 목소리로 내게 물었다. 나는 한동안 대답을 못 했다. 큰아들 말마따나 그동안 나는 가족사진을 찍는 것을 한사코 싫어했다. 하기야 언젠가 아래층에 사는 박 교장의 생일날 초청을 받아 저녁을 먹으러 갔을 때 그의 거실에 걸린 가족사진을 보고 우리도 하나 찍을까 하는 생각이 들기도 했었다. 아들이 다섯에 딸이 둘이나 되는 박 교장의 가족사진은 마치 〈우리 마을 최고〉라는 텔레비전 프로에서 동네 사람들을 다 모아놓고 '우리 마을에 오세요' 하고 소리 지르면서 손을 흔들어대는 모습을 연상케 했다. 얼추 헤아려도 30명이 넘어 보였다. 그때 박 교장은 은근히 자손이 많음을 자랑했다. 나는 그가 부럽기도 했다.

가족이라고 어머니와 단둘뿐이었던 나는 늘 외로웠다. 더욱이 쉬는 날도 없이 품팔이하던 어머니는 앓는 소리를 푸념처럼 토해내며 밤늦게야 집에 돌아오곤 했다. 내가 먹을 저녁밥을 얻어 오기 위해 설거지까지 끝내주고 와야 했기 때문이었다. 나는 혼자서 어머니를 기다리는 밤이 악몽처럼 싫었다. 앞집 두식이네처럼 식구가 많은 것이 그렇게 부러울 수가 없었다. 나도 할머니, 할아버지, 삼촌, 누나, 형님, 동생이 있었으면 싶었다. 그래서 집 안에 있는 나무 중에서 가장 오래된 먹감나무를 할아버지, 두엄자리 옆 접시감나무를 할머니, 우물가의 살구나무를 누나, 뒤꼍 석류나무를 형이라고 불렀고, 동생을 만들기 위해 뒷산에서 아그배나무를 한 그루 캐다가 살구나무 옆에 심어놓았다. 학교에서 돌아와서는 집 안을 한 바퀴 돌며 나무들을 향해 할아버지, 할머니, 누나, 형, 동생하고 불렀고 그날 있었던 일들을 이야기해 주기도 했다. 그러면서 나는 빨리 결혼을 해서 아이를 많이 낳아야겠다고 결심했다.

가족이 많다고 자랑삼아 말하는 박 교장이 결코 행복해 보이지는 않았다. 이만하면 내 자손 많지 하며 궁색하게 웃을 때도 눈초리에 쓸쓸한 그림자가 떠나지 않았다. 내가 이쪽으로 이사 오기 전까지만 해도 박 교장은 변두리에서 그의 아내와 단둘이 오순도순 외롭지 않게 살았다. 그는 아내가 죽자 어쩔 수 없이 큰아들네로 들어오게 된 것이었다. 아들네 아파트로 들어온 후, 박 교장은 그림 그리는 것도 포기하고 늘 죽은 아내 생각으로 맥을 놓고 있었다. 그런 박 교장을 보고 있으면 살아 있는 내 아내가 더욱 소중하게 여겨졌다.

"아버지, 우리 가족사진 찍어요. 가족사진이 없으니까 얼마나 집이 허전해요. 아버지 어머니 핏줄을 받고 세상에 태어난 후손들 사진 찍어서 거실에 딱 걸어놓고 바라보시면 얼마나 뿌듯하시겠어요. 사진을 보고 있으면 외로움도 덜 타시지 않겠어요?"

"그렇게 하세요, 아버님."

딸년과 셋째 며느리의 재촉에 이어 철웅이와 다른 손자들까지도 가족사진을 찍자고 졸라댔다. 나는 아내의 눈치를 살폈다. 나로서는 결코 가볍게 승낙할 일이 아니었기 때문이다. 새 가족사진에는 둘째가 빠질 수밖에 없기 때문이다.

"제발, 뵈기 싫은 저눔에 조팝꽃 그림 떼어내불고 그 자리에 가족사진을 붙였으면 좋겠다."

아내는 나를 향해 눈을 흘기며 말했다. 나는 아내의 속마음을 읽을 수 있었다. 아내는 오래전부터 벽에서 조팝꽃을 떼어내자고 투정을 부렸다. 어쩌면 아내는 벽에 조팝꽃 그림을 걸어놓은 나의 의도를 꿰뚫어 보고 있는지도 몰랐다. 그래서 나를 그 그림으로부터 해방해주고 싶었는지도 모를 일이다. 나는 20년 동안을 홀 맺힌 아내의 마음을 풀어주기 위해서라도 가족사진을 찍는게 좋을 것 같았다. 이렇게 하여 다음 주 일요일에 모여서 가족사진을 찍기로 했다.

갑자기 아래층 박 교장이 세상을 떴다. 나는 그의 부음을 전해 듣는 순간 현기증 때문에 몸을 가누지 못해 한동안 손으로 벽을 짚고 서 있었다. 나는 아무것도 먹지 않은 채 온종일 죽은 박 교장을 흉내 내듯 사지를 뻗고 자리에 누워 있었다. 그리고 휘청거리는 걸음으로 그의 장지까지 따라가서 흙으로 돌아간 그의 마지막을 지켜보았다. 그는 이제 몇 사람의 기억 속에만 남게 된 것이다.

"여보, 내일이 아이들 오기로 한 날인데 기운을 차려야죠."

장지에 갔다 와서도 맥을 놓고 누워만 있는 나에게 머리맡에 앉은 아내가 걱정스러운 말투로 말했다. 나는 참으로 오랜만에 들어보는 아내의 한껏 부드러워진 목소리에 부스스 일어났다.

가족사진을 찍기로 처음 약속했던 다음 주 일요일에도, 다시 연기한 그다음 일요일에도 가족들은 다 모이지 못했다. 첫 번째 약속한 날에는 큰아들 부부가 갑작스럽게 병원의 부부 모임이 있다는 핑계로 연기되었고, 두 번째 약속한 주에는 사위가 가벼운 교통사고를 당해 입원을 하는 바람에 딸네 부부와 장손인 철식이가 불참했다. 무엇보다 장손이 불참했기 때문에 사진을 찍을 수가 없었다. 세 번째 다시 약속한 날이 바로 내일이다. 오늘 아침 딸년은 전화로 가족사진을 찍기 위해 사위가 서둘러 퇴원까지 했다고 알려왔다. 딸년의 전화로는 오늘은 한 사람도 빠짐없이 모두 약속 시간에 모일 것이라고 했다. 그러나 나는 그것을 믿지 않았다.

자리에서 일어난 나는 죽은 박 교장을 생각하며 아내와 함께 앨범을 정리했다. 우리 부부는 오랜만에 다정하게 얼굴을 마주하고 앉았다. 석 달 전 정년퇴직하던 날 가족들과 저녁을 먹고 오는 길에 문방구점에 들러 가죽 표지의 고급 앨범 세 권을 샀다. 두 권짜리 낡은 앨범과 그동안 사과 상자 속에 처박아두었던 사진 중에서 꼭 남겨야 할 것들만 추려서 새 앨범에 정리할 생각이었다. 나보다 호적이 1년 이른 박 교장이 정년퇴직하고 나서 나에게 학교를 그만두고 맨 먼저 하는 일이 앨범을 정리하는 것이라고 했을 때 실없이 웃어넘기곤 했었는데 정말 나도 그의 말대로 따라 하게 될 줄은 몰랐다.

"우리가 죽은 후에도 자식들이 들여다보고 우리 생각을 할 수 있을 만큼 꼭 필요한 것들만 골라주소."

나는 새 앨범에 끼워 넣을 사진을 아내가 골라주도록 부탁했다. 내 말에 아내는 자못 흐뭇해하는 눈치였다. 아내는 오래된 앨범과 사과 상자 안에 처박아둔 사진 중에서 반 이상을 버렸다. 아내는 우리 가족이 들어 있는 사진만을 골라놓았다. 나는 아내가 버린 사진들을 눈여겨 뒤적여보았다. 그 사진 중에는 내가 여러 학교를 돌아다니면서 동료 교사들이나 학생들과 같이 찍은 것이 많았다. 이름도 정확하게 기억나지 않고 지금 어디서 무엇을 하며 살고 있는지는 모르지만 나는 그들과 많은 이야기를 했고 함께 내일을 꿈꾸며 살아왔다. 그 사진 한 장 한 장에는 오래도록 소중하게 간직하고 싶은 회색빛 추억들이 켜켜이 배어 있었다. 그것들은 내 삶의 아름다운 축적물이었다. 나는 평생 동안 이 사진들을 남기기 위해 살아왔는지도 모른다. 나는 아내가 버린 사진들을 들춰보며 결별의 아쉬움과 안타까운 마음을 달랬다. 나는 아내가 버린 사진들 속에서 박 교장과 함께 찍은 사진을 집어 들었다. 젊어서 같은 학교에서 근무할 때 찍은 사진이었다.

"버리기가 아까워서 그래요?"

"미안해서 그래. 사진 속의 제자들은 아직 나를 기억하고 있을 텐데."

"버릴 건 버려야 해요. 이제는 잊을 나이가 됐잖아요. 그래야 떠날 때 마음이 한결 편해요."

아내의 말에 나는 마음속으로 서운한 마음을 접기로 했다. 그리고 아내가 가족사진을 찍자는 자식들의 요청에 선뜻 동의해주었던 속마음을 다시 한번 헤아렸다. 버릴 것은 버리고 잊을 것은 잊어야 떠날 때 마음이 편하다는 아내의 말에 명치끝이 싸하게 아려왔다.

나는 아내가 버리기 위해 골라놓은 사진들을 낡은 서류 봉투가 터지도록 마구 쑤셔 넣었다. 엷은 갈색의 소중한 추억들이 쓰레기가 되는 것을 보고 마음이 아팠다. 버릴 사진들이 세 봉투나 되었다. 나는 봉투 속의 사진들을 아파트 쓰레기통 속에 처넣어버릴 것인지 아니면 불에 태울 것인지 생각해 보았다. 아내한테 어떻게 했으면 좋겠느냐고 물었더니 아무렇게나 하라고 퉁명스럽게 말했다.

나는 새 앨범에 정리할 사진들을 10년 단위의 연대별로 방바닥에 죽 늘어놓았다. 마치 우리 가족사를 한눈에 보는 것 같았다. 가장 어린 나이의 내 사진은 초등학교 졸업 기념사진이었다. 손바닥만한 사진 속에 1백여

명의 콩알 같은 얼굴들이 촘촘히 박혀 있었다. 키가 작은 나는 맨 앞줄 끄트머리에 앉아 있었다. 중학교 때 사진은 몇 장 되지 않았고 사범학교 때 것들이 비교적 많았다. 아내와 결혼 후에는 아이들의 돌 사진이며 생일 사진 졸업식 때 함께 찍은 것도 많았다. 성장했을 때의 자식들 사진은 몇 장 되지 않았다. 아마 결혼한 후에 저마다 가져간 모양이었다. 뜻밖에도 아내와 함께 찍은 사진이 몇 장 되지 않았다. 둘째의 행방이 묘연해진 후부터 우리 부부 사이가 그만큼 소원했음을 말해주고 있는 것이었다. 그점이 아내한테 미안했다.

나는 새 앨범의 첫 장에 아버지 어머니 사진을 나란히 끼워 넣었다. 유일하게 남아 있는 아버지 사진은 도민증에서 떼어낸 것을 명함판 크기로 확대한 것이었다. 세상을 떠나기 직전에 찍은 아버지의 모습은 29살의 한창나이였지만 시든 박꽃처럼 병색이 짙어 보였다. 아버지의 흐릿한 흑백 사진 옆에 칠순 잔치 때 독사진으로 찍은 어머니의 컬러사진을 나란히 붙였다. 모자간처럼 보였다. 어울리지 않았다. 문득 세상을 뜨기 며칠 전 어머니가 푸념처럼 말하던 기억이 떠올랐다. "아이 와, 저승에 계시는 느그 아부지는 젊으나 젊은디 에미는 쭈그렁이가 되어갖고 찾아가면 몰라보까 겁난다. 스물아홉 느그 아부지허고 일흔한 살 에미허고 나이 차이가 너무 나서 어쩌끄나." 죽음을 앞둔 어머니는 그 말을 여러 번 되풀이했다.

"두 분이 함께 찍은 사진이 있었으면 좋을 텐데……."

"왜 결혼사진도 없지요?"

"쌀밥이 먹고 싶어 조팝꽃을 따 먹었던 시절이었는데 어떻게 결혼사진 찍을 형편이 되었겠어?"

나는 아내를 향해 퉁명스럽게 말하며 칠순 때 찍은 어머니 사진을 떼어내고 대신 도민증 사진을 붙였다. 그때야 아버지 어머니가 잘 어울렸다.

"잘했어요. 참 보기 좋구만."

자리를 뜨지 않고 옆에 앉아서 지켜보던 아내가 허리를 구부리고 시부모 사진을 들여다보며 말했다. 아내는 오래된 앨범 속에서도 우리 가족이 들어 있지 않은 사진들을 없애기 위해 모두 낡은 봉투 속에 쑤셔 넣었다. 아내한테는 가족이 아닌 사람과 찍은 사진은 아무런 의미가 없는 듯싶었다. 그동안 가정밖에 몰랐던 아내의 삶 속에 가족 아닌 사람은 끼어들 만한 한 치의 공간도 여유도 없었다. 그러므로 아내한테는 버려야 할 사진도 없었다. 버려야 할 사진조차 없는 아내의 건조하고 단조로운 삶에 비하면 나는 그래도 행복한 것이라고 말할 수 있을까. 그렇지만도 않은 것 같다. 내게는 버려야 하는 아픔이 있기 때문이다.

아내와 나는 오전 내내 앨범을 정리하며 시간을 보냈다. 골라낸 사진으로 새 앨범 두 권을 겨우 채웠다. 새 앨범 두 권의 무게는 마치 내가 살아온 인생의 절반을 잘라내 없애버린 것처럼 너무 가벼웠다.

그날 오후 느지막이 나는 아내와 함께 사진들을 태워버리기 위해 세 개의 낡은 봉투를 보자기에 싸 들고 아파트를 나섰다. 마치 어머니 장례를 치르고 나서 헌 옷가지들을 태우러 갔을 때처럼 기분이 음울해졌다. 우리는 시내버스를 타고 종점에서 내려 등산로가 시작되는 산자락 밑 밭둑으로 올라갔다. 초록의 잎이 파들거리는 상수리나무 가지의 이파리 위에 나비처럼 내려앉은 4월의 햇살은 날개를 치며 반짝거렸고 건조한 바람도 넉넉하게 불어와 얼굴과 목덜미를 간질였다. 아내가 밭둑에서 파릇하게 돋아나는 쑥부쟁이며 질경이를 발견하더니 탄성을 지르며 쪼그리고 앉았다.

나는 밭둑에 앉아 봉투에서 와르르 사진을 쏟은 다음 그중 한 장을 꺼내 들고 라이터 불을 붙였다. 초등학교 아이들과 소풍을 가서 찍은 사진이었다. 내 옆에 바짝 붙어선 안경잡이 반장의 이름을 기억해보려고 했지만 생각이 나지 않았다. 나는 계속해서 불을 댕기면서 사진 속의 아이들 이름을 불러보려고 했지만 도무지 한 명의 이름도 기억해낼 수가 없었다. 나는 그들도 나를 기억하지 않기를 빌었다. 그래야만 내가 편하게 그들을 잊을 수 있을 것 같았다. 버르르 불길이 붙으면서 사진 속의 얼굴들이 한꺼번에 사라졌다. 나는 계속 사진들을 한장 한장 꺼내 들고 태웠다. 불붙은 사진에서 머리카락 타는 냄새가 났다. 노리끼리한 냄새가 핏줄기 속으로 스며드는 것만 같았다. 냄새 때문에 헛구역질이 나오려고 했다. 나는 갑자기 심한 조갈증을 느꼈다. 목이 타면서 기침이 쏟아졌다. 가까스로 기침을 멈춘 나는 가래침을 우려내 논바닥에 뱉었다. 머릿속이 텅 비어오는 것 같았다. 그때 불붙은 사진 속에서 왁자하게 아이들의 떠드는 소리가 들려오는 것 같았다. 그리고 그때야 조금 전까지만 해도 기억해낼 수 없었던 아이들의 이름이 줄줄이 떠올랐다. 김도식, 박철순, 오명식, 김금순, 이명자, 민병군, 장우식, 나철균, 고명순, 이명숙……. 나는 출석을 부르듯 큰 소리로 아이들의 이름을 계속 불렀다. 아이들의 이름이 햇살이 가득한 허공으로 사라졌다. 바람 소리가 갑자기 거칠어지자 나는 땅 위의 사진 무더기에 불을 붙였다. 불길과 함께 회색빛 연기가 훅 내 얼굴을 덮쳤다.

그사이 아내는 산자락 쪽 밭둑에서 나물을 뜯다가 얼핏 고개를 들어 나를 보았다. 독한 연기 때문에 자꾸 눈물이 났다. 나는 눈물을 닦으며 아내를 향해 태연하게 손을 흔들어 보였다. 산자락 상수리나무 숲속에서 푸드득 산펑이 날자 아내는 허리를 펴고 일어서서 다소 놀란 얼굴로 숲 쪽을 보았다. 아내의 옅은 감색 재킷 어깨너머 밭 둔덕에 배추흰나비 한 마리가 납작하게 땅에 붙어서 아주 낮게 날고 있었다.

가족사진을 찍기 위해 가족이 우리 집에 모이기로 한 날이다. 나는 여느 날과 같이 희붐하게 동이 트기가 바쁘게 일어나 아침 산책을 위해 일주일 동안 모아둔 신문과 백화점 광고지 뭉치를 들고 아파트를 나섰다. 박 교장이 살아 있을 때는 언제나 그가 먼저 일어나 초인종을 눌러주었었다. 나는 나도 모르게 박 교장네 아파트까지 한층 걸어 내려가서 엘리베이터 단추를 눌렀다. 아파트 현관문이 열리면서 박 교장이 쓸쓸한 미소를 흘리며 나타날 것만 같았다. 그러나 아파트 문 대신 엘리베이터가 스르륵 열렸다. 허전한 게 마음이 너무 시려서 혼자 산책하러 나가기가 싫었다. 나는 엘리베이터에서 내려서도 한동안 머뭇거리다가 종이 쓰레기를 버리기 위해 사계절 내내 한결같이 푸른 잎으로 뒤덮인 동백나무가 서 있는 공터 쪽으로 걸어갔다. 신문 뭉치를 버리려던 나는 노란 플라스틱 쓰레기 바구니에서 소가죽으로 된 고급 앨범 두 권을 발견하고 놀랐다. 처음에 나는 어제 아내와 함께 정리했던 새 앨범으로 착각했다. 나는 버려진 앨범을 집어서 펼쳐보았다. 박 교장이 목에 큰 화환을 걸고 활짝 웃고 있었다. 십수 년 전 그가 교장으로 승진하여 첫 부임을 했을 때 동창들이 찾아가서 걸어준 화환이었다. 앨범 속에는 박 교장과 그의 부인도 있었다. 나는 손이 떨리고 가슴이 부글부글 끓었다. 턱끝을 쳐들고 참담한 눈길로 12층 박 교장의 아파트를 쳐다보았다. 나는 묵직하게 느껴지는 두 권의 앨범을 오른팔에 끼고 경비실로 가서 누가 이 앨범을 버리더냐고 화난 목소리로 따져 물었다.

"1203호 교장 선생님 앨범이 맞구만요. 사진조차도 보기 싫었던 모양이지라. 앨범을 버릴 사람은 뻔하지 않나요. 차마 그 집 아들이야 제 아부지 사진을 버리지는 않았겠지요."

젊어서 국회의원 차를 몰았다는 60대 초반의 깡마르고 왜소한 체격의 경비원의 비밀을 털어놓는 듯한 말투로 보아 박 교장의 며느리가 버렸음을 알 수 있게 해주었다. 나는 경비실에 앨범을 맡기며 건설회사 간부라는 박 교장 아들이 퇴근할 때 건네주고 잘 보관하라는 내 말을 꼭 전하라고 일렀다.

누군에겐가 배신당한 기분이 된 나는 산책을 하고 싶지가 않았다. 나는 그 길로 다시 엘리베이터에 올라 손가락 끝에 힘을 주어 숫자 12를 눌렀다. 엘리베이터가 12층에서 멈추는 순간 다시 숫자 13을 눌렀다. 12층에서 엘리베이터 문이 열렸다가 다시 닫혔다. 문을 열어주는 아내가 산책하지 않고 왜 벌써 돌아왔느냐고 물었다. 나는 안방으로 들어가면서 외출 준비를 하라고 말했다.

"곧 애들이 올 텐데 외출은 무슨 외출이어요?"

"빨리 옷이나 입어요."

나는 아내한테 자세한 말은 하지 않은 채 신경질적으로 다그치고 나서 외출복으로 갈아입고 카메라를 주머니에 넣었다. 그리고 잠시 후 영문도 모른 채 멀뚱해 있는 아내를 떠밀다시피 하여 아파트를 나와 택시를 잡아 탔다. 따지기를 싫어하는 아내는 택시 안에서 행선지에 관해서 묻지 않았다. 터미널에 도착하자 순천행 차표 두 장을 사서 아내한테 보이고 대합실의 초록색 플라스틱 의자에 나란히 앉아 출발 시간을 기다렸다.

"애들이 올 시간이 다 됐는데 갑자기 순천에는 뭣 하러 가는 거예요?"

"그냥 둘이서 여행이나 갑시다. 당신 고향에 가보고 싶다고 그랬지?"

"애들은요? 사진을 찍기로 했는데……."

"필요 없어."

"뭐가요?"

"지금까지 즈그들이 약속을 어겼으니깐 이번에는 우리가 빠져도 괜찮어."

아내는 내 말을 이해하지 못하겠다는 듯 고개를 길게 늘여 내 얼굴을 한참 동안 찬찬히 들여다보았다. 그때 나는 저고리 주머니에서 작은 카메라를 꺼내 들고 지나가는 대학생 차림의 아가씨에게 사진을 찍어달라고 큰 소리로 부탁했다. 나는 아가씨에게 카메라를 건네주고 나서 오른팔에 힘을 주어 젊은 연인들처럼 다정스럽게 아내의 어깨를 감싸며 얼굴을 활짝 폈다. 부끄럼 많은 아내는 몸을 비틀지 않고 가만히 있었다. 몸피가 가늘고 콧마루가 도톰한 마늘 코 아가씨가 카메라를 눈에 대고 하나, 둘, 셋을 세더니 스르륵 필름 감기는 소리가 났다.

"촌스럽게 대합실에서 웬 사진을 다 찍어요?"

"우리 두 사람만의 사진을 찍기 위해 떠나는 여행이야. 남은 한 권의 앨범은 우리 두 사람이 함께 찍은 사진으로 채우고 싶어."

나는 아내의 어깨를 감싸 안은 팔을 풀지 않고 오랫동안 그대로 앉아 있었다.

"여행은 나중에 가기로 하고 그만 집으로 갑시다. 아이들이 기다릴 텐데……."

"애착을 버리자고 말한 건 누군데 그래?"

나는 단호하게 말하며 아내를 떼밀다시피 하여 순천행 버스에 올랐다.

나는 아내의 마음을 잘 알고 있었다. 그렇지만 둘만의 여행을 위해서 모든 아쉬움을 접기로 했다. 나는 고향에 도착하면 먼저 조팝꽃 무더기 속에 얼굴을 묻고 아내와 함께 사진을 찍고 싶었다. 그 생각을 하자 조팝꽃을 뚝배기에 수북이 담아 손으로 집어 먹던 어머니의 모습이 떠올랐다. 그러고 보니 지금이 한창 조팝꽃 피는 계절이 아닌가. 나는 갑자기 조팝꽃이 먹고 싶었다.

버스가 출발하자 나는 아내의 손을 꼭 쥐었다. 오랜만에 잡아본 아내의 손은 생각보다 매듭이 굵고 거칠었다. 얼마 만에 아내의 손을 다시 잡아본 것인지 기억이 뚜렷하지가 않다. 아내의 손은 따뜻했다.

『미네르바』, 2001

된장

어머니는 미국에서 귀국하자마자 우물부터 다시 파기 시작했다. 석류
나무 옆에 있던 그 우물은 어머니와 내가 미국으로 떠나기 1년 전에 이미
메워졌다. 어머니가 13년 만에 서둘러 귀국한 것은 메워진 우물을 다시 파
기 위해서였는지 모른다. 그동안 비어 있었던 낡고 오래된 집에 어머니가
우물을 다시 판 것은 무엇 때문이었을까. 죽을 때까지 이 집을 떠나지 않
겠다는 결심을 보여주기 위한 것이었을까. 지난여름, 나보다 먼저 귀국한
어머니는 새벽 한 시에 시카고에 있는 나에게 전화를 걸어, 메워진 우물을
다시 파기 시작했다고 말했다. 그때 나는 데이빗과 함께 보사노바 음악을
틀어놓고 카마수트라 체위로 섹스를 즐기고 있었다. 나는 사뭇 신경질적
으로 외쳐대며 우물 파는 것을 반대했다. 마을에 정수장이 있어 수돗물이
들어온다는데 왜 굳이 메워진 우물을 다시 파려고 하느냐고 따졌다. 그래
도 어머니는 우물을 파겠노라고 욱대겼다. 여러 곳의 물을 먹어보았지만
옛날 우리 집 우물물만한 맛은 없었다고 했다. 물론 어머니가 한사코 우물
을 다시 판 것은 물맛 때문만은 아니라는 것을 나는 알고 있다.

나는 어머니가 떠난 후 석 달쯤 뒤에 귀국했다. 훨쩍 열린 대문 안으로
조심스럽게 들어서는 순간 안채 부엌 모퉁이 석류나무 밑에 우물이 옛 모
습을 드러내고 있었다. 그때처럼 우물가 석류나무 가지마다에는 터질 듯

발갛게 무르익은 석류가 주절주절 매달려 있었다. 석류를 보는 순간 입에 침이 고이면서 목이 말랐다. 나는 걸음을 멈추고 서서 얼핏 우물을 바라보았다. 집 안에 있는 무덤을 보기라도 한 듯 섬뜩한 느낌이 들어 가까이 가고 싶지 않았다. 이 우물은 우리 집을 폐가의 비운 속의 묻히게 한 무덤과도 같았다. 우물이 메워지면서 우리 가정도 엄마의 삶도 함께 매장되고 말았다.

"아이고 수자 아닌감. 저녁 늦게 올 거라고 허시드만 일찍 오시는구만. 어쩌까, 엄니는 장에 가셨는디."

백반증으로 얼굴과 머리가 하얀 꼭강 댁이 우물에서 두레박으로 물을 긷고 있다가 늦여름 햇살처럼 찐득한 미소를 보내왔다. 홀렁한 밤색 바지에 철 이른 진분홍 스웨터를 입고 있는 꼭강 댁은 머리가 명주 실타래처럼 하얗게 빛났다. 꼭강 댁은 어머니의 허드레옷을 입고 있었다. 옷이 맞지 않은 꼭강 댁은 약간 우스꽝스러워 보였다. 진분홍 스웨터 빛깔 때문에 은빛 머리털이 더욱 희어 보였다. 내가 어렸을 때도 머리가 온통 하얀색이어서 마을 사람들은 그녀를 백새라고 불렀다. 꼭강 댁은 옛날에도 부엌일을 도와주느라 우리 집에서 살다시피 했다.

"삼순 어머니, 삼순이는 잘 있지요."

나는 나와 초등학교를 같이 다녔던 꼭강 댁 딸 삼순이의 안부부터 물었다.

"아들을 셋이나 낳았어. 목포서 사는디 우리 사우는 배 타고 물고기 잡는구만."

나는 문득 어렸을 때 아이들이 삼순이를 놀려대며 부르던 노래가 생각났다. 아이들은 찢어지게 가난한 데다가 체구도 왜소하고 공부도 못하는 삼순이를 볼 때마다, 죽었다 죽상떡, 안 죽었다 안동떡, 꼭 죽었다 꼭강떡,

하면서 놀려대곤 했었다. 우리 마을에서 이십 리쯤 떨어진 곡강에서 시집을 온 삼순 어머니를 꼭강 댁이라고 불렀던 것 같았다. 안 죽겠다던 안동 댁은 오래전에 죽었고, 죽겠다던 죽상 댁은 택시 기사 아들을 따라 서울로 갔고, 꼭 죽겠다던 꼭강 댁은 지금 노루목에 혼자 살고 있다.

꼭강 댁은 두레박으로 물을 퍼 올려 팔을 휘저어가며 장독대의 큰 항아리들을 씻었다. 나는 두레박에서 물 쏟아지는 소리에 자신도 모르게 진저리 치듯 놀랐다. 가슴이 철렁 내려앉은 듯했다. 나는 후유 한숨을 몰아쉬며 일부러 우물을 피해 잡초 한 포기 없이 깨끗하게 정돈된 마당을 가로질러 안채로 향했다. 우물에서 두레박으로 물을 퍼 올리는 것을 보는 순간 오랫동안 잠들어 있었던 슬픈 기억들이 울컥 솟구쳐 오르려고 했기 때문이다. 나는 우물을 들여다보고 싶지가 않았다. 우물을 들여다보는 순간 비명을 지르게 될 것만 같았다. 내 머릿속에는 아직도 그날 목이 꺾이는 듯한 가족들의 비명이 지워지지 않고 생생하게 살아 있었다. 그날 이후 우리 집에는 비운의 그림자가 덮쳤다. 어머니가 아버지와 이혼을 한 것도, 모녀가 미국으로 떠난 것도 모두 이 우물 때문이었다.

나는 마당 한가운데에 서서 잠시 집 안을 휘휘 둘러보고 나서 마루에 걸터앉았다. 혼자 방 안으로 들어서기가 두려웠다. 어머니가 돌아올 때까지 그냥 마루에 앉아 있고 싶었다. 옛집은 어머니와 함께 살던 때와 변함이 없었다. 두엄자리 옆 담벼락에 바짝 붙어 선 먹감나무며 우물곁의 석류나무와 살구나무도 돌담 위로 겨우 한 뼘 정도 삐주룩이 우듬지를 내밀 정도로 자라기를 멈추어버린 듯 옛날 그대로였다. 집 안 구석구석에 정갈한 어머니의 손길이 느껴졌다. 나보다 석 달 먼저 귀국한 어머니가 그새 집 안 구석구석을 뽀드득 소리가 날 정도로 정갈하게 꾸며놓은 것이다. 울퉁불퉁 홈이 패고 가장자리가 삭은 듯 오래된 마루도 옛날 그대로 였다. 창호지를 새로 바른 방문마다 늦가을 오후의 햇살이 듬뿍 쏟아져 한결 새뜻해 보였다. 나는 이 집을 떠나기 전까지 내가 썼던 부엌방 문을 열고 방 안을 들여다보고 싶었지만 참았다. 안방 문이 벌컥 열리고 우레 같은 소리로 도리깨질하듯 어머니를 닦달하며 할머니가 뛰쳐나올 것만 같았다. 네 이년, 우리 순철이는 네년이 죽였다. 이 시에미가 백 일 불공 을 드려서 부처님헌테 점지받은 귀허고 귀헌 자식을 네년이 죽인겨. 뽀짝 옆에 있는 새끼가 빠져 죽어도 모르다니. 할머니가 어머니에게 퍼부어댄 욕설과 함께 대청 건너 월방에서 컹컹 울려나온 아버지의 받은기침 소리 때문에 밤새도록 몸을 뒤척였던, 숱한 불면의 밤이 고통으로 떠올랐다.

열두 살 터울의 늦둥이 남동생이 병아리를 쫓아 우물가를 뛰어다니던 모습도 고물고물 눈에 밟혔다. 할머니는 늦둥이 손자한테 흠뻑 빠져 있었 다. 아장아장 걷기 시작할 무렵 푹신한 솜 방석을 들고 바짝 붙어 다니며 엉덩방아를 찧을 때마다 행여 흙이라도 묻을까 잽싸게 받쳐주던 할머니 모습이 보였다. 내 기억의 중심은 언제나 동생 순철이의 모습이었다. 순 철이는 여전히 내 기억 속에서 키 자람을 멈춘 채 살아 있었다.

마루 끝에 앉은 나는 몇 번이고 눈을 감았다가 다시 뜨곤 했다. 메워진 우물과 함께 시간의 무덤 속에 오랫동안 묻혀 있었던 지난날의 기억들이 날개 치듯 푸드득 되살아났다. 나는 그때마다 이상한 바람 소리를 들었 다. 소소소, 바람은 집 모퉁이 대밭에서부터 일렁여왔다. 오래된 기억들 이 되살아나면서 바람을 일으키기라도 한 것일까. 어머니는 미국에서도 잠을 자다가도 벌떡벌떡 일어나서는 노루목 대밭의 바람 소리가 들린다 는 말을 버릇처럼 되뇌곤 했다. 그럴 때 어머니 얼굴에는 짙은 회색빛 우수의 그림자가 무겁게 머물러 있곤 했다. 어머니는 오래도록 고향의 바람 소리를 잊지 못하고 있었던 것이다. 어머니는 귀국하여 노루목 옛집에 도착한 날 밤에 나에게 전화를 걸어, 송수화기에 귀를 바짝 대고 바람 소리 좀 들어보라며 어머니답지 않게 호들갑을 떨었다. 수자야, 대 바람 소리 들리지? 고향 바람 소리를 들으니 잠도 잘 오고 참 좋다. 답답했던 가슴에 대나무 속처럼 확 뚫리는 것 같구나. 어머니는 그러면서 딸의 귀국을 재촉했다.

어머니가 귀국을 서두른 것은 지난해 봄 당신이 아직 아버지 최칠성 씨의 아내로 호적에 올라 있음을 확인하고 나서였다. 합의이혼 판결이 난 후로도 아버지는 군청에 이혼 신고를 하지 않고 있다가 세상을 떠난 것이었다. 그 사실을 알게 된 어머니는 내게 아버지에 관한 이야기를 자주 꺼냈다. 나는 네 아버지 마음을 안다. 수자 너는 노루목 최칠성 씨의 하나밖에 없는 핏줄이다. 그러니 최 씨 집안이 이대로 문을 닫게 해서는 안 된다. 어머니의 그 말에 나는 큰소리를 질러가며 어머니한테 대들기까지 했다. 그런 어머니가 너무 한심스럽고 불쌍해 보였다.

나는 내 옆에 놓은 두 개의 큰 트렁크를 보았다. 13년 동안의 미국 생활이 두 개의 트렁크로 돌아온 것이다. 자줏빛 트렁크에는 내가 입었던 옷가지들이, 짙은 감색 트렁크에는 사진에 관한 책과 내가 찍은 작품 사진들이 들어 있다. 그리고 멜빵이 달린 사각의 알루미늄 가방에는 나의 전 재산이라고 할 수 있는 사진 기기들이 들어 있다. 이들 가방 속에 13년간 소외되고 고통스러웠지만 때로는 무지갯빛 욕망으로 물들기도 했던 내 미국의 삶이 집약되어 들어 있는 것인지도 모를 일이다.

장독대에 물 끼얹는 소리에 나는 얼핏 고개를 들었다. 꼭강 댁은 익숙한 솜씨로 항아리를 씻고 있었다. 두레박으로 물을 퍼 올려 항아리에 부은 다음 허리를 구부려 박자에 맞추듯 수세미로 여러 차례 반복해서 문질러댔다. 눈길을 끈 것은 우물 옆 장독대에 가득한 큰 옹기그릇들이었다. 나는 많은 옹기 항아리를 보면서 어머니가 드디어 본격적으로 일을 시작했구나 생각했다. 어머니는 사람이 들어앉을 수 있을 정도로 큰 항아리들을 가득 채우기 위해 귀국을 서둘렀는지도 모른다. 나는 어머니가 된장만으로 빈 항아리들을 가득 채우지는 않을 것이라고 믿고 있다. 그것은 어머니만이 알고 있을지도 모른다. 어머니는 미국 생활이 늘 허전하다고 했다. 5년 동안 한국 식당에서 주방 일을 한 끝에 한인 타운에 규모가 큰 피자가게를 열어, 경제적으로 안정 되었지만 허전함을 메울 수는 없었다고 했다. 어쩌면 어머니는 미국 땅이 활착하기보다는 죽어도 다시 한국으로 돌아가지 않겠다는 오기로 하루하루를 버텨왔던 것 같았다. 어머니의 앙칼진 오기는 아버지와 할머니에 대한 원망 때문에 생긴 것이었다.

나는 버릇처럼 고개를 들어 하늘을 보았다. 이상하게도 옛날이 생각날 때는 나도 모르게 눈길이 자꾸 멀어지는 버릇이 있었다. 행랑채 지붕 위로 동구 밖의 느티나무 우듬지가 보였다. 느티나무 가지들이 조금씩 흔들리며 찰랑찰랑 바람 소리를 냈다. 비 온 뒤 봇돌위로 물 넘치는 소리 같았다. 참으로 오랜만에 들어본 소리였다.

어머니는 일몰이 가까워서야 돌아왔다. 집 앞에서 자동차 소리가 들리는 것 같더니 빵빵 클랙슨이 울리면서 열린 대문 안으로 1.5톤의 흰색 미니트럭이 미끄러져 들어왔다. 마당을 가로지른 트럭은 내가 걸터앉아 있는 마루 앞에 멈췄다. 운전석의 어머니와 조수석의 코보 조 씨 아저씨가 거의 동시에 트럭 문을 열고 모습을 나타냈다. 나를 발견한 어머니가 큰

소리로 내 이름을 부르며 토방 위로 뛰어 올라왔다. 나는 어머니의 너무도 변한 모습에 놀랐다. 어머니는 쑥색 몸뻬에 황토색 개량 저고리를 입고 벙거지를 깊숙이 눌러 썼다.

"왔구나. 방에 들어가 있지 않고 왜 이러고 있어."

어머니가 두 팔을 벌려 힘껏 나를 껴안은 채 마루에 놓인 트렁크를 보며 말했다. 나는 어머니의 완력에 숨이 막힐 것만 같았다. 쉰여덟의 어머니는 아직 힘이 넘쳐 보였다. 그 사이에 조 씨 아저씨가 누런 앞니를 드러낸 채 히죽 웃으며 나를 보고 서 있었다.

"안녕하세요. 여전하시네요."

나는 조 씨 아저씨를 향해 가볍게 고개를 숙였다. 노란 곱슬머리에 크고 우묵한 눈, 근육질의 각진 턱과 실하고 뭉뚝한 콧대 등 조 씨 아저씨의 모습은 옛날 그대로였다. 영락없이 서양 사람을 닮은 탓에 마을 사람들은 그를 양코배기라고 놀려댔다. 내가 생각하기에도 어렸을 때 본 그의 부모는 평범한 농사꾼으로 보통 체격에 전형적인 한국 사람이었는데 어떻게 하여 조 씨 같은 돌연변이가 태어났는지 궁금했다. 조 씨 역시 우리 집 농사일을 도맡아 하다시피 했던 놈이었다. 그는 노루목 안에서 가장 힘이 셌다. 어머니의 편지에서, 혈육이 없는 그는 몇 년 전 아내를 잃고 혼자 살아가고 있다고 했다.

조 씨가 트럭에 싣고 온 콩자루를 광으로 옮기는 동안 어머니와 나는 마루에 놓인 트렁크를 하나씩 끌고 건넌방으로 들어갔다. 건넌방은 엷은 분홍빛 줄무늬가 있는 벽지로 말끔하게 도배를 해놓았다. 핥아주고 싶을 만큼 깨끗한 벽에는 그림 없는 은행 달력이 달랑 걸려 있을 뿐이었다. 아무런 흔적도 없는 분홍빛 네 공간의 벽을 가득 채우는 것이 앞으로 1년 동안 내 삶의 과제일 것이다. 어떤 그림으로 채워야 할 것인가는 아직 결정되지 않았다. 방 안에는 어머니가 시집올 때 해왔다는 자개농이 그대로 놓여 있었고 목제 책상과 책장, 의자를 새로 들여놓았다. 어머니는 나를 위해 TV며 컴퓨터, 오디오, 전화기까지 갖추었다. 나는 어머니의 세심한 배려에 고마움을 느꼈다.

"침대는 일부러 들여놓지 않았다."

"잘하셨어요. 오래 있을 것도 아닌데."

"앞으로 행랑채에 작업실도 맨들어주마."

어머니는 그렇게 말하며 안방으로 나를 밀어 넣다시피 했다. 어머니가 기거하는 안방에는 할머니가 쓰던 물건들이 그대로 놓여 있었다. 오래되어 암갈색으로 변한 오동나무 장롱이며 십장생 자개가 박힌 화초장과 경대는 물론 아랫목의 시렁과 때에 전 대나무 횃대도 그대로였다. 나는 13년 전 할머니 방에 들어온 듯한 기분이었다. 할머니가 너무 무섭기만 했던 나는 밥 먹을 때를 제하고는 안방에 들어가는 것을 좋아하지 않았다. 할머니는 나를 대할 때마다 "쓰잘데 없는 지집년"이라는 말과 함께 얼굴을 찡그리며 끌끌 혀를 차곤 했다. 할머니의 나에 대한 그 같은 괄시는 순철이가 태어나면서부터 부쩍 더 심했다. 나는 뒤꼍으로 난 쪽문 위쪽에 걸린 사진틀 앞으로 다가갔다. 오래된 사진틀 안에는 내가 태어나기 전에 저 세상으로 간 할아버지 독사진을 비롯해서 아버지 어머니의 결혼사진, 순철이 돌 사진, 할머니 회갑 사진, 내가 중학교 졸업하던 날 교문 앞에서 어머니 아버지와 함께 찍은 사진 들이 들어 있었다. 나는 한동안 다섯 명의 우리 가족이 한 공간에 모여 있는 할머니의 회갑 사진을 들여다보았다. 할머니의 무릎에 앉은 동생 순철이가 활짝 웃고 있었다. 다섯 사람 중셋은 세상을 떠나고 둘만 남았다. 어느새 햇살이 사그라지고 박모가 느티나무 우듬지를 친친 휘감기 시작했다. 사람이 살지 않은 듯 해넘이 무렵인데도 마을은 무덤 속처럼 적요했다. 개 짖는 소리조차 들리지 않았다. 하기야 낮에 택시에서 내려 집에 들어올 때까지 동구 밖이나 고샅에서 한 사람도 마주치지 않았다. 어머니는 편지 속에서 지금의 노루목을 황량하기 짝 없는 폐촌이라고 표현했다.

트럭에 싣고 온 콩자루를 모두 옮긴 조 씨가 대청에서 나오다 마루 끝에 서 있는 나를 발견하고는 또 히죽히죽 웃었다. 나는 경중하게 큰 조 씨의 등이 무엇엔가 짓눌림을 당하듯 휘움하게 굽어 있는 것을 보고 세월의 덧없음을 느꼈다. 내 기억 속의 조 씨는 참나무 토막처럼 단단하기만 했었다.

"수자가 돌아와서 지하에 기시는 느 아부지, 겁나게 좋아허시겄다. 마지막 눈 감을 때꺼정도, 너를 얼매나 애타게 기다렸다고. 자리보전허고부텀은 늬가 올지 모른담서 왼종일…… 대문을 열어놓고 마당을 바라보고만 있었단다."

조 씨는 띄엄띄엄 말을 이었다. 나는 아버지가 세상을 떠난 것을 몰랐었다는 말을 하려다 그만두었다. 아버지에 대한 기억은 절망감과 참담함뿐이었다. 일말의 연민이나 그리움도 없었다. 아버지는 언제나 술에 취해 있었다. 순철이가 죽은 후부터 아버지는 술에 취하지 않은 날이 없었다. 나는 아버지를 생각할 때마다 술에 취해 어머니의 머리끄덩이를 휘어잡고 욕설을 퍼부어대며 무섭게 발길질을 하던 모습만 살아났다. 그때마다 나는 자신도 모르게 두 손으로 얼굴을 가린 채 고개를 절레절레 흔들어대며 진저리를 치곤했다.

그날 밤 나는 자정이 넘어서야 불을 끄고 오랜만에 어머니와 나란히 자리에 누웠다. 나는 쉽게 잠을 이룰 수가 없었다. 어둠에 묻힌 밤은 조용했다. 휘휘휘 뒤꼍의 대밭을 조리질하듯 훑어대는 바람 소리만이 들려왔다. 대 바람 소리는 초저녁부터 마당을 서성거리다가 밤이 깊어서야 잠들었다. 꼭강 댁이 늦게까지 TV를 보는지 부엌방에서는 대밭을 흔들어대는 바람 소리에 섞여 간드러진 여가수의 노래가 아련하게 흘러 들어왔다.

방에서는 할머니의 냄새가 뼛속까지 스며들었다. 냄새 때문에 머리가 지끈거렸다. 옛날 안방 윗목 시렁에는 겨우내 메주가 매달려 있었고 아랫목에는 청국장 자배기가 이불에 덮여 있곤 했다. 콩 타작이 시작되는 늦가을부터 살구꽃이 피는 이른 봄까지, 1년의 절반은 온통 집 안에 군내가 진동했다. 그 때문에 할머니한테서는 언제나 시지근하면서도 퀴퀴한 메주 냄새가 풍겼다. 할머니의 냄새는 우리 집을 지배하는 강한 힘과 같았다. 나는 그 냄새가 너무 싫어 안방에 들어가거나 할머니 가까이 가는 것을 싫어했다. 할머니의 그 냄새는 13년이 지난 지금까지도 안방 구석구석에 끈적하게 배어 있었다. 그런데도 어머니는 왜 할머니가 쓰시던 물건들을 그대로 안방에 놓아두는 것인지 알 수 없었다. 나는 어머니에게 할머니가 썼던 물건들을 모두 없애버리라고 말하려다가 그만두었다.

"데이빗허고는 어쩌기로 허고 왔느냐?"

어머니 역시 오랜만에 딸과 잠자리를 함께 한 탓으로 잠을 이루지 못하고 뒤척이다가 끝내 데이빗 이야기를 꺼냈다.

"우리는 자유로워요. 서로 얽매이지 않은 사이거든요. 언제든지 서로의 의견을 존중해주기로 계약이 되어 있으니까요."

"헤어지기로 했다는 말이냐?"

"적어도 일 년 동안은 데이빗한테 가지 않을 테니 걱정 말아요."

"일 년 동안……."

"아기는 만드는 데 일 년이면 충분하지 않겠어요?"

그랬다. 내가 돌아온 것은 어머니에게 아기를 만들어주기 위해서였다. 그것은 어머니의 간절한 소망이기도 했다. 어머니의 소망을 이루어주기 위해서 잠시 데이빗과 헤어져 있기로 한 것이다. 처음에 나는 어머니한테 입양을 권고했다. 그러나 어머니는 핏줄 섞인 아이가 필요하다는 것이었다. 데이빗과 나는 아이를 갖지 않는다는 조건으로 동거를 시작한 것이었기 때문에 데이빗의 아기를 가질 수는 없었다.

"엄마, 걱정 마세요. 일 년 안에 꼭 손자를 만들어드리겠어요. 그럼 됐지요? 데이빗한테도 그렇게 말했더니 좋다고 했어요."

"데이빗과 헤어지고 한국에서 좋은 남자 만나서 결혼을 하거라."

"엄마, 아직 데이빗하고 나는 서로를 필요로 하고 있어요. 결혼은 안 해요. 그 대신 어머니 소원대로 손자를 만들어줄게요. 그러기 위해서 이렇게 왔지 않아요. 그럼 됐죠?"

나는 단호하게 말하고 어머니에게 등을 돌려 돌아누웠다. 뒤꼍의 대 바람 소리가 한껏 거칠어졌다. 나는 잠을 청하려고 눈을 질끈 감고 바람 소리를 귓바퀴 속으로 빨아들였다. 머릿속의 잡념들을 털어버리기 위해 감은 눈앞에 초점을 만들었다. 작은 초점은 반지 크기의 원으로 변했고 점점 확대되어 내 몸이 헐렁하게 들락거릴 만큼 커졌다. 순간 순철이가 우물가에서 병아리를 쫓아가는 모습이 보였다. 순철이의 오른손에는 추석에 내가 사준 검정색 인조가죽 구두가 들려 있었다. 언제나 순철이 옆에 그림자처럼 바짝 붙어 있던 할머니는 보이지 않았다. 나는 마루 끝에 걸터앉아 만화를 읽고 있었고 어머니는 우물에서 가까운 석류나무 옆에서 빨래를 널고 있었다. 순철은 우물 가까이 다가가서는 가슴 높이의 정자#字 목을 손으로 짚으며 고개를 처박고 우물을 들여다보았다. 나는 위험할지도 모른다는 생각을 하면서 순철이의 이름을 부르려고 하였다. 그때 오른손에 들고 있던 구두가 우물로 빠지는가 싶었고 눈앞에서 순철이의 모습이 사라졌다. 눈 깜짝할 사이에 벌어진 일이었다.

가까스로 잠재울 수 있었던 악몽이 되살아나자 나는 모로 누운 채 두 손바닥으로 얼굴을 가리고 거칠게 머리를 흔들어댔다. 그때 어머니가 내 등을 가볍게 다독여주었다. 어머니의 손은 무게가 실려 있었고 따뜻했다. 나는 어깨 위로 팔을 구부려 어머니의 손을 잡고 울컥 뻗질러 오르는 마음을 진정시키려고 애썼다.

"엄마, 우물을 다시 판 이유가 뭐예요?"

"아직도 그것이 불만인 게로구나."

"엄마를 이해하지 못하겠어요."

"에미 마음속에 자리 잡고 있는 무덤 같은 우물을 없애기 위해서란다."

"마음속 우물요?"

"괴롭고 슬픈 기억은 묻어둔다고 해서 잊혀지는 것이 아니다. 잊기 위해서는 이겨내야만 한다. 내가 이 집에 눌러 살자면 이 집에서 겪었던 모든 고통을 내 것으로 품어 안아야 한다고 생각했다. 처음에 우물을 다시 파기 시작했을 때는 에미도 겨우 아문 상처를 다시 건드리는 것만 같아서 견디기 어려웠다. 그렇지만 지금은 달라졌다. 에미는 물을 길을 때마다 우물에 빠진 순철이를 건져 올리는 기분이란다. 이제 순철이는 이 집에서 에미와 함께 있단다."

"하지만 엄마가 다시 돌아오신 거는 과거 속에 매몰되기 위해서가 아니지 않아요."

어머니는 더 이상 말하지 않았다.

나는 귀국한 지 닷새가 되도록 트렁크를 풀지 않고 옷가지 하나 꺼내지 않은 채 방 윗목에 가지런히 놓아두었다. 금방 되짚어 떠나기라도 할 것처럼 마음의 안정을 찾지 못하고 있었다. 나는 온종일 어머니의 허드레옷을 입고 건넌방 안에서만 뭉그적거렸다. 마당에도 잘 나가지 않았다. 어머니는 그런 나를 보고 몹시 불안해하는 눈치였다. 귀국한 지 일주일쩨 되던 날 나는 첫나들이를 하기 위해 낡은 청바지에 체크무늬 티셔츠를 받쳐 입고 집을 나섰다. 어머니의 트럭을 빌려 타고 K시로 가는 버스를 타기 위해 읍으로 향했다. K시 대학병원 산부인과 의사인 여학교 동창 지수를 만나기 위해서였다. 노루목에서 8킬로미터쯤 떨어진 읍까지 가자면 은둔재를 넘어야 했다. 유난히 높은 가을 하늘이 코발트 빛깔로 빛났다. 내일 모레가 12월인데 은둔재 신작로 양쪽 비탈에는 붉나무며 개옻나무 등이 아직 붉게 물들어 있었다. 나는 단풍으로 얼룩진 산들을 보면서 눈이 우북하게 쌓일 겨울을 기다렸다.

어머니는 K시에 가는 이유를 따져 묻지 않았다. 내가 데이빗과 동거하기 시작하면서부터 어머니는 나의 사생활에 대해서는 시시콜콜 따져가며 캐묻지 않았다.

K시에 도착한 나는 대학병원으로 향했다. 병원 앞에서 잠시 두리번거리고 있는 내 눈에 붕어빵 포장마차가 파고들었다. 이미 사라져버린 줄만 알고 있었던 붕어빵을 보자 왠지 반가웠다. 배가 고픈 것도 아닌데 갑자

기 입 안에 침이 고이고 입맛이 당겼다. 여학교 때 친구들과 어울려 깔깔
대며 붕어빵을 사먹던 기억이 떠오르면서 나도 모르게 붕어빵 포장마차
로 다가갔다. 호리호리한 키에 턱수염이 까칠하게 느껴지는 이십 대 후반
의 젊은 사내가 가재눈으로 흘깃 나를 보았다. H자가 새겨진 차양이 넓은
검정색 야구 모자를 깊숙이 눌러쓰고 있어 청년의 얼굴 윤곽을 자세히 살
펴볼 수는 없었지만 모자 차양에 가려진 청년의 눈빛은 삶에 지쳐 절망적
으로 보였다. 그는 짙은 밤색 터틀넥 스웨터에 덕지덕지 밀가루 반죽이
묻은 허름한 점퍼를 입고 있었다.

"냄새가 고소하네요. 한 봉지 주세요."

"네 개에 이천 원입니다."

청년은 고개를 무겁게 떨구고 불에 달구어진 빵틀만 내려다보았다. 나
는 청년이 방금 빵틀에서 쇠갈고리로 꺼내놓은 붕어빵 하나를 집어 들고
호호 김을 불어가며 머리 부분부터 한 입 베어 먹었다. 옛날에 먹던 맛 그
대로였다.

"오래되지 않았군요."

나는 붕어빵을 먹으면서 빵틀을 다루는 청년의 익숙하지 못한 손놀림
을 보고 말했다.

"며칠 안 됐습니다. 어머니가 아프셔서요."

나는 고개를 끄덕이며 셈을 치르고 붕어빵 봉지를 받아 든 채 대학병원
으로 들어가 산부인과 의사인 지수를 찾아갔다. 병원 엘리베이터를 타고
올라가는 동안 내내 붕어빵 청년의 잿빛으로 가라앉은 절망적인 눈빛이
머릿속에 맴돌았다. 이상하게도 외롭게 슬픈 영혼의 그림자가 자꾸만 나
를 따라오는 듯한 기분이었다. 어쩐지 마음이 무거웠다. 데이빗을 처음

보았을 때 느꼈던 압도당한 듯한 황홀감과는 정반대의 기분이었다.

지수는 나를 기다리고 있었다. 지수의 키는 내 턱밑에 닿을 정도로 작았다. 여학교 때 우리는 반에서 1, 2등을 다투는 라이벌이었다. 나는 미국에서 미리 지수에게 편지를 보내 체외수정에 대해 알아보았고 귀국한 다음 날 다시 전화로 진료 예약을 부탁해놓은 터였다.

"당장 체크부터 하자. 너한테 이상만 없으면 어렵지는 않겠지."

지수의 대답은 명료했다. 나는 곧 혈액검사로 시작해서 소변검사, 난관검사, 자궁경관 점액검사, 자궁내막검사 등 이것저것 체크를 했다. 내자궁은 아무 이상이 없었다. 생명을 키우기에 아주 튼튼한 알집을 갖고있다고 했다. 당장 배란기에 맞춰 정자를 자궁 속에 주입하기로 했다. 내가 할 일은 열흘쯤 남은 배란기까지 차분하게 기다리는 것과 비용을 마련하는 것이었다. 체외수정에 드는 비용이 만만치가 않았다. 지수는 내 자궁을 되작거려가며 들여다보면서 알집이 튼튼하기는 해도 체외수정의성공 확률은 반반이라는 말을 여러 차례 되풀이했다.

"정자 주인에 대한 정보는 제로 상태야. 대한민국의 건강한 남자라는것 외에는 아무것도 알려고 하지 마라."

지수가 내게 사무적으로 말했다. 나는 희미하게 웃으며 고개를 끄덕였다.

해 질 무렵 버스를 타고 노루목으로 돌아오면서 내 자궁 속으로 들어올정자의 주인에 대해 생각해 보았다. 사람의 얼굴 대신 TV 화면에서 보았던 것처럼 머리와 긴 꼬리를 가진, 올챙이 모양의 수많은 정충이 떠올랐다. 내가 눈을 감고 앉아 있는 동안 정충들은 자궁이 아닌 내 머릿속으로헤엄쳐 들어왔다. 갑자기 데이빗의 부드러우면서도 탄력 있는 알몸이 생각났다. 순간 온몸이 후끈 달아오르면서 하체가 꼬여왔다. 빨리 데이빗에게로 돌아가고 싶었다.

배란 유발제 주사를 맞고 나서 내 자궁 속에 정자를 주입하기로 한 날, 이른 아침부터 집 안이 시끌벅적했다. 나는 밖의 소란스러움으로 해가 뜨기 전에 잠에서 깼다. 온 집 안이 잔칫날처럼 흥청거렸다. 메주를 쑤는 날이다. 꼭강 댁 말고도 마을 아낙들 여럿이 우물가에 모여들었다. 조 씨가 끙끙거리며 대청에서 콩자루를 옮겨놓으면 아낙들이 키질로 돌을 골라낸 다음 물이 담긴 큰 플라스틱 함지에 콩을 쏟아 넣고 다시 조리질했다. 꼭강 댁은 쉬지 않고 계속 두레박질만 했다.

나는 오랜만에 할머니의 경대 앞에 앉아서 화장했다. 머리를 손질하고 진홍빛 립스틱도 짙게 발랐다. 간밤에 다림질해놓은 분홍빛 원피스에 바바리코트를 걸치고 밖으로 나왔다. 이날만은 정장하고 싶었다. 낯선 남자를 만나러 갈 때처럼 마음이 설레었다. 나는 K시로 가기 위해 읍내 버스 터미널로 향했다. 늦가을의 넉넉한 햇살이 자르르한 윤기와 함께 묶음으로 쏟아졌다. 바람이 건듯 불 때마다 나뭇가지 사이로 햇살이 찰랑거렸다. 기분이 좋았다.

병원에서 나는 섹스 체위로 가랑이를 쫙 벌리고 반듯하게 누워 주인도 모르는 정자를 받아들였다. 순간, 집을 나올 때 아낙들이 조리질하던 노란 콩들이 떠올랐다. 머릿속에서 무수히 많은 정자가 콩알들과 뒤섞여 꿈틀거리는 것 같았다. 누군가 내 자궁 속에 콩을 쏟아붓고 있는 것처럼 느껴져 온몸을 흔들어 거부하고 싶은 충동이 일었다. 그 순간 나는 데이빗과 첫 섹스를 하던 때를 생각했다. 데이빗의 페니스가 내 자궁을 열고 들어올 때 온몸이 블랙홀 속으로 쩌릿쩌릿 빨려 들어갔던 기분을 떠올렸다.

데이빗을 처음 만난 것은 마이애미비치에서 열린 수영복 패션쇼에서였다. 수영복 전문 잡지 『비치 플라워』의 사진기자로 취직한 나는 이날 짙은 남색 바탕에 붉은 줄무늬의 수영복을 입은 데이빗을 처음 보았다. 그의 몸매는 그리스 조각처럼 매끈하고 완벽하게 균형이 잘 잡혀 있었다. 잘생긴 얼굴에 적당한 키, 탄탄한 근육질의 그를 보는 순간 되도록 표정을 감추며 마음속으로 탄성을 삼켰다. 강한 남성적 매력과 함께 여성적 부드러움이 함께 느껴지는 신비로운 몸매였다. 가까이 다가가 그를 향해 셔터를 눌렀을 때 그의 불타는 듯한 시선이 순간적으로 나를 휘감았다. 나는 강한 전율을 느꼈다. 그의 강렬한 시선에 온몸이 단단하게 결박당한 것처럼 숨이 막혀 나는 제대로 숨을 쉴 수가 없었다. 나로서는 처음 느낀 경험이었다.

수영복 패션쇼가 끝났을 때 그는 내게 다가와서 사진을 부탁하며 전화번호를 적어주었다. 그리고 일주일쯤 지나서 그에게 사진이 다 되었다는 전화를 했더니 자기 아파트로 가져다줄 수 없겠느냐고 조심스럽게 부탁했다. 그의 아파트는 오래되고 넓지 않으나 깔끔하게 잘 정돈되어 있었다. 주황색 커튼을 젖히자 녹색의 잔디와 잡목 숲이 한눈에 들어왔다. 그는 내가 전해준 사진에 크게 만족했다. 그가 위스키 한잔하겠느냐고 했을 때 나는 사양하지 않았다. 기실 나는 그와 좀 더 오래 있고 싶었던 것이다. 그는 흰색 운동복을 입고 있었는데 자꾸만 처음 보았던 수영복 차림의 모습이 눈에 어른거렸다. 위스키 한 잔을 마시고 한참 있다가 나는 용기를 내 그에게 누드 사진을 찍고 싶다는 말을 했다. 술김에 그런 말을 했는지도 몰랐다. 뜻밖에 그는 좋다고 하면서 홀랑 옷을 벗고 자연스럽게 포즈를 취해주었다. 크게 당혹감을 느낀 것은 오히려 나였다. 그 자리에서 당장 응해줄 것이라고는 생각하지 않았다. 나는 어찌해야 좋을지 몰라 당황했다. 차마 눈을 똑바로 뜨고 그를 마주 볼 수가 없었다. 되도록 태연한 척하려고 애썼지만 내 몸의 모든 제어 장치가 풀려 자꾸만 그에게로 빨려 들어가는 듯했다. 나는 온몸에 고압 전류가 흐르는 듯 심장이 덜컹거리면서 카메라를 든 손이 가볍게 떨렸다.

"자, 끝났으니 편하게 누워 있어요."
얼마쯤 시간이 지났을 때 지수가 환자를 대하듯 낮은 목소리로 말했다. 나는 번쩍 눈을 떴다. 그제야 데이빗의 알몸으로부터 풀려났다. 섹스가 끝나 분비물이 고인 것처럼 자궁 안이 질컥하게 느껴졌다.
"이제부터는 신의 영역이야. 생명의 선택은 신만이 할 수 있으니까. 지금부터 네 자궁 속에서는 이억 마리의 정자가 생명을 얻으려고 사투를 벌이기 시작하겠지."
지수가 나를 내려다보며 말했다.
"신의 영역? 선택 기준이 뭔데?"
"선택 기준은 태어날 생명에 대한 사랑의 척도라고나 할까."
지수의 그 말에 나는 갑자기 우울해졌다. 지수의 말대로라면 나는 자격이 없는 것이 아닌가. 나는 어머니와 약속한 대로 아기를 만들어 주고 곧 미국으로 돌아가야 하니까. 지수가 사라지자 나는 눈을 감았다. 데이빗이 그리웠다. 아기고 뭐고 당장 데이빗에게로 돌아가고 싶었다. 몸이 무거워지면서 의식이 납작하게 가라앉았다. 잠이 몰려왔다. 가물거리는 의식 속에서 우물이 보였다. 우물의 정자 목 운두가 내게로 다가오고 있었다. 나는 두 손으로 정자 목을 짚고 허리를 구부려 우물을 들여다보았다.

우물 속은 끝없이 깊고 깜깜해 아무것도 보이지 않았다. 그때 우물 속에서 회오리바람이 솟구쳐 오르더니 내 몸을 친친 감았다. 나는 이상한 기운에 묶여 순식간에 우물 속으로 빨려 들어가고 있었다. 내 몸은 끝없이 추락하고 있었지만 두렵거나 고통스럽지 않았다. 오히려 우물 속은 황홀할 정도로 심신이 평화로웠다. 나는 우물 속에 편안하게 누워 있었다. 지수가 내 이름을 부르며 어깨를 흔들어서야 나는 반사적으로 우물 속에서 솟구쳐 오르며 눈을 떴다.

"잠들었었구나. 좋은 징후야."

시간이 얼마나 흘렀는지 지수는 가운을 벗고 회색 톤의 투피스 차림으로 내 옆에서 서 있었다. 퇴근을 서두르고 있는 것 같았다. 나는 황급히 침대에서 일어나 겸연쩍은 표정으로 손바닥으로 마른세수를 하고 머리를 쓸어 올리며 옷매무새를 고쳤다.

"편안하게 있다가 이 주일 후에 다시 와. 그놈 운이 좋으면 너를 엄마로 선택을 하겠지. 이번에 착상에 실패하면 다시 시도하면 되니까 걱정 말고."

병원 현관 앞에서 지수가 말했다. 그녀는 저녁이나 먹자는 내 제의를 거절하고 같은 과 의사들과 회식이 있다면서 서둘러 주차장으로 사라졌다. 의도적으로 나와 가까워지는 것을 꺼려하고 있다는 느낌이 들었다. 지수와 헤어진 후로도 나는 한동안 그대로 서 있었다. '운이 좋은 놈'이라고 한 지수의 말이 머릿속에서 부스럭거렸다. 만약에 성공을 한다 해도 나를 어머니로 선택한 아기는 결코 축복받을 만큼 운이 좋은 게 아니라고 생각했다. 태어나자마자 헤어져야 하니, 나를 어머니로 선택한 건 오히려 불운이 분명하지 않은가 싶었다. 나는 '운이 좋은 놈'이라는 말을 여러 차례 되뇌고 있었다. 그런데 참 이상했다. 내 자궁 안에서 생명을 얻기 위해

2억분의 1이라는 치열한 경쟁으로 필사적인 투쟁을 하고 있을 정충들에 대해서 묘한 호기심이 생겼다.

나는 새 옷 입고 외출했다가 물벼락 맞은 기분으로 병원에서 나오다 말고 다급하게 걸음을 멈추어 섰다. H모자 청년이 포장마차 옆 땅바닥에 고개를 꾸겨 박고 앉아서 한숨을 토해내듯 거푸 담배 연기를 내뿜고 있었다. 청년은 절망의 무게에 눌려 땅바닥에 납작하게 가라앉아 보였다. 나는 지금껏 그토록 처절한 한 남자의 절망적인 모습을 본 적이 없었다. 그는 혼자 몸으로 일어설 힘도 없는 듯 오랫동안 고개조차 들지 않았다. 그가 겪고 있는 고통의 무게가 얼마나 버겁기에 저토록 힘들어하는 것일까. 나는 붕어빵을 사고 싶었지만 그의 절망적인 모습에 가까이 다가갈 수가 없어 그대로 한참 동안 바라보고만 있었다. 그는 일어나서 붕어빵을 구울 생각은 않고 거듭 줄담배만 피워댔다. 빵빵 시내버스의 클랙슨 소리에 H모자 청년이 얼핏 고개를 드는 순간 내 눈길과 마주쳤다. 그는 빠른 손놀림으로 피우던 담배의 불똥을 끄고 휘청거리며 일어서더니 시선을 내리깐 채 가볍게 인사를 했다. 지난번에 붕어빵을 샀기 때문인지 나를 알아보는 것 같았다. 그러나 그는 여전히 내 앞에서 고개를 똑바로 들지 않았다. 얼핏 훔쳐본 그의 눈빛은 흐린 날의 우물 속처럼 깊게 가라앉아 있었다.

"붕어빵에 콩을 넣으면 된장 맛이 날까요?"

나는 그렇게 묻고 나서 피식 웃었다. 어떻게 해서라도 H모자의 가라앉은 기분을 조금이라도 풀어주고 싶었다. 그는 고개를 떨군 채 씁쓸하게 웃어 보였다.

"어떤 손님은 진짜 붕어를 넣어보라고 하던데요."

"붕어빵에 붕어가 들어가면 비린내 때문에 먹을 수 없지 않아요."

내 말에 청년은 고개를 들어 나를 보았다. 깊은 동공 속에 우수가 가득 고여 있었다. 나는 붕어빵 한 봉지를 사 들고 천천히 길을 건넜다. 여관에서 붕어빵으로 저녁을 때운 후 일찍 잠이 들었다. 그리고 새벽에 일어나 곧장 택시를 타고 노루목으로 향했다. 택시를 타고 집에 오는 동안 내내 H모자의 절망적인 눈빛이 집요하게 내 머릿속을 파고들었다. 얼핏 나를 쳐다보았을 때 그의 눈빛은 절망 속에서도 무엇인가 간구하고 있는 듯했다. 하늘을 향해 처절하게 기도하는 눈빛이었다.

미리 전화를 해두었기 때문에 어머니는 나의 외박에 대해 캐묻지 않았다. 집에 들어서자 구수한 콩 삶은 냄새가 진동했다. 이날도 아침부터 마을 아낙들 네댓이 집에 몰려와 있었다. 아낙들은 부엌 앞에 멍석과 짚을 깔고 이틀째 메주를 빚었다. 꼭강 댁은 마당 한가운데에 큰 가마솥을 걸고 콩을 삶아냈고 두 명의 아낙은 삶은 콩을 절구에 넣고 절구질을 했으며 다른 두 명의 아낙과 어머니는 멍석 위에 널따란 안반을 놓고 메주를 빚었다. 메주말로 메주를 빚는 모습이 흙벽돌 찍어내는 것과 비슷했다. 꼭강 댁이 가마솥에서 삶은 콩을 소쿠리에 퍼내다 말고 나를 보더니 가까이 오라고 턱짓을 했다. 그녀는 김이 무럭무럭 피어나는 삶은 콩을 바가지에 퍼서 내 앞에 내밀었다. 나는 삶은 콩을 한 움큼 집어 입에 넣었다. 맛이 들큼한 게 구수했다. 나는 바가지를 들고 서서 계속 삶은 콩을 허겁지겁 집어먹었다. 이날 아침 나는 여느 때와 달리 심한 허기를 느꼈다.

아낙들 여럿이 모여 메주를 빚는 모습이 보기에 좋았다. 서둘러 방으로 들어간 나는 카메라를 들고 마당으로 나왔다. 알록달록 색깔이 요란한 수영복만을 카메라에 담아온 내 눈에 시골 아낙들의 메주 빚는 모습은 분명 새로웠다. 나는 마당을 뛰어다니며 셔터를 눌러댔다. 삶은 콩을 퍼내는 모습이며 절구질을 하고 판자로 만든 직사각형의 틀로 메주를 찍어내는 과정과 움직일 때마다 자연스럽게 변하는 아낙들의 표정 하나도 놓치지 않았다. 아낙들의 움직임은 바람에 흔들리는 나무와 풀잎 같았다. 앵글 속에 들어온 그들은 모두 그리운 얼굴들이었다. 살아 있는 얼굴들이었다.

옛집에 돌아온 지 석 달이 지나 어느덧 한겨울이 되었다. 그동안 우리 집은 온통 메주로 가득 찼다. 건넌방을 제외하고 모든 방의 방바닥에 메주가 깔렸다. 군불을 지핀 방바닥에 짚을 깔고 메주를 놓았다. 시간이 흐를수록 메주 뜨는 냄새가 집 안을 장악하기 시작했다. 할머니 대신 어머니가 냄새를 통해 우리 집을 지배했다. 그동안 나는 자궁 속에 두 번째 정자를 받아들였으나 착상이 되지 않았다. 지수 말마따나 운이 없는 녀석들이었다. 그러나 나는 실망하지 않았다. 오늘은 세 번째 수정을 위해 병원으로 가기 위해 자동차를 몰고 K시로 향했다. 어머니가 중고 자동차를 사주었다. 어머니는 중형 새 차로 뽑아주겠다고 했으나 내가 우겨 소형 중고차를 샀다. 어머니는 내게 말을 하지는 않았으나 어떻게 해서라도 나를 오랫동안 당신 곁에 붙들어놓으려고 애쓰는 모습이 역력했다. 자동차와 휴대폰을 사준 것도 그런 계산 때문이라는 것을 나는 알고 있었다. 어머니는 또 땅이 얼어붙기 전에 내가 찍은 작품을 현상 인화할 수 있게 행랑채에 작업실을 만들어 주겠다고 했으나 거절했다. 그렇게 되면 미국으로 돌아가는 것이 늦어지게 될지도 몰랐기 때문이다. 그동안 데이빗한테서는 일주일에 한 번꼴로 전화가 걸려왔다. 그는 수정결과에 대해 많은 관심을 보였다. 데이빗한테서 전화가 걸려온 날이면 어머니의 반응이 사뭇 신경질적으로 변했다. 아무것도 아닌 일에 큰소리를 지르고 푸념을 늘어놓기 일쑤였다. 그 때문에 나는 데이빗의 전화를 받을 때는 한껏 목소리를 죽여야만 했다.

"제발 이번에는 운이 좋은 녀석이었으면 쓰겠는데."

지수는 수정을 시킬 때마다 다른 정자로 교체한다고 했다. 그날 나는 지수가 저녁을 같이 먹자고 하여 병원에서 조금 떨어진 일식집으로 따라갔다. 저녁을 먹으면서 나 혼자 맥주 두 병을 마셨다. 지수는 변호사인 남편과 공부 잘한다는 두 아들에 관한 이야기를 어깨까지 흔들어대며 신나게 떠벌여댔다. 여학교 시절 1등을 탈환했을 때마다 보여주곤 했던 오만하고 득의만만한 표정의 지수를 다시 대하는 듯했다. 취기가 조금 오른 나는 지수에게 술 한 잔 사겠다며 분위기 좋은 집으로 안내해 달라고 부탁했다. 그러나 지수는 집에 가봐야 한다면서 내 청을 거절했다. 지수와 헤어진 나는 목구멍이 홧홧거려 참을 수가 없었다. 아무나 붙들고 술 한 잔 같이하자고 떼라도 쓰고 싶었다.

햇살이 퍼질 무렵 내가 눈을 뜬 곳은 K시 중심에 있는 호텔 방이었다. 나는 더블 침대 한쪽에 팬티 바람으로 해파리처럼 흐늘흐늘 널브러져 있었다. 바람 빠진 베개며 구겨진 시트 등으로 보아 분명 옆자리에 잠자리 흔적이 역력했으나 누워 있는 건 나 혼자였다. 나는 구겨진 시트로 몸을 돌돌 감고 누운 채 눈을 감고 간밤 기억의 잔해들을 꿰어내려고 애썼다. 지수와 헤어진 후, 심한 조갈증을 느끼며 녹색 신호등이 켜진 횡단보도를 반달음으로 건너갔던 것까지는 기억이 났다. 그다음부터는 모든 생각이 정지했다. 머릿속에 안개만이 자욱했다.

나는 서둘러 샤워부터 끝내고 옷을 입었다. 체크아웃하고 커피숍에 들어가 커피를 주문했다. 뜨거운 커피를 한 모금 마셨을 때, 잠시 머릿속으로 햇살이 찔러오듯 짧은 순간에 안개가 걷혔다. 끊겼던 필름이 이어지듯 간밤의 일이 생각났다. 횡단보도를 건너 병원 쪽으로 향하던 나는 붕어빵 포장마차 앞에 걸음을 멈추었다. 내가 왜 여기에 왔지? 나는 스스로에게 물었다. H모자의 눈빛 때문이야, 그의 절망적인 눈빛. 삶에 지쳐 있는 그에게 자극을 주고 싶어. 나는 스스로에게 대답했다. 그래 그의 절망에 불길을 댕겨주는 거야. 나는 사람이 살아가는 데 가장 무섭고 위험한 것은 절망이라는 것을 잘 알고 있다. 고통은 얼마든지 이겨낼 수 있지만 절망에 빠지게 되면 다시 일어서기가 힘들다는 것도. 미국에 도착한 어머니와 나는 오랫동안 절망의 밑바닥을 허우적거렸다. 이때 나는 어머니에게 몇 번이고 함께 죽어버리자는 말을 되풀이했다. 미국에 도착한 어머니와 나는 1년 동안 한국인 식당 앞에 좌판을 놓고 3달러짜리 싸구려 선글라스를 팔았다. 말이 서투른 우리는 선글라스 하나를 파는 데도 진땀을 흘려야 했다. 눈을 번히 뜨고 흑인들의 강탈을 바라보고만 있어야 했다. 선글라스 장사로는 두 사람 입에 풀칠도 할 수가 없었다. 식당에서 밤새도록 설거지를 해주는 대가로 겨우 식당 뒷방에서 잠을 잘 수가 있었고 팔고 남은 찌꺼기 식당 음식으로 배를 채울 수가 있었다. 어쩌면 그때의 내 눈빛이 지금의 H모자 청년과 같았을지도 모른다. 차라리 죽는 게 낫겠다는 생각을 하게 되자 고통이 고통으로 느껴지지 않았다. 절망의 끝자리, 고통을 느낄 수조차 없을 때, 비로소 고통은 내게서 잊혀져갔다. 나는 H모자의 절망에 불을 댕겨 그의 삶이 불꽃으로 활활 타오르게 하고 싶었다.

H모자는 하루 장사를 끝내고 포장마차를 치우고 있는 중이었다. 그 행동이 나무늘보처럼 느렸다. 나는 청년에게 붕어빵을 달라고 했고 청년은 밀가루 반죽이 다 떨어졌다고 했다. 그러나 나는 붕어빵을 달라고 계속 졸라댔다. 거기까지 기억을 해낸 나는 자신도 모르게 아, 하고 깊은 탄식

을 쏟고 말았다. 실마리가 풀리자 기억의 빗장이 열린 문밖에 H모자의 모습이 선명하게 떠올랐다. 나는 두 손바닥으로 얼굴을 가린 채 연속 탄식을 삼키고 있었다. 나는 그러니까 억지를 부리다시피하여 H모자를 끌고 술집으로 들어가 그가 취할 때까지 맥주를 마셨다. 삼겹살 굽는 돼지기름 타는 연기로 가득한 허름한 술집에서 H모자는 내게 당신은 누구냐고 거듭 물었고 나는 대답 대신 그에게 모자에 새긴 H의 의미가 무엇이냐고 되물었던 것 같았다. 그는 숨이 차도록 H로 시작되는 단어들을 정확한 스펠링으로 쏟아냈다. happy, head, heaven, hand, home, happiness, hope. 처음에는 여러 가지 의미로 H를 선택했었지만 지금은 모두 포기하고 하나만 남게 되었다고 했다. 나는 마지막 남은 의미에 관해 묻지 않았다.

나는 H모자 청년에 대해서 별로 아는 것이 없다. 해군 제대를 하고 어렵게 복학을 했으나 중풍으로 쓰러진 홀어머니와 고등학교에 다니는 두 동생을 위해 학업을 포기하고 어머니 대신 붕어빵을 굽고 있다는 것 정도였다. 그는 하루라도 붕어빵을 굽지 않으면 어머니 약값을 물론 네 식구가 살아갈 수 없다고 했다.

그 역시 나에 대해 아는 것이 없을 것이다. 그가 아는 것이라고는 최근에 미국에서 돌아왔고 사진 찍는 것이 취미이고 붕어빵을 좋아하며, 보기는 멀쩡한데 무슨 병이 들었는지 정기적으로 병원 출입을 하고 있다는 것이 전부이리라. 그는 분명 나의 정체에 대해 매우 궁금해했다. 어느 정도 술에 취하자 당신은 누구냐고 거듭 물을 때마다 경계하는 눈빛으로 나를 날카롭게 찔러보았다. 어쩌면 나를 두려워한 것인지도 몰랐다.

나는 도망치듯 호텔에서 나왔다. 술술 눈이 내리고 있었다. 간밤의 부끄러운 기억들만 아니라면 참으로 낭만적인 도시의 아침이 될 수 있을 것이었다. 그러나 내 마음속에서는 거무죽죽한 먹물이 하염없이 흘러내리고 있었다. 나는 대학병원 주차장으로 가서 차를 몰고 나와 곧장 고향으로 향했다. 자동차 안이 쾅쾅 울리도록 FM 음악 방송의 볼륨을 높인 채 눈 속을 뚫고 달렸다. 이대로 데이빗이 있는 미국으로 달려가고 싶었다.

집에 돌아온 나는 바깥출입을 하지 않고 몸살을 앓듯 집 안에만 붙박여 지냈다. 이불을 둘러쓴 채 아침부터 밤늦게까지 TV 앞에서만 뭉그적거렸다. K시에서 있었던 술 취한 밤의 기억들을 모두 잊으려고 애썼다. 그러나 잊으려 할수록 기억의 뿌리가 핏줄을 타고 온몸으로 뻗어나가는 기분이었다. 기억들을 잊기에 가장 좋은 방법은 서둘러 미국으로 돌아가는 것뿐임을 나는 알고 있다. 그러나 나는 차마 어머니에게 미국으로 돌아가겠다는 말을 할 수 없었다.

눈은 꼬박 사흘 동안이나 쉬지 않고 내렸다. 겨울 햇살이 빈틈없이 퍼지고 질컥질컥 눈이 녹자 어머니는 조 씨와 함께 마을로 돌아다니며 버려진 옛날 옹기 항아리를 사 모으기 시작했다. 어느덧 항아리는 장독대만으로는 부족하여 뒤꼍 텃밭을 반쯤이나 채우고 있었다.

그날 나는 어머니가 오래전에 부탁했던 '월곡댁의 된장마을' 홈페이지를 만들기 위해 원고를 정리했다. 어머니의 택호를 브랜드로 택했다. 월곡은 어머니의 친정 마을이다. 나는 달빛골짜기라고 풀어쓰자고 했으나 어머니는 마을 이름을 고칠 수 없다며 월곡을 고집했다.

홈페이지의 순서는 월곡 댁의 된장마을 소개, 월곡 댁의 한마디, 된장 만드는 방법 소개, 제품 소개, 구입 방법, 게시판, 된장요리 소개, 된장이 몸에 좋은 이유, 정보 교환, 이메일 등이었다. 홈페이지를 만들기 위해서는 마을 전경이며, 어머니 인물, 우리 집, 우물, 장독대, 메주 등의 사진도 찍어야 할 것 같았다. '월곡댁의 한마디'는 어머니가 원한 것으로 이미 원고까지 준비해놓고 있었다.

저는 월곡 댁이라고 합니다. 아무것도 이루어놓은 것 없이 쉰여덟 해를 살게 되었습니다. 스물다섯 살까지 월곡에서 살다가, 이곳 물 맑고 산 깊은 노루목에 5대째 뿌리내린 최 씨 집으로 시집을 오게 되었답니다. 엄하신 시어머니 밑에서 당초보다 더 맵다는 시집살이를 겪고 술주정뱅이 남편한테 소박을 맞기도 했습니다. 저의 팔자 사나운 탓으로 갑자기 집안에 불운이 겹치고 가세가 기울기 시작했으며, 저는 끝내 눈물 삼키고 딸 하나를 꿰차고 미국으로 떠나야만 했습니다. 그러다가 생각한 바 있어 오랜만에 옛집에 돌아왔습니다. 옛날 엄하기만 했던 시어머님께서 늘 "집안이 흥하려면 된장 간장 맛부터 살려야 한다"고 하셨던 말씀이 아직 저의 오목 가슴에 남아 있었습니다. 해서 무너진 우리 집안을 다시 일으키기 위해서는 된장 간장 맛부터 살려야 한다고 결심하고 고향으로 돌아온 것입니다. 저는 된장이야말로 진정한 우리의 핏줄이며 정신이라고 생각하고 있습니다. 친정어머니와 시어머님한테서 배웠던 솜씨를 되살려 가운을 걸고 옛날 된장 맛을 꼭 살려내려고 합니다. 맛이 좋은 된장을 만드는 일은 바로 쓰러진 우리 집안을 일으키는 일이라고 생각합니다. 이제 된장은 제 인생이고 사랑입니다. 저는 고향에 돌아오자 우물부터 팠답니다. 맛이 좋은 된장 간장을 만들자면 첫째가 물이요, 두 번째가 콩, 세 번째가 소금, 네 번째가 독이라고 믿고 있습니다. 우리 땅에서 난 재래 콩으로 메주를 쑤었고, 옛날에 썼던 숨 쉬는 옹기 항아리도 50여 개나 장만했습니다. 앞으로 남은 인생을 된장에 걸기로 결심하고 정성껏 좋은 된장 맛을 살려내겠습니다. 메주를 잘 띄우는 것에서부터 죽염으로 간을 맞추고 알맞게 햇볕을 쪼이는 것

등 정성을 다하겠습니다. 제 인생을 담보로 할 테니 저의 마음을 믿어주시고 많은 성원 있기를 바랍니다.

내가 읽어봐도 어머니의 글에는 진심이 담겨 있었다. 홈페이지를 만들기 위해서는 원고를 준비하고 사진도 여러 컷 찍어야 했다. 나는 마을 전경부터 찍기 시작했다. 일부러 눈이 내리는 날을 기다렸다가 마을 전경을 찍었다. 앵글을 통해 바라본 눈 내리는 마을의 정경은 감동적이었다. 마을 앞으로 흐르는 거북천과 넓지 않은 들이며 마을 뒤 대밭과 참나무 숲을 배경으로 원경을 찍기 위해서 건넛마을 앞까지 멀찍이 나가야만 했다. 원경을 몇 컷 찍고는 거북천 다리 위에서 느티나무를 배경으로 찍었다. 눈이 볼볼 내리는 마을의 전경은 포근하게 느껴졌다. 이날 나는 마을 전경을 찍기 위해서 거의 반나절을 돌아다녔다. 마을을 정면의 원근, 또는 뒷동산과 측면 등 여러 각도에서 바라보았다. 마을 전경을 찍으면서 나는 예전에 느끼지 못했던 우리 마을의 아름다운 부분들을 새롭게 찾아내고 스스로 감탄했다. 특히 거북천을 낀 나지막한 둔덕에 올라 느티나무를 배경으로 바라본 마을의 모습은 오래오래 간직하고 싶도록 아름다웠다. 홰똘홰똘한 골목과 돌담, 감나무며 오동나무들 사이로 이어진 높고 낮은 지붕들.

마을 전경을 찍고 집 안으로 들어서던 나는 주춤 걸음을 멈추었다. 장독대 옆에서 어머니와 조 씨 아저씨가 부부처럼 다정하게 앉아서 이야기를 주고받는 모습에 나도 모르게 발걸음이 멈춘 것이다. 두 사람의 분위기를 방해해서는 안 될 것만 같은 생각이 들었기 때문이다. 어머니와 조 씨는 장작불을 피우고 쪼그리고 앉아서 고구마를 구워 먹고 있었다. 군고

구마를 먹고 있는 것을 보자 나는 갑자기 붕어빵이 먹고 싶어졌다. 조 씨가 무슨 이야기를 했는지 어머니는 김이 모락모락 나는 구운 고구마의 껍질을 벗기다 말고 허리를 꺾고 턱끝을 쳐든 채 큰 소리로 웃어댔다. 나는 어머니가 이처럼 박장대소하는 모습을 본 적이 없었다. 두 사람의 모습이 전혀 낯설어 보이지 않았다. 아주 자연스럽게 어울려 보이는 모습에 나는 크게 놀랐다. 어머니와 조 씨의 다정한 모습은 마치 눈 내리는 마을의 정경처럼 포근하고 아름다워 보였다. 돌담과 탱자나무 울타리, 감나무와 오동나무, 크고 작은 집들이 조화롭게 하나가 되어 눈 내리는 마을을 이루듯, 서로 다른 것과의 어울림은 참으로 아름다운 것이 아닌가 하는 생각이 들었다. 지금까지 나는 어머니와 조 씨가 어울릴 것이라고는 상상해보지도 않았다. 어머니는 여학교를 졸업했고 미국에서 13년간이나 살았다. 영자신문을 보고 미국의 경제와 정치를 영어로 이야기할 수가 있다. 세상을 보는 안목을 갖고 있었다. 그런 어머니에 비해 조 씨는 초등학교도 졸업하지 못했고 평생을 노루목에서 농사를 짓고 살아오지 않았는가. 그런데 지금 두 사람의 모습에서는 전혀 이질감을 느낄 수가 없었다. 기실 지금까지 두 사람이 살아온 환경은 달랐다고 하더라도 된장을 만드는 일에는 목표가 일치하지 않는가 싶었다. 좋은 콩과 항아리며 소금을 고르는 일은 조 씨의 안목이 훨씬 높지 않겠는가. 나는 어머니와 조 씨가 다정하게 앉아서 무슨 이야기를 하면서 웃고 있는 것인지 궁금했다. 마당 안으로 들어서 걸음을 멈춘 채 어머니와 조 씨의 정겨운 모습을 한참 동안 바라보던 나는 발소리를 죽이며 다시 집 밖으로 되돌아 나갔다. *끄덕끄덕* 웃어대는 어머니의 웃음소리가 대문 밖까지 흘러나왔다. 두 사람의 모습이 그대로 계속되기를 바라면서, 두껍다리를 건너 큰길로 나갔다. 나는 오랫동안 신작로를 서성대며 마을을 바라보았다. 하늘이 무너져 내리듯 눈은 멈출 줄 모르고 술술 내렸다. 메마른 나뭇가지 사이로 날리는 눈발은 밤하늘에 퍼지는 불꽃보다 더욱 현란했다. 눈 내리는 마을을 바라보는 내 마음은 평화로웠다. 이제는 어머니한테 데이빗에게 돌아가겠다는 말을 할 수 있을 것 같았다.

"메주꽃이 활짝 피었네."

아침에 일어나자 어머니가 마루에서 손뼉을 치며 호들갑을 떨었다. 나는 간밤부터 몸이 찌뿌드드하고 오슬오슬 한기까지 들어 해가 떠오른 후에도 일어나지 않고 이불을 뒤집어쓰고 누운 채 어머니의 목소리를 들었다. 메주에 꽃이 피다니, 나는 어머니의 말을 믿지 않았다.

"수자야, 메주꽃 좀 봐라. 아주 이쁘게 꽃이 피었구나."

어머니가 큰 소리로 거듭 재촉해서야 나는 가까스로 일어나 잠옷 위에 스웨터를 걸치고 부스스한 얼굴로 마루로 나갔다.

"곱기도 해라. 첨에는 이렇게 시들어가는 조팝꽃 모양으로 희끔하면서 노르스름한 꽃이 피지. 그리고 푹 뜨면 속까지 검은 갈색으로 변한단다. 꽃이 붉거나 푸르면 안 되지. 순철이가 죽던 해 메주에 붉은 꽃이 피었단다."

어머니는 메주가 마르면서 갈라진 틈새에 눈을 가까이 대고 큼큼 냄새를 맡으면서 말했다. 그러나 내 눈에 메주꽃은 그냥 곰팡이로만 보였다.

"식물은 죽어서도 다시 한번 꽃을 피운단다. 곰팡이꽃은 또 하나의 생명인 거나 같다. 효모균은 포자로 세포핵을 가진 생명인 게야. 볏짚에서 미생물이 공기를 타고 메주에 착상이 되어서 발육을 한 거지. 참 신기하지 않으냐. 마치 여자 몸속에서 난자가 정자를 만나서 생명이 태어나는 거나 마찬가지다. 메주가 난자라면 볏짚은 정자인 셈이지. 이 모든 것은 정성이 지극해야 가능하단다. 콩을 열두 시간 수침해서 장작불로 여섯 시간 동안을 처음에는 센 불에 다음에는 약한 불에 삶은 다음, 절구질로 찧고 메주를 만들어서 이삼일 동안 겉말려 재우고, 다시 짚을 포개 따뜻한 방에서 한 달 동안 띄우면 꽃이 핀단다. 메주에 꽃이 피게 하는 데도 이러 하거늘 사람이라는 생명을 만들자면 이보다 몇 배 정성을 쏟아야지."

어머니는 말을 마치고 내 얼굴을 빤히 들여다보았다. 어머니는 내가 무슨 말인가 하기를 기다리는 것 같았다. 나는 다시 온몸에 한기가 들고 현기증과 함께 속이 메스꺼워 방으로 돌아왔다. 내 뒤통수에 대고 어머니가 아침 먹으라고 신경질적으로 쏘아댔으나 못 들은 척 방문을 닫고 이불 속으로 파고들었다. 아무래도 몸살이 난 듯싶었다. 뒤따라 어머니가 들어오더니 찬 손으로 내 이마를 짚어보았다.

"열이 있구나. 병원에 가보자."

어머니의 목소리는 조금 전과는 달리 낮고 부드러웠다. 나는 결국 이날 정오가 훨씬 지나 어머니의 성화에 떠밀리다시피 하여 청바지에 스웨터를 걸치고 자동차에 올라앉았다. 한 달 만의 외출이었다. 어머니는 읍내 초입에 있는 오래된 2층 건물의 내과병원 앞에 자동차를 세우고 나를 안으로 밀어 넣었다. 근육질의 젊고 깡마른 의사는 간단한 진찰을 끝내더니 대뜸 산부인과로 가보라고 했다. 의사의 말에 어머니는 흥분된 목소리로 임신이냐고 되물었고 의사는 확실한 것은 산부인과에 가서 알아보라며 다음 환자를 받았다. 어머니는 서둘러 나를 다시 차에 태우고 터미널 옆에 산부인과 병원이 있다면서 다시 거칠게 액셀러레이터를 밟았다.

"몸이 무겁고 추웠다 더웠다 하지? 꼭 멀미하는 것 같지? 착상이 되었으면 좋겠다. 메주꽃이 핀 날 좋은 소식이 있었으면 좋겠구나."

어머니의 달뜬 목소리와 함께 대학병원 침대에 누워 가랑이를 버리고 누웠을 때 자궁 안으로 들어오는 섬뜩한 이물감이 되살아나면서 붕어빵 장사를 하는 H모자 청년의 강렬하면서도 우수에 찬 듯한 눈빛이 살갗을 파고들었다.

젊은 산부인과 의사는 임신 5주째라고 말했다. 일주일 후에 오면 초음파로 태아의 심장 뛰는 모습을 볼 수 있을 것이라고 했다. 나는 의사에게 자연 임신인지 아니면 체외수정에서 착상을 한 것인지 알 수 없느냐고 묻고 싶었지만, 어머니 앞이라 차마 그 말이 입 밖으로 나오지 않았다.

집에 돌아오면서 어머니는 계속 기분이 달떠 있었지만 내 마음은 비에 젖은 듯 왠지 찜찜하기만 했다. 데이빗에게로 돌아갈 날이 계획보다 늦어질 수밖에 없기 때문만은 아니었다. 자궁 속의 이물감이 온몸으로 퍼져 나를 낯선 존재로 변화시키고 있는 것만 같아 나도 모르게 진저리 쳐졌다. 잉태한 생명이 사랑의 결실이라면 얼마나 좋을까. 나는 내 자궁 속 은밀한 곳에 생명을 얻기 위해 열 달 동안의 거처를 정한 정자에 대해 전혀 애착을 느낄 수가 없었다. 낯선 정자에 정복당한 내 몸은 이제 주체적인 삶의 터전이 아니란 것인가. 그래 나는 어머니를 위해 한 생명이 태어날 때까지만 내 몸을 빌려준 것뿐이야. 한 아파트에 열 달 동안 방 하나를 낯선 사람한테 빌려주었다고 생각하자.

"아홉 달 후면 우리 집에서 아기 울음소리가 나게 생겼구나. 에미는 된장을 만들고 너는 아기를 만들고…… 참말로 고향에 돌아오기를 잘했다."

어머니는 집에 도착할 때까지 정자의 주인에 대해서는 한마디도 묻지 않았다. 사생아로 자라게 될 아이의 장래에 대해서는 조금도 걱정되지 않은 듯싶었다. 어머니는 아이를 갖게 된 것만으로 행복해하는 것 같았다. 어머니의 아이에 대한 집착은 상상외로 강했다. 처음에 어머니는 내가 낳게 될 아기를 어머니 아이로 입적을 시키고 싶다고 했었다. 그런 어머니의 마음이 바뀐 것은 아기의 성씨 때문이었다. 내 아기로 입적해야만이 아기의 성씨가 최 씨가 된다는 것을 안 것이었다.

집에 돌아온 나는 데이빗에게 전화를 걸어 잉태한 사실을 알렸다. 데이빗은 별로 반가워하는 것 같지가 않았다. 그가 몇 번이고 강조한 것은 약속한 날짜에 돌아오지 않으면 헤어지는 것으로 알겠다는 것이었다. 데이빗의 그 말에 나는 조금도 서운한 마음을 갖지 않았다. 데이빗은 내가 한국에 가서 체외수정을 허락해주는 대신에 12개월을 넘지 않고 돌아오라는 조건을 내세웠고 나는 그 약속을 지키기로 했다. 열두 달 중에서 이미 석 달이 지났으니 아홉 달이 남은 셈이다. 앞으로 아홉 달이면 아기가 태어날 것이므로 출산을 하는 대로 곧 미국으로 돌아가지 않으면 약속을 지킬 수 없을 것이다. 산후조리나 이쪽의 사정을 내세워 약속을 어길 수는 없다.

나는 입덧이 심했다. 입덧이 시작되면서 토악질 때문에 음식을 입에 댈 수 없었다. 갑자기 붕어빵이 먹고 싶었다. 붕어빵을 먹으면 토하지 않을 것 같았다. 입덧을 심하게 하면서도 사진을 완성하여 '월곡댁의 된장마을' 홈페이지를 완성했다. 되도록 사진을 많이 넣었다. 눈 내리는 마을 전경을 비롯해서 우리 집 모습과 장독들, 메주 외에 어머니와 조 씨 아저씨, 꼭 강댁의 된장 담그는 사진도 넣었다. 어머니가 우물을 꼭 넣어달라고 했으나 사진조차 찍지 않았다. 나는 집에 돌아온 지 석 달이 넘도록 아직 한 번도 우물 가까이 가지 않았다. 여전히 우물 가까이 가는 것이 두려웠다. 홈

페이지를 완성하자 된장 주문 예약이 계속 들어왔다. 된장 주문 예약이
쇄도하자 어머니는 신이 났다. 된장을 담을 용기를 미리 주문하고 '월곡
댁의 된장마을'이라는 상표 인쇄를 위해 바쁘게 움직였다. 어머니는 특히
용기에 신경을 썼다. 된장을 담는 용기는 용량별로 크고 작은 옹기로 만
들고 그것이 깨지지 않게 다시 나무 상자 속에 넣도록 했다. 물론 옹기로
만든 용기도 사진을 찍어 홈페이지에 실었다.

항아리 속에서 된장이 숙성되어가는 동안 내 배 속의 아기도 점점 형상
이 뚜렷해지고 있었다. 나는 어머니한테 이끌려 산부인과에 가서 정기적
으로 검진을 받았다. 진찰대 위에 누워서 아기의 심장 박동 소리를 들을
때는 나도 모르게 흐뭇한 기분을 느끼곤 했다. 내 몸 안에서 들려오는 나
아닌 존재의 심장 박동 소리를 들은 후부터 자궁 속의 정충에 대한 이물
감이 점점 사라지기 시작했다. 초음파 사진을 통해 본 생명체는 올챙이와
비슷한 정충의 모양이 아니었다. 팔과 다리, 그리고 눈과 코와 귀와 입을
가진 사람의 형상이 분명했다. 생명체의 심장 박동 소리는 계속 들려왔
다. 길을 걸을 때도 밥을 먹을 때나 무심히 하늘을 쳐다볼 때도 그 소리를
내 자신의 숨소리처럼 느껴졌다. 잠을 잘 때도 나는 그 소리를 들을 수가
있었다. 때때로 그 소리는 빗장이 질러진 내 마음을 쉬지 않고 두드려대
는 노크 소리 같다는 생각이 들었다. 어쩌면 아기가 나에게 메시지를 보
내고 있는 것인지도 모른다는 생각이 들기도 했다.

마을에 복사꽃이 피었다. 쨍쨍하게 내리꽂히는 봄날의 햇살과 함께 고
샅의 돌담 위로 연분홍 치마를 펼쳐놓은 듯 꽃물결이 일렁였다. 우리 집
우물가에도 복사꽃이 화사하게 피었다. 나는 홈페이지의 눈 내리는 마을
전경 사진을 복사꽃으로 뒤덮인 마을 사진으로 바꾸었다. 어머니는 요즈

막 새벽에 일어나서 잠자리에 들기 전까지 "이 강산 낙화유수……"를 계속 흥얼거리며 하루를 보냈다. 그 노래가 어머니한테 무척 잘 어울리는 것 같았다. 복사꽃이 한창 필 무렵에야 입덧을 멈춘 나는 입맛이 살아나면서 식욕이 왕성해졌다. 내가 좋아하는 것은 어머니가 끓여주신 된장국과 비빔밥이었다. 냉이, 씀바귀, 돌나물 등 봄나물을 듬뿍 넣고 고추장 한 숟갈을 쳐서 쓱쓱 비빈 비빔밥에 두부가 동동 뜬 된장국을 떠먹는 맛이란 환상적이다. 그렇지만 무엇보다 붕어빵이 가장 먹고 싶었다.

된장은 잘 팔렸고 내 배도 점점 불러갔다. 날씨가 더워지면서 데이빗의 전화 빈도수가 뜸해지기 시작했다. 처음에 우리는 일정하게 날을 정해놓은 게 아니라, 이쪽에서 먼저 전화를 하면 다음에는 그쪽에서 해오는 등 서로 자연스럽게 전화를 주고받았는데 그 간격이 일주일을 넘지 않았다. 약속이나 하듯 그 관계가 서너 달 동안 지속되었다. 그러던 것이 내가 임신을 하고 그쪽에서 약속 날짜를 강조한 후부터 내 쪽에서 두 번 전화하면 데이빗이 한 번 하는 꼴로 달라지기 시작했다. 그러다가 요즘에는 삼 주에 한 번, 심하면 한 달에 한 번 정도로 빈도가 낮아졌다. 나는 데이빗한테 변화가 생긴 것이라고 생각했다. 어쩌면 일이 많아졌는지도 몰랐다. 그에게 여자가 생긴 것이라고 의심하지는 않았다. 아직 우리들 사이에는 약속이 살아 있기 때문이다.

날씨가 풀리자 어머니와 조 씨는 콩을 심느라 날마다 밭에 나가 살다시피 했다. 오랫동안 묵혀두어 산딸기며 칡넝쿨로 덮인 검적굴 밭에 불을 지르고 쟁기질로 갈아엎었다. 어머니는 할머니한테 들은 이야기라며, 기름진 땅보다 척박한 땅에서 나는 콩이 더 튼실하다고 했다. 비옥한 땅에 심은 콩은 줄기가 실하고 잎만 무성하지 막상 열매는 부실하다는 것이었다. 콩은 척박한 땅에 심어야 열매가 튼실하다는 말이 이상하게 내 머릿속에서 오래 맴돌았다. 어머니는 밭에 콩꽃이 피는 모습을 사진으로 찍어서 홈페이지에 올리고 싶다고 했다. 그날도 어머니와 조 씨는 날이 밝자 서둘러 검적굴 밭에 나갔다. 나는 점심을 싸들고 밭으로 가는 꼭강 댁을 따라나섰다. 콩꽃이 피기 전에 미국으로 떠나야 하기에 어머니가 일군 콩밭이라도 사진을 찍어두고 싶었다.

초록빛 산과 들이 정갈하고 생기에 넘쳐 보였다. 띄엄띄엄 물에 박힌 노두를 건너 검적굴 초입 산자락 길로 들어서자 골짜기 깊숙한 곳에서 야행성 뻐꾸기가 낭자하게 울었다. 길가에 핀 보랏빛 칡꽃이며 하얀 조팝꽃과 연분홍 산복숭아꽃을 카메라에 담느라 내 발걸음이 자꾸만 더디어졌다. 꼭강 댁은 내가 사진을 찍는 동안 걸음을 멈추고 서서 나를 기다려주었다. 마을에서 멀리 떨어져 있지 않은 골짜기 안은 생각보다 넓었다. 처음 와 본 그곳은 낯설기는 했으나 꿈속처럼 조용하고 아늑했다. 찔레나무며 때죽나무가 어우러진 골짜기 후미진 곳에서 찰찰 흐르는 물소리와 산 등성이에 빼곡하게 들어찬 소나무 사이로 바람이 지나가는 소리만이 아련하게 들려왔다. 개망초가 무더기로 어우러진 밭둑으로 올라서자 어머니와 조 씨 모습이 눈에 들어왔다.

"둘이 밭에 같이 있는 것을 보니께 꼭 한 쌍의 고라니맹키 잘 어울리는구만."

꼭강 댁이 어머니와 조 씨를 보며 혼잣말처럼 무심히 뱉은 말이다. 나는 걸음을 멈추고 한참 동안 어머니와 조 씨가 적당한 거리를 유지하고 허리를 굽적거려가며 콩을 심는 모습을 바라보았다. 꼭강 댁의 말대로, 집에 있을 때나 트럭을 타고 다닐 때보다 콩을 심고 있는 두 사람의 모습이 한결 어울려 보였다. 숲속에서 굴참나무와 오리나무가 바람에 흔들리며 자연스럽고 아름답게 어울리는 것처럼.

"사람이 늙어지면 누구나 같아지는 모양이여. 쉰 살이 되면 잘난 년이나 못난 년이나 같고, 예순 살이 되면 남편 있는 년이나 없는 년이나 같고, 일흔 살이 되면 많이 배운 년이나 못 배운 년이나 같고, 여든 살이 되면 돈 있는 년이나 없는 년이나 같고, 아흔 살이 되면 방에 누워 있는 년이나 죽어서 북망산에 누워 있는 년이다 같다드만."

나는 꼭강 댁의 말에 쿡쿡 웃었다. 사람은 늙어지면 같아진다는 말을 거듭 되작거려보았다. 서로 같아진다는 것은 하나가 되어 어울릴 수 있다고 생각했다. 함께 흙을 파고 씨앗을 묻는 어머니와 조 씨의 모습처럼. 그러고 보니 골짜기 안의 모든 나무와 풀과 꽃과 새들은 서로 어울려 하나같이 같은 모습으로 보였다. 하늘과 땅도 완전히 다른 것이라고는 생각되지 않았다. 이 세상의 아름다운 모든 것은 다르지만 닮았거나 같은 모습을 하고 있는 것이라고 생각했다.

"나이가 들어서 같아지는 것이 아니고요. 사람은 누구나 첨부터 다 똑같답니다요."

그렇게 말하면서 나는 대학병원 정문 앞의 H모자와 붕어빵을 떠올렸다.

햇살이 쨍쨍해지자 검적골 콩밭에 콩꽃이 찢어지게 피었다. 살랑 바람이 불 때마다, 희거나 자줏빛으로 앙증맞게 피어난 나비 모양의 콩꽃들이 푸른 콩잎과 함께 어울려 출렁였다. 푸른 달빛 바다를 이루었다. 콩꽃은 조그맣고 향기도 없지만 밭 전체가 하나로 어우러진 모습이 보기에 좋았다. 보잘것없는 작은 꽃들이 하나가 되어 어울리는 모습이 참으로 아름다웠다. 잔뜩 배가 불러온 나는 되똥거리며 검적골에 가서 콩꽃으로 휘덮인 콩밭을 촬영하여 홈페이지 사진을 바꿨다.

출산 예정일을 6주 앞둔 나는 조심스럽게 차를 몰고 오랜만에 K시로 갔다. 아무래도 출산하기 전에 지수한테 체크를 받아보는 것이 좋을 것 같아서다. 가능하면 대학병원에서 아기를 낳고 싶기도 했다. 그러나 내가 군이 K시에 가는 이유는 붕어빵이 먹고 싶어서였다. 입덧이 시작되면서부터 생긴 붕어빵 탐식증은 배가 불러올수록 더 심해졌다. 붕어빵만 생각하면 입 안에 침이 홍건하게 고였다.

붕어빵 포장마차는 보이지 않았다. 그 자리에 하늘색 바탕에 K자를 수놓은 야구 모자를 눌러쓴 젊은이가 리어카를 세워놓고 수박이며 참외를 팔고 있었다. 포장마차가 있던 붉은 벽돌담 모퉁이 은행나무 밑에서는 한여름 오후의 따가운 햇볕만이 가득 꽂혀 있었다. 자동차를 병원 주차장에 넣어놓고 다시 정문으로 나온 나는 두 손으로 배를 붙안고 서서 주위를 서성거렸다. 도시는 무력증에 빠진 것처럼 끈적하게 후더웠다. 더위 때문에 햇볕 속을 걷는 사람들은 별로 없었다. 나는 햇볕을 받은 채 병원의 긴 담을 따라 걸어 보기도 하고 시내버스 정류장에 우두커니 서 있기도 했다. 호흡이 가빠지면서 순식간에 땀에 흠씬 젖었다. 그런데도 그곳을 그냥 떠나고 싶지가 않았다. 오랫동안 비밀스럽게 간직해온 것을 잃어버린 것처럼 기분이 씁쓸했다. 나는 용기를 내어 과일을 파는 리어카 가까이 다가갔다. K모자를 쓴 젊은이는 베이지색 민소매 티셔츠에 청바지를 입고 있었다. 큰 키에 깡마른 체격이며 사려 깊은 듯한 눈이 H모자와 비슷해 보였다. 붕어빵 청년이 모자를 바꿔 썼을지도 모른다는 생각이 들어 리어카 가까이 다가가 그를 마주 보았다.

"여기 있던 붕어빵 포장마차는 어디로 갔죠?"

"붕어빵 포장마차요? 이 더위에 누가 붕어빵을 먹겠어요."

내 물음에 K모자는 뜨악한 눈빛으로 빗질하듯 나를 훑어보며 퉁겨댔다.

"여름이 지나면 다시 이곳에서 붕어빵을 구울까요?"

내 물음에 K모자는 횡단보도 쪽으로부터 시선을 거두어 이상한 여자를 다 보았다는 표정으로 나를 휘감아보았다. 나는 되똥거리며 주차장으로 향했다. 갑자기 지수를 만날 필요가 없다는 생각이 들어 서둘러 병원을 나왔다. K시에서 빨리 벗어나고 싶었다. 자꾸만 K모자에 H모자 얼굴이 겹쳐 떠올라 머릿속이 혼란스러웠다. 그들이 같은 사람일지도 모른다는 생각이 지워지지 않았다. 나는 K시에 온 것을 후회했다.

집으로 돌아오는 길에 읍내 산부인과에 들러 체크를 받았다. 아기는 이상이 없으며 예정대로 6주 후면 분만을 하게 될 것이라고 했다. 병원을 나와 집으로 돌아오다가 고갯길 한쪽에 차를 세우고 앉아 서쪽 하늘에 숨 가쁘게 매달린 마지막 해를 바라보았다. 낙조로 물든 여름 하늘이 수채화처럼 투명했다. 문득 데이빗의 소식이 궁금해졌다. 그에게 전화하고 싶어 휴대폰 폴더를 열었다가 다시 닫았다. 그쪽에서 전화할 차례인데 4주째 소식이 없었다. 나는 데이빗한테서 전화가 올 때까지 기다릴 작정이었다.

대문에 들어서기도 전에 된장국 끓이는 냄새가 솔솔 창자 속으로 스며들었다. 어느덧 된장 냄새에 익숙해진 나는 허기를 느끼기 시작했다. 어머니가 끓인 그 날 저녁 된장국은 특별히 맛이 있었다. 애호박에 풋고추를 숭숭 썰어 넣고 끓인 된장국은 매큼들큼하면서도 뒷맛이 개운했다.

"미국에 가서 된장국 먹고 싶으면 어쩌죠? 데이빗은 된장국 싫어할 텐데."

숨 가쁘게 밥 한 그릇을 다 먹어치운 나는 두 팔을 허리 뒤로 뻗어 마룻

장을 짚고 상반신을 젖버듬히 누인 채 포만감과 행복감에 젖은 얼굴로 어머니를 바라보았다.

"네 외할머니께서는 된장은 깊은 맛을 갖고 있다고 하셨다. 그래서 된장 맛을 알면 세상 이치를 깨닫는다고 하셨다. 된장은 음식을 부드럽고 담박하게 만드는 성질이 있단다. 냄새나 기름기, 매운맛 쓴맛을 없애주기도 하지. 생선에 된장을 풀면 비린내가 없어지고 돼지고기를 삶을 때 된장을 넣으면 느끼한 맛이 없어지거든. 한여름에 된장을 넣어 먹으면 식중독도 안 걸린다. 매운 고추에 된장을 찍어 먹으면 매운맛이 한결 덜하지. 된장은 강한 것은 약하게, 약한 것은 강하게 조화시켜주는 성질이 있거든. 된장은 이 세상의 모든 맛을 다 아우른단다. 빛깔로 말하자면 된장 맛은 검은색이다. 송곳 끝같이 뾰쪽뾰쪽한 맛도 된장을 만나면 둥그스름해지지. 치즈하고 된장을 섞으면 치즈 맛은 없어지고 된장 맛만 남는단다. 된장 맛은 약한 것 같으면서 강하고 강한 것 같으면서도 보드럽다. 내 생각에 참말로 좋은 사람은 된장 맛 같은 사람이라는 생각이 든단다."

그렇게 말하는 어머니한테서는 할머니 냄새가 풍겼다.

그날 밤 나는 인터넷으로 시애틀행 비행기표 예약을 했다. 출국 날짜는 분만 예정일에서 일주일 후가 되는 10월 28일이었다. 29일에 도착하면 데이빗과 약속한 날보다 하루 앞에 만날 수 있게 된다. 나는 세상에 나온 아기와 겨우 한 주일을 함께 있을 수가 있다. 한 주일이면 충분하다고 생각했다.

분만 예정일이 가까워지자 나는 떠날 준비를 하기 시작했다. 어느덧 여름이 끝나가고 있었다. 아직 한낮의 햇볕은 따가웠으나 아침저녁으로는 제법 바람이 살랑거리면서 목덜미 속으로 소슬한 냉기가 파고들었다. 청청하기만 하던 느티나무 잎들도 연한 갈색과 주황빛으로 바뀌기 시작했고 대밭 모퉁이 붉나무와 개옻나무는 발그레하게 물들었다. 산골의 가을은 여름보다 쓸쓸하게 느껴졌으나 눈부시도록 찬란한 여러 가지 빛깔로 물들여진 세상은 더 아름다웠다.

출산 예정일을 닷새 앞둔 날, 어머니는 조 씨를 트럭에 태우고 장에 갔다. 내일이 아버지 제삿날이라 제사장을 보러 간 것이다. 간밤부터 몸이 찌뿌드드해진 나는 집에 혼자 남아 이불을 깔고 누워 있었다. 얼핏 낮잠을 자고 일어나자 조갈증으로 입이 바싹바싹 탔다. 부엌으로 들어갔으나 어디에도 마실 물이 없었다. 혀끝으로 입술을 적시며 마당으로 나온 나는 걸음을 멈추고 우물을 바라보았다. 나는 마당 한가운데 선 채 망설였다. 그러나 목이 타는 듯한 조갈증을 더 이상 참을 수 없던 나는 우물을 향해 천천히 걸음을 옮겼다. 미국으로 떠날 때까지 절대 우물 가까이 가지 않겠다고 했던 다짐이 서서히 무너지고 있었다. 우물로 다가간 나는 주저하지 않고 왼손에 두레박을, 오른손으로 두레박줄을 잡았다. 그리고 한동안 꼼짝하지 않고 그대로 서 있었다. 잠시 후 나는 강한 힘에 이끌리듯 천천히 허리를 꺾고 우물 속을 들여다보았다. 아, 그곳에는 맑고 푸른 하늘이 눈부신 초가을 햇살과 함께 깊숙하게 가라앉아 있는 게 아닌가. 옛날보다 더 깊어진 듯한 우물 속은 어둡지도 답답하게 느껴지지도 않았다. 푸른 하늘이 낮게 가라앉은 그곳은 밝고 쾌적해 보였다. 두려움 대신 시원한 느낌이 훅 덮쳐왔다. 나는 왼손에 들고 있던 두레박을 놓았다. 첨벙하는 소리와 함께 잠시 하늘이 일그러졌다. 정신없이 두 손으로 두레박줄을 잡아 올렸다. 그리고 오른손으로 두레박을 머리 위로 올려 벌컥벌컥 물을 마셨다. 시원한 물이 목을 타고 내려가면서 상큼한 기운이 온몸에 퍼졌다. 그 기분이 황홀했다. 배가 터지도록 우물물을 마시고 나서 다시 한번 우물 속을 들여다보았다. 그곳에는 여전히 파란 하늘이 가라앉아 있었다. 나는 마당을 가로질러 마루 끝에 앉아 한동안 우물의 정자 목을 바라보았다. 조금도 두렵게 느껴지지 않았다. 찬물을 많이 마셔서인지 으슬으슬 한기가 들더니 똬리 틀듯 배에 통증이 죄어왔다. 방에 들어가 엎드려 있었으나 통증은 더욱 심하게 복부를 비틀었다.

그날 밤 나는 병원에 실려 갔고 새벽 무렵에 아기를 낳았다. 어머니는 고추가 달렸다면서 좋아했다. 예정일보다 나흘 먼저 출산을 한 것이다. 아기와 함께 있을 수 있는 날이 그만큼 늘어났다. 집에 돌아온 나는 내 방 빈 벽에 걸린 사진을 보았다. 어머니는 눈부신 달빛 바다를 이루듯 콩꽃으로 휘덮인 검적굴 콩밭 사진을 확대해서 내 방에 걸어놓은 것이었다. '월곡댁이 심은 콩밭'이라는 제목으로 홈페이지에 올려놓은 사진이었다.

"어머니 소원 풀어서 기쁘세요? 약속을 지켰으니 이제 미국으로 갈 거예요."

어머니가 내 방에 사진을 걸어놓은 속셈을 충분히 헤아린 나는 미역국을 먹으면서 어깃장을 놓듯 그렇게 말했다.

"꼭 열 달이 걸렸네. 콩 심어 된장이 되기까지. 임신해서 아기를 낳기까지 열 달이 걸렸다. 된장이나 사람이나 똑같네. 그러고 보니 아기가 네모 반듯한 메주를 닮았구만."

어머니는 환한 얼굴로 아기를 받아 안은 채 두 발을 옴죽거리며 방안을 서성거렸다. 어머니의 얼굴에 콩꽃 같은 미소가 가득 흘렀다.

나는 출산 소식을 알려주기 위해 데이빗이 아파트에 돌아올 시간에 맞춰 전화했다. 데이빗은 받지 않았다. 데이빗은 온종일 집에 없었다. 다음

날도 그다음 날도 데이빗은 전화를 받지 않았다. 일부러 받지 않은 것 같은 느낌이 들었다. 여러 차례 메모를 남기고 이메일까지 보냈으나 출국 하루 전까지도 데이빗한테서는 소식이 없었다. 데이빗이 나를 기다리고 있지 않다는 것을 알 수 있었다. 기다리지도 않는 사람을 찾아갈 생각을 하니 갑자기 자신이 외롭고 초라해졌다.

나는 항공사에 시애틀행 비행기 탑승 보류를 알렸다. 그리고 마지막으로 데이빗에게 이메일을 보냈다. 데이빗한테서 회신이 오기 전에는 절대로 비행기를 타지 않을 생각이었다. 다음 날도 그다음 날도 데이빗한테서는 회신이 오지 않았다. 미역국에 질린 나는 어머니에게 된장국이 먹고 싶다고 했다. 아침에 어머니는 된장국을 끓였다. 아기 울음소리와 함께 된장 냄새가 나를 아주 편안하게 감싸 안아주었다. 된장 냄새와 아기 울음소리, 그 절묘한 어울림이 빚어낸 평화가 내 뼈마디 속 깊숙하게 스며들었다. 나는 된장국을 먹으면서 데이빗의 회신 대신 붕어빵을 먹을 수 있는 계절이 오기를 기다리기로 결심했다. 그리고 데이빗에 대한 생각을 털어버리기 위해 오랫동안 아기의 눈을 들여다보았다. 아기의 눈길이 딱 마주치는 순간 작고 뙤록뙤록한 아기의 눈동자 속으로 나의 온몸이 일시에 녹아드는 것 같았다. 지난날의 돌이킬 수 없는 통한과 내일에 대한 불안과 희망까지도. 적멸의 고요처럼 깊은 아기의 검은 눈동자 속에서 금세 눈이 펄펄 내리고 있었다.

『문학과 경계』, 2002.봄

빈자리, 혹은 과거와 현재의 공존

박철화(문학평론가, 중앙대학교 교수)

남도의 삶에 스며 있는 끈질긴 생명력과, 그 생명을 억압하는 모든 것에 대한 굴하지 않는 저항정신을 그려온 문순태는 그 작가적 중요성에도 불구하고 그에 상응한 평가의 바깥에 있어왔다. 그것은 무엇보다도 중앙집권적 문단 제도에서 비롯된 것이겠으나, 다른 한 편 그의 세계 자체가 갖는 너무도 뚜렷한 지방색에서 온 것이기도 하다. 날것으로서의 사투리의 사용이라든가, 토속성 강한 풍물 묘사라든가, 하는 것이 모두 그의 강한 개성을 이루는 동시에, 그 세계에 친숙하지 않은 사람들의 접근을 가로막은 면도 사실이기 때문이다.

하지만 그런 외피를 걷어내고 들여다보면, 그가 그려온 세계가 한 지역에만 국한되는 것이 아니라 바로 우리 시대의 일상적 삶의 지층을 이루고 있다는 것을 확인할 수가 있다. 특히 이 신작 소설집 『된장』은 더러 잘못 알려지기도 한 문순태의 문학이 어떤 점에서 보편성을 향해 나아가는지를 잘 보여준다.

우선 드러나는 것은, 삶을 갈무리할 나이에 누구나 한번은 되돌아가게 되는, 아니 찾아야만 하는 "삶의 근원"이다. 그것은 내 것이자 우리 모두의 것이다. 제목 '된장'이 시사하는 바가 그것이다.

나는 어려서 잘못 먹고 체했을 때 된장을 우물물에 타서 마시면 속이 후련하게 뚫리곤 했다. 무릎이 깨지거나 박이 터져도 된장을 바르면 직방으로 나왔다. 된장은 사람에게 해로운 독을 없애주고 막힌 것을 뚫어주며 여러 가지 강한 맛을 부드럽게 아우르는 힘이 있다.

나도 된장처럼 살고 싶다. 그러나 세상 사람들은 내가 둥그스름하게 사는 것을 용납하지 않으려고 한다. 한사코 뾰족뾰족하게 살기를 바라는 것 같다. 그러나 내가 추구하고자 하는 것은 지나치게 맵고 쓰고 짜고 시고 단 맛을 적절하게 아우르는 된장 맛에 있다. 된장 맛은 신념이나 선택의 문제가 아니라, 관용과 포용의 미학이며 전통 속에 이어온 우리 민족의 아름다운 정신이기 때문이다.

—작가의 말

그래서 작가는 자주 '추억'의 세계를 불러낸다. 물론 그 과거의 세계가 행복하기만 한 것은 아니다. 오히려 흘러간 시간은 어둡고 아프며 끔찍하기까지 하다. 하지만 그것은 부인할 수 없는 우리들의 시간이다. 게다가 그 고통과 어떻게든 마주서야 하고, 이겨내야 한다. 과거가 없다면 현재도 없고, 현재 없이는 미래의 꿈도 없기 때문이다. 꿈과 추억 사이의 지금이 시간은 비어 있는 것이면서 동시에 모든 것이 함께 존재하는 시간이다. 따라서 마치 된장처럼 그 모든 것을 인정하고 받아들이는 것, 그것이 존재의 성숙이다. 고통과 행복이 함께하는 것이기에 그 성숙은 슬프게 아름답다. 진실이기에 아름다우며, 행복하기만 한 것이 아니기에 슬픈, 문순태의 이번 소설집은 그런 점에서 슬픈 아름다움의 세계다.

그것은 첫 작품 「느티나무 아래서」부터 분명한 모습을 갖는다. 자신의 신념 때문에 온 가족을 불행에 빠지게 하고서도 끝까지 그 신념을 굽히지 않은 '비전향장기수' 형님을 마침내 받아들이게 되는 한 동생의 모습이 바로 화해며 성숙이기 때문이다. 형님은 신념에 맞는 세상을 보지 못한 채 죽음을 맞이했고, 나는 형의 그 신념 때문에 일생 내내 쫓기고 피하며 살아왔다. 그것은 대단히 슬픈 현실이지만, 그 현실을 받아들이는 것만큼은 아름다운 진실인 것이다. 존재를 알고서도 한사코 집 안에 들이기를 꺼리는 형님에 대해, 마지막 순간 영정을 "집에 모셔가자"고 하는 것은 그런 의미를 담고 있다. 이어진 작품 「문고리」에서 어머니의 운명과 자신의 운명이 겹쳐짐을 확인하면서, 자신의 운명을 당당히 받아들이고 스스로를 일으켜 세우는 것 또한 마찬가지다. '문고리'는 어머니의 것인 동시에 스스로를 지켜야 하는 자신의 것이다. 그 '지킴'의 대상은 각자의 괴로운 운명이다. 빨치산으로 죽은 남편을 잊지 않는 어머니나, 바람을 피우는 남편에도 불구하고 '홧김에 서방질'하는 길로 스스로를 파괴하지 않는 딸의 운명 말이다. 그것은 보수적인 가치관을 설파하는 것이 아니라, 자기 자신과 운명에 대한 사랑을 의미하는 것이다.

문고리는 무엇이란 말인가. 왜 어머니는 내게 문고리를 간직하라는 것인가. 나의 문고리는 비녀목이 달린 쇠붙이가 아니라 나 자신을 일으켜 세울 수 있는 힘이라고 생각했다. 나 혼자 쓰러져 있을 때 아무도 내 손을 잡아주지 않았다. 내가 필요할 때 남편과 아이들은 내 곁에 있지 않았다. 내가 나 자신을 일으켜 세우고 지킬 수 있는 것은 오직 스스로 일어서는 힘뿐이라는 것을 깨달았다.

그런데 이런 슬픈 아름다움이 반드시 남성들을 비껴가는 것은 아니지만, 보다 더 여성들의 몫인 것은 확실하다. 우리가 화해해야 하는 현대사는 남성들의 것이며, 남성들이 어긋나게 만든 그 역사 파괴의 자리가 된 것은 많은 경우 여성들이었기 때문이다. 「똥치 이모」에서 바로 그 이모가 단적인 예다. 하지만 그런 '똥치이모'의 삶처럼 극단적인 비극으로 끝나는 여성은 많지 않다. 오히려 문순태의 여성들은 모두 당당하고 강하다. 세태소설에 가까운 「혜자의 반란」에서 물질적 조건을 내걸고 유혹하며 협박하고 폭력을 휘두르는 남자를 두들겨 패고서 걸어가는 주인공 혜자의 발걸음이 그 점을 잘 보여준다.

일주일 전 집을 나올 때처럼 턱끝을 빳빳하게 쳐들고 도전적인 몸짓으로 당당하게 걸으면서, 그녀는 마침내 마음자리 한가운데에 불빛 같은 칼날을 세웠다. 후두두 후두두······. 푸른 칼날 위에 굵은 빗방울이 부서지고 있었다.

'IMF 사태' 앞에서 무능을 드러낸 남편에게 더 이상 의존하지 않고 뛰쳐나온 것처럼, 경제적 능력으로 성을 유린하려는 외간 남자의 폭력 앞에서도 혜자는 결코 굴복하지 않는다. 여성 인물들의 이런 당당함은 문순태의 '삶의 근원'으로의 회귀가 가부장제를 근간으로 하는 전통을 희구한 단순한 복고 지향이 아니라, 사실은 훼손되지 않은 삶에 대한 강렬한 꿈이라는 것을 증명한다. 이것은 소설집의 표제를 이루는 「된장」에서 가장 아름답게 표현된다. '우물'에 남동생이 빠져 죽은 사건으로 어머니는 아버지와 이혼하고, 딸과 함께 미국으로 떠난다. 그러나 그토록 잊고 싶었던 바로 그 우물에 대한 기억을 자신의 것으로 끌어안기로 하고, 귀국을 한 어머니는 그 우물물로 된장을 만들어 낸다.

"엄마, 우물을 다시 판 이유가 뭐예요?"

"아직도 그것이 불만인 게로구나."

"엄마를 이해하지 못하겠어요."

"에미 마음속에 자리 잡고 있는 무덤 같은 우물을 없애기 위해서란다."

"마음속 우물요?"

"괴롭고 슬픈 기억은 묻어둔다고 해서 잊혀지는 것이 아니다. 잊기 위해서는 이겨내야만 한단다. 내가 이 집에 눌러 살자면 이 집에서 겪었던 모든 고통을 내 것으로 품어 안아야 한다고 생각했다. 처음에 우물을 다시 파기 시작했을 때는 에미도 겨우 아문 상처를 다시 건드리는 것만 같아서 견디기 어려웠다. 그렇지만 지금은 달라졌다. 에미는 물을 길을 때마다 우물에 빠진 순철이를 건져 올리는 기분이란다. 이제 순철이는 이 집에서 에미와 함께 있단다."

"하지만 엄마가 다시 돌아오신 거는 과거 속에 매몰되기 위해서가 아니지 않아요."

어머니는 더 이상 말하지 않았다.

그리고 어머니의 귀국을 반대하면서 그 기억으로부터 도망치고자 했던 딸도 결국은 기억과의 화해를 통하여 그 '모든 것'의 아름다움을 발견하게 된다. 이 모녀가 선택한 삶은 각자의 "고통을 내 것으로 품어 안아"이기고, 그럼으로써 타인의 "절망의 불을 댕겨 주는" 일이다. 결국 자신의 운명과 마주함으로써 그 모두를 받아들여 승화시키는 용기와 열정, 그 슬픈 아름다움을 문순태의 여성들이 살고 있는 것이다.

과거와의 이런 화해는 하지만 개인적인 차원으로만 끝나지 않는다. 그 것은 우리 역사와의 화해이기도 하다. 「느티나무 아래서」의 '비전향장기수', 「그리운 조팝꽃」의 80년 광주에서 죽은 둘째 아들 등등 그것이 비록 아프고 쓰라린 과거일지라도 문순태의 인물들은 결국 그 과거를 부인하지 않는다. 오히려 그 과거가 현재 속에 함께 살고 있음을 깨닫게 되면서 존재의 변환을 이루기 때문이다. 그의 인물들은 이처럼 예외 없이 과거와의 만남과 화해를 통하여 '삶의 근원'으로 가는 길을 찾는다. 조금 다르긴 하지만 「나는 미행당하고 있다」에서 정보기관의 미행자로 평생을 살아온 '밀대' 화자話者 또한 그런 관점에서 읽을 수 있다. '역사'를 두려워하지 않으며 자신의 가족만을 위해 충실한 밀정 노릇을 해온 화자가 마침내 확인하게 되는 것은 바로 평생 자신을 미행해왔다는 끔찍한 진실인 것이다.

도대체 나를 미행하는 사람은 누구란 말인가. 숨이 입천장에 달라붙도록 뛰면서, 나는 비로소 오랫동안 나 자신을 미행해왔음을 알고 몸서리를 쳤다. 나는 나 자신으로부터 도망치기 위해 무작정 뛰었다.

이 놀라운 결말은 누구도 자신의 과거로부터 자유롭지 못하다는 것을 역으로 보여주고 있다. "역사 따윈 알 바가 아니"라고 말해왔지만, 결국 그는 바로 그 역사와 마주하게 되는 것이다.

나는 문득 20년 전, 나의 첫 미행으로 붙잡혀 간 각진 얼굴의 대학생이 어찌 되었을까 궁금해졌다. 그 후로 나의 미행으로 수많은 사람이 붙잡혀 갔으나 그들이 어떻게 되었을지에 대해 생각해 본 일은 단 한 번도 없었다. 그들의 미래가 내 인생과 아무런 상관이 없다고 생각했다. 그런데 지금 새삼스럽게 그들이 궁금해진 것이다. 아마도 가을비에 젖어 흔들리고 있는 두 개의 플래카드 때문인지도 몰랐다. 아니면 내가 이제 늙은 탓인지도. 내 눈길이 자꾸만 플래카드에 매달렸다. 플래카드를 바라보고 있으면 내 마음도 비에 젖어 흔들렸다. 마음이 흔들리면서 나 때문에 붙잡혀 간 많은 사람의 얼굴이 머릿속에서 아우성치는 것 같았다.

물론 과거와의 이런 대면이 손쉽게 이루어진 것은 아니다. 현재는 언제나 자신을 절대적인 것으로 내세우고 싶어하기 때문이다. 그래서 사람들이 자꾸 지나간 것을 잊으라고 말한다. 하지만 그 시간을 잊는다는 것은 근원으로 가는 길을 잃는 것과 마찬가지다. 비록 그것이 추억일 뿐이라고 하더라도 말이다. 「그리운 조팝꽃」에서 딸은 과거의 시간에서 헤어나오지 못하는 아버지에게 "추억은 나이 많은 어른들한테나 소중한 거"라고 말한다. 아이들은 "추억보다는 꿈이 필요해"라면서. 그러나 추억이 없다면 꿈을 만드는 현재는 또 어떻게 가능할 것인가? 지금의 나를 만든 것은 바로 그 추억의 시간들이기 때문이다. 사실 꿈을 이야기하는 그 딸 또한 죽은 "작은오빠"의 기억으로부터 결코 자유롭지 못하다. 「문고리」의 딸과 마찬가지인 것이다.

어쩌면 삶이란 그리운 얼굴 잊지 않기 위해 몸부림치는 것인지도 모른다는 생각이 들었다. 그리고 잊히지 않은 얼굴들과 더불어 오늘의 내 삶이 가능하리라는 믿음이 생겼다.

「자전거 타기」에서 화자가 마지막에 아버지에 대한 회고를 통해 '함께 타기'를 깨닫는 것도 마찬가지 맥락이다. 나는 홀로가 아니며, "그들은 언제나 나와 함께 있었다". 이 세상이 아름다운 것은 이처럼 그 모두가 다 하나로 연결되어 있기 때문이다. 과거와 현재와 미래가 그러하고, 나와 너가 또한 그러하다. 그렇게 어울려 하나가 될 때, 그것이 바로 아름다운 진실이 된다. 「된장」에서 '아기'를 통해 어머니와 화자가 화해하는, 다음 과 같은 따듯하고 아름다운 묘사는 여기에서 나온다.

> 미역국에 질린 나는 어머니에게 된장국이 먹고 싶다고 했다. 아침에 어머니 는 된장국을 끓였다. 아기 울음소리와 함께 된장 냄새가 나를 아주 편안하게 감싸 안아주었다. 된장 냄새와 아기 울음소리, 그 절묘한 어울림이 빚어낸 평 화가 내 뼈마디 속 깊숙하게 스며들었다. 나는 된장국을 먹으면서 데이빗의 회 신 대신 붕어빵을 먹을 수 있는 계절이 오기를 기다리기로 결심했다. 그리고 데이빗에 대한 생각을 털어버리기 위해 오랫동안 아기의 눈을 들여다보았다. 아기의 눈길이 딱 마주치는 순간 작고 뙤록뙤록한 아기의 눈동자 속으로 나의 온몸이 일시에 녹아드는 것 같았다. 지난날의 돌이킬 수 없는 통한과 내일에 대한 불안과 희망까지도. 적멸의 고요처럼 깊은 아기의 검은 눈동자 속에서 금 세 눈이 펄펄 내리고 있었다.

이처럼 문순태는 전체를 되돌아보는 완숙한 시선으로 우리가 잃어버 렸거나 혹은 잊은 세계를 되찾는 작업을 하고 있다. 결국 그것은 변질되 지 않은 "우리의 오롯한 본디 모습"이다. 그러니 그리로 나아가는 길 위 에 있는 모든 것이 아름답지 않을 것인가. 그래서 그의 문장은 서정抒情的 이다. 이때의 서정은 나와 세계, 나와 너의 대립과 구분이 사라진다는 점 에서의 서정이다. 현실의 많은 모순과 갈등의 서사敍事를 서정으로 끌어안는 것, 그것이 작가가 우리를 안내해 데려간 화해와 혼융의 완숙한 세계다. 그 빈자리에는 "자극적이지는 않지만 은근하면서도 담박淡泊한" 토종 꽃이 피고 또 진다. 잊을 수 없는 그리운 조팝꽃처럼 말이다.

    모내기가 시작되는 날이었다. 친구들과 놀다가 집에 돌아와 보니 어머니가 마루에 앉아 뚝배기에 흰 쌀밥을 가득 담아 주위를 두리번거리며 허겁지겁 두 손으로 집어 먹고 있었다. 그 무렵 나는 쌀밥은 구경도 못 하던 때였다. 기껏 밀개떡이 아니면 보리죽 무릇 곤 것, 송기죽으로 연명을 했다. 어머니가 나 몰래 흰쌀밥을 손으로 집어 먹고 있는 것을 본 나는 성난 송아지처럼 달려들었다. 어머니는 처음에는 당황해하다가 어색하게 웃으며 뚝배기를 허구리 뒤로 감추었고 나는 그것을 힘껏 낚아챘다. 그때 뚝배기에서 백설 같은 꽃잎이 후루루 날렸다. 그것은 쌀밥이 아니라 흰 조팝꽃이었다.
    "늬놈 몰래 에미 혼자 쌀밥 묵고 있는 줄 알았쟈? 꽃잎이 쌀밥 맹키로 맛있다야. 늬놈도 묵고 자프면 에미가 산에 가서 조팝꽃 훑어다 주랴?"
    어머니는 조팝꽃을 마루에 흘리고 나서 뚝배기에 보리죽을 담아 내왔다. 허겁지겁 보리죽을 떠먹다 말고 나는 목이 막혀 찬물을 한바가지 떠서 들이켰다. 자꾸만 눈물이 나오려고 하는 것을 애써 참았다. 목에 지푸라기를 목걸이처럼 감은 어머니의 눈도 크렁하게 젖어 있었다. 어머니는 언제나 목에 지푸라기를 감고 있었다. 목에 지푸라기를 감고 있으면 고기 먹고 싶은 생각이 없어진다면서 내 목에도 그것을 감으려는 것을 한사코 싫다고 했다. 목에 지푸라기를 감고 학교에 오는 친구도 몇 명 있었는데 잘사는 집 아이들이 거지같다며 놀려대곤 했다.
    나는 어머니가 조팝꽃을 쌀밥이라고 하면서 먹던 모습을 평생 잊지 못했다.

배가 고프거나 어려운 고비를 만날 때면 뚝배기에 조팝꽃을 가득 담아 손으로 집어 먹던 어머니의 모습을 떠올리며 참아냈다. 내가 초등학교 교사가 될 수 있었던 것도 따지고 보면 어머니의 그 조팝꽃 때문이었다. 나는 지금도 흰 쌀밥을 먹을 때마다 꾀꼬리가 이곳저곳 나뭇가지를 옮겨 다니며 낭자하게 울어대는 모내기철, 산비탈 밭둑에 멍울멍울 피어나는 조팝꽃을 떠올리곤 한다. 그 무렵이면 밥을 먹다가도 어머니 생각에 문득문득 목울대가 후끈거려왔다. 쌀밥이 흰 조팝꽃잎으로, 때로는 어머니의 얼굴로 피어나곤 하였다.

조팝꽃이 찢어지게 필 무렵이 내 생일이다. 그러나 나는 한동안 생일잔치는 커녕 쌀밥도 미역국도 먹지 못했다. 어머니는 생일날 잘 먹으면 키가 크지 않는다고 말했다. 나는 어머니의 그 말을 곧이곧대로 믿었다.

당대의 현상적 삶에 대한 관심과 탐구를 멈추지 않으면서도 그것을 보다 더 깊은 근원으로 이끌어가는 문순태의 내면에는 이렇게 작지만 하얀 꽃이 그치지 않는 눈처럼 내리고 있다. 마치 아기의 눈동자와도 같은 이 적멸의 세계. 우리 모두는 그 슬픈 아름다움에서 쉽게 눈을 뗄 수 없다.

*이 글은 『된장』(이룸, 2002)에 실린 초판 작품 해설임.

지난겨울 척수종양 수술을 받고 나서 물도 마시지 못하고 누워 있을 때 뜬금없이 다래가 먹고 싶었다. 배고팠던 유년 시절 목화밭에서 어른들 몰래 따 먹었던 다래가 왜 갑자기 먹고 싶었던 것일까. 어쩌면 그것은 내가 지금까지 살아오는 동안 가장 배고팠던 시절의 기억이 잠재의식 속에서 꿈틀거렸기 때문인지도 몰랐다.

열두 살 때 6·25를 만난 나는 누구보다 배고픔의 서러움을 겪어야만 했다. 궁핍의 그 시절, 배가 고팠던 아이들에게 다래는 가장 맛있는 간식거리였다. 가을걷이 전, 산에는 오디, 구지뽕 열매, 머루, 으름, 산다래, 딸기 등이 익고 있었지만, 아이들로서는 산에 오르는 일이 쉽지가 않아, 목화밭으로 숨어들곤 했다. 목화밭에서는 실컷 다래를 따 먹을 수 있었고 운이 좋으면 밭고랑에 저절로 열린 주먹만한 개똥참외도 차지할 수 있어서 좋았다.

우리 마을에서는 집집마다 목화를 재배했다. 초가을이면 밭에 우북하게 눈이 쌓인 것처럼 목화가 하얗게 피어 온통 순백의 세상을 이루었다. 목화가 단풍이 될 무렵 백색이나 담황색 혹은 홍색으로 피지만 우리 마을에서 재배한 것은 모두가 흰 꽃을 피웠다. 목화는 두 번 꽃을 피우는 것과 같다. 흰 꽃이 지면 다래가 열리고 그것이 익으면 스스로 찢어지고 벌어져, 다시 흰 목화송이가 꽃처럼 피어나기 때문이다.

먹을 수 있는 목화 다래는 꽃이 지고 나서 갓 맺은 어린 열매다. 그 맛은 육질이 부드럽고 수분이 많으며 달콤하고 상큼하다. 너무 익은 다래는 수분이 없고 섬유질로 가득 차 솜을 씹는 것 같다. 특별히 주전부리할 것이 없는 터라, 아이들은 즐겨 덜 익은 목화 다래를 따 먹곤 했다. 다래를 여남은 개 따 먹고 나서 샘물을 퍼마시면 한바탕 뛰어놀 수 있을 만큼 제법 요기가 되었다. 아이들이 극성스럽게 다래를 따 먹는 바람에 목화 농사를 걱정한 어른들은 "다래를 따 먹으면 문둥이가 된다"면서 한사코 말렸다.

나는 어느 날 학교에 갔다 도시락도 못 먹고 허기져서 털레털레 돌아오다가, 비석거리 참봉네 목화밭에 들어가 실컷 다래를 따 먹었다. 그리고 그날 밤 어른들 말처럼 정말 내가 문둥이가 되면 어쩌나 하고 잠을 못 이룬 채 콩닥거리는 가슴 부여안고 끙끙댔던 일이 있다.

병원에서 퇴원하고 나서도 다래가 먹고 싶은 생각은 좀처럼 사라지지 않았다. 케이크며 바나나 등 아무리 맛있는 것을 다 먹어봐도 자꾸만 꿈틀거리는 기억 속의 그 상큼한 다래 맛은 사그라지지 않았다. 이상하게 나이가 들면서부터는 굶주렸던 시절에 먹었던 입맛이 되살아나면서 그것들이 다시 먹고 싶어진다. 찔레도 꺾어 먹고 싶고 송기도 벗겨 먹고 싶다.

앞으로 나는 목화 다래 같은 소설을 쓰고자 한다. 얼마든지 사 먹을 수 있는 바나나, 머스크멜론, 망고, 파파야 같은 과일보다는 본디 우리 땅에서 열매 맺은 토종 과일의 맛을 느끼고 싶다. 머루, 다래, 으름, 오디, 산딸기 같은 열매 맛을 통해 궁핍했던 고통의 세월과, 가물가물한 무채색의 추억을 꼼꼼히 되작거려보고 싶다. 아직도 이 땅의 산에는 우리가 굶주렸을 때 즐겨 따 먹었던 산 열매들이 찢어지게 열리고 있지만, 사람들은 별로 먹고 싶어 하지 않는다. 너무 배가 부르고 입맛이 변해버렸기 때문이다. 나는 자극적이지는 않지만 은근하면서도 담박淡泊한 옛 맛을 통해, 자꾸 희미해져 가는 내 삶의 근원을 찾아가려 한다. 맛이 자극적인 외래 과일보다는 우리 마음과 정신 속에 자리잡은 토종 열매의 은근한 맛을 한껏 느끼며 변질되어버린 우리의 오롯한 본디 모습을 되찾았으면 하는 것이다.

나는 지금도 목화 다래를 배부르게 따 먹고 문둥이가 되면 어쩌나 하고 잠 못 이루었던 시절처럼, 늘 불안하다. 분명 무엇을 잘못 먹었기 때문이리라.

나 어려서 잘못 먹고 체했을 때 된장을 우물물에 타서 마시면 속이 후련하게 뚫리곤 했다. 무릎이 깨지거나 박이 터져도 된장을 바르면 직방으로 나았다. 된장은 사람에게 해로운 독을 없애주고 막힌 것을 뚫어주며 여러 가지 강한 맛을 부드럽게 아우르는 힘이 있다.

나도 된장처럼 살고 싶다. 그러나 세상 사람들은 내가 둥그스름하게 사는 것을 용납하지 않으려고 한다. 한사코 뾰족뾰족하게 살기를 바라는 것 같다. 그러나 내가 추구하고자 하는 것은 지나치게 맵고 쓰고 짜고 시고 단 맛을 적절하게 아우르는 된장 맛에 있다. 된장 맛은 신념이나 선택의 문제가 아니라, 관용과 포용의 미학이며 전통 속에 이어온 우리 민족의 아름다운 정신이기 때문이다.

2002년 10월 문순태(*이 글은 『된장』(이룸, 2002)에 실린 초판 작가의 말임.)

수록 작품 발표 지면

인간의 벽	『문학사상』 1984.8
최루증(催淚症)	『현대문학』 1993.7
시간의 샘물	『문학사상』 1994.8
느티나무 타기	『현대문학』 1996
흰 거위산을 찾아서	『문학사상』 1996,8
느티나무 아저씨	『내일을 여는 작가』 1997,7
느티나무 아래서	『문예중앙』 2000. 가을
그리운 조팝꽃	『미네르바』 2001
된장	『문학과 경계』 2002. 봄

작가 연보

| 1939년 | | 10월 2일 (음력) 전남 담양군 남면 구산리에서 아버지 문정룡과 어머니 정순기 사이에서 장남으로 출생.(출생신고를 늦게 하여 호적에는 1941년생으로 됨) |

1939년 　10월 2일 (음력) 전남 담양군 남면 구산리에서 아버지 문정룡과 어머니 정순기 사이에서 장남으로 출생.(출생신고를 늦게 하여 호적에는 1941년생으로 됨)

1946년　8세　전남 담양군 남면 남초등학교 입학. 10대 종손으로 훈장을 모시고 한문 공부를 함.『천자문』,『학어집』,『사자소학』,『명심보감』을 마침.

1950년　12세　초등학교 5학년 때 6·25전쟁 발발, 고향 사람들이 좌우익으로 갈리어 서로 죽이는 광경을 목격함.

1951년　13세　고향이 공비토벌작전지역에 해당되어 소개. 가족이 화순군 이서면 월산리 논바닥 토굴에서 생활. 이후 고향의 전답을 팔고 가족이 모두 광주 무등산 밑으로 이사함. 광주에서 아버지는 두부 배달과 막노동을 하고, 어머니는 도붓장사를 함. 어머니의 도붓장사하는 짐을 대신 지고 광주 인근 마을을 따라 다니거나 무등산에서 땔감을 해다 팖.

1952년　14세　전남 신안군 비금면 신월리로 이사, 비금면에 있는 중앙초등학교로 전학.

1953년　15세　외가가 있는 전남 화순군 북면 맹리로 이사, 화순군 북면 서초등학교로 전학. 공부를 하고 싶어 혼자 광주로 나와 학강초등학교 6학년으로 편입.

1954년　16세　2월 22일 광주 학강초등학교 졸업. 3월 2일 광주 동성중학교 특대장학생으로 입학. 이후 광주에서 자취, 토요일 수업 후, 매주 걸어서 고향 인근 마을에 사는 학생들과 함께 담양의 잣고개와 유둔재를 넘어 학교에서 25km 떨어진 곳에 있는 외가 마을의 집을 왕복함.

1957년	19세	2월 12일 광주 동성중학교 졸업, 3월 2일 광주고등학교 입학. 가족이 광주역 뒤 동계천의 판잣집으로 이사. 시인 이성부와 함께 당시 전남대학교 학생이었던 박봉우 선배를 만남. 광주 양림동에서 김현승 시인에게 시 쓰는 법을 지도 받음. 문예부에 들어가 김석학, 이성부, 윤재성과 함께 '문예반 4인방' 결성.
1958년	20세	서라벌예대 주최 전국 고교문예작품 모집에 시 당선.
1959년	21세	『전남일보』 신춘문예에 가명(김혜숙)으로 시 입선, 『농촌중보』(『전남매일』 전신) 신춘문예에 단편소설 「소나기」 당선, 『농촌중보』 시상식에서 소설가 한승원을 처음 만남.
1960년	22세	2월 20일 광주고등학교 졸업. 전남대학교 문리대학 철학과 입학.
1961년	23세	전남대학교 철학과에서 2학년을 마침, 전남대학교 용봉문학회 창립, 초대 회장을 지냄.
1963년	25세	김현승 시인이 숭실대학교로 옮기자, 숭실대학교 기독교 철학과 3학년에 편입. 숭대문학상에 시 「누이」 당선. 서울 신촌에서 자취를 하며 조태일 시인과 함께 김현승 시인 댁을 자주 방문함. 아버지가 47세로 세상을 뜨자 광주로 내려와 조선대학교 국문학과 3학년에 편입. 조선대학교 부속고등학교에서 독일어 강사로 일함.
1964년	26세	1월 5일 나주 영산포의 과수원집 딸 유영례와 결혼. 장녀 리보 출생.
1965년	27세	『현대문학』에 김현승으로부터 시 「천재들」 추천받음. 조선대학교 국문학과 졸업. 조선대학교 부속고등학교 독일어 교사로 부임.
1966년	28세	5월 6일 전남매일신문사 기자로 입사. 기자 생활을 하면서 전라도 지방의 토속 자료를 수집하고 역사적 사건들을 취재하여 정리한 『남도

의 빛』발간. 장남 형진 출생.

1968년   30세   제4회 한국신문상 수상. 차녀 정선 출생.

1972년   34세   전남매일신문사 정치부장으로 승진. 신문 기자 생활에 매력 잃고 소설 습작 시작. 매주 서울로 김동리 선생을 찾아가 소설 공부.

1974년   36세   『한국문학』신인상에 단편「백제의 미소」당선. 이때 송기숙·한승원 등과『소설문학』동인 활동. 독일 뮌헨대학 부설 '괴테 인스티튜트'에서 독일어 어학 과정을 마치고 귀국.「백제의 미소」(『한국문학』6월호),「불도저와 김노인」(『한국문학』10월호) 발표.

1975년   37세   조선대학교 사대 독일어과 교수로 자리로 옮겼다가 한 학기를 마치고, 전남매일신문사 편집부 국장으로 되돌아옴. 단편「아버지 장구령이」(『한국문학』3월호),「열녀야 문 열어라」(『월간중앙』5월호),「빈 무덤」(『시문학』6월호),「상여울음」(『세대』10월호),「무서운 거지」(『소설문예』12월호), 중편「청소부」(『창작과비평』봄호) 발표.

1976년   38세   단편「멋장이들 세상」(『월간중앙』3월호),「기분 좋은 일요일」(『뿌리깊은나무』11월호),「무너지는 소리」(『한국문학』11월호),「여름 공원」(『창작과비평』가을호) 발표.

1977년   39세   단편「복토 훔치기」(『월간대화』1월호),「고향으로 가는 바람」(『월간중앙』3월호),「말 없는 사람」(『신동아』6월호),「돌아서는 마음」(『시문학』10월호),「금니빨」(『뿌리깊은나무』12월호,「금이빨」로 작품명을 바꾸어 본 선집에 수록) 발표. 첫 번째 중·단편소설집『고향으로 가는 바람』(창작과비평사) 출간.

1978년   40세   단편「번데기의 꿈」(『한국문학』3월호),「안개 우는 소리」(『문예중앙』가을호),「깨어있는 낮잠」,「흑산도 갈매기」(『신동아』12월호), 중편

「감미로운 탈출」(『한국문학』 7월호), 「징소리」(『창작과비평』 겨울호) 발표. 실록 장편소설 『다산유배기』를 『세대』에 연재. 평전 『의제 허백련』(중앙일보사) 출간.

1979년　41세　단편 「저녁 징소리」(『한국문학』 3월호), 중편 「말하는 징소리」(『신동아』 6월호), 「마지막 징소리」(『문학사상』 9월호) 발표. 장편 『걸어서 하늘까지』를 『일간스포츠』에 연재. 두 번째 중·단편소설집 『흑산도 갈매기』(백제출판사) 출간.

1980년　42세　전남매일신문사에서 반체제 기자라는 이유로 해직당함. 단편 「하늘새」(『뿌리깊은나무』 8월호), 「탈회」(『한국문학』 12월호), 중편 「무서운 징소리」(『한국문학』 2월호), 「물레방아 속으로」(『문학사상』 6월호), 「달빛 아래 징소리」(『한국문학』 7월호), 단막희곡 「임금님의 안경을 누가 벗길 것인가」 발표. 대하소설 『타오르는 강』을 『월간중앙』에 4월부터 연재한 후 순천당에서 1권 출간. 장편 『걸어서 하늘까지』 상·하(창작과비평사), 첫 번째 연작소설집 『징소리』(수문서관) 출간. 성옥문학상 수상.

1981년　43세　천주교에 입교(세례명 프란치스코). 단편 「말하는 돌」(『소설문학』 1월호), 「물레방아 소리」(『문예중앙』 봄호), 「달빛 골짜기의 통곡」(『월간조선』 3월호), 「난초의 죽음」(『소설문학』 11월호), 「황홀한 귀향」(『문학사상』 11월호), 중편 「물레방아 돌리기」(『문학사상』 5월호), 「철쭉제」(『한국문학』 6월호)에 발표. 장편 『아무도 없는 서울』을 『여성동아』에, 『병신춤을 춥시다』를 『신동아』에 연재. 대하소설 『타오르는 강』 1~3권(심설당)과 두 번째 연작소설집 『물레방아 속으로』(심설당) 출간. 숭실대학교(구 숭전대) 대학원에 입학하여 김동리의 소설 창작 강의를 받음. 제1회 소설문학 작품상, 전라남도 문화상, 전남문학상 수상.

1982년	44세	문화공보부 주관 문인 유럽여행. 무크지『제3문학』(한길사)으로 백우암·김춘복·윤정규·송기숙 등과 활동. 단편「살아 있는 길」(『한국문학』 2월호), 「잉어의 눈」(『문학사상』 5월호), 「병든 땅 언덕 위」(『정경문화』 8월호), 「목조르기」(『소설문학』 9월호), 「노인과 소년」(『기독교사상』 12월호), 「탈회」(『행림출판』), 중편「유월제」(『현대문학』 5월호), 「어머니의 땅」(『문학사상』 9월호) 발표. 장편『피아골』을『한국문학』(1982.4~1984.7)에 연재. 장편『병신춤을 춥시다』(문학예술사), 『아무도 없는 서울』(태창문화사), 『달궁』(문학세계사) 출간. 장편소설 『달궁』으로 제1회 문학세계 작가상 수상.
1983년	45세	숭실대 대학원 국문과 졸업(석사논문「한국문학에 나타난 한의 연구」). 광주에서 무크지『민족과 문학』편집위원으로 참여. 단편「미명(未明)의 하늘」(『현대문학』 1월호), 「패자의 여름」(『소설문학』 1월호), 「거인의 밤」(『문학사상』 3월호), 「숨어사는 그림자」(『현대문학』 12월호), 「개안수술」(『홍성사』) 발표. 장편『성자를 찾아서』를『문학사상』에, 『연꽃 속의 보석이여 완전한 성취여』를『수문서관』에 연재. 세 번째 중·단편소설집『피울음』(일월서각) 출간. KBS TV 8부작〈신왕오천축국전〉 취재팀 일원으로 6개월간 인도, 파키스탄 탐방. 인도기행문『신왕오천축국전』 발간(KBS). 역사기행문『유배지』(어문각), 첫 번째 산문집『사랑하지 않는 죄』(명문당) 출간.
1984년	46세	단편「어둠의 춤」(『소설문학』 1월호), 「비석(碑石)」(『문학사상』 1월호), 「두 여인 1」(『경향잡지』 3월호), 「두 여인 2」(『경향잡지』 4월호), 「할머니의 유산」(『학원』 6월호), 「인간의 벽」(『문학사상』 8월호), 「살아있는 소문」(『소설문학』 10월호), 중편「무당새」(『한국문학』 9월호), 「어머니의 성(城)」 발표. 네 번째 중·단편소설집『인간의 벽』(나남출판) 출간.
1985년	47세	2월 1일 순천대학교 국어교육과 교수 취임. 단편「대추나무 가시」

(『문학사상』 2월호), 「황홀한 탈출」, 중편 「제3의 국경」(『한국문학』 11 월호) 발표. 장편 『한수지』를 『서울신문』에, 『소설 신재효』를 『음악 동아』에 연재. 장편 『피아골』(정음사) 출간.

1986년　48세　단편 「어둠의 강」(『현대문학』 5월호), 「사표 권하는 사회」(『문학사상』 7 월호), 「살아있는 눈빛」(『소설문학』 9월호), 「안개섬」(『한국문학』 9월 호), 「초가와 노인」, 「우울한 귀향」, 「우리들의 상처」, 중편 「일어서 는 땅」 발표. 기행문인 『동학기행』(어문각), 다섯 번째 중·단편소설 집 『살아 있는 소문』(문학사상사) 출간.

1987년　49세　단편 「달리기」(『문학정신』 1월호), 「살아남는 법」(『문학정신』 1월호), 「뒷모습」(『동서문학』 4월호), 중편 「문신의 땅」(『문학사상』 1월호), 「문 신의 땅 2」(『한국문학』 3월호), 「호랑이의 탈출」(『월간경향』 11월호) 발 표. 장편 『어둠의 땅』을 『주간조선』에 연재. 장편 『한수지』 1~3권 (정음사), 『빼앗긴 강』(정음사), 『타오르는 강』(창작사) 출간. 중편집 『철쭉제』(고려원) 출간.

1988년　50세　순천대학교 교수직을 그만두고 『전남일보』 창간과 함께 초대 편집국 장으로 부임. 단편 「한국의 벚꽃」(『현대문학』 3월호), 중편 「꿈꾸는 시 계」(『문학사상』 4월호) 발표. 장편 『가면의 춤』을 『부산일보』에 연재. 여섯 번째 중·단편소설집 『문신의 땅』(동아) 출간.

1989년　51세　단편 「녹슨 철길」(『문학사상』 10월호), 장막 희곡 『황매천』(『민족과문 학』) 발표. 장편 『대지의 사람들』을 『국민일보』에 연재. 『타오르는 강』 전7권(창작과비평사) 출간.

1990년　52세　단편 「소년일기」(『현대소설』 6월호), 장편 『가면의 춤』 상·하(서당), 『걸어서 하늘까지』 상·하(창작과비평사) 출간. 위인전 『김정희』(삼성 출판사) 출간. 작품집 『문순태 문학선』(삼천리) 출간. 일곱 번째 중·단편소설집 『꿈꾸는 시계』(문학사상) 출간.

1991년 53세 『전남일보』 주필 부임. 중편 「정읍사」(『현대문학』) 발표. 소설창작이 론집 『열한 권의 창작 노트 – 중견작가들이 말하는 나의 소설쓰 기』(도서출판 창) 출간.

1992년 54세 카자흐스탄과 우즈베키스탄 여행. 카자흐스탄국립대학교 한국학과 에서 '한국 소설의 흐름' 강연. 단편 「낯선 귀향」(『계간문예』 봄호), 「느 티나무와 당숙」(『문학사상』 12월호) 발표. 장편 『느티나무』를 『계간문 예』에 연재. 장편 『다산 정약용』(큰산) 출간. 두 번째 산문집 『그늘 속 에서도 풀꽃은 핀다』(강천) 출간. 흙의 예술상 수상.

1993년 55세 단편 「최루증(催淚症)」(『현대문학』 7월호) 발표. 장편 『한수별곡』 상· 중·하(청암문화사), 『도리화가』(햇살) 출간. 세 번째 연작소설집 『제3 의 국경』(예술문화사) 출간.

1994년 56세 중편 「시간의 샘물」(『문학사상』 8월호), 「오월의 초상」(『한국문학』 9월 호) 발표.

1995년 57세 광주·전남 민족작가회의 회장. 조선대학교 이사. 단편 「똥푸는 목사 님」(『한국소설』) 발표.

1996년 58세 광주대학교 문예창작과 교수 취임. 단편 「흰 거위산을 찾아서」(『문학 사상』 8월호, 「흰거위산을 찾아서」로 작품명을 바꾸어 본 선집에 수록), 중편 「느티나무 타기」(『현대문학』) 발표. 장편 『5월의 그대』를 『전남일 보』에 연재.

1997년 59세 단편 「느티나무 아저씨」(『내일을 여는 작가』 7월호), 「무등산 가는 길」 (『21세기 문학』 가을호), 「세상에서 가장 슬픈 이야기」(『문학사상』 11월 호), 중편 「꿈길」(『문예중앙』 여름호) 발표. 장편소설 『느티나무 사랑』

1~2권(열림원) 출간. 여덟 번째 중·단편소설집『시간의 샘물』(『실천
문학사』) 출간.

1998년 60세 장편소설『포옹』1~2권(삼진기획) 출간. 대학 교재『소설 창작연
습』(태학사) 출간.

1999년 61세 단편「똥치이모」(『한국소설』), 「아무도 없는 길」(『현대문학』), 「혜자의
반란」(『문학사상』3월호) 발표.

2000년 62세 대안신문『시민의 소리』발행. 광주·전남 반부패연대 공동대표. 단
편「끝을 향하여」(『문학과의식』봄호), 「느티나무 아래서」(『문예중앙』
가을호), 「자전거타기」(『정신과표현』) 발표. 장편『그들의 새벽』1~2
권(한길사) 출간.

2001년 63세 겨울, 척수 종양 수술. 단편「문고리」(『문예중앙』봄호), 「나는 미행당
하고 있다」(『문학사상』), 「그리운 조팝꽃」(『미네르바』) 발표. 장편『정
읍사 - 그 천년의 기다림』(이룸) 출간. 오방 최흥종 목사 실명소설『성
자의 지팡이 - 영원한 자유인』(다지리) 출간. 소설창작이론서『소설
창작 연습 - 그 이론과 실제』(태학사) 출간.

2002년 64세 단편「마감 뉴스」(『문학나무』), 「운주사 가는 길」(『문예운동』) 발표. 중
편「된장」(『문학과 경계』봄호) 발표. 장편『나 어릴 적 이야기』를『정
신과 표현』에, 『자살 여행』을『미르』에 연재. 아홉 번째 중·단편소설
집『된장』(이룸) 출간.

2003년 65세 단편「늙은 어머니의 향기」(『문학사상』11월호, 「늙으신 어머니의 향기」로
개고해 본 선집에 수록), 「만화 주인공」(『한국소설』), 「대나무 꽃 피다」
(『미네르바』) 발표. 장편동화『숲으로 간 워리』(이룸) 출간.

2004년 66세 단편「영웅전」(『동서문학』), 「은행나무 아래서」(『작가』) 발표. 「늙으

신 어머니의 향기」로 이상문학상 특별상 수상. 광주광역시 문화예술상 수상.

2005년 67세 단편「수줍은 깽깽이꽃」(『한국소설』), 「울타리」(『계간문예』), 중편「감로탱화」(『문학사상』) 발표. 동화집『숲 속의 동자승』(『자유지성사』) 출간. 장편『41년생 소년』(랜덤하우스 중앙) 출간.

2006년 68세 광주대학교 정년퇴직. 담양군 남면 만월리 144번지(생오지)로 거처 옮기고「생오지 문학의 집」개설. 단편「눈향나무」(『불교문학』), 「탄피와 호미」(『문학들』) 발표. 열 번째 중·단편소설집『울타리』(이룸), 세 번째 산문집『꿈』(이룸). 작품집『울타리』로 요산문학상 수상.

2007년 69세 '생오지 문학의 집'에서 소설 창작 강의. 단편「황금 소나무」(『21세기 문학』), 「대 바람 소리」(『문학사상』), 「생오지 가는 길」(『좋은 소설』) 발표.

2008년 70세 국립아시아문화전당조성위 부위원장 임명. 생오지 문예창작촌 개설, 봄과 가을에 생오지 문학제 개최. 단편「그 여자의 방」(『문학사상』), 「일기를 쓰는 이유」(『한국문학』), 중편「생오지 뜸부기」(『계절문학』) 발표. 장편『타오르는 별들』을『전남일보』에 연재. 작품집『울타리』로 한국가톨릭문학상 수상.

2009년 71세 봄과 가을에 생오지 문학제 개최. 단편「은행나무처럼」(『21세기 문학』, 「은행잎 지다」로 작품명을 바꾸어 본 선집에 수록).『전남일보』에 광주학생독립운동을 소재로 한 장편『타오르는 별들』연재 이후,『알 수 없는 내일』1~2권(다지리)으로 제목을 바꿔 출간. 열한 번째 중·단편소설집『생오지 뜸부기』(책만드는집) 출간. 네 번째 산문집『생오지 가는 길』(눈빛) 출간. 담양군민상 수상.

2010년 72세 단편「자두와 지우개」(『계간문예』 가을호), 「돌담 쌓기」(『시선』 봄호)

발표. 작품집『생오지 뜸부기』로 채만식문학상 수상. 조대문학상 대상 수상.

2011년	73세	(사)광주문화재단 이사. 모친 97세로 소천. 단편「아버지와 홍매」(『21세기문학』,「아버지의 홍매」로 작품명을 바꾸어 본 선집에 수록),「안개섬을 찾아」(『문학바다』,「안개섬을 찾아서」로 작품명을 바꾸어 본 선집에 수록),「휴대폰이 울릴 때」(『동리목월문학』) 발표. 어린이 그림책『빛과 색채의 화가 오지호』(나무숲) 출간. 다섯 번째 산문집『그리움은 뒤에서 온다』(오래) 출간. 담양대나무축제 이사장.
2012년	74세	대하소설『타오르는 강』(전9권, 소명출판) 완간. 재단법인 생오지문학촌 설립 이사장 취임.『타오르는 강』북콘서트 개최.
2013년	75세	2년제 생오지문예창작대학 개설. 광주문화방송 시청자위원장. 단편「시소타기」(『창작촌』), 조아라 실명소설「낮은 땅의 어머니』(광주YWCA), 시집『생오지에 누워』(책만드는집) 출간. 한림문학상 수상.
2014년	76세	생오지문예창작촌 주최로 영산강문학 심포지엄 개최('영산강, 문학에 스미다'). 대하소설『타오르는 강』의 어휘 사전인『타오르는 강 소설어 사전』(소명출판) 출간. 제9회 생오지문학제.
2015년	77세	광주전남연구원 이사장 취임. 광주U대회 개폐막식 시나리오 작업. 단편「시계탑 아래서」(『문학들』여름호) 발표. 장편『소쇄원에서 꿈을 꾸다』(오래) 출간. 광주일보에 문순태 칼럼 연재.『소쇄원에서 꿈을 꾸다』로 송순문학상 대상 수상. 자랑스러운 광고인 대상 수상.
2016년	78세	박근혜 정부 블랙리스트문인 명단 포함. 단편「생오지 눈무덤」(『문학들』),「흐르는 길」(『광주전남소설문학회』) 발표. 열두 번째 중·단편소설집『생오지 눈사람』(오래) 출간. 시「멸치」(『딩아돌하』) 발표.『문화

일보』에 「살며 생각하며」 칼럼 연재. 세브란스병원에서 위암 시술.

2017년　79세　세계문학페스티발 행사로 「한승원·문순태 문학토크쇼」 진행(담양문화원). 「창작의 산실 – 나의 문학 어디까지」(『월간문학』). 『기억과 기억들』(씽크 스마트)에 현기영 등 한국 대표 분단작가 5명의 작품을 중심으로 분단역사 체험에 대한 인터뷰 수록.

2018년　80세　시집 『생오지 생각』(아침고요) 출간. 여섯 번째 산문집 『밥 한 사발 눈물 한 대접』(아침고요) 출간. 한국소설가협회 최고위원. 작가협회 주최 '영산강문학 포럼'에서 '영산강과 서사문학' 주제 발표. 광주전남연구원 '남도학 강좌'에서 '영산강의 인문학적 자원' 강연. 시 「그 이름」(『세계일보』) 발표. 시 「홍어」(『서은문학』) 발표.

2019년　81세　한국산학연구원 '하우 투 리브' 인문학 강연. 광주문학관 건립추진위원. 전남도 인재육성추진위원.

2020년　82세　홍어를 소재로 한 100여 편의 시 가운데 한 편을 『한국가톨릭문인회지』 11월호에 발표, 2019 광주 세계수영선수권대회 주제 제정 자문위원장을 역임하고 체육훈장 기린장 수상(12월).